nero

Piergiorgio Pulixi

Per un'ora d'amore

Rizzoli

Pubblicato per

Rizzoli

da Mondadori Libri S.p.A.

In accordo con United Stories Agency – Roma

ISBN 978-88-17-17850-1

Prima edizione: aprile 2024
Seconda edizione: aprile 2024

Collana diretta da Benedetta Bolis

Per un'ora d'amore

Quando è sincero, l'amore si avvicina sempre alla morte.
Perché l'amore è prima di tutto una sete di assoluto
e niente è più assoluto della morte.

FRÉDÉRIC DARD, *Negli occhi di Marianne*

Per Marco Bernardi,
straordinario libraio e caro amico.
Grazie per aver creduto in me fin dall'inizio

Prologo

Sono bambina. Devo avere sei o sette anni. Sto mangiando dei succosi acini d'uva mentre scruto il dorso delle grandi mani di mio padre sporche di terra. Siamo seduti sui gradini del patio che si affaccia sul giardino di casa, avvolti dalla luce ambrata del tramonto. Lui è appena tornato dai campi. Profuma ancora di vigna. Con un fazzoletto bagnato gli mondo le dita dalla sfarinatura del terriccio e tampono i graffi freschi procurati dai tralci della vite. È il nostro rito serale: al suo ritorno gli lavo sempre le mani, quasi a strofinare via la fatica di cui sono impregnate. Pulite per bene, rimango ammaliata a osservare la nervatura in rilievo che tende la pelle secca e screpolata. Le sue mani, messe una vicina all'altra, paiono formare una vecchia cartina geografica, tutta anse, colli e meandri. Glielo dico. Risponde che è la "nostra" mappa. Dice che lì, tra le montagnole di calli e i rialzi delle vene sporgenti, è indicata la strada per tornare sempre da lui. Per quanto lontano potrò andare nella vita, ci sarà ogni volta un modo per rincasare, dal mio papà, che mi aspetterà a braccia aperte. Basterà seguire la piantina di vene, tendini e muscoli.

«Hai capito, piccola?» domanda in sardo.

«Sì, babbo.»

«Mi prometti che non lo dimenticherai mai?»

«Te lo prometto» rispondo.

E sono convinta di quelle parole. Avvicino le sue mani alle labbra e le bacio, come a benedire la nostra promessa. Perché il legame tra padre e figlia è sacro. E perché voglio crederci con tutta me stessa.

Non avrei mai potuto immaginare che molti anni più tardi, morendo, sarebbe stata quella l'ultima immagine che avrei rievocato qualche attimo prima che il cuore si arrendesse. Lontana centinaia di chilometri, le dita tremanti accarezzano l'aria, come a cercare le vene e i muscoli di quelle mani forti. Invano. La bocca si schiude per provare a chiamare mio padre, ma non rilascia alcun suono. È troppo tardi. Rammento la "nostra" mappa, e col pensiero chiedo scusa al mio papà, perché stavolta non riuscirò a tornare. Lancio ancora uno sguardo all'abito da sposa che sono stata costretta a indossare, poi le palpebre si fanno pesanti, obbligandomi a serrare gli occhi.

Mentre la vita mi abbandona, spero che il paradiso esista per davvero. E se così fosse, vorrei che avesse le sembianze di quella corte inondata dalla luce del tramonto, dove un padre e sua figlia mangiano uva stretti l'uno all'altra, carezzati dalla dolce brezza serale, felici e colmi d'amore, godendosi qualche minuto di pace.

"Perdonami, babbo" rifletto ora che la luce di un altro crepuscolo, più sanguigno e impietoso, fa brillare la rosa di sangue al centro del candido vestito nuziale. Vorrei che dalla finestra penetrasse, sospinto dalla tramontana, il profumo speziato dei vigneti di Sant'Esu, ma devo accontentarmi del sentore acre di metano di questa metropoli in cui mi sono persa fino a trovare la morte.

"Perdonami… Pensa tu a lui…" sillabo con le labbra della mente un secondo prima che la porta di casa venga aperta, lasciando la persona che mi ha uccisa libera di andarsene.

PRIMA PARTE

Una carezza in un pugno

I

Otto mesi dopo
Via Stelvio, Novate Milanese, Milano

La mano dell'uomo si stagliava al centro del foglio bianco, come una roccia scura in rilievo su un manto innevato. Il bimbo pose la manina sopra quella del nonno, e con l'altra ne abbozzò il contorno con una penna. Sorrideva, mentre la punta tremolava assecondando alla bell'e meglio le curve tra il polso e il pollice, per scivolare nell'ansa interna e poi risalire verso l'incavo dell'indice.

«Fermo, nonno» lo ammonì il piccolo, concentrato, sopra le note di una cantilena ipnotica di Peppa Pig proveniente dal televisore.

«E chi si muove» ribatté l'anziano: il nipotino adorava disegnare la cornice delle sue mani, avrebbe potuto riempire fogli e fogli senza stancarsi mai. Adesso, però, non poteva dargli troppa corda. Erano già in ritardo, e se avessero perso l'autobus avrebbero rischiato con quello successivo di rimanere imbottigliati nel traffico mattutino dell'orda di pendolari milanesi, e allora addio asilo. Italo Seu non poteva permetterselo: aveva una marea di faccende da sbrigare.

Filippo, Pippo per il nonno, quasi tre anni di novello artista, concluse l'operazione di tratteggio.

«Mano grande, nonno. Mano bella» sentenziò, senza alzare gli occhi dal pezzo di carta. Le educatrici sostenevano che Pippo al nido si esprimeva poco e in maniera meno elaborata rispetto ai compagnetti della stessa età. Col nonno, invece, parlava tantissimo: gli faceva dei lunghi discorsi, spesso indecifrabili, ma quantomeno ci provava. A detta della psicologa infantile, la regressione nel linguaggio era più che comprensibile, data la tragedia che il piccolo aveva vissuto.

Italo gli scompigliò i capelli e ispezionò lo zainetto: pannolino di riserva, borraccetta dell'acqua a forma di pinguino, una banana nel caso avesse avuto fame durante il viaggio, un pacchetto di salviette umidificate, un cambio e un set di bavaglini. C'era tutto.

L'uomo concesse a Pippo ancora qualche minuto e ne approfittò per ripulire il seggiolone dai rimasugli di biscotti polverizzati nel barattolo di yogurt, di cui il bimbo era ghiotto. Si assicurò che giubbottino, sciarpa e guanti fossero pronti. Lo erano dalla notte prima. Italo Seu era un uomo ordinato, metodico e previdente. Sapeva inoltre di non poter contare su nessuno per la cura del nipote; quindi, doveva evitare che Pippo si ammalasse, prendendo ogni precauzione. Lanciò un'occhiata fuori dalla finestra del bilocale. La giornata era iniziata sotto i migliori auspici, con un accenno di sole e una temperatura non troppo rigida; tuttavia, constatò che il cielo si stava già guastando.

«Mantellina e ombrello» sussurrò, aggiungendoli alla lista di cose da non dimenticare. «E soprattutto la busta con l'occorrente del mese, Italo.»

Vestì il nipotino, indossò un ampio cappotto che gli stava largo visto quant'era dimagrito negli ultimi mesi, e insieme si avviarono verso la fermata dell'autobus, mano nella mano.

Nella velatura della nebbia che ammantava il quartiere, parevano due fantasmi.

Ed era quello che Italo sentiva di essere ormai da quasi un anno.

Uno spettro.

Il nonno lasciò il bimbo all'ingresso del nido, fra le braccia della maestra che, come al solito, gli rivolse uno sguardo gentile e contrito.

«Ci vediamo tra un po'» disse l'anziano al nipote. «Divertiti, Pippo.»

Il bambino scoppiò a piangere. L'educatrice lo distrasse e Italo si dileguò, per evitare che il pianto si facesse più lancinante. Ogni giorno quel distacco gli spezzava il cuore. Era necessario, però.

Con addosso una sensazione di straniamento e inadeguatezza fra tanti genitori nel fiore degli anni e nonni giovanili, Italo Seu abbandonò l'asilo e camminò fino alla fermata del bus di via Bollate. Calcolò un viaggio di quaranta, sessanta minuti, a seconda del traffico. Mentre aspettava il mezzo insieme agli altri pendolari, per ingannare l'attesa estrasse dalla borsa il fascicolo che aveva messo insieme sul delitto della figlia e lo sfogliò per l'ennesima volta. Erano passati otto mesi da quel maledetto giorno. Il senso di oppressione e la morsa di ingiustizia che gli serravano lo stomaco non avevano perso nemmeno una briciola di intensità.

Le sopracciglia cespugliose, ispide come setole di una spazzola per scarpe, si aggrottarono alla vista delle foto del cadavere. Per assurdo, le immagini che facevano più male erano quelle in cui Maria Donata era ancora viva, felice. Le altre con Pippo in braccio, poi, erano una coltellata in pieno petto.

Italo non resse alla voragine di ricordi dolorosi in cui stava scivolando. Chiuse la cartellina e la ripose nella borsa. Affondò le grosse mani nelle tasche del pastrano e osservò il fiato trasformarsi in nuvolette di vapore.

C'erano giornate in cui si sentiva più vecchio dei suoi settantanove anni. "Oggi è una di quelle" disse tra sé, avvertendo i muscoli già irrigiditi dal freddo e dalla tensione contrarsi sino a procurargli dolore.

Per distrarsi, pensò al cognome del poliziotto che rappresentava la sua unica speranza.

"Strega" si ripeté in mente, quasi fosse il nome di un santo a cui si stava appellando. "Speriamo che almeno lui non ti deluda."

L'autobus 89 finalmente arrivò, zeppo di persone. Italo provò a salire ma rimase a terra, risospinto indietro in malo modo. Come lui almeno una quindicina di viaggiatori infreddoliti e nervosi, che masticarono insulti ai danni dei pochi fortunati riusciti a penetrare la barriera umana.

L'uomo si mise in un angolo sotto la pensilina, per difendersi dalla pioggerella fastidiosa che aveva iniziato a cadere. Si ripromise di comprare qualche cambio più pesante per Pippo: l'inverno era ormai arrivato, e metà dei vestiti che aveva gli stavano stretti.

Una decina di minuti dopo arrivò il secondo bus. Si ripresentò la scena di prima. Stavolta però, ingoiando stoico gomitate al costato e colpi alla schiena, Italo si infilò all'interno, sentendosi mancare l'aria non tanto per il dolore, ma a causa del calore insopportabile all'interno del bus dai vetri appannati. Con difficoltà allentò la sciarpa che gli fasciava il collo e tornò a respirare. Quei quaranta, sessanta minuti fino alla questura di via Fatebenefratelli sarebbero stati molto lunghi.

"Io ci sto provando, bambina mia" confessò alla figlia, con cui intratteneva un fitto dialogo mentale dal giorno in cui era stata uccisa. "Ti giuro che ci sto provando."

Ipnotizzati com'erano dagli schermi dei telefonini, nessuno tra i viaggiatori si accorse delle lacrime che inumidivano gli occhi di quell'ometto ingobbito, basso e gracile, dalle grandi mani.

2

Studio di psicologia e psicoterapia, via Ferdinando Marescalchi, Milano

Bruna Lodigiani realizzò che il poliziotto era molto più grosso rispetto a quanto le era apparso in televisione. Lo fece accomodare nello studio e osservò preoccupata la poltroncina che a stento lo conteneva.

Lo sguardo sfuggente dell'uomo ne tradiva l'imbarazzo. I capelli scuri e ricciuti erano imperlati di pioggia.

«Tutto ok?» domandò la psicoterapeuta. «Posso offrirle qualcosa? Un caffè? Dell'acqua?»

«No, grazie. Sto bene… Sì, insomma. Più o meno. Se stessi bene non sarei qui, le pare?»

La dottoressa lasciò correre. «L'ho riconosciuta. Già il nome mi aveva fatto suonare un campanello, ma quando l'ho vista mi sono ricordata di lei. È famoso. È uno degli investigatori che hanno fermato il Dentista, giusto?»

L'uomo annuì, guardandosi intorno impacciato. L'ambiente era minimalista e i pochi arredi erano stati scelti con cura e gusto. Lo sguardo si concentrò sulla lampada verde da scrivania modello Churchill. La fissava con intensità, quasi gli ricordasse qualcosa.

Dall'aria tesa e dalla postura nervosa la donna intuì che l'uomo si era pentito di essersi presentato lì. Decise perciò di affrontarlo subito, prima che cambiasse idea e se ne andasse. «Che posso fare per lei?»

Il poliziotto non rispose. Si torse e ritorse le mani nodose. Un altro segnale di irrequietudine. Bruna aveva già avuto modo di seguire esponenti delle forze dell'ordine e sapeva che erano restii ad aprirsi, specie se costretti a ripercorrere casi e indagini che li avevano segnati.

«Se non ricordo male, fa parte di una squadra speciale. Vi occupate di crimini violenti e siete esperti in criminologia e profiling, no? Oltre che sul Dentista, mi pare che lei abbia investigato anche sul Mostro del Ticino.»

L'uomo fece segno di sì, ma non spiccicò parola.

«Un caso incredibile... Mi scusi: sono fissata con queste storie di delitti, serial killer e misteri. È qui per via del suo lavoro? Per un fatto che le è capitato in servizio?»

Il poliziotto parve rifletterci, poi scosse la testa.

La dottoressa iniziò a spazientirsi.

«Se non parla, mi creda, non so davvero come aiutarla. Cosa l'ha spinta a venire qui?»

«Mi è stato consigliato. O meglio: *caldamente* consigliato.»

«Da chi?»

«Dal mio superiore.»

«Ha scelto me per qualche motivo specifico o le è stato suggerito più in generale di rivolgersi a una psicoterapeuta?»

«La seconda.»

«E perché ha optato per me? Per via delle recensioni che si trovano su internet?»

«No.»

E si concentrò di nuovo sulla lampada dal paralume verde.

Bruna lo studiò meglio. Le sclere erano arrossate e presentava pesanti borse scure sotto gli occhi, come se non dormisse da giorni. I disturbi del sonno erano tra gli elementi ricorrenti nei pazienti in divisa con cui aveva lavorato. Era palese che qualcosa lo logorasse. "Cosa, però?" si domandò.

«La vedo stanco.»

«Lo sono. Tutto questo mi sta spossando.»

«Intende il nostro dialogo?» ironizzò lei.

«No, no» rispose, allontanando quel pensiero con un gesto brusco. «Lei non c'entra niente.»

«È di turno, oggi?»

«Ho chiesto qualche ora di permesso.»

Di nuovo una manciata di parole, per poi rinchiudersi in un mutismo ostinato.

«Perché secondo lei il suo superiore le ha *caldamente* consigliato di rivolgersi a una professionista come me?» tentò ancora la dottoressa.

«Per il mio benessere psicologico. E perché la mia condizione sta pregiudicando l'attività investigativa che svolgo.»

Dal modo meccanico con cui aveva parlato sembrava aver riesumato le parole di qualcun altro, il dirigente di sicuro, considerò Bruna.

«Può dirmi di più su questa sua... condizione?»

«Non è facile... È una questione, diciamo... delicata.»

«Teme un mio giudizio?»

«Anche» ribatté. Indossava un trench scuro rigato di pioggia che non aveva accennato a togliersi dacché era entrato nello studio. Dava l'idea di non essersene neppure accorto, o quantomeno non pareva interessargli.

«È un fatto che mi porto dietro da anni. Da quand'ero bambino» mormorò, evitando di guardarla.

Bruna accavallò le gambe. Ora l'uomo aveva suscitato tutta la sua curiosità professionale, e non solo.

«È armato adesso?» gli domandò per scuoterlo. Fu una trovata efficace: le rivolse di scatto un'occhiata stranita, per poi sogghignare.

«Sì. Ha paura che mi faccia saltare le cervella qua?»

«Non saprei, ma nel caso la prego di concedermi la gentilezza di farlo almeno là fuori, sul balconcino. Ho appena fatto ristrutturare lo studio da un architetto e credo mi sarebbe costato meno comprare una villa in Sardegna, vista la fattura che mi ha servito.»

«Non ho intenzione di uccidermi, né di farmi o farle del male, stia tranquilla.»

«Bene. Quindi possiamo tagliare fuori dal quadro clinico pensieri suicidari e ideazioni omicidiarie?»

«Direi di sì. Perlomeno finora... Mi scusi: era una battuta.»

Bruna stirò le labbra in un sorriso gentile, soddisfatta di quella prima apertura.

«Senta, perché non la smettiamo di girarci attorno e non mi dice esattamente perché è venuto? Si percepisce a pelle che ha voglia di sgravarsi di un peso. Sono qui per aiutarla, non per giudicarla.»

Il poliziotto soppesò l'invito.

«Ha accennato al fatto che questo tormento la opprime sin dall'infanzia, è corretto?»

«Sì.»

«Ricorda quanti anni aveva la prima volta che ne ha sofferto?»

«Otto. Otto anni» rispose deciso.

«Bene... E di quale problema stiamo parlando, allora?»

L'uomo la fissò in volto. Bruna rimase colpita dalla limpidezza dei suoi occhi chiari.

«Io... io sento delle voci. Qui» seguitò, toccandosi le tempie. «Dentro la testa... Mi straziano di continuo. Sono sul punto di impazzire.»

«Voci?»

«Già. Voci. Pianti, lamenti, sussurri... Soprattutto richieste. Richieste assillanti.»

Gli argini si erano rotti. Il poliziotto sembrò pervaso da una sensazione quasi fisica di sollievo.

La psicoterapeuta assentì, come a volerlo rassicurare. Non dava l'idea di rientrare nel profilo dello schizofrenico. Al di là dell'alterazione del ritmo sonno-veglia, non pareva presentare sintomi rivelatori di un disturbo tanto grave.

«E sente queste voci sin da bambino?» indagò.

«Sì» ammise il paziente.

«C'è un momento preciso in cui i lamenti sono più forti e insistenti?»

«Di notte. Quando sono solo... Sì, direi nel cuore della notte, dove è più difficile resistere.»

«Resistere?»

«Sì.»

«Resistere a cosa?»

Nessuna risposta. Lo sguardo era tornato sulla lampada verde. Il viso era una maschera di afflizione, come se il poliziotto fosse preda dei lamenti segreti che soltanto lui udiva.

«Ancora un piccolo sforzo, la prego, altrimenti non posso aiutarla. Come si manifestano e di chi sono le voci?»

«Be', dipende... Dipende.»

«In che senso?»

«Cambiano, a seconda della giornata e del periodo.»

Le incessanti aperture e chiusure la stavano sfinendo. Sfruttò ancora l'arma dell'ironia: «Se mi tiene così sul filo, mi sa che tra un po' quella che si suiciderà sarò io».

L'uomo incurvò le labbra.

«Allora, di chi sono?»

Il poliziotto sospirò. «Come le ho detto, dipende. Può essere la voce della polenta con soppressa, oppure del baccalà alla vicentina. Altre volte si tratta degli gnocchi con la *fioreta*. Altre ancora è l'urlo delle *sarde in saor*, del tiramisù o dei *bigoi de Bassàn* al ragù d'anatra. Dipende, appunto, dalla fame e dal frangente... Basta pure il rimasuglio di qualche pizza d'asporto rimasta in frigo. Al principio è un sussurro, poi si trasforma in un lamento e dopo in un richiamo ossessivo e ossessionante, che mi impedisce di dormire. Anche se sono bello comodo in mezzo alle trapunte, mi alzo e spazzolo tutto. È l'unico modo per far cessare quelle voci.»

La psicoterapeuta fissò basita il pachidermico poliziotto dal pesante accento veneto. «Mi faccia capire meglio: lei sente le voci del cibo?»

«Ci può giurare. Soprattutto dei piatti tipici veneziani. È un vero tormento, mi creda» rispose Bepi Pavan, riprendendo a studiare il paralume verde. Bruna comprese che il poliziotto non aveva mai scrutato la lampada, bensì il contenitore in vetro dietro alla Churchill, stracolmo di gianduiotti.

«Già» sospirò Pavan, seguendo il filo della sua deduzione. «È da quando sono entrato che quei cioccolatini mi parlano. "Mangiaci, su. Mangiaci, Bepi, dopo starai meglio"... è quello che dicono, *zio can*. Immagino che lei non li senta, vero? Sono pazzo?»

Bruna Lodigiani, dall'alto della propria laurea in Psicologia, di svariati master, un diploma della Scuola di specializzazione in psicoterapia e vent'anni di onorata carriera, non capiva se l'uomo fosse serio o se la stesse canzonando.

«Ed è stato il suo superiore a persuaderla a...»

«Già, Strega. Lui sì che è famoso. Mia moglie mi ha sbattuto fuori di casa. Intendo letteralmente. È napoletana. Se minaccia una cosa, la fa, ed è impossibile convincerla a tornare indietro. Da una settimana dormo nelle cuccette della questura, ho la schiena a pezzi e tutta la mobile che mi prende per i fondelli.»

Ormai l'uomo era un fiume in piena.

«Perché l'ha mandata via di casa?»

«Perché non riesco a dimagrire nemmeno di mezzo etto. Quando le voci comandano, io obbedisco, dottoressa. Vallo a spiegare a mia moglie, però... Qualche mese fa mi ha spedito in una clinica extrachic per dimagrimenti intensivi. La tariffa era simile a quella del suo architetto. Non ho resistito neppure tre giorni. Sono scappato di corsa da quei dietologi nazisti, come Steve McQueen in *Papillon*. Una volta a casa avevo in corpo due, tre chili in più. Ho dovuto lasciare la pistola in ufficio per paura che mia moglie la usasse contro di me, mannaggia a lei... Posso?» domandò indicando i cioccolatini.

La terapeuta acconsentì, immaginando che uno o due gianduiotti non avrebbero modificato di tanto il *physique du rôle* del poliziotto.

«Immagino sia stato seguito da esperti dell'alimentazione e...»

«La mia ultima nutrizionista, dopo due mesi di trattamento infruttuoso, ha bestemmiato davanti alle mie analisi del sangue ed è scoppiata a piangere, disperata. Ha mollato tutto e, dalle notizie più recenti che ho, pare che abbia aperto un *chiringuito* in Costa Rica.»

Bruna si portò una mano alla bocca per soffocare una risata. Provò a ricomporsi: «E quindi il suo superiore...».

«Strega, uno strizzacervelli come lei. Ha iniziato a parlarmi di "mancato superamento della fase orale" e altre menate psicologiche, dicendomi che, se millemila diete avevano fallito, la questione andava affrontata alla radice, e a suo modo di vedere il problema è psicopatologico.»

«Psicopatologico?»

«Già» ribatté Pavan scartando due gianduiotti e ficcandoseli in bocca. «Per capirci, il mio status su WhatsApp recita: "Glicemia, portami via". È la mia filosofia di vita.»

«Sì, direi che è di certo psicopatologico» confermò la donna.

«Quindi? Che si fa?» domandò Pavan, assecondando le voci di un altro paio di gianduiotti. «Vuole mandarmi alla neuro?»

«Non ancora» rispose la psicologa, facendosi pensierosa. «Ha figli?»

«Due bambine. Gemelle. Perché?»

«Ha mai sentito parlare della dieta dei sensi di colpa?»

«No, ma ho sempre ritenuto che i sensi di colpa facciano ingrassare più della maionese.»

«Si sbaglia... Si tolga pure il cappotto. Ho un'idea.»

«*Gesù banbin*, ho già la pelle d'oca» sussurrò Pavan levandosi il pesante trench. «Sentiamo.»

3

Via Fatebenefratelli, questura di Milano

Gli agenti all'ingresso della questura lasciarono passare Italo Seu senza neppure chiedergli i documenti. L'avevano visto svariate volte nei mesi precedenti, intabarrato in quel cappotto in cui sembrava scomparire, accompagnato dalla solita cartella consumata sottobraccio. Italo si era abituato agli sguardi pietosi che i poliziotti gli riservavano. Sapeva che prima o poi quella pietà si sarebbe trasformata in noia, poi in indifferenza e solo alla fine in fastidio. Non gli importava. Avrebbe continuato a insistere finché qualcuno non avesse preso a cuore il caso di sua figlia, scoprendo chi l'aveva uccisa.

Salì le scale con difficoltà. Ogni tre gradini il fiato si ingrossava, e ogni cinque doveva fare una pausa. Il fisico era più vecchio dell'età che portava. Italo aveva iniziato a lavorare nelle vigne del padre che era poco più di un bambino, e l'umidità dei terreni, il vento e il gelo delle levatacce all'alba giorno dopo giorno si erano insinuati in lui, sfibrandolo, tormentandone i risvegli, sfarinandogli le ossa. Ripensando alle ultime vendemmie che aveva portato avanti quasi da solo, vista la crisi economica che gli impediva di assumere braccianti e lo costringeva a lavorare sulla soglia degli ottanta, si pentì di aver violentato le proprie membra con quel regime da bestia.

"Ma chi avrebbe mai potuto mettere in conto una tragedia di questo genere?" si disse, rifiatando.

Era rimasto vedovo da diversi anni, la sua unica figlia ormai viveva stabilmente a Milano, i fratelli e le sorelle più grandi erano morti e cugini e nipoti erano sparsi un po' ovunque. Era uno dei pochi Seu ad aver scelto di rimanere in Sardegna, fedele alla terra, orgoglioso dei campi e della casetta in arenaria che aveva tirato su con le proprie mani. Ogni sei mesi prendeva un aereo per andare a trovare Donata e Pippo, ma lassù non resisteva più di tre giorni: poi doveva scappare. Mal tollerava quella metropoli schizofrenica. Non la capiva. L'aria gli dava malessere, e la facevano pure pagare a peso d'oro: incredibile, per un uomo abituato alla purezza delle brezze che soffiavano su Sant'Esu e al baratto tra vino e verdure, ortaggi e frutta con i contadini del paese, dove a volte passavano anche due o tre settimane senza che mettesse mai mano al portafoglio. Era contento e fiero della figlia, che aveva trovato un ottimo impiego e non si era fatta abbattere dalla relazione conclusa male col padre di Pippo. Se in quel periodo gli avessero chiesto una previsione sugli anni che gli rimanevano da vivere, avrebbe risposto che il piano era mettere da parte più denaro possibile per Maria Donata e il nipote, vendere campi e cantina a un prezzo dignitoso salvo tenere un pezzetto di terra da curare fino alla fine. Aveva avuto una vita dura, morigerata, eppure pacifica e piena d'amore. Avrebbe lasciato questo mondo senza rimpianti.

Ma.

Come una gelata improvvisa può mandare in malora il lavoro di mesi o addirittura di anni, una chiamata da quella fredda e crudele città gli aveva stravolto l'esistenza.

«Buongiorno, signor Seu. È con grande difficoltà che devo darle una brutta notizia. Maria Donata purtroppo è morta. È stata una tragedia. Suo nipote è con noi. Abbiamo visto che lei è l'unico parente stretto che gli è rimasto. Il momento è devastante, lo so, ma sono tenuta a chiederle se vuole che venga affidato a una casa famiglia o se preferisce farsene carico lei.»

Ricordava a memoria le parole dell'assistente sociale. Dieci secondi in apnea mentre la ascoltava. E da quel forzato sprofondamento nel dolore e nell'incredulità non era mai più emerso. Dieci secondi che si erano estesi a otto mesi di inabissamento, al limite dell'asfissia.

«Non ho capito, può ripetere?»

La donna aveva acconsentito, ma la sostanza non era cambiata: *tua figlia è morta, Pippo è in mano ai servizi sociali, cosa vuoi fare?* Era quello il vero significato celato dietro la cortina di formalismo.

«Sto arrivando» aveva risposto senza esitazione. L'aveva detto in sardo, la lingua dell'anima con cui ragionava, senza nemmeno rendersene conto. L'aveva ridetto in italiano. «Sto arrivando. Non azzardatevi a metterlo da nessuna parte. Sto arrivando.»

Era uscito in cortile e aveva vomitato. "Devo chiamare qualcuno" si era ripetuto, salvo rendersi conto che non c'era nessuno a cui telefonare. Era rimasto solo. Con gli occhi lucidi e il viso contratto dallo sgomento, aveva balbettato tra i singhiozzi le sue preghiere di bambino e aveva preparato in fretta una valigia. Sosta veloce alle Poste per ritirare un bel po' di contante, poi tappa alla chiesa parrocchiale di San Biagio dove aveva comunicato a don Sandro la disgrazia, pregandolo di accompagnarlo in aeroporto. Il sacerdote l'aveva abbracciato forte ed era corso nel proprio ufficio, occupandosi di comprare il biglietto per quel fedele timorato di Dio, onnipresente a tutte le messe e ai funerali dei compaesani. Italo aveva provato a rimborsarlo, ma il prete aveva rifiutato il denaro, implorando invece quell'uomo orgoglioso, poco avvezzo a chiedere aiuto, di accettare qualche banconota presa dal cesto delle offerte. A malincuore, Italo le aveva intascate: ora non doveva più pensare soltanto a se stesso, ma al bene del nipotino.

«Sono vecchio, padre. Sono debole. Cosa farò adesso? Come farò con un bimbo così piccolo?» aveva domandato al prete al primo semaforo rosso.

«Il padre di Pippo?»

«Gli è stata sospesa la responsabilità genitoriale. Aveva picchiato mia figlia davanti al bambino.»

«Santo cielo. Ma... è stato lui a...»

«Non lo so. Non me l'hanno detto. Forse.»

Don Sandro era rimasto in silenzio, gli occhi umidi. "Quando un uomo che si nutre di scritture rimane senza parole, la situazione è irreparabile" aveva riflettuto l'anziano.

«L'avevo implorata di cambiare città, ma non mi ha ascoltato.»

«Mi dispiace davvero tanto... Chieda in preghiera l'ausilio della sua cara moglie, signor Italo. Contrariamente a quanto possa credere, non è solo» aveva detto poi, instradandolo verso i controlli di sicurezza.

Si erano stretti la mano. Avvertendo la presa ferrea del vignaio, don Sandro aveva capito che il bambino era al sicuro: il nonno aveva la tempra degli uomini di un tempo, abituati ad avanzare con la schiena dritta anche nelle bufere più violente della vita.

Italo aveva comprato il pupazzetto di un gallo nel duty-free vicino agli imbarchi. Per qualche strano motivo, Pippo adorava i galli. Osservando quell'animaletto sorridente, Italo Seu si era sentito morire e gli occhi si erano allagati di lacrime.

"Cos'è successo, Donata?" aveva domandato mentalmente alla figlia.

Non aveva più smesso di rivolgersi a lei.

Italo Seu era un uomo abituato ad aspettare. Aveva forgiato l'arte della pazienza negli innumerevoli appostamenti sulla Statale che portava verso Cagliari, seduto a fianco della sua Ape Piaggio parcheggiata in un'area di sosta, il pianale zeppo di cassette d'uva in eccedenza che vendeva a buon prezzo agli automobilisti. Un prodotto rinomato, ma a volte capitava di aspettare ore e ore clienti che non si sarebbero mai palesati.

Ciononostante, dopo più di un'ora di anticamera decise che ne aveva abbastanza: era molto probabile che si fossero dimenticati di lui, era già capitato. Si alzò dalla scomoda panca e si avviò nel corridoio della squadra mobile. Trovò l'ufficio del vicequestore Vito Strega nella Sezione omicidi e reati contro la persona, e bussò. Sapeva che il poliziotto era stato imbarcato per un mese nelle acque vicino a Lampedusa. Doveva essere tornato a Milano da qualche giorno, standο a quanto gli avevano detto i colleghi del criminologo.

«Avanti» disse una voce all'interno.

Italo Seu aprì la porta. Alla scrivania sedeva un uomo che non corrispondeva alle immagini del vicequestore che aveva visto sui quotidiani.

«Professor Strega?» domandò per sicurezza.

«See, magari» rispose Bepi Pavan, alzandosi con difficoltà e andando incontro all'anziano, grato per avergli fornito una pausa dalle forche caudine della burocrazia in cui era impelagato. «Sono l'ispettore Pavan. Il professore ha chiesto qualche giorno di permesso. Rientra domani... Posso aiutarla io?»

Italo lo squadrò con diffidenza.

«Non si faccia ingannare dalle apparenze, non mi sono mangiato il vicequestore, gliel'assicuro» disse battendosi con le mani il pancione a botte. «Lavoro con Strega da diversi anni. So fare il mio mestiere.»

L'anziano avrebbe potuto aspettare ancora un altro giorno e tornare l'indomani, ma qualcosa negli occhi di quello strano poliziotto lo convinse a fidarsi.

«Mi chiamo Italo Seu. Mia figlia Donata è stata uccisa qui a Milano otto mesi fa. L'assassino non è mai stato preso. Sono convinto che sia ancora in città, e che, se non verrà preso, ucciderà altre donne.»

«*'orco bòja*» si lasciò sfuggire Bepi.

«Sono mesi che provo a chiedere giustizia, ma nessuno mi ha mai ascoltato.»

Pavan rimase colpito dalla fissità dello sguardo di quell'anziano gracile e al tempo stesso granitico. Si domandò quanti anni potesse avere, ma lasciò perdere: gliel'avrebbe chiesto più tardi.

«Lei è sardo.»

«E lei veneto.»

«Già. A ognuno le proprie colpe» ironizzò Bepi.

Liberò la scrivania dalla mole di scartoffie che si erano accumulate in assenza del superiore.

«Si accomodi, signor Seu. Io l'ascolterò» promise Pavan. «Partiamo dall'inizio.»

4

Uffici della squadra mobile, questura di Pavia

Eva Croce stava per chiedere a qualcuno dei poliziotti in divisa nell'atrio quale fosse l'ufficio dell'ispettrice Pontecorvo, quando da dietro una porta chiusa ne udì l'inconfondibile timbro: «Conosci Niccolò Copernico?».

Una voce sommessa replicò: «Vagamente».

«Fatti un ripassino allora. Copernico è quello che ha scoperto che il mondo gira attorno al Sole e non intorno a te, babbeo... Fuori!»

Croce vide un agente in uniforme uscire mogio dall'ufficio della collega.

"Essere stata a stretto contatto con Rais per qualche mese mi sa che non le ha fatto bene" pensò Eva, bussando.

«Chi è?»

Croce non rispose ed entrò. Clara Pontecorvo era impegnata a cambiare una lampadina fulminata. Essendo alta un metro e novantotto, l'operazione le veniva piuttosto semplice.

«Mi ci tocca fa' pure l'elettricista, dio bono» mugugnò la gigantessa, dandole le spalle. «Te chi sei, mo'?»

Eva non fiatò. Osservò dei poster finto-motivazionali appesi alla parete. Uno recitava: "Mi hanno gettata in mezzo ai lupi e col mio peso ne ho schiacciati quattro". Un altro ancora: "Sto ingoiando tanti di quei rospi che cagherò principi azzurri per i prossimi quindici anni!".

«Ma ti fanno davvero tenere questa roba?» domandò l'ispettrice di origini milanesi, fissando una foto che ritraeva lei, Pontecorvo e Rais in uno dei chioschi del Poetto. Il fotografo estemporaneo ingaggiato per lo scatto aveva immortalato uno dei rari sorrisi di Mara.

Clara si bloccò a metà dell'opera e si voltò verso Croce. «Questa sì che è una sorpresa. E comunque, hai ragione: da quando abbiamo preso il Mostro del Ticino, mi fanno fare quello che voglio. Vieni qui, bella donna.»

«Ehi, se mi devi abbracciare dosa la forza, santo cielo.»

Pontecorvo non le diede retta: l'abbrancò con le braccia da cestista e la sollevò di una decina di centimetri dal pavimento, facendole svolazzare i lunghi capelli rossi.

«Mettimi giù, dannazione.»

«Aspetta, fatti baciare per bene, *bagassedda*.»

«Gesù...» sibilò Eva, stretta ai limiti del soffocamento nella morsa erculea.

«Come mai da queste parti? C'è del lavoro per noi?» domandò Clara, speranzosa, riportandola a terra.

«No, no... Volevo solo farti un saluto. Sto un paio di giorni a Milano per questioni burocratiche e mi è venuta voglia di vedere come se la stesse cavando la mia recluta in quel di Pavia. Sono pur sempre il tuo ufficiale supervisore, no?»

Pontecorvo lanciò la lampadina guasta in un cestino a qualche metro da lei. Canestro perfetto.

«Non dirmi anche tu che ho sbagliato mestiere, per cortesia.»

«Tranquilla. Però, da ispettrice a manutentrice il passo è stato breve, eh? A proposito: cosa diavolo ti ha fatto quel povero disgraziato?»

«Eh, stando in tema di reclute: ormai non c'è più il sano nonnismo di un tempo. Gli ho chiesto di prendere una scala e cambiare la lampadina e lui ha iniziato a tirare fuori scuse su scuse: "E se dovessi farmi male? L'assicurazione non coprirebbe incidenti di questo genere. Non rientra nelle mie mansioni. Avrei prima bisogno dell'autorizzazione della dirigente"... Sicché ho sbottato: *Oh, ma autorizzati 'sta fava! Ma va' a pijallo 'nculo, rincitrullito. Ha visto più schizzi tu ma' che li scogli di Calafuria.*»

«Pontecorvo, dio santo, datti una calmata: si è semplicemente rifiutato di cambiarti una lampadina, c'è bisogno di tutta questa volgarità?»

«Lasciamo stare. Andiamo a prenderci un caffè?»

«Magari per te una camomilla, ché mi sembri già abbastanza nervosetta.»

«E non so' manco le dieci, dio bono.»

Trovarono un bar dall'altra parte del Naviglio, così da poter parlare senza filtri lontane dai colleghi della questura.

«Vedrai Strega?» domandò la toscana.

«Non lo so. Proverò a chiamarlo. Quantomeno per farmi raccontare qualcosa in più di questa operazione che ha fatto. Intendiamoci: gli fa onore. Ma imbarcarsi per un mese... tanta roba, no?»

«Di sicuro aveva voglia di staccare un po', o forse soltanto di essere lasciato in pace... O pensi che la cosa sia legata alla rottura con Rais?»

«Se di rottura si tratta... Lei continua a non dire una parola al riguardo. È più omertosa di un mafioso, sulle questioni personali.»

«Mi ricorda qualcuno che conosco...»

Eva ignorò la provocazione.

«Comunque, qualcosa dev'essere accaduto. Che ragioni può aver avuto Rais per abbandonare la squadra così, di botto?»

La rossa fece spallucce, sorbendo un tè verde. Erano trascorsi tre mesi dal giorno in cui la partner aveva rassegnato le dimissioni dalla SIS, la Sezione indagini speciali diretta dal criminologo Vito Strega, loro superiore e mentore. Mara era tornata a essere un'ispettrice della squadra mobile di Cagliari e non aveva dato spiegazioni a nessuno in proposito.

«Dici che hanno trombato?» riprese Clara.

Per poco Croce non si versò la tazza addosso. «Ma anche se fosse, saranno affaracci loro?»

«T'ha' ragione anche te. Però, dato che Miss Simpatia ci ha abbandonate, almeno il motivo io lo voglio sapere, perché ora tutto grava sulle nostre spalle. Sicché sì, sono anche affari nostri.»

«*Tuoi*. Non di certo miei.»

«Sei proprio antigossip, Maremma impestata. Fai tutta la algida, ma sotto sotto ti garberebbe sapere che è successo, o no?»

«Sto iniziando a pentirmi di essere venuta. E comunque, anch'io ho un lato pettegolo.»

«Che si paleserebbe verso chi, di grazia?»

«Ma nei tuoi riguardi, ovvio. Infatti: qualche novità sul lato sentimentale?»

Pontecorvo sospirò. «Certo, ma pessima, come sempre.»

«Racconta.»

«Breve storia triste» attaccò la gigantessa, gesticolando quasi stesse illustrando un cartellone. «Becco questo tizio su una nuova app. Bono forte. Ci matchiamo, ci si scambia un po' di smancerie e due sere dopo ci si vede. Tre drink e scatta la scintilla. Sicché si fila a casa sua, che è più vicina. Lo si fa di gran furia, e mentre ci diamo dentro la sua gatta sale sul letto e caga sopra il cuscino... Il *mio* cuscino. A cinque centimetri dal *mio* viso. Ci fermiamo. Lui porta via la bestia, io mi alzo e me ne vado, in lacrime, sotto shock. Cinque minuti dopo mi blocca dappertutto. Tinder, Instagram, WhatsApp. *Dappertutto*. Fine della storia. L'ho archiviata nel faldone "Uomini e bestie di merda: dove trovarli e come evitarli".»

Croce si era portata le mani alla bocca per non riderle in faccia.

«Sempre meglio del tizio di qualche settimana dopo... Bono anche più di quest'ultimo. A letto, un gladiatore. Ci vado in fissa, salvo scoprire per vie traverse, dopo due settimane e mezzo, che era un prete.»

«Oddio!»

«La mia esclamazione quando l'ho scoperto non è stata così gentile. Comunque: mi presento in chiesa mentre la stava allestendo per un matrimonio e gli faccio: "Sicché quando avevi intenzione di dirmelo? O pensavi di mandarmi un angelo annunziante, per farmelo sapere?".»

«E lui?»

«Forse perché preso in contropiede, si rigira tra le mani una scatola per ostie e mi sgancia la risposta epica: "Da quant'è che non fai la comunione?".»

«E tu?»

«Mi son giocata la carta della Vergine maratoneta con tutti i santi appresso... Gliene ho tirate così tante che le vecchiette che stavano dicendo il rosario sono svenute, mentre la statua della Madonna ha preso vita e con le mani di ceramica ha tappato le orecchie del povero Gesù bambino. Ma perché tutte a me? Cosa diavolo ho fatto nelle mie vite passate per meritarmi questo? Un prete, ti rendi conto?»

«È il prezzo da pagare per essere una grande investigatrice» ironizzò Eva.

«Come no... Comunque, dato che c'ero, gli ho chiesto di benedirmi la macchina nuova.»

«Dopo che ti sei smadonnata l'anima?»

«Ma guarda che le mie erano attestazioni di stima. In ogni caso non è vero: non gliel'ho chiesto. Ci ho pensato però, ma sono riuscita a trattenermi, per fortuna. Sai che c'è un mercato dietro queste benedizioni delle auto, con tanto di tariffario? Alcuni preti prendono anche cento, centoventi euro per una spruzzatina d'acqua santa e due preghiere in croce. A quel punto faccio prima a farmi la kasko, che, come assicurazione, mi sembra un tantino più sicura rispetto a quella di Gesù Cristo, non credi?»

Clara Pontecorvo era la regina delle divagazioni. Per questo Eva l'adorava: al di là dell'affetto che provava verso la collega, l'aura tragicomica, che la seguiva come un'ombra in ognuna delle sue innumerevoli digressioni, rendeva ogni incontro un'occasione per ridere sulle bizzarrie delle loro strane e complesse esistenze.

«A parte gatti e preti, ti trovo bene» disse Croce.

«Uff... Ci si annoia parecchio, a dire il vero. Non sai cosa darei per tornare a Cagliari da voi.»

«Cagliari è un posto tranquillo, un piccolo paradiso. Ma tu vuoi fare carriera. E lo sai meglio di me: i posti tranquilli non sono adatti a chi vuole avanzare velocemente fino ai vertici» spiegò la rossa. «Il mare calmo non forgia il buon marinaio, come si suol dire. Tu hai bisogno di psicopatici e assassini.»

«Certo. Mi ci mancano soltanto quelli per completare questo quadretto crudele che è la mia vita.»

«Non intendevo in quel senso, *balossa*.»

Il sardo, per loro, era diventata la lingua degli sberleffi.

«Sicché, dato che sei qua, ci spariamo una cena con Strega e Pavan una delle prossime sere?»

«Volentieri.»

«Organizziamoci in fretta, però, ché tra qualche giorno torno a casa. Vo a risciacquare i miei cenci in Arno, come direbbe il Manzoni. Ogni tanto bisogna fare la messa a punto delle imprecazioni.»

«A proposito di imprecazioni, sai di Pavan?»

«Cosa?» s'incuriosì Pontecorvo.

«La moglie l'ha buttato fuori di casa.»

«No!»

«Giuro.»

«Aspetta un attimo: le ha messo le corna?»

«Sì, una volta di troppo. Ma con un piatto di lasagne. L'ha sbattuto fuori per il peso. Quel poveraccio è una settimana che dorme in questura. Mi ha chiamata per sfogarsi.»

Clara sogghignò, malevola. «Ben gli sta... Ti vuoi fermare a pranzo?»

«Meglio di no. Preferisco sbrigare un po' di quelle cose di cui ti parlavo. Ci becchiamo a cena domani o più tardi, ok?»

Clara annuì e porse il cellulare a una cameriera, chiedendole se potesse scattar loro una foto.

«È per Rais. Per farla ingelosire.»

«Ingelosire mi sembra troppo ambiziosa come missione, ma proviamoci lo stesso.»

Si misero in posa e la ragazza le immortalò. Qualche secondo dopo l'immagine era già nella loro chat privata su WhatsApp. Passò un minuto, e Rais rispose con un'altra fotografia. O meglio: era l'ingrandimento di un particolare della foto che le avevano inviato, e ritraeva gli anfibi neri di Eva evidenziati con un cerchio giallo fosforescente. Sotto, un messaggio lapidario: «Cenerentola è la dimostrazione che un nuovo paio di scarpe può cambiarti l'esistenza, Croce. Fatti un favore: butta in un cassonetto quegli obbrobri, entra nella prima boutique che trovi e dài nuovo impulso alla tua miserevole vita senza di me».

Pontecorvo commentò: «Affettuosa come non mai».

«Non mi aspettavo molto di più» rilanciò Eva. «Torna a lavorare, su, prima che ti diano per dispersa.»

«Vuoi che ti accompagni alla stazione?»

«No, non c'è bisogno. Adoro Pavia. Due passi mi faranno bene.»

Le due poliziotte si salutarono. Eva aveva già percorso una ventina di metri quando la toscana la richiamò.

«Croce?»

Eva si voltò verso Pontecorvo, che si trovava dall'altra parte della strada.

«Ti ho vista un pochino sottotono. Forse dovresti provare a distrarti. Ma non è che vuoi il numero di quel prete?»

Croce le mostrò il dito medio. «Fatti curare, Pontecorvo!»

L'amazzone scoppiò a ridere e proseguì diretta alla questura.

Eva si calò sulla testa il cappuccio del giubbotto, per proteggersi dal pulviscolo di pioggia, e indossò gli AirPods. Fece giusto in tempo ad ascoltare le prime note di *Gasoline* dei Crobot prima che una chiamata in arrivo mettesse in pausa la canzone.

Era Pavan.

«Buongiorno, Bepi. Come hai dormito, stanotte?» rispose l'ispettrice.

«Lasciamo perdere. Mi sento come se qualcuno avesse giocato a Shanghai con le mie vertebre.»

«Povero... Mi dispiace.»

«Sei in città?»

«Ci sto per tornare. Perché?»

«Mi sa che dovrai cambiare i tuoi programmi. Credo ci sia del lavoro per noi.»

Eva Croce avvertì una scarica di adrenalina attraversarle la spina dorsale.

«Dimmi tutto.»

5

Uffici della squadra mobile, questura di Milano

La storia di quel vecchietto dagli occhi miti gli aveva spezzato il cuore. Non solo. Come sempre dopo la notizia di un ennesimo femminicidio, in virtù dell'essere padre di due bambine Pavan si era sentito invadere da un'inquietudine che l'avrebbe perseguitato per giorni, consapevole che, non appena le gemelle fossero divenute adulte, non avrebbe più potuto proteggerle dalle imprevedibili, violente variabili del mondo maschile: a meno che non fosse riuscito a farle diventare entrambe monache di clausura – progetto persuasivo a cui si era dedicato sin da quando avevano iniziato a esprimersi in italiano corretto – avrebbe dovuto lasciarle andare, e questo, alla luce delle terribili cronache ormai quotidiane e del mestiere di poliziotto dell'investigativa, lo terrorizzava.

Tornato nell'ufficio di Strega, che occupava in sua assenza visto che era molto più grande e comodo del suo bugigattolo, Bepi utilizzò il Sistema utente investigativo, il portale di investigazioni digitali della polizia, per valutare di nuovo il materiale sul delitto di Maria Donata Seu. Attraverso il Sistema d'indagine, la banca dati interforze su fatti criminosi e soggetti con precedenti, l'ispettore verificò le informazioni sciorinate con dovizia di particolari dal padre della vittima, sorprendendosi dell'accuratezza dimostrata dall'anziano e corroborata dagli elementi forniti dal programma. Sapendo che Strega non se la sarebbe presa a male, l'ispettore utilizzò le sue credenziali per accedere all'area del software riservata ai dirigenti, in modo da avere un quadro completo comprendente gli appunti dei titolari del fascicolo, le relazioni di servizio, le cronologie investigative, il referto autoptico, i resoconti degli esami tossicologici e della scientifica, gli atti della dirigente che aveva coordinato il caso e il materiale video-fotografico della scena del crimine.

Tra le righe del linguaggio tecnico-burocratico, Pavan ricavò che l'indagine era ancora aperta ma in realtà era da mesi su un binario morto. Gli ispettori che avevano lavorato su quel delitto erano stati assegnati ad altri incarichi: e questo non era mai un buon segnale.

Una volta conclusa l'analisi della documentazione, Pavan lanciò una normale ricerca in rete sull'omicidio, per valutare la portata mediatica del delitto Seu.

"Poca roba" disse fra sé, scorrendo la scarna rassegna stampa: Donata Seu aveva avuto la sfortuna di morire poco prima di altre due donne, i cui delitti, più cruenti e morbosi, avevano presto oscurato il suo, relegandolo a rumore di fondo. Il numero dei femminicidi non diminuiva ed era diventato una consuetudine, e i media si erano specializzati nel trasformare quell'intollerabile carnaio nell'ennesimo show d'intrattenimento per catturare più percentuali di share possibili: chi tra le vittime non rientrava nei canoni più *fortunati* a livello di "vendibilità della notizia" veniva subito dimenticata, destinata a diventare mera cifra, fredda statistica.

"È la legge perversa dei grandi numeri" pensò, scrollando gli articoli su Maria Donata. Realizzò che nessun giornalista aveva accennato al dettaglio dell'abito da sposa: capì quindi che i colleghi avevano tenuto quell'informazione per loro, reputandola troppo particolare e rilevante per darla in pasto alle cronache. "O forse hanno voluto scongiurare il rischio emulazione" rifletté Pavan. "Devo ricordarmi di chiederglielo."

Si appuntò i nomi degli inquirenti che avevano lavorato sul caso Seu: erano persone che conosceva da anni e con le quali aveva condiviso svariate inchieste. Avrebbe dovuto scambiarci due chiacchiere, una volta che Strega gli avesse dato il via libera. Prima, però, voleva parlare con Eva Croce, perché la collega era molto più esperta di lui in quel genere di crimini.

L'ispettore si spostò sulla sedia, facendola gemere. Il cigolio metallico gli riportò alla mente il dialogo con la psicoterapeuta di qualche ora prima.

«Mi dica, qual è la sua paura più grande?» gli aveva chiesto la dottoressa.

«Avere così tanta fame da abbassarmi a mangiare una pizza con l'ananas o un piatto di pasta condita col ketchup.»

«Sia serio.»

«Sopravvivere alle mie figlie» aveva ribattuto Pavan, deciso.

«Giusto. Provi a immaginare un altro scenario: lei, oggi, abbandona famiglia e bimbe. Per sempre. Le lascia impreparate e incredule. Nessuna rete di protezione, nessun ultimo messaggio. Sparisce, punto, e non tornerà mai più. Questo le fa paura?»

«Fino a un certo punto, perché so che non lo farei mai.»

«In realtà è proprio quello che sta facendo.»

«Mi scusi? Cosa intende?»

«Lei si sta suicidando, ispettore. Forse non se ne rende conto perché la gratificazione data dal cibo le offusca la percezione della realtà, ma sta giocando col futuro della sua famiglia. Quei cioccolatini, per esempio, sono proiettili contro cui si getta senza alcun giubbotto di protezione. Finora li ha schivati. Ma quando le arterie collasseranno perché troppo occluse, cosa pensa che ne sarà delle gemelle? Come reagiranno alla perdita? Si sforzi di mettersi nei panni di sua moglie che si trova d'improvviso a gestire una situazione del genere, a livello psicologico, economico, familiare… Ne vale davvero la pena per un pugno di gianduiotti?»

Pavan era rimasto in silenzio, turbato. Poi aveva risposto: «Per qualche gianduiotto in effetti no. Ma per la parmigiana di melanzane di mia suocera… Mi scusi, scherzavo».

«Visualizzi una giornata tipo di sua moglie senza più lei in casa. Cosa avverte?»

«Paura, vergogna… Colpa» aveva ammesso il poliziotto.

«Sono pensieri che le fanno venire fame?»

«No.»

«Bene. Ecco la sua dieta. Sa meglio di me come dovrebbe nutrirsi perché, come mi ha detto, ha cercato di portare avanti innumerevoli regimi alimentari restrittivi e ha incontrato tanti professionisti dell'alimentazione. La mia dieta è questa: mangi pure ciò che vuole. Ma solo dopo essersi concentrato sulle conseguenze che il cibo ingerito avrà non soltanto sulla sua esistenza, ma soprattutto su quella delle persone che ama e verso cui ha delle responsabilità.»

«Ho incontrato diversi stupratori nella mia carriera. Almeno due serial killer e qualche terrorista. Ma una crudeltà simile credo che nemmeno Charles Manson…»

Bruna Lodigiani lo aveva fermato. «Proietti quelle immagini nella mente, come un film. Ci rivediamo tra una settimana, e mi dirà se sarà servito a qualcosa.»

Ai vari scenari drammatici che Bepi aveva iniziato a concepire una volta fuori dallo studio della dottoressa, se ne aggiunse un altro.

"Se avessi un infarto ora e finissi al Creatore, il vecchio Seu verrebbe dimenticato da tutti" realizzò. "Nessuno cercherebbe di fare qualcosa per lui, per il nipotino e per la memoria di quella donna. Ti sei preso l'incombenza di farti carico del suo dolore. Non puoi deluderlo."

«No, non posso, *zio can*» mormorò, come per darsi forza.

Stampò il materiale investigativo e lo inserì in una cartellina. Abbandonò l'ufficio di Strega e attraversò i corridoi della mobile pensando ai passi da compiere per riaprire il caso di Donata Seu.

Quando transitò davanti alle macchinette degli snack, che d'abitudine saccheggiava in modo inverecondo, neppure si accorse della loro presenza.

6

Stazione della metropolitana Bande Nere, Milano

Aveva riso di lui. L'aveva umiliato e svilito davanti a tutti, facendolo passare per idiota. Ivan non aveva reagito. Preso alla sprovvista, aveva a malapena masticato qualche debole scusa, dicendo che aveva dovuto spedire gli ordini di fretta e all'ultimo, perché era stato trattenuto da altre, più urgenti incombenze. Lei, con l'aria da maestrina frigida, gli aveva dato del procrastinatore e dello sbadato, sostenendo che era l'unico là dentro a creare quel tipo di problemi. Come sempre, si era atteggiata a top manager di una multinazionale di prodotti alimentari, e non alla modesta direttrice di un minuscolo punto vendita di periferia, segnata da una vita sedentaria e frustrata per quel lavoro dettato dalla necessità e poco gratificante rispetto alle ben più alte ambizioni.

Ivan si era sentito andare a fuoco. La rabbia che lo animava pareva aver preso il comando dei muscoli facciali e delle labbra, perché aveva balbettato. La donna gli aveva fatto il verso, inducendo gli altri colleghi a sogghignare. Quegli schifosi immigrati gli avevano lanciato occhiate intrise di sufficienza mista a compassione.

Aveva compreso che sarebbe passato dalle fantasie ai fatti. Quella che fino a qualche istante prima era stata soltanto una fantasticheria dettata da un miscuglio di rabbia repressa, misoginia, desiderio di riscatto e odio verso la gerarchia, ora si era trasformata in una miscela bestiale che gli bruciava nelle vene. Aveva la necessità fisica di farle del male, di vederla soffrire. Doveva darle una lezione che si sarebbe ricordata per i giorni a venire, se fosse stato tanto generoso da decidere di lasciarla in vita.

I pensieri di vendetta lo tirarono su di morale. C'erano tante cose che Viola Marturano ignorava. Per esempio, che da mesi Ivan la seguiva e la spiava nell'ombra. Conosceva tutto di lei. Orari, frequentazioni, cosa ordinava per cena su Glovo, i rimasugli della rosticceria che si portava a casa, i minuti che dedicava a osservare le vetrine di borse griffate che non avrebbe mai potuto permettersi. Aveva addirittura frugato nella spazzatura della donna, una lurida attività che gli aveva dato una sensazione elettrizzante. Viola, che si divertiva a umiliarlo, non aveva idea che Ivan in segreto violentava la sua privacy. Aveva seguito pure lo sfigato che frequentava. Il tizio aveva un'altra ragazza, e di certo la direttrice ne era all'oscuro. Ivan aveva un quaderno zeppo di appunti, dove raccoglieva tutto ciò che riguardava la capa. La notte, per rilassarsi prima di dormire, lo sfogliava immaginando come avrebbe potuto utilizzare quelle informazioni per le proprie trame.

Sì, si sarebbe vendicato, stabilì. La cosa più importante era che nessuno risalisse a lui. Tale consapevolezza lo inebriò e lo spinse ad accelerare il passo. Non voleva fare tardi all'appuntamento con la persona che gli avrebbe dato l'occasione per farla pagare a quella vacca.

7

Angolo tra via Scarlatti e via Mauro Macchi, Milano

Strega osservava la città dall'ampia vetrata dell'appartamento. Gli occhi avevano difficoltà ad accettare che i profili dei palazzi fossero immobili e non ondeggiassero. Era a Milano ormai da una settimana, dopo un mese trascorso in mare, ma non si era ancora riabituato alla terraferma.

Si avvicinò alle mensole incurvate della libreria a parete, traboccante di volumi e dischi, e scelse un album che si accordasse con l'umore del momento. Optò per *Tutu* di Miles Davis. Estrasse il vinile dalla custodia, sollevò con delicatezza il braccio del giradischi e dopo qualche secondo la tromba del jazzista americano inondò l'open space nel sottotetto del palazzo liberty. Rabboccò la tazza di caffè e tornò alla finestra, scrutando le strade come attraverso l'oblò di un battello.

Sulla tavola in legno al centro dell'attico, a fianco della pistola d'ordinanza e del portafoglio col tesserino identificativo, lo attendeva una pila di lettere ancora da aprire. Molte missive avevano un'aria ufficiale e urgente, ma Strega non aveva alcuna voglia di dedicarcisi. Da giorni rimandava le questioni burocratiche, non aveva testa per starci dietro. Da quando era tornato, avvertiva una sensazione strana, quasi fosse in arrivo una bufera. Non meteorologica, purtroppo, bensì una di quelle tempeste che stravolgevano la vita, da cui un mese prima, in maniera codarda, si era sottratto, fuggendo per mare. In quei trenta giorni aveva provato a dimenticare, illudendosi che scordare equivalesse a guarire. Ma non era guarito per niente. Anzi. Il mare l'aveva costretto a guardarsi dentro e a fare i conti con l'uomo che era diventato.

A seguito dell'ultimo caso che aveva affrontato con la squadra, il delitto della giovane Maristella Coga, Vito Strega era caduto in un limbo di tormenti e solitudine. Di nuovo. Era approdato alla verità, scoprendo chi aveva ucciso la ragazza, ma l'aveva fatto da solo, per proteggere le colleghe. O perlomeno, questa era stata l'intenzione. Rais, la sua ispettrice più brillante, si era accorta che aveva agito alle loro spalle, muovendosi sul filo della legalità, e aveva abbandonato il gruppo, sorda alle giustificazioni che il superiore aveva addotto. L'uscita di scena di Mara, come investigatrice e amica, aveva gettato Strega nel dubbio. Non si sentiva più all'altezza di dirigere la Sezione indagini speciali. Anzi: non si sentiva più sicuro di essere un buon poliziotto o di voler continuare a fare quel mestiere. Soprattutto perché le voci si erano ripresentate, più forti che mai. Si era rifugiato nell'insegnamento, per distrarsi, ma neppure quello aveva funzionato. Il Canto degli innocenti, il suo pericoloso segreto, quel coro di lamenti che udiva nella testa sin da bambino, aveva ripreso a tormentarlo, obbligandolo a rintanarsi nell'effetto stordente dei neurolettici che sì, riducevano al silenzio le voci, ma gli rallentavano la mente. Non potendo dedicarsi al meglio alle inchieste che lo attendevano, per via di quell'handicap, aveva cercato una scusa per evitare il problema e, lasciando che gli altri pensassero che stesse facendo un gesto nobile e altruistico, si era imbarcato. In realtà, non c'era nulla di caritatevole in quella decisione: stava soltanto scappando da se stesso.

Strega aveva preso parte come volontario all'operazione umanitaria e militare *Mare Nostrum 3*: era salito a bordo della nave anfibia della marina *San Marco* insieme ad altri colleghi della polizia di Stato, per prestare soccorso ai migranti nella zona di Lampedusa e nel Canale di Sicilia. Il Dipartimento di pubblica sicurezza ne aveva accolto subito e con entusiasmo la domanda in virtù delle sue specializzazioni in Psicologia – i profughi avevano grande necessità di sostegno emotivo – e della padronanza delle lingue francese e inglese, con cui poteva dialogare con quelle persone. Con l'aiuto di un gruppo di mediatori, Vito raccoglieva gli elementi forniti dagli immigrati per l'avvio delle indagini sulle organizzazioni criminali specializzate nella tratta di esseri umani.

Tutti sulla *San Marco* si erano accorti che i migranti si aprivano molto di più col vicequestore, non soltanto per l'empatia che instaurava con quei poveretti, ma per via del colore della pelle: Strega era un mulatto, una rarità tra poliziotti e militari, e questo comportava che, a livello subliminale, i migranti si fidassero subito di lui, quasi fosse un amico di lunga data. Gli accordi iniziali prevedevano che avrebbe dovuto operare per un solo turno di quindici giorni. Tuttavia, vista la situazione drammatica, Vito aveva chiesto di rimanere ancora a bordo, provando un senso di utilità mai sperimentato prima.

Per un mese si era dimenticato di omicidi, indagini, crimini violenti e assassini in libertà, soverchiato da una realtà più tragica che fino a quel momento aveva conosciuto soltanto attraverso il filtro anestetizzante di quotidiani e telegiornali. Prima di entrare in polizia, Strega era stato mandato per qualche mese come fuciliere di marina nei Balcani, a conflitto appena concluso, per stabilizzare la situazione. E la situazione, all'epoca, gli era sembrata tremenda. Ma nulla di paragonabile a quello di cui era stato testimone sulla *San Marco*, dove concetti come "umanità" e "disumanità" avevano raggiunto vette e abissi inusitati. Aveva salvato bambini e giovani spossati da malattie, fame, sete e acqua gelida. Aveva trascinato sul gommone uomini morti di stenti, i cui corpi recavano i segni di brutali torture: aveva compreso con sgomento che il freddo mare in tempesta era una passeggiata rispetto ai gironi dell'inferno da cui stavano scappando. In un caso, una donna gli era morta davanti, trascinata a fondo dai vestiti che la coprivano: Strega e altri marinai si erano gettati tra i flutti, ma non erano riusciti a riportarla a galla per tempo. Gli occhi vitrei della donna l'avevano tormentato per molte notti insonni. Un giorno, una madre che avevano strappato alle onde per un soffio, una volta ripreso coscienza a bordo, rendendosi conto che il figlio non era con lei e non ce l'aveva fatta, aveva tentato il suicidio cercando di buttarsi in acqua: Strega gliel'aveva impedito, immobilizzandola e sussurrandole parole dolci all'orecchio, mentre i colleghi l'ammanettavano e un medico le somministrava un calmante. Spesso aveva interrogato scafisti senza scrupoli, che gli avevano riso in faccia per tutto il tempo dell'interrogatorio: Vito aveva dovuto trattenersi allo spasimo per non prenderli a pugni e scagliarli in mare. Quando un collega siciliano con un autocontrollo meno robusto del suo non aveva resistito all'ennesimo insulto e aveva pestato un trafficante, Strega era uscito dalla cabina e si era chiuso la porta alle spalle, senza provare il minimo rimorso.

Nei momenti in cui a livello psicologico sentiva di essere a un soffio dal crollare, gli bastava giocare per qualche ora con i bambini che avevano messo in salvo, per ritrovare la determinazione e un senso etico nell'incarico. In quei giorni la stima verso i militari e gli operatori impegnati quotidianamente nelle missioni umanitarie era cresciuta a dismisura: Strega sapeva che per lui era soltanto una breve parentesi; gli altri, invece, stavano dedicando la propria esistenza a quell'impiego: Vito ammirava il loro eroismo, perché lui non avrebbe retto tanto a lungo.

Con molta probabilità avrebbe richiesto anche un terzo turno, se non fosse stato per le notti. Appena tutti andavano a letto, stremati, iniziava il suo personale incubo a occhi aperti. Senza più occupazioni materiali che potessero distrarlo, le voci iniziavano a sussurrargli dentro, per poi gridare sempre più forte. Quasi sempre abbandonava la propria claustrofobica cabina e si rifugiava sul ponte. Di fronte si stagliava lo sterminato buio del mare, e dalle profondità saliva il coro delle grida, quasi che l'imbarcazione stesse galleggiando sopra un immenso cimitero. Stretto nel giaccone termico, Strega non poteva che ascoltare gli innumerevoli lamenti, manco fosse un obbligo morale, consapevole che ogni notte trascorsa in quella maniera era un passo in più verso la pazzia.

«Le senti anche tu?» aveva domandato una voce femminile alle sue spalle, una delle ultime notti.

Strega si era girato. Era una delle dottoresse che prestavano primo soccorso alle persone che salvavano. Non avevano mai scambiato più di qualche parola ma, al contrario, si erano rivolti parecchi sguardi, soprattutto di sostegno reciproco in situazioni critiche.

«Come hai detto, scusa?»

«Le voci» aveva ripetuto lei. «Le senti anche tu?»

«Le voci?» aveva chiesto, di colpo nudo e indifeso.

«È un effetto del vento. A seconda di come soffia, sembra quasi che porti con sé l'eco di una moltitudine di voci, non ti pare?»

«Sì, hai proprio ragione» era stata la bugia di Strega.

«Tutto bene?» aveva domandato lei. Si chiamava Angela Rifredi ed era originaria di Torino. Il suo volto gli ricordava quello della cantante blues Susan Tedeschi, con qualche anno di meno rispetto a quelli che l'artista aveva quando Vito l'aveva ascoltata al Teatro degli Arcimboldi di Milano.

«Sì.»

«Uhm. Menti male, per essere un poliziotto.»

«Riflettevo sull'inefficacia del mio lavoro.»

«Ti occupi di omicidi, giusto?»

«Sì, soprattutto. Di solito risolvo dieci, dodici casi all'anno. Quando va molto bene venti, contando i delitti freddi. Mi chiedevo cosa sono in confronto ai corpi qui sotto. È come se quaggiù ci fossero migliaia di casi irrisolti. Vittime sconosciute, morte in silenzio, senza che nessuno abbia aperto un fascicolo su di loro. Che senso hanno i miei venti casi risolti davanti a questa enormità di ingiustizie?»

Angela, anche lei intabarrata in un giubbotto termico, aveva sospirato. «E pensare che ero venuta in cerca di qualcuno con cui sfogarmi... Mi è andata male, mi sa. Un poliziotto in piena crisi esistenziale e professionale, pensa te.»

Strega aveva sorriso, e per qualche attimo le voci si erano fatte distanti, quasi impercettibili.

«E vabbe', mi tocca fare gli straordinari anche come *counselor*, stanotte... Ognuno fa ciò che può e che sa, Strega. Quello che tu compi è importante per le *tue* vittime, perché dài loro un minimo di giustizia, ma è rilevante specie per chi resta, per chi le ha amate. E lo puoi fare soltanto un caso alla volta. Credi che per noi sia diverso? È vero, salviamo tantissime persone, ma sai quante non ce la fanno? Quante non riusciamo a strapparne al mare? La percentuale sarebbe drammatica e demoralizzante. E per questo, secondo te, dovremmo smetterla di trarli in salvo?»

«Certo che no.»

«Ecco. È lo stesso per te. Ai tuoi occhi ciò che fai potrebbe avere un'importanza tutto sommato relativa, ma anche se di casi dovessi risolverne soltanto uno all'anno, sarebbe comunque importante. *Una persona alla volta*. È l'insegnamento a cui mi ispiro. Salvarli tutti è impossibile, forse. Ma bisogna comunque provarci, uno alla volta.»

«Grazie.»

«Non c'è di che. Ma la mia prestazione va pagata. Come la mettiamo?»

Si erano guardati ed erano scoppiati a ridere.

Quella notte avevano dormito insieme e avevano fatto l'amore con rabbia e disperazione, alla stregua di due naufraghi che, spersi in acque profonde, cercavano di farsi calore a vicenda per resistere alle spire del gelido oceano di solitudine che voleva avvinghiarli a sé.

Due giorni dopo, un apparecchio dell'aeronautica aveva portato Strega all'aeroporto di Sigonella, e quella sera stessa, con un volo di linea da Catania, il criminologo era tornato a Milano col cuore più pesante di quand'era partito.

Strega realizzò che la casa era scivolata in un silenzio irreale. Fissò il disco e notò che il primo lato era finito con molta probabilità da un pezzo.

"Mi sono lasciato prendere dai ricordi" si disse. Gli venne voglia di ascoltare qualche pezzo di Susan Tedeschi, per rivivere la sensazione di calore che gli aveva dato il corpo della dottoressa.

"*Just Won't Burn* dovrebbe andar bene" rifletté.

Mentre si alzava per sostituire il vinile, gli parve di riattraversare la scena che aveva vissuto dopo quella strana e passionale notte d'amore. Si stava rivestendo per abbandonare la cabina di Angela quando lei, nuda tra le coperte, gli aveva detto: «Anche se non lo è per te, quello che fai è importante per gli altri, Strega. Ricordatelo sempre: una persona alla volta».

«Una persona alla volta» aveva ripetuto il criminologo prima di lasciare il vano letto, sapendo che difficilmente si sarebbero rivisti.

Il campanello di casa lo colse con l'album di Miles Davis tra le mani.

"Chi diavolo può essere?" si domandò. Eliminò Jessica e Nonna Ada, le vicine, perché le aveva accompagnate all'aeroporto di Linate qualche giorno prima: Jessica avrebbe trascorso il penultimo anno delle superiori in Virginia, ma in attesa di cominciare la scuola aveva deciso di passare una settimana con la nonna a New York.

Pochissime persone conoscevano il suo indirizzo. Con una punta di inquietudine, si avvicinò al citofono.

«Sì?» domandò.

«Sono io, professore. Eva Croce.»

Strega rimase immobile per qualche istante.

"Croce non è mai stata qui. Come fa a sapere dove vivo?" si chiese. "Be', lo scoprirai presto, mio caro."

«Eva... Entra pure. Ultimo piano.»

Vito liberò il tavolo e infilò pistola e portafoglio in un cassetto, aprì la porta di casa e preferì non indagare il motivo per cui udire la voce della collega gli avesse disegnato un sorriso in volto. Era felice di rivederla, e quella consapevolezza, al momento, gli bastava.

8

Via Mauro Macchi, Milano

La donna sapeva che, prima di partire per la missione umanitaria in mare, Strega aveva preso delle precauzioni a livello di sicurezza: aveva cambiato la serratura, puntato una microcamera sul ballatoio che conduceva all'ingresso e assoldato una ditta specializzata in impianti di sicurezza di ultima generazione che, dentro casa, aveva installato degli allarmi a rilevazione infrarossa, sonora e volumetrica: moderne diavolerie tecnologiche che si potevano controllare a distanza tramite smartphone.

Doveva averci speso un capitale, ma l'aveva fatto senza battere ciglio. Di certo quelle cautele erano state dettate da una semplice, stupida telefonata che gli aveva fatto tre mesi prima. Dopo averlo scrutato nell'ombra troppo a lungo, stanca di operare di soppiatto, in un momento di debolezza e solitudine aveva voluto dargli un segnale di presenza, comunicandogli che conosceva il suo segreto.

«Ciao, professore. Dimmi un po', senti ancora le voci?» aveva chiesto, premurandosi di contraffare la voce con un'applicazione del telefonino.

Quella semplice, stupida domanda aveva destabilizzato Strega, portandolo a osservare la propria abitazione con occhi diversi: per quanto fosse stata brava, la donna di certo aveva lasciato qualche traccia delle incursioni nel loft del criminologo. Strega poteva aver fiutato qualcosa, e questo l'aveva convinto a prendere drastiche contromisure. Con alta probabilità, l'investigatore doveva aver chiesto a qualche collega della postale di risalire all'identità di chi aveva effettuato la chiamata, ma la donna sapeva che nessun tecnico ne sarebbe mai stato capace, perché aveva seguito ogni attenzione possibile. E anche gli allarmi, tutto sommato, la lasciavano indifferente: era entrata nel loft in varie occasioni prima che il criminologo adottasse quelle cautele, e quindi le nuove misure di sicurezza non le avevano scombinato troppo i piani, specie perché nel mese che Strega aveva trascorso fuori lei aveva preso in affitto un bivano in via Macchi a nemmeno trenta metri in linea d'aria dall'appartamento del vicequestore. La finestra del salone si affacciava sull'ampia vetrata del poliziotto. Era bastato munirsi di moderni binocoli e cannocchiale per poter sbirciare dentro, visto che di rado Strega tirava le tende.

A giudicare da quanto aveva osservato, al criminologo il mese di stacco non doveva aver fatto poi così bene: era uscito soltanto un pugno di volte, sempre e solo per un paio d'ore. La sconosciuta aveva avuto la sensazione che la stesse quasi aspettando. Il tecnico chiamato da Strega non era stato in grado di risalire a lei, ma si era subito accorto dei virus spyware che erano stati installati nel telefonino e nel computer del vicequestore: lei lo sapeva perché la sorveglianza telematica si era interrotta di colpo, segno che qualcuno aveva fatto pulizia delle cimici digitali. Era quindi chiaro che Strega fosse consapevole che qualcuno l'aveva spiato per mesi, ma non aveva compiuto alcuna indagine ufficiale né avviato la benché minima procedura per vederci chiaro, poiché sapeva di essere ricattabile: chi l'aveva sorvegliato conosceva il suo segreto, e avrebbe potuto distruggerlo.

"Che sia arrivato il momento di fargli visita?" si domandò la donna, notando che Strega seguitava a lasciare aperta la portafinestra della cucina che dava sulla scala antincendio esterna, nella speranza che Sofia, la gatta, tornasse.

«Chissà dov'è finita quella bestiaccia. Ormai avrebbe dovuto essere rientrata da un pezzo» rifletté a voce alta, calcolando che erano trascorsi all'incirca tre mesi da quando l'aveva liberata dopo averla tenuta in prigionia per parecchio tempo. «Di sicuro si sarà fatta investire.»

Abbandonò la postazione di controllo per andare a versarsi dell'acqua. Sul tavolo della cucina, a fianco della bottiglia, giacevano pistola d'ordinanza e portafoglio col tesserino identificativo. Quella similarità di abitudini col collega la intenerì.

“Vedi, Strega, siamo proprio uguali. Siamo fatti l’uno per l’altra, dovresti fartene una ragione” si disse, osservando un raggio di sole illuminare di taglio l’arma.

Quando tornò alla postazione di controllo, per prima cosa si accorse che Beretta e distintivo erano spariti dal tavolo del vicequestore. Spostò il cannocchiale e vide Strega, di spalle, abbracciare una ragazza magra dai lunghi capelli rossi.

Gli occhi andarono a una delle istantanee che aveva attaccato alla parete e ritraevano la cerchia di conoscenze del vicequestore.

«Eva Croce» sussurrò la donna con una punta di disperazione, riconoscendo l’ispettrice. «Cosa diavolo ci fa a casa tua, Strega?»

9

Angolo tra via Scarlatti e via Mauro Macchi, Milano

Eva era incantata dalla casa del superiore. Strega era un uomo raffinato e attento ai dettagli, ma non era mai riuscita a immaginarsi quale aspetto potessero avere i suoi spazi privati. Ora, invece, mentre esplorava l'ampio appartamento mansardato, aveva la sensazione che quell'abitazione riverberasse in tutto e per tutto il suo distinto proprietario.

La impressionò la mole di volumi e dischi che affollavano la grande libreria e le mensole sparse per il loft. L'arredamento era una mescolanza di vintage e industrial chic, con un uso sapiente del legno e di materiali di riciclo. Parecchi tappetti coprivano il parquet color castagno. Grazie a un lucernario a due falde, il salone beneficiava di un'eccellente esposizione solare che valorizzava al massimo la luminosità naturale insieme al pezzo forte: una vetrata a parete alta quasi tre metri da cui si godeva una splendida vista su quella porzione di Milano.

Eva notò svariati oggetti di design d'antan, una moltitudine di lampade delle più molteplici specie posate su ripiani e tavolini, così come pezzi di argenteria e candelabri, ma non scorse alcuna fotografia, né un diploma, un attestato di merito o qualsivoglia ricordo della persona che viveva lì. Quel contrasto così stridente fra intimità e anonimato la colpì, perché rifletteva alla perfezione la natura di Strega, sempre sospeso tra gentilezza e imperscrutabilità.

Quando il vicequestore tornò con la tazza di caffè per la collega, vide che Eva stava fissando i vasi di piante disseminati agli angoli dell'attico.

«Tutto ok?» domandò.

«Sì. Pensavo che per essere stato via un mese le tue piante hanno retto bene... Deformazione professionale, scusami.»

«Ti capisco. Anch'io ho difficoltà a spegnere quell'interruttore... È opera di Ada, la vicina che abita sotto. Se ne è occupata in mia assenza. Ora però dovrò cavarmela da solo, perché stavolta sarà lei a stare via per un po'... In realtà questo posto doveva essere soltanto una soluzione temporanea. Pensavo di starci due o tre mesi al massimo. Alla fine, mi ci sono affezionato e ho messo radici.»

Croce diede un altro sguardo intorno: le pareti divisorie erano state abbattute, conferendo all'ambiente un senso diffuso di ariosità e libertà. «È una casa bellissima, professore. Ti rispecchia appieno.»

«Più che altro rispecchia il mio caos esistenziale.»

«Meglio che tu non veda il mio appartamento, allora» ironizzò Croce. «Cominceresti a guardarmi con occhi diversi.»

Nelle poche porzioni di muro sgombre di librerie e scaffali, Strega aveva affisso locandine di film di Hitchcock e Charlie Chaplin, e incorniciato scatti in bianco e nero di musicisti blues e jazz. Un ritratto fra i tanti la incuriosì: una donna dai tratti caraibici, i capelli coperti da un foulard chiaro, che sembrava sussurrare a un microfono dall'aria rétro, avvolta da una cortina di fumo che ne confondeva i contorni.

«Ho riconosciuto tutti i musicisti, ma lei no» disse al superiore, indicando la cantante.

Strega si avvicinò alla parete e raddrizzò la cornice. «Si chiamava Oleta Williams. Era originaria della Louisiana, e pare che fosse piuttosto talentuosa.»

«Perché pare? Non l'hai mai sentita?»

«Sì, certo. E anche innumerevoli volte. Ma non sarei oggettivo nel dare un parere sulla sua voce, dato che era mia madre.»

Eva trasalì. Conosceva Strega da tempo: diversi anni prima aveva seguito un suo corso di Criminologia, spesso l'aveva incrociato nei corridoi della questura – quando ancora viveva e lavorava a Milano – e negli ultimi tempi i loro destini erano tornati a incrociarsi per via del caso del Dentista, che li aveva portati a lavorare a stretto contatto tanto da indurre Strega a proporre a lei e Rais di entrare nella squadra. Mai, però, l'uomo si era aperto con loro, rivelando un dettaglio tanto personale: si era sempre schermito dietro quel contegno galante, rimanendo per Eva e Mara un completo mistero. L'improvvisa confidenza la mise in imbarazzo.

Strega non aggiunse altro, limitandosi a osservare ancora per qualche secondo la foto della madre, ed Eva preferì non fare ulteriori domande, sebbene avesse tante curiosità al riguardo. Scorse un bellissimo gatto bianco dai luminosi occhi celesti: la fissava seduto sopra un divano in pelle modello Chesterfield, addossato a una parete con mattoni a vista.

«E lui?»

«L'ho chiamato Romeo. È l'amante dal cuore spezzato di quella che dovrebbe essere la mia gatta, Sofia, scomparsa da diversi mesi. Credo ci abbia abbandonati entrambi. Lui non si è arreso all'idea e continua a frequentare questa casa convinto che prima o poi tornerà. Vero, Romeo?»

Il gatto non gli diede la minima soddisfazione, ignorandolo e continuando invece a scrutare la sconosciuta dai capelli rossi.

«Si chiama Eva. È una mia amica.»

Croce non poté impedirsi di notare che l'aveva chiamata amica, non collega. "Non significa niente" si disse.

«Piacere, Romeo.»

Nell'udire la voce sconosciuta, il gatto piegò il capo da un lato.

«Fa un po' il ruffiano con le donne. Perdonalo... Mi dicevi che sei stata a Pavia. Hai visto Clara?»

Eva annuì.

«Come sta?»

«Abbastanza bene. Si è avvicinata molto alla Chiesa, in questo periodo.»

Strega ne fu sorpreso.

«Perché, la fanno pure entrare in chiesa quella spilungona? Pensavo che l'avessero scomunicata da un pezzo, viste le bestemmie che tira» commentò affannato Pavan dall'uscio che Strega aveva lasciato aperto per lui, curvo sulle ginocchia e paonazzo per la fatica.

«Non hai preso l'ascensore?» gli chiese Vito, incredulo.

«No. Sono a dieta. Questa è la volta buona. Devo dimenticarmi gli ascensori e fare più moto possibile... Comunque, è più facile trovare un posto alla prima della Scala che parcheggio in questa zona, *'orco bòja.*»

Da un mobile bar in legno intarsiato, Strega prese una boccia in vetro e versò un generoso bicchiere d'acqua al collega, che lo mandò giù d'un fiato adagiandosi in una poltrona scandinava color petrolio davanti al camino. I piedi in legno scricchiolarono, Vito ed Eva si scambiarono un'occhiata preoccupata.

Strega lo tentò: «Ada mi ha lasciato una crostata ai frutti di bosco che è...».

Pavan lo bloccò con un cenno deciso della mano. «Giuro: questa volta è seria per davvero.»

«Ne deduco che i letti della foresteria della questura non sono poi così comodi» lo prese in giro Croce.

«Non dirmi che Marisa ti ha buttato fuori di casa» disse Strega.

«Sì, ma tempo una settimana si ricrederà, vedrai.»

Strega non diede troppo peso a quelle parole sentite innumerevoli volte. Il fatto che il collega avesse però trascinato il suo quintale abbondante per dodici rampe di scale l'aveva impressionato.

«Ti sei messo a dieta anche tu? Ti trovo dimagrito.»

Eva osservò meglio il superiore e comprese che Bepi aveva ragione: il viso di Strega era tirato, gli zigomi più in evidenza, e i lineamenti erano parecchio affilati.

«Mettiamola così: quello che vedevo ogni giorno in mare non stimolava di certo l'appetito.»

«Allora dovrei imbarcarmi anch'io per due o tre anni.»

«Sarebbe un'ottima idea» commentò Croce.

Strega gli rabboccò il bicchiere e fissò gli ospiti. «Posto che mi fa molto piacere rivedervi, immagino però che una visita tanto improvvisa non sia legata a un attacco di nostalgia nei miei confronti.»

«Be', confesso che la tua assenza l'ho sofferta eccome, ma hai ragione. Sono stato io a coinvolgere Croce, avevo bisogno di un parere professionale. Insieme, abbiamo deciso di chiederti consiglio.»

«Sono qui» disse Vito, incuriosito.

Eva lanciò un'occhiata a Bepi: spettava a lui parlare.

«Mi sa che ho fatto una cretinata» ammise Pavan, asciugandosi il sudore della fronte con un fazzoletto.

«Nulla di inconsueto, per te... Nello specifico, che tipo di cretinata?»

«Ho fatto una promessa al padre di una donna uccisa. Promessa che non so se potrò mantenere.»

Strega sedette sul divano e lasciò che il gatto gli si raggomitolasse in grembo. «Ti ascolto.»

10

The Ghost Pub, piazzale Maciachini, Milano

Ivan tornò al tavolo nell'angolo del soppalco con due pinte di birra. L'altro lo ringraziò con un cenno del capo.

«Chiamami soltanto Scorpio. Ma quando siamo in luoghi pubblici, rivolgiti a me come Bruno» gli aveva detto quando si erano incontrati fuori del pub, poco prima. Ivan non aveva rivelato il proprio nome.

«Non ce n'è bisogno» aveva messo in chiaro Scorpio. «Per la sicurezza di entrambi, è meglio non saperlo.»

Chissà perché Ivan se l'era immaginato più vecchio. Invece, Scorpio aveva giusto un paio d'anni più di lui, a giudicare dalle esigue rughe e dagli sparuti peli bianchi nella folta barba. Avevano un'altra cosa in comune, a parte pressappoco la stessa età e l'odio che nutrivano verso le donne: alla lotteria della fortuna genetica avevano entrambi perso di brutto. Erano al limite dell'obesità, quasi calvi, piuttosto trasandati, con nasi sproporzionati, fattezze irregolari e un abbigliamento poco curato che contribuiva a farli apparire ancora più sgradevoli.

Gli occhi porcini di Scorpio, però, a differenza di quelli di Ivan, davano l'idea non soltanto di aver visto il male operare da vicino, ma di averlo perpetrato in prima persona con morboso sadismo. Questo fece scivolare subito il ragazzo in una condizione di sudditanza psicologica.

Brindarono e mandarono giù un sorso di birra, poi Bruno riprese il rabbioso discorso lasciato in sospeso poco prima. Il séparé in legno garantiva riservatezza, sebbene fossero gli unici astanti lassù.

«L'emancipazione femminile non ha portato che squilibrio sociale, crisi economica, disoccupazione e problemi psicologici. Quando le donne non lavoravano, secondo te, c'erano tanti uomini a spasso senza un'occupazione? No, c'era lavoro per tutti, e i figli potevano crescere con la propria madre e non tirati su da una squadra di sconosciute che ne allevano a mazzi, senza cura né amore, come fosse un processo industriale.»

Ivan assentì deciso.

«La radice del problema, in fondo, sta qui. Oggi si lamentano di violenza e femminicidi. Ma la violenza contro le donne non è che la naturale risposta della società che hanno creato le care femministe. Sono *loro* ad avere le mani sporche di sangue, non noi. Perché se esistesse davvero il patriarcato in questo Paese, ci sarebbero famiglie sane, in cui la donna sarebbe rispettata e protetta per il proprio ruolo, in cui l'uomo sarebbe guida, faro ed esempio, in cui verrebbero insegnati valori fondamentali come il rispetto, l'onestà e la responsabilità. Nessuno si sognerebbe di far loro del male, perché ognuno starebbe al proprio posto occupando il ruolo naturale. È sempre stato così. Invece no: ora è la donna a comandare, e l'uomo deve sottostare. Ora è la donna a lavorare, e l'uomo deve stare a casa a fare il "mammo". Ora è la donna a troieggiare, ridursi allo stato brado con alcol e droga, provocare e insultare, e noi dobbiamo stare zitti e buoni, soffocare i nostri istinti e guardare possibilmente da un'altra parte, ti rendi conto? Perché mai dovremmo castrare la nostra mascolinità, la nostra sessualità? È una perversione delle leggi di natura. Ci stanno costringendo a un'involuzione della specie. E quando questo avviene, la natura si ribella. Semplice... Che poi, ma trovamela oggi una famiglia davvero patriarcale. Trovamela! Ma secondo te, ne esistono ancora? Da quando la donna fa il cazzo che vuole, guarda in che condizioni si è ridotta la famiglia. Separazioni, divorzi, figli che vengono rimbalzati da una parte all'altra e che maturano odio e rancore verso i genitori, che crescono nell'insicurezza dei sentimenti e dei ruoli. Ti faccio un esempio stupido: perché maestre, insegnanti e professori sono diventati gli zimbelli dei ragazzi? Semplice: se quelli non rispettano neppure i genitori, perché mai dovrebbero portare rispetto a uno sconosciuto? Le bambine crescono vedendo i padri umiliati e sottomessi dalle madri, credono che sia quello l'ordine naturale delle cose e da grandi tendono a replicare il modello che hanno acquisito. Che conseguenze credi che abbia poi sui bambini? Vedere il proprio padre umiliato? E se parli di difesa della "famiglia tradizionale" ti accusano di oscurantismo. Allora sai che c'è? Facciamo come dicono loro: mettiamo su una bella famiglia queer, dove i confini sono liquidi, dove non si capisce chi lo butta dentro a chi, ma il figlio può comandare sul padre e la madre può tranquillamente farsi il figlio, pardon: figlio d'anima, mi raccomando, che poi tu l'hai capito cosa diavolo significa? Ma per carità cristiana... Ti sembra una società sana, questa?»

Ivan fece segno di no, gli occhi inchiodati in quelli di Scorpio, rapito dalla sua appassionata e violenta dialettica.

«No, stiamo andando dritti verso il collasso dei nostri valori fondativi. Guarda l'Impero romano: da padrone del mondo che era, quando ha rinnegato la propria anima con la corruzione dei costumi si è rammollito, sfaldato, è diventato un burattino, e oggi ci troviamo a essere bullizzati dall'intera Europa... Ammorbidirsi, dare diritti a destra e a manca senza preoccuparsi delle conseguenze, giocare a fare i froci, sono atteggiamenti pericolosi, perché poi la gente pensa che ti piace essere sottomesso, e non si pone troppi problemi a soggiogarti, e a quel punto, poi, per riprendere in mano la situazione, sei costretto a usare le maniere forti, a mettere tutti in riga, e così ti danno del fascista. I fascisti sono loro, cazzo, che ti vogliono imporre il loro modo malsano di vivere! Ma queste cose non puoi dirle, attenzione, altrimenti le minoranze si offendono. Prova a lamentarti e vieni socialmente ostracizzato, perché nel Paese del buonismo e del politicamente corretto corriamo verso il precipizio, ma nessuno urla o si lamenta per paura di offendere la sensibilità altrui. Siamo sotto attacco, mio caro. Ed è vero, siamo in una dittatura: ma una dittatura delle minoranze, dove ogni merdoso gruppetto, che siano i nazisti dell'LGBT – per favore non dimentichiamoci *plus*, ora – o gli oltranzisti dello *schwa*, i sacerdoti della maternità surrogata, i vegani, i terzomondisti, i fanatici del cambiamento climatico, e basta! Basta con questa continua e falsa propaganda femminista, animalista e africanista che viene propinata alle masse per avvelenarle e disunirle... Scusami, mi sto lasciando prendere dal discorso.»

«No, no, hai ragione. È quello che penso ogni giorno» replicò Ivan.

«E non sei il solo, mio caro, credimi. Siamo in tantissimi. E siamo incazzati, vogliamo cambiare le cose.»

«Lo voglio anch'io.»

Scorpio soppesò l'altro con lo sguardo, quasi stesse calcolando l'entità della sua dedizione alla causa.

«Ma tutto questo male è figlio in prima istanza della volontà di abbattere le differenze tra uomo e donna, costruendo una società a gerarchie invertite, dove le femmine dettano ritmi e regole... Donne come la tua capa.»

Gli occhi di Ivan si illuminarono.

«Come si permette quella stronza di darti ordini e umiliarti come se fossi il suo galoppino? E tu non puoi fare niente, non puoi né reagire né opporti, perché passeresti subito dalla parte del torto, no?»

«Già!»

«È per questo che ci siamo noi» lo rassicurò Scorpio, abbassando il tono della voce e sporgendosi verso Ivan. «Per aiutarti. Per far sì che queste umiliazioni finiscano per sempre, e che lei capisca qual è il suo ruolo nel mondo.»

Ivan si sentì travolto da un'ondata di euforia elettrica.

«Sirio ha dato il suo benestare» comunicò Scorpio. «Ci occuperemo noi della tua capa, è deciso.»

«Sirio...» ripeté il ragazzo con deferenza e incredulità. «Grazie davvero.»

«C'è un prezzo da pagare, però.»

«Lo so.»

«E sei disposto a farlo?»

«Ci puoi giurare.»

«Posso dire a Sirio che tu sei un bravo ragazzo, uno di cui fidarsi?»

«Certo che sì.»

Scorpio lo studiò ancora per qualche secondo, poi assentì. Dalla tasca del grosso cappotto estrasse un modello antiquato di telefonino e glielo porse.

«Prendilo e nascondilo in casa. Accendilo stanotte. È sicuro. Comunicheremo per messaggi soltanto attraverso quell'apparecchio. Sarò io a rimanere in contatto con te e ad aggiornarti passo dopo passo, va bene?»

Ivan intascò il telefono. «Grazie.»

«Regolare, fratello.»

«Davvero non mi umilierà più?»

Scorpio si alzò e batté una mano sulle spalle di Ivan, cascanti per le troppe offese subìte dalla vita. «Si pentirà amaramente per ogni volta che ha sollevato la testa, credimi. Ci sentiamo. Grazie per le birre.»

Scorpio se ne andò. Se tutto fosse filato liscio, Ivan non l'avrebbe mai più rivisto. Gli dispiacque, perché gli era parso di aver finalmente trovato un amico vero, qualcuno con cui poter parlare senza filtri.

"Peccato" si disse. Ma il pensiero di quello che sarebbe accaduto a Viola Marturano di lì a poco gli fece tornare all'istante il buonumore.

«Alla tua, vacca schifosa» mormorò, buttando giù l'ultimo sorso di Guinness.

11

Angolo tra via Scarlatti e via Mauro Macchi, Milano

«La vittima si chiamava Maria Donata Seu» iniziò Pavan. «Trentasei anni, nata a Cagliari, cresciuta in un paesino chiamato Dolianova, credo vicino alla città madre.»

«Sì, sarà a venti chilometri al massimo» gli venne in aiuto Croce, che ormai conosceva abbastanza bene la Sardegna meridionale. «È una zona prettamente agricola e pastorale, famosa per le cantine vinicole.»

«Infatti il padre, Italo Seu, era un viticoltore e piccolo commerciante di uva e vino fatto in casa, che vendeva sfuso. Aveva dei piccoli possedimenti appena fuori del paese... Donata era venuta a Milano nove anni fa, quando ne aveva ventisette. Dopo la laurea in Economia e commercio, aveva lavorato per tre anni in un'azienda di trasporti e logistica nell'area industriale di Cagliari. A Milano, invece, cambiate varie occupazioni, da circa quattro anni aveva trovato un bell'impiego come revisora contabile in una multinazionale, in zona San Siro. Abitava in via Arcangelo Corelli, quartiere Ortica. All'inizio viveva col compagno. All'epoca della morte, avvenuta per inciso otto mesi fa, sola con il figlio.»

«Quanti anni ha il bambino ora?» domandò Strega.

«Quasi tre.»

«Hai detto "compagno", non erano sposati?» indagò Eva.

«No. Non si erano nemmeno registrati come coppia di fatto. Lui si chiama Ruggero Mercalli, trentanove anni. Professione: installatore di caldaie e climatizzatori per svariate ditte lombarde. Svariate, perché perdeva spesso il lavoro, litigava coi titolari oppure non si presentava per giorni. Un bravo tecnico, ma poco affidabile. A detta di Italo Seu, stavano insieme da circa sette anni. Il figlio della donna, Filippo, ha preso il cognome del padre.»

«Precedenti?» s'informò Strega.

«Roba giovanile. Militava nelle Brigate rossonere della curva del Milan. A diciassette anni si è beccato un DASPO e ha fatto sei mesi di lavori socialmente utili, dopo una condanna per rissa aggravata e lesioni personali contro esponenti della tifoseria avversaria.»

Eva rimaneva ogni volta sorpresa dalla trasformazione antropologica che subiva Pavan quando scivolava nei panni di ispettore dell'investigativa: con estrema agilità, lasciava cadere la beffarda maschera del burlone, che indossava come una seconda pelle, diventando rigoroso e metodico ai limiti dell'ossessività. Ciò cozzava con l'aria pacioccona e allegra, ma rappresentava anche la sua più grande risorsa con testimoni, avvocati e indiziati: tutti lo catalogavano alla stregua di un sempliciotto mattacchione e, rassicurati dalla sua bonarietà, abbassavano la guardia, ritenendo di poterlo manipolare a piacimento; in realtà accadeva l'opposto, e questo faceva di Pavan un investigatore prezioso e affidabile.

«Continua» comandò Strega.

«Da quello che dice il vecchio, i problemi nella coppia erano iniziati quando Donata aveva cambiato lavoro. Pare che 'sto tizio fosse geloso dei colleghi e del nuovo ambiente, troppo fighettino per i suoi gusti. Secondo Italo Seu, era più che altro invidioso dello stipendio della compagna e dello status professionale che aveva raggiunto, piuttosto elevato rispetto al suo, molto più umile. Mentre il ragazzo era sempre in bilico e faceva fatica a tenersi l'impiego, Maria Donata stava spiccando il volo verso una bella e remunerativa carriera. Fatto sta che Mercalli l'ha portata a isolarsi, a troncare le poche amicizie che aveva in città, fino a rinchiuderla in una campana di vetro. Anche le chiamate al padre si erano diradate, e non era mai accaduto prima, a quanto pare.»

«Tipico» commentò Eva, per niente sorpresa. «È diventato violento?»

Pavan le passò la cartellina con una seconda copia del materiale che aveva stampato. «Sì, quelle sono denunce da Codice rosso. Ne ha una sfilza per maltrattamenti, atti persecutori e violenze in famiglia. Se dài un'occhiata alle date, c'è la conferma che Donata ci ha messo un po' a denunciarlo. A detta di Italo, a farle trovare il coraggio di rivolgersi al commissariato di zona è stato il fatto che l'aveva picchiata davanti al bimbo. Tutte cose scoperte dal vecchio in un secondo momento, quando lei era riuscita a buttarlo fuori di casa. Prima, non si era mai confidata.»

«I più grandi alleati della violenza sono il silenzio e la solitudine» commentò Strega, seguitando a carezzare il manto niveo di Romeo. «Casa di proprietà o in affitto?»

«In affitto, e il contratto era intestato a lei. La prima misura intrapresa è stata un ammonimento del questore. Le azioni persecutorie sono continuate, e a nulla è giovato il conseguente divieto di avvicinamento adottato dal tribunale di Milano nei confronti del bastardo. All'ennesima violazione, il giudice ha firmato il provvedimento cautelare per il braccialetto elettronico.»

«È servito a qualcosa?» domandò Eva.

«*Anca no*. Il *móna* se l'è fatto togliere da un collega in azienda, che si è beccato una bella denuncia.»

«Sottrarsi alla sorveglianza elettronica è un reato per cui si finisce dentro» intervenne Strega. «O meglio: in teoria si dovrebbe finire dentro.»

«Mercalli dentro non c'è finito, se non per un paio di giorni. Si è fatto però due mesi ai domiciliari per "violazione dei provvedimenti di allontanamento dalla casa familiare e del divieto di avvicinamento ai luoghi frequentati dalla persona offesa", leggo testualmente.»

«La clausura l'ha fatto rinsavire?» chiese Eva.

«Direi di no. È andato avanti con stalking virtuale, ma è stato difficile da dimostrare. C'è un processo in corso su quell'aspetto, però.»

«Quando i due mesi sono terminati, cos'è successo?» domandò Vito.

«La mattina stessa si è presentato all'asilo del figlio, se l'è fatto dare e non ha detto nulla a Donata. Se l'è tenuto per diverse ore, facendola impazzire. L'ha costretta a un confronto *vis-à-vis* per riconsegnarlo. Pare che l'abbia minacciata in presenza di terzi, ma nessuno si è messo in mezzo o ha voluto testimoniare e la cosa è caduta lì.»

«Questo quando è avvenuto, rispetto all'omicidio?»

«Circa tre mesi e mezzo prima, quindi esattamente un anno fa» rispose Pavan al superiore.

Croce e Strega si fecero scuri in volto. Le dinamiche contorte, tossiche e morbose descritte dall'ispettore non erano una novità, perché quella mortificazione era il preambolo di ogni femminicidio. A entrambi pareva di aver ascoltato un copione già letto troppe, maledette volte. La spirale delle molestie, l'inebriante sensazione di impunità, l'intensificazione costante della pressione nei confronti della vittima, l'utilizzo bieco e sprezzante dei figli come arma di ricatto quasi sempre portavano a un triste e ineluttabile epilogo.

Pavan, invece, li spiazzò.

«Vi avviso: nonostante tutto porti a pensare che sia stato lui a ucciderla, non è così. Ha un alibi di ferro. Quel giorno si trovava in una clinica privata dall'altra parte della città rispetto alla casa di Donata, per un day hospital di controlli di prevenzione. Aveva prenotato il check-up mesi prima. Testimoni oculari, medici, tecnici di laboratorio, infermiere, telecamere di sorveglianza interne ed esterne hanno provato in modo indiscutibile che lui quel giorno non si è minimamente avvicinato alla casa della ex dove è avvenuto l'omicidio.»

Vito ed Eva si scambiarono un'occhiata sorpresa.

«Prima hai detto che ha trentanove anni. Mi sembra un po' troppo giovane per fare un check-up solo a scopo di prevenzione» osservò Strega. «Soffriva di qualche patologia?»

«Lui no, ma il fratello era morto un anno prima per leucemia. Aveva quattro anni più di lui. Pare che questa roba dei test gli fosse stata consigliata dal medico di base.»

«Parlaci dell'omicidio» lo invitò il criminologo.

Bepi si alzò e distribuì loro le istantanee della scena del crimine che aveva scaricato e stampato. «Ti avviso che ho utilizzato il tuo profilo per visionare i rapporti e questo materiale.»

«Hai fatto bene. È quello che ti avevo ordinato di fare, se ci fosse stato bisogno.»

«La ragazza è stata uccisa nella mattinata, in una finestra temporale che va dalle dieci alle tredici» continuò Bepi. «Si trovava a casa perché era uno dei giorni che le spettavano di smart working. Aveva accompagnato Filippo all'asilo ed era tornata nell'appartamento per lavorare. Presumibilmente intorno alle dieci dev'essere successo qualcosa. La tesi dei colleghi è che abbia fatto entrare qualcuno. Qualcuno che conosceva o di cui almeno si fidava, perché non ci sono stati segni di scasso o forzature degli infissi. Donata abitava al terzo piano, per spirito di precisione.»

Pavan consegnò ai colleghi un secondo incartamento. «Ecco altre foto, sul ritrovamento del cadavere.»

Mentre Eva aprì subito la cartellina, Strega esitò: fissava il fascicolo con sguardo grave, quasi presentisse il dolore e il tormento che gli avrebbe recato. Come sempre, avvertiva una violenta sensazione di ingiustizia che lo attraversava. Stavolta, però, quella percezione era più angosciosa del solito perché c'erano di mezzo un anziano e un bambino, due categorie di persone verso cui era piuttosto sensibile.

Pavan notò il tentennamento del superiore. «Tutto a posto, capo?»

«Sono stanco di vedere donne uccise» sospirò il criminologo.

Pavan e Croce si scambiarono uno sguardo imbarazzato, quasi fossero testimoni di qualcosa di troppo intimo e non sapessero in che modo reagire.

Strega vinse la ripugnanza e aprì il dossier fotografico.

La prima immagine ritraeva il corpo della vittima adagiato su un letto matrimoniale, in una posizione che ricordava una croce. Gli occhi sbarrati di Maria Donata fissavano il soffitto.

Tre dettagli catturavano subito l'attenzione. Uno riguardava il bel vestito nuziale che la donna indossava: l'abito candido era un modello splendido, semplice e delicato, dal taglio essenziale ma di fattura raffinata, con un lungo strascico leggero e vaporoso. Il corpetto metteva in evidenza una scollatura a forma di cuore, dalle simmetrie eleganti e con una chiusura a corsetto, come Vito rilevò in un'altra foto. Pur non essendo un esperto in quell'ambito, Strega intuì che non fosse qualcosa di dozzinale ma, al contrario, di pregio.

"Probabilmente è stato fatto a mano" rifletté osservando l'ingrandimento di alcuni particolari. Le maniche a tre quarti, semitrasparenti, contribuivano a dare al corpo di Maria Donata un tocco di leggiadria e purezza. Romantici bordi smerlati decoravano gli orli, notò.

"Sì, non è roba industriale" si convinse.

Pavan glielo confermò: «L'abito è realizzato in una commistione di pizzo e puro raso di seta. Sono stati contattati due esperti di famosi atelier milanesi che hanno descritto il vestito come, leggo testualmente: "Abito romantico ed etereo con gonna e corpetto al cento per cento in seta. Lo strato superiore è in pizzo francese di alta qualità. La gonna è formata da quattro strati di seta: *crêpe de chine* – non ho la minima idea di cosa sia –, chiffon e uno strato superiore di organza che dona un delicato sostegno. Per finire, un ultimo strato di pizzo drappeggiato in modo asimmetrico con strascico a doppia punta. Il vestito è senza dubbio di fattura artigianale, sebbene le misure siano sbagliate di una taglia e mezzo in eccesso"».

«È meraviglioso» mormorò Eva, ammirata.

Bepi continuò a leggere: «"Il velo è in tulle, arricciato, con raffinato bordo di pizzo con effetto *chantilly rebrodé* con trama fine e sottile, e disegno a cappe". Insomma, è un abito notevole, che devi farti fare su misura».

«Ma la taglia è sbagliata» rimarcò Strega.

«Già.»

«Ne hanno stimato anche il valore economico?» domandò Eva.

«Sì. Non meno di sei-settemila euro, a seconda della popolarità della sarta che l'ha confezionato.»

«Però...» considerò Croce.

Il secondo particolare che saltava all'occhio nelle foto era la rosa di sangue che inzuppava l'abito all'altezza del cuore. Nel punto centrale la macchia era di un rosso carminio. Estendendosi nel bustino, il colore sfumava, attenuandosi e raggiungendo tonalità sul rosato ruggine. Le lingue di sangue erano scivolate ai lati del corpo e avevano inzuppato la trapunta chiara. Quella intensa corona scarlatta dissipava la sensazione eterea conferita dall'abito, e riportava la scena a una dimensione più prosaica e bruta.

«Coltellata al cuore, decisa, violenta» ipotizzò Strega con un certo grado di sicurezza.

«Esatto. La morte è sopraggiunta dopo una breve agonia» confermò Pavan. «L'arma del delitto non è stata rinvenuta sulla scena né nelle aree condominiali, in strada, e neppure nei cassonetti della zona. Il tizio che l'ha uccisa di certo se l'è portata via.»

Il terzo elemento a creare una disturbante dissonanza in quelle immagini era rappresentato dai piedi nudi di Donata.

«Ha subìto violenza sessuale?» domandò Vito, ben sapendo che l'eros era il sentimento più letale, quello che scatenava in maniera più feroce la pulsione omicida.

«No» rispose Bepi. «L'esame autoptico non ha rivelato alcuna violenza. E, come sapete meglio di me, quando manca l'elemento sessuale, le probabilità che a uccidere sia stato un congiunto o una persona con cui la vittima in passato aveva avuto una relazione crescono a dismisura.»

Strega passò in rassegna diverse volte le varie istantanee, poi le ripose all'interno del fascicolo.

«Immagino sia stato confermato dagli accertamenti che l'abito non fosse suo» disse il criminologo.

«Esatto.»

«Maria Donata non era sposata...» disse Croce tra sé.

«E pare non avesse nemmeno intenzione di farlo, da quello che hanno rilevato i colleghi» proseguì Pavan. «Fu fatta una ricerca a tappeto fra i laboratori artigianali di abiti da sposa di Milano e provincia, ma non è mai emerso un ordine a nome di Maria Donata Seu.»

«Quindi il vestito è stato portato dall'assassino, e lei è stata costretta a metterlo» desunse Eva.

Bepi allargò le braccia. «È un'ipotesi molto probabile.»

«Perché?» ribatté l'ispettrice.

Gli occhi di entrambi si concentrarono su Strega.

«Qui entriamo proprio nel regno delle supposizioni» disse il criminologo. «Le motivazioni potrebbero essere tantissime... L'assassino potrebbe aver scelto di farle indossare l'abito da sposa come un macabro simbolo di matrimonio e quindi unione eterna con la morte, forse per dimostrare un controllo totale sulla vita di lei o per attuare una sorta di rinnovamento spirituale. O forse, nel suo distorto immaginario, il killer è ossessionato dal concetto di purezza e perfezione, e ha interpretato la vestizione della vittima con l'abito nuziale come un rituale per liberarla da qualcosa che percepisce come impuro e corrotto.»

«Questo farebbe di lui un vero schizzato» considerò Pavan. «A meno che non si tratti di un sarto che dopo tanto sudare non è stato pagato per il capolavoro prodotto, e si è vendicato così» ironizzò l'ispettore.

I colleghi lo incenerirono con uno sguardo.

«Scusate. Pessima battuta.»

«La ragione ispiratrice dell'omicidio è intimamente legata all'abito, questo è certo» stabilì Croce.

Sia Pavan sia Strega si dissero d'accordo.

«Fatto sta che, dopo averla uccisa, il bastardo ha aperto la porta e se n'è andato come se niente fosse, sparendo nel nulla. E a oggi è ancora là fuori, in completa libertà» riprese Bepi. «Qualche considerazione?»

«Non hai trovato nessun episodio simile negli archivi, avvenuto anche in altre città?» domandò Vito.

«Zero.»

«L'estetica del delitto farebbe ipotizzare qualche volontà rituale.»

«Stai pensando a un serial killer?» indagò Pavan.

«Non necessariamente» rispose Strega. «Una cosa però è certa, e da quella bisogna partire: non è stato un atto impulsivo, ma qualcosa di studiato, di perfezionato a lungo almeno nella mente prima di essere tradotto in realtà.»

«Quindi è qualcuno che potrebbe rifarlo» disse Eva.

Strega aggiunse: «O che l'ha *già* rifatto».

12

Centro commerciale Metropoli, Novate Milanese, Milano

Fra tutti gli acciacchi che l'età aveva portato con sé, quello che più aveva dato fastidio a Italo Seu era la sordità: gli anni l'avevano reso duro d'orecchi. Se quella rogna era stata in fin dei conti trascurabile quando viveva da solo in campagna, una volta giunto a Milano si era trasformata in un ostacolo da abbattere. Italo non doveva fornire agli assistenti sociali la minima scusa che li inducesse a sollevarlo dall'affidamento provvisorio del bambino, e quindi a portarglielo via. E una persona che non era nemmeno in grado di udire il fischio di una caffettiera a un metro di distanza, non poteva certo prendersi cura di un bimbo di due anni e mezzo che dormiva ancora in culla, era palese.

Così si era recato in un centro specializzato in apparecchi acustici: l'avevano visitato, rilevandogli l'impronta del condotto uditivo esterno, per poi diagnosticargli una severa ipoacusia. Avevano anche dato un nome al fischio perenne che Italo avvertiva, come se si trovasse sempre su una delle cime più alte dei colli di Sant'Esu, controvento, e le folate del maestrale continuassero imperterrite e malevole a sibilargli nelle orecchie: il disturbo si chiamava "acufene", ed era uno dei segnali di un peggioramento imminente dell'udito. A quanto pareva, quel deficit era destinato ad aggravarsi a breve. Gli avevano mostrato diversi apparecchi acustici in grado di aiutarlo. L'efficacia era proporzionale al prezzo. Il contadino aveva spiegato che doveva badare a un bimbo di neppure tre anni e il tecnico audioprotesista l'aveva indirizzato su un modello retroauricolare di ultima generazione. Quando gli aveva presentato il preventivo di spesa, a Italo era parso di morire:

il prezzo ammontava a nove mesi netti della sua misera pensione. Certo, poteva dilazionare il pagamento, ma la retta, comprensiva degli interessi, rimaneva comunque fuori della sua portata, contando che con i soldi che riceveva dovevano viverci lui e Pippo, in quella che al momento era la città più cara d'Italia.

«Ho sbagliato mestiere» aveva commentato il vignaio con il suo accento gutturale. «Li prendo. Può mettermeli subito quegli aggeggi?»

Il tecnico aveva annuito ed era andato a stampare il contratto.

Una volta indossate le protesi acustiche, Italo si era sentito come una persona che per tutta la vita aveva osservato il mondo in bianco e nero e d'improvviso aveva iniziato a vederlo a colori. Aveva ricominciato a cogliere rumori del cui suono si era dimenticato da anni. Gli acufeni, quei sibili maledetti, sparivano ogni volta che si metteva gli apparecchi, ma la paura di non essere in grado di sostenere a livello economico le spese non lo abbandonava.

"Devo integrare in qualche modo la mia meschina mesata" seguitava a ripetersi.

Un giorno che si trovava nel centro commerciale del quartiere per comprare un nuovo set di body per il piccolo, aveva visto un cartello dal calzolaio del grande magazzino: "Cercasi aiutante".

Vincendo le ritrosie legate all'età, Italo Seu si era presentato dal titolare, un giovane cinese, e gli aveva detto che conosceva bene il mestiere.

«Mi lasci il curriculum» aveva detto l'imprenditore, con tono indifferente e una smorfia pietosa a stendergli le labbra.

Italo aveva posato le grandi mani sul bancone. «Queste sono il mio curriculum.»

Lo zio preferito di Italo, Gavino, era stato uno dei più rinomati calzolai del Parteolla, la regione sudorientale della Sardegna, specializzato nella produzione di calzature fatte a mano. Italo aveva cominciato a frequentare il suo laboratorio di paese sin da bambino, e aveva preso ad aiutarlo, dato che era un lavoro molto più leggero e interessante di quello duro e ripetitivo a cui lo costringeva il padre nei campi. Forbici, trincetto, martello, lesine, filo e aghi, mastice, pennelli, chiodini, che tenevano salda tomaia e suola, e levachiodi non erano per lui soltanto utensili, ma quasi compagni di gioco. All'inizio l'apprezzato artigiano gli aveva insegnato a portare a termine delle semplici riparazioni, ma col tempo Italo aveva sviluppato maestria e velocità nel montaggio delle tomaie, nella rimozione di tacchi usurati con successiva sostituzione, fino a raggiungere una notevole abilità nella ricostruzione del battistrada delle calzature. Gratificato nel vedere che il nipote aveva nelle mani la sua stessa talentuosa manualità, lo zio gli aveva elargito i trucchi del mestiere trasformandolo in un provetto ciabattino.

Il cinese l'aveva condotto nel retrobottega e l'aveva messo alla prova con rimozione e sostituzione del tacco di una scarpa da uomo. Italo si era tolto la giacca, lasciandosi calcata sul capo la consueta *berrita* sarda. Si era rimboccato le maniche e aveva inforcato gli occhiali da lettura, studiando la calzatura. Con gesti veloci e consumati aveva tolto con una tenaglia il vecchio sopratacco in gomma, premurandosi di sfilare anche il perno in ferro che l'usura aveva storto. Il negoziante gliene aveva passato uno nuovo, di misura diversa, per metterlo in difficoltà.

"*Sciadau*" l'aveva irriso Italo, senza perdersi d'animo. Aiutandosi col trincetto l'aveva smussato fino a renderlo adatto a quella scarpa e l'aveva ben rifilato con la carta vetrata. A quel punto l'aveva battuto col martelletto, non prima di aver depositato un sottile strato di colla per avere una sicurezza in più sulla tenuta e la stabilità del nuovo rialzo. L'altro gli aveva fatto ripetere l'operazione con un paio di scarpe da donna dal tacco insidioso, ma Italo aveva portato a termine la sostituzione con eleganza e perizia, lucidando poi le calzature a dovere senza che quello gliel'avesse ordinato.

«Non posso farti lavorare molte ore e dovrò pagarti in nero. Dovrai entrare e uscire dal retro, senza farti vedere da nessuno» si era limitato a dire il cinese.

«Non è un problema» aveva ribattuto l'anziano. «Posso venire soltanto la mattina, però.»

Il negoziante gli aveva detto la cifra che gli avrebbe dato. Era penosa. Ma per quanto fosse una paga vergognosa, Italo ne aveva un disperato bisogno. Così aveva ingoiato l'orgoglio, e alla soglia degli ottant'anni aveva ricominciato a lavorare.

«Sei in ritardo» lo accolse il cinese, quella tarda mattinata.

Il viaggio di ritorno da Milano era stato più lungo di quanto l'anziano avesse preventivato. «Lo so. Mi dispiace.»

«Devo scontarti queste ore. Non facciamo beneficenza, qui.»

Le mani del vecchio avevano preso a tremare. Tuttavia era rimasto in silenzio. Era molto stanco, ma era costretto a stare in piedi in quel minuscolo e angusto anfratto, circondato da utensili, scatole e materiale ammassato da tutte le parti. Spesso il fitto odore di cuoio, pelle e agenti chimici gli faceva lacrimare gli occhi, obbligandolo a delle pause per asciugarseli. Si fece forza ricordando la promessa dell'ispettore Pavan: "Non si preoccupi, ora penserò io al caso di sua figlia, e farò di tutto affinché il professor Strega mi dia una mano. Si fidi di me" aveva detto il poliziotto.

"Mi è sembrato una brava persona, Donata. Un uomo di gran cuore" disse tra sé alla figlia. "Credo che non ci deluderà."

Continuò a lavorare a denti stretti per sopportare il dolore alle ginocchia martoriate dall'artrosi. Ogni volta che si sentiva sul punto di crollare, gli bastava immaginare lo sfolgorante sorriso che avrebbe fatto Pippo, vedendolo all'uscita dell'asilo: la gioia che gli illuminava gli occhi era ciò per cui ora Italo viveva, ed era quello per cui doveva tenere duro, nonostante la fatica e lo spasimo.

L'anziano riportò alla mente le scarpe dell'ispettore, un paio di stivaletti in pelle nera: il peso ingente le aveva sformate, il tacco era deteriorato e la pelle che le rivestiva era scorticata e abrasa. Necessitava di essere trattata con smalto cerato e, se possibile, di una generosa lucidatura a cera fredda.

«Sarebbe un pensiero gentile rimettergliele a nuovo, per sdebitarmi della sua cortesia. Credi che si offenderebbe se glielo proponessi, tesoro?» mormorò Italo alla figlia di cui avvertiva la presenza alle spalle.

La tenda del retrobottega si aprì e il cinese lo fissò malevolo. «Con chi diavolo stai parlando?»

«Con nessuno» rispose Italo, togliendosi gli occhiali. «Stavo solo ragionando ad alta voce.»

«Riprendi a lavorare, forza. In silenzio.»

Italo abbozzò. Sì, si sarebbe decisamente preso cura delle scarpe dell'ispettore.

13

Angolo tra via Scarlatti e via Mauro Macchi, Milano

Una volta che ebbe terminato di descrivere ai colleghi la carica empatica trasmessagli dal padre di Donata e la decorosa sofferenza che Italo Seu emanava da ogni poro, tale da averlo mosso a compassione, Pavan fissò Strega, sperando di essere riuscito a toccare le corde più intime del criminologo.

«L'indagine non è nostra e ci sono dei protocolli da rispettare, Bepi. Lo sai meglio di me.»

«Questo significa che non...»

«Questo significa che dobbiamo procedere in modo cauto» lo interruppe il superiore. «Senza l'avallo della dirigente e in mancanza di autorizzazione della procura, non possiamo fare niente se non parlare in via informale con questo signore, cosa che vorrei fare già domani se fosse disponibile.»

«Credo ne sarebbe più che felice. Ha un mazzetto alto così di articoli su di te. È convinto che sia tu la persona giusta per questo caso.»

Strega era una persona modesta, schiva di onori e refrattaria ai complimenti, che di base lo imbarazzavano.

«La speranza può essere velenosa per il parente di una vittima. Dobbiamo stare attenti a non illuderlo, Bepi. Possiamo dare il nostro contributo e ripercorrere l'indagine che è già stata fatta, ma non è detto che l'esito sarà diverso da quello raggiunto dai colleghi. Sono passati otto mesi dal delitto, ed è un lasso di tempo notevole in un'inchiesta di omicidio... Chi sono i titolari dell'indagine?»

«Gli ispettori Lorenzo Giansante e Marilena Lupo» rispose pronto Pavan.

«Giansante era il mio vecchio partner» disse Eva Croce, sorpresa, mentre nella testa le scorrevano le immagini di una notte di qualche anno prima al Parco delle Groane: lei e Lorenzo erano seduti spalla contro spalla sul tronco di un albero caduto. L'ispettore capo Lorenzo Giansante aveva provato a difenderla, invano, dalle conseguenze del grosso errore di cui la collega si era macchiata e che ne avrebbe rovinato la carriera, portandola a essere esiliata dalla questura milanese. Dal giorno del suo trasferimento in Sardegna erano rimasti in contatto tramite messaggi: lui si era premurato di sapere come se la stesse cavando e lei lo aveva tenuto aggiornato passo dopo passo. La stima che Lorenzo provava nei confronti dell'irlandese – come veniva chiamata Eva, all'epoca, alla mobile di Milano – era rimasta inalterata.

«Posso parlarci io. Dubito che opporrà resistenza se gli proporremo di dare un'occhiata alla vicenda.»

«Bene. Questo è già qualcosa di molto positivo» commentò Strega. «Per quanto riguarda il magistrato?»

«La dottoressa Viviana Galeano, un'ottima investigatrice.»

Strega non poté che assentire: era una sostituta procuratrice solerte e rigorosa con la quale aveva lavorato in passato.

«Quindi? Come ci comportiamo?» lo pressò Pavan.

«Lasciami rivedere il materiale, a mente fredda. Voglio dormirci sopra e riesaminare il tutto. Domani andiamo a parlare col padre, e se dovessi accorgermi che il nostro contributo potrebbe apportare qualche avanzamento nell'inchiesta, sarò il primo a farmene carico nelle sedi opportune coinvolgendo Galeano. Te l'ho detto: sono stanco di vedere donne uccise… Ma fino a quel momento, prendilo come un semplice esercizio intellettuale. Siamo d'accordo?»

I due ispettori annuirono.

«Fra l'altro non possiamo bloccare Eva qui, dato che non si trova in città per questioni professionali.»

«Questo non è un problema, professore.»

«Invece sì. Per quanto noiose e stringenti, ci sono delle procedure da rispettare, e se ti mettiamo al lavoro su un'indagine lo devi fare a titolo ufficiale, con le cautele e le autorizzazioni del caso. Quindi: senti pure Giansante in via informale, anticipagli che vorremmo dare uno sguardo ai dossier e magari scambiare qualche parola con lui e la sua partner. Ma, per quanto ti riguarda, tu sei in ferie, no?»

Eva fece segno di sì.

«Bene. Ripeto: se dovessi accorgermi che c'è del lavoro per noi, solleciterò Belladonna affinché ti attivi come investigatrice della SIS.»

Raffaele Belladonna era il direttore dell'Unità di analisi del crimine violento che, dalla Direzione centrale anticrimine, aveva affidato a Strega il compito di guidare la Sezione indagini speciali, una squadra specializzata nella risoluzione di crimini violenti di matrice seriale: la SIS operava su tutto il territorio nazionale e andava in aiuto alle squadre mobili italiane o alle procure che ne richiedessero la collaborazione o la consulenza; i suoi appartenenti, pur svolgendo le proprie funzioni in territori diversi, potevano essere sollevati dai rispettivi incarichi quotidiani e inviati ad interim sul luogo dove era invocata la loro professionalità.

«Io comunque posso prendermi un'altra settimana di ferie, professore. Ne ho una marea da smaltire e devo comunque sbrigare diverse questioni burocratiche lasciate in sospeso. Occuparmi del caso nei ritagli di tempo mi fa piacere.»

«Va bene. Diamoci una settimana, allora. E tu? Immagino che sia al lavoro su qualcosa, no?»

«Sì» sospirò Pavan afflitto, come se il solo pensare all'indagine ufficiale che stava seguendo gli comportasse un'immane fatica fisica. «In questo mese ti ho maledetto svariate volte, capo.»

«Perché mai?»

«Siamo impelagati in un'investigazione rognosa che non ci sta portando da nessuna parte. Nell'intera città, periferie comprese, sono in corso attacchi contro vittime femminili: assalti fisici, stupri, aggressioni con acido, investimenti e chi più ne ha più ne metta, che in effetti hanno una similarità con il caso di Donata Seu: i crimini parrebbero opera di partner, ex fidanzati o ex mariti, amanti e così via, ma queste persone o sono irreperibili oppure hanno degli alibi inattaccabili. Sembra quasi che qualcuno dia la caccia a queste donne, punendole e vendicandosi di loro. Non riusciamo a trovarlo. Arriviamo sempre in ritardo, a violenza già compiuta. È frustrante.»

Eva era schifata.

«In quanti ci state lavorando?»

«È stata formata una task force apposita. Siamo circa una quindicina solo da noi, più una marea di colleghi che si occupano di sorveglianza, soprattutto notturna, fuori delle case delle potenziali vittime. Esistono squadre simili in tutti i commissariati di zona. Si parla di centinaia di poliziotti.»

«Avete individuato un modello ricorrente? Un pattern?»

«Quello che ti ho appena raccontato e poco altro: gli aggressori o l'aggressore si muovono a volto coperto, portano a termine gli attacchi senza dire una parola e spariscono. Agiscono soprattutto la sera, sul tardi, o la notte. Le tracce sono talmente poche che la ricerca si estende in pratica a tutti gli abitanti dell'area metropolitana di Milano. Credo che, appena tornerai operativo, anche tu verrai messo al lavoro su questa operazione. La faccenda sta sfuggendo al nostro controllo e i media gridano all'emergenza sociale.»

Strega si incupì. I reati contro le donne si stavano moltiplicando di mese in mese con un'esponenzialità raggelante. Per quanto procure della Repubblica e forze dell'ordine mettessero in atto protocolli e risorse, quell'epidemia di violenza pareva diffondersi a più non posso. Comprendeva e condivideva in pieno il senso di mortificazione di Pavan.

"Una persona alla volta" gli tornò in mente il mantra della dottoressa Rifredi, e decise di utilizzarlo per risollevare gli animi.

«Una persona alla volta. È questo il metodo da seguire. Per prima cosa, datemi il tempo di studiare il dossier su Donata. Domattina ci riaggiorneremo.»

Croce e Pavan si alzarono, imitati da Strega che infilò le mani nelle tasche dei pantaloni.

«Bepi, se hai bisogno di un posto dove dormire, sai che...»

Pavan lo bloccò con un gesto della mano. «Troppo gentile, capo. Grazie. Ma in foresteria alla fine non si sta poi così male, e comunque mi merito un po' di purgatorio. È giusto che me lo faccia senza sconti.»

«Come vuoi. L'offerta è sempre valida. E in bocca al lupo con la dieta: stavolta cerca di fare le cose con calma, senza trattamenti drastici e miracolosi.»

«La calma è la virtù dei morti, capo. *Dei che se te si vivo, se impossibile non te gira i maroni.*»

«E con questa elegante e raffinata perla di saggezza ci accomiatiamo, professore» disse Croce facendogli l'occhiolino e spingendo Pavan verso la porta.

Una volta solo, Strega cambiò il disco, optando per *Giant Steps* di John Coltrane. Le dita posizionarono la puntina sulla seconda traccia del lato B. L'uomo prese da un cassetto una penna e degli evidenziatori di colori diversi e sedette al tavolo, iniziando a studiare con più attenzione il dossier su Maria Donata Seu mentre le note di *Naima* saturavano il loft.

«Una persona alla volta, mio caro» sussurrò a Romeo che, incuriosito, si era seduto a pochi centimetri dal fascicolo e lo fissava con occhi spiritati.

Lo sguardo del gatto corse alla grande vetrata e parve attraversarla, come se avesse percepito qualche pericolo provenire dall'esterno.

Strega era già immerso a fondo nei documenti per accorgersene.

14

Stampace alta, Cagliari

Le detective delle serie televisive non mangiavano mai. E le rare volte che lo facevano smozzicavano qualche tramezzino dietetico con pane integrale e una misera foglia di insalata che non finivano in nessuna occasione, quasi sempre fulminate da un'intuizione catartica che le costringeva a interrompere qualsiasi attività, afferrare pistola e manette e correre come pazze a catturare il cattivo di turno, giusto in tempo per scongiurare l'ennesimo, cruento omicidio, festeggiare il successo al pub con i colleghi a suon di tequila, sempre a stomaco vuoto, e finire a letto con l'ultimo arrivato del team investigativo, di solito un toyboy belloccio, muscoloso e glabro con cui all'inizio sembravano avere un rapporto burrascoso, premurandosi di abbandonare il suo letto – e di conseguenza il suo cuore – prima dell'arrivo dell'alba, da vere femmine alfa. Tutta questa maratona di azione, sesso e adrenalina avveniva con un apporto calorico che sfiorava lo zero.

Mara Rais, al contrario, negli ultimi tempi era arrivata a scofanarsi ogni notte almeno duecentosettanta grammi di pasta all'olio condita con mezza confezione di formaggio grattugiato, per poi ritrovarsi a fissare l'interno del frigorifero con sguardo famelico e una sensazione di vuoto cosmico nello stomaco, mentre ad aspettarla sul divano c'era soltanto il plaid con sopra stampato il bel faccione di Patrick Dempsey, che una cugina, per sfotterla, le aveva regalato per l'ennesimo San Valentino trascorso da nubile.

Dacché aveva litigato con Strega e si era tirata fuori dalla SIS, aveva ripreso a fumare come una ciminiera e a trangugiare caffè manco fosse camomilla. A una visita di routine dalla dottoressa, quando quella le aveva misurato la pressione arteriosa Mara l'aveva vista impallidire.

«Tutto ok?» le aveva domandato.

«Rimisuriamola. Forse ho sbagliato qualcosa.»

Aveva ripetuto l'operazione per tre volte, prima di chiederle, preoccupata e livida in volto, se stesse attraversando un periodo di particolare stress.

Rais aveva risposto con un risolino ai limiti dell'isterico.

«Beve molti caffè?»

«No, capiamoci: io vivo di caffè e per il caffè.»

«Fuma?»

«Sì, ma solo per evitare di uccidere qualcuno. È una forma di cautela necessaria.»

«Di quante sigarette stiamo parlando?»

"Immagina il numero peggiore che come medico ti verrebbe in mente e moltiplicalo per due, tesoro" aveva pensato Rais. Invece aveva risposto, mentendo al ribasso: «Cerco di stare sotto i due pacchetti. Non sempre ci riesco».

«Alla settimana?»

Mara aveva riso di cuore. «Come no. Lavoro alla mobile, sono single e ho una figlia preadolescente. Faccia lei.»

La dottoressa, gelida, le aveva stampato una ricetta con carattere di urgenza.

«Faccia alla svelta questi esami e me li porti appena avrà i risultati. Prenoti al più presto una visita cardiologica con relativi accertamenti. Prenda per il momento la pastiglia che le ho indicato per regolare la pressione, e da questo esatto momento una sola tazzina di caffè alla mattina, il resto decaffeinato.»

«Una tazzina? Ma a me una tazzina non fa...»

«Eliminiamo sigarette, alcol, qualsiasi bevanda contenga caffeina, cioccolato, sale, insaccati, cibi e bibite zuccherate, tè e formaggi. Carni rosse soltanto una volta ogni due settimane, tuorli d'uovo giusto una volta ogni sette giorni e triplichi le porzioni di verdure, ortaggi e legumi. Pasta e pane soltanto integrali, e si dimentichi i latticini.»

Mara aveva estratto la Beretta dalla fondina e gliel'aveva porta. «Mi sa che fa prima a spararmi. Meglio una morte fulminea che un'agonia lenta e opprimente.»

«Per qualche tempo sarebbe anche il caso di ridurre al minimo lo stress» l'aveva ignorata la donna in camice bianco, più severa di qualsiasi giudice Rais avesse mai incontrato. «Può farsi assegnare a qualche incarico non operativo, lontano dalle tensioni?»

Rais si era immaginata la scena di lei che chiedeva a Palamara, il suo fegatoso dirigente, di "poter essere assegnata a qualche incarico lontano dalle tensioni", ed era scoppiata a ridere in faccia al medico.

«Mi scusi, ma la vedo parecchio difficile.»

L'altra aveva sbuffato, spazientita. «Lei è troppo giovane per avere dei valori pressori così alti.»

«Il mio ex marito è sassarese» aveva detto Rais a mo' di giustificazione, provando a farla sorridere.

«Anch'io sono sassarese» aveva risposto la dottoressa, incenerendola con lo sguardo.

«Pardon» aveva sussurrato Rais.

"E anche per quest'anno il campionato regionale di figure di merda lo vinci a mani basse, *callona*" si era autorimproverata, arrossendo.

«Fa attività fisica?»

«Se le maratone su Netflix sono ritenute tali, sì.»

«Pensa che ci sia da ridere sulla sua condizione generale? Con una minima così alta lei è a rischio di infarto o ictus. Le pare divertente?»

«Mi scusi...»

Alla "condanna a morte" aveva aggiunto l'obbligo perentorio di un'ora di camminata veloce al giorno e tre sessioni di nuoto alla settimana e, giusto per rendere il trapasso un filo più tormentato, le consigliava di dimenticarsi per qualche tempo gli ascensori e fare le scale a piedi, meglio se due scalini alla volta.

"Significa dire addio ai tacchi. E io, senza tacchi, perdo i superpoteri" era stata tentata di controbattere, riuscendo per un soffio a trattenersi.

«Monitori e appunti i valori della pressione tre volte al dì: appena sveglia, dopo pranzo e prima di andare a dormire. Segua le indicazioni alimentari che le ho dato, chiuda con fumo, caffè e alcol, cammini e vada in piscina, e torni appena avrà i risultati.»

«Sarà fatto» aveva promesso Rais.

Ma una volta fuori dell'ambulatorio aveva inviato una PEC alla ASL e, a causa della vergogna e dell'eccessiva severità della dottoressa, aveva chiesto seduta stante di cambiarle medico di base.

Aveva però smesso di fumare, ridotto la caffeina a quella singola, misera tazzina e si era imposta di fare il tragitto da casa alla questura a piedi, andata e ritorno, ogni giorno. La prima conseguenza apprezzabile del cambio di abitudini era stato un innalzamento dell'appetito al livello di un lottatore di sumo. Con la scusa di consumare pane e pasta integrali, aveva raddoppiato le porzioni abituali, ottenendo come risultato l'aumento di quasi una taglia di seno e ritrovandosi, da un giorno all'altro, una pancetta burrosa da ludopatica di slot machine, alla quale doveva il dimezzamento della quantità di pantaloni che riusciva a indossare. All'ipertensione si era quindi aggiunta una lieve depressione, i cui effetti svanivano come per magia quando apriva gli sportelli della dispensa o del frigorifero, cosa che avveniva piuttosto spesso rispetto al passato. Tra pastiglia e ipotensione postprandiale, pochi minuti dopo aver spazzolato qualsiasi alimento le si parasse davanti la pressione schizzava giù, in picchiata, e Rais veniva colta da uno stordimento che la portava a lasciarsi cadere tra le braccia fedeli, forti e rassicuranti dell'amante con cui godeva della relazione sentimentale più duratura, appassionata e seria della sua vita, che in tutti quegli anni non aveva mai sofferto di deterioramenti o cedimenti amorosi: il divano.

Mai aveva dormito come in quel periodo. Più che dormire, in realtà, perdeva i sensi. E sognava. Sognava soprattutto Strega. La sua mente rielaborava il loro litigio, esasperandolo, rendendolo ancora più feroce e amaro, tanto che al risveglio, se si fosse trovata il vicequestore a portata di mano, gli avrebbe sparato. Perché non soltanto Mara amava il proprio lavoro, ma era consapevole di essere molto brava in quello che faceva. Per orgoglio aveva dovuto rinunciarvi, ma il vero colpevole del suo allontanamento non era altri che l'uomo da cui era stata scelta come investigatrice di punta: il maledetto Vito Strega. L'aura fascinosa che aveva sempre avvolto il criminologo si era dissipata, così come i sentimenti verso di lui si erano spenti: Strega l'aveva ferita come donna e come poliziotta, e per Mara era tornato a essere non soltanto un uomo normale, ma l'ennesima delusione maschile della sua vita; anche perché, una volta caduto il velo obnubilante dell'attrazione, la mente analitica e ordinatrice da detective aveva preso a riannodare i fili della memoria, riconsiderando atteggiamenti, parole, gesti, sguardi e ordini di tutti i mesi che avevano trascorso a stretto contatto. Il risultato di quell'ostinato e certosino riesame l'aveva portata a maturare due evidenze: *in primis*, aveva realizzato che lo stuoino davanti alla porta di casa aveva più dignità di lei; in secondo luogo, dietro l'apparenza di buona creanza, raffinate maniere e signorilità, Strega nascondeva un'altra identità. E quella natura segreta, occultata ad arte sotto strati di ingannevole eleganza e cortesia, ora la spaventava.

Un attacco di fame nervosa la costrinse a interrompere una puntata di *Succession*, una serie TV da cui era diventata dipendente, e a ispezionare gli angoli più reconditi del frigorifero, in cerca di qualcosa di commestibile con un apporto calorico abbastanza basso da non suscitarle feroci sensi di colpa. Aveva cenato quasi due ore prima, ma lo stomaco già ruggiva.

"*Ta bregungia*... Se non ti dài una regolata, la finisci come Pavan" si disse fissando con bramosia la confettura di fragole. Fece appello all'autocontrollo, ma la mano destra si mosse da sola. Stava per abbrancare il barattolo in vetro quando udì il telefonino vibrare per una chiamata in arrivo.

«Ti sei salvata. Ma ancora per poco» minacciò la conserva. Afferrò il cellulare nel vedere che si trattava di Eva Croce.

«Dimmi che hai buttato quegli orrendi scarponi» attaccò Rais.

«Buonasera anche a te. E comunque no: è come se facessero parte di me, lo sai.»

«Svegliati, Croce: non hai più sedici anni e non stai andando a una manifestazione studentesca non autorizzata o a occupare il liceo.»

«Finiscila... Come stai?»

«Lasciamo perdere. Quando torni?»

«Ecco, è a questo proposito che ti chiamo.»

«Non dirmelo: hai deciso di restare ancora a Milangeles?»

«Già.»

«Perché mai? Hai incontrato qualcuno?»

«Sì, ma non la persona che tu vorresti che incontrassi per fidanzarmi, chiedere il trasferimento e uscire finalmente dalla tua vita.»

«Peccato… Quindi, di grazia, chi avresti visto?»

«Pavan e Strega.»

Rais rispose con un silenzio attonito.

«Pavan è incappato nel delitto irrisolto di una ragazza peraltro sarda, pensa te le coincidenze della vita. Il padre della vittima gli ha strappato la promessa di scoprire la verità. Ovviamente è andato nel panico e ha chiesto il nostro aiuto.»

«E io cosa c'entro? Non faccio più parte della squadra e…»

«Lo so, stai calma. Volevo solo avvisarti che starò via più del previsto.»

«Ma è una splendida notizia!»

«Finiscila, tanto lo so che è tutta una posa.»

«Perché non puoi vedere la bottiglia di champagne che ho in mano e sto per stappare» ribatté la cagliaritana.

«Comunque, ci siamo dati una settimana. Se non spunta fuori niente, tra sette giorni sono di ritorno.»

«Ma stai pure quindici. Anzi, perché non rimani lì un mese? Tanto qua si muore dalla noia.»

«Come avevo immaginato, chiamarti è stata una pessima idea. Fa' conto che non t'abbia detto nulla. Ciao.»

«Aspetta, *balossa*… Ok. Starai via per un'altra settimana e ti ringrazio di avermi avvisata.»

«Ti stai per caso scusando?» chiese Eva.

«Adesso non allargarti… Fammi soltanto un favore, Croce.»

«Se posso, volentieri.»

«Sta' attenta a Strega.»

«In che senso?»

Rais non rispose e chiuse la comunicazione. Per qualche secondo rimase a fissare il vuoto, smarrita nelle parole della partner. Poi abbandonò l'opzione della confettura e incanalò la voracità verso il barattolo di Nutella di Sara, sua figlia.

«Se devo farmi male, tanto vale farlo alla grande» mormorò, prendendo un cucchiaino dal cassetto delle posate.

Tornò sul divano armata di crema alle nocciole e ricominciò a vedere la serie televisiva.

Le immagini però scorrevano senza fare presa sulla poliziotta.

Tutta l'attenzione era concentrata su Croce e Strega al lavoro su un'indagine, insieme.

Un pensiero che la inquietava nel profondo.

15

Via Creta, zona Bisceglie, Milano

Per tutto il giorno Ivan non aveva fatto che rimuginare sull'incontro con Scorpio. Si domandava se fosse stato all'altezza, se gli avesse fatto una buona impressione, passando l'esame e conquistandone la fiducia. Il fatto che gli avesse fornito un vecchio telefonino sembrava indicare che il colloquio aveva avuto un buon esito. "Oppure potrebbe non significare niente, e il preistorico Nokia non squillerà mai" si diceva.

Nonostante giocasse l'Inter, Ivan guardava il secondo tempo della partita senza una vera partecipazione. Era teso e preoccupato. Peraltro, quella vacca della Marturano perfino nel pomeriggio l'aveva irriso, umiliandolo davanti a una cliente filippina. Lui aveva stretto i denti e non aveva replicato perché Scorpio gli aveva ordinato di tenere un profilo basso, evitando coinvolgimenti personali che potessero attirare l'attenzione di testimoni. Si era limitato a ingoiare il fiele e abbassare il capo, in apparenza sottomesso.

"Ma per quanto riuscirai a resistere? Poco. Ormai sei arrivato al punto di rottura" considerò. "Alla prossima che la troia ti fa, tu esplodi, mio caro. È un miracolo che non l'abbia ancora uccisa."

Mentre si figurava scenari violenti e sanguinari, il Nokia che aveva lasciato in carica sopra la scrivania vibrò, facendolo sobbalzare. Tremolò per altre quattro volte. Ivan lo prese e vide che gli erano arrivati cinque SMS. Li aprì: erano istruzioni su come avrebbe dovuto comportarsi di lì in avanti.

L'ultimo messaggio gli fece venire la pelle d'oca: «Sarà domani notte».

Euforico, recuperò quaderni, memory card, penne USB e tutto il materiale su cui aveva tenuto traccia dei dettagli privati di Viola Marturano, poi li gettò in un sacchetto di plastica che infilò in uno zaino. Si vestì e andò alla porta d'ingresso.

«Ma', sto uscendo» disse alla madre che in salone era diventata una cosa sola con la poltrona davanti al televisore, ipnotizzata dal fascino di Luca Argentero in un episodio di *Doc*.

«Dove vai?» domandò la donna senza staccare gli occhi dallo schermo.

Neppure le rispose. Prese l'ascensore e, una volta fuori dal palazzone, si diresse a passo veloce verso il luogo dell'appuntamento.

Come da istruzioni, Ivan abbandonò il sacchetto contenente il materiale, insieme al cellulare che Scorpio gli aveva fornito, in un punto preciso del parco Piazza d'Armi, a ridosso di uno dei magazzini militari dismessi dell'ex caserma Perrucchetti, e si allontanò di una ventina di metri, riparandosi dietro il tronco di un albero, in attesa.

Un paio di minuti dopo vide il profilo alto e snello di uno sconosciuto avanzare, prendere il sacchetto e lasciare qualcosa al suo posto. L'individuo, protetto dall'oscurità, saltò la recinzione e svanì all'interno del vecchio alloggiamento. Se qualche sbirro l'avesse fermato e gli avesse chiesto di descrivere quella persona, Ivan non ne sarebbe stato in grado.

Per sicurezza lasciò trascorrere qualche minuto, poi si avvicinò al "punto di raccolta". L'altro aveva abbandonato un cellulare identico al vecchio Nokia, salvo per il colore della scocca, che era grigio. Il ragazzo se lo mise in tasca e riprese la strada di casa.

Una volta di nuovo al sicuro e al caldo nella propria stanza, Ivan accese il telefonino. In memoria c'era un messaggio: «Da questo momento stai a disposizione, Breivik, perché la prossima tocca a te».

Breivik: era quello il suo nome in codice. Si riferiva ad Anders Behring Breivik, il Boia di Oslo, il killer norvegese di estrema destra autore dei massacri di Oslo e Utoya, in cui aveva trucidato settantasette persone.

«Breivik...» mormorò tra sé il ragazzo, compiaciuto. «Che sballo...»

Cancellò l'SMS.

E, come da ordini, iniziò la paziente attesa, consapevole di non poter più tornare indietro.

16

Angolo tra via Scarlatti e via Mauro Macchi, Milano

Da quando aveva iniziato a studiare il dossier sull'omicidio di Maria Donata Seu, Strega si era allontanato dal tavolo pochissime volte: qualche pausa caffè, visite veloci alla toilette, un salto in cucina per dare da mangiare a Romeo, che fra un sonnellino e un altro aveva vegliato silente sul criminologo, e due incontri all'ingresso con i rider che gli avevano consegnato pranzo e cena, perché – come se il tempo avesse subìto un'accelerazione improvvisa – analizzando la documentazione si era fatta sera in un lampo ed era stato lo stomaco a segnalarglielo.

Strega si alzò per sgranchirsi la schiena. La vetrata era rigata di pioggia e sfavillava dei riflessi delle luci metropolitane. Anche il picchiettio della pioggerella era rimasto un rumore ovattato di fondo. In quelle ore aveva ascoltato e riascoltato *ad libitum* un pezzo dei Black Pumas, *Angel*, che aveva associato a Maria Donata. Era un piccolo rituale quello di scegliere una canzone per ogni vittima di cui avrebbe dovuto occuparsi. Lo faceva per stabilire una connessione emotiva più intima con la persona scomparsa. Così, ciò che fino a qualche momento prima era soltanto un freddo nome su un fascicolo o la fotografia glaciale di un cadavere, assumeva una dimensione diversa, quasi che le vibrazioni della musica rendessero la vittima più presente. Più viva. Gli era parso che quella ballata soul ben si accordasse col profilo della ragazza uccisa: una brava donna che, come tante, era caduta prigioniera di una relazione dalla quale aveva provato a sottrarsi più e più volte, senza il minimo aiuto, trovandosi spesso spalle al muro.

Vito non aveva riscontrato punti deboli nell'inchiesta portata avanti dai colleghi guidati dalla PM. La linea d'indagine principale si era focalizzata sul delitto passionale, ma – come anticipatogli da Pavan – Ruggero Mercalli, l'ex di Maria Donata, aveva un alibi inattaccabile. Gli investigatori avevano provato a sondare altre piste, ma si erano rivelate infruttuose.

Strega si era convinto che fosse stato Mercalli a ucciderla. Forse non le aveva inflitto il fendente letale al cuore, ma di sicuro l'aveva ammazzata molto prima del decesso ufficiale con continue umiliazioni, violenze psicologiche, comportamenti controllanti, crudeli manipolazioni e rasoiate di sensi di colpa indotti. Quei reati, però, rimanevano quasi sempre impuniti, perché ardui da dimostrare.

"Di sicuro ha a che fare con la sua morte" si disse, pensando a come convincere la sostituta procuratrice a concedergli l'autorizzazione per scambiare due chiacchiere con l'uomo, che era di nuovo ai domiciliari.

Recuperò il telefonino e registrò un messaggio vocale per Pavan: «Bepi, ho ripercorso il caso, seguendo la cronologia investigativa, leggendo le relazioni di servizio, e ho analizzato tutti i passi dei colleghi, accertamenti specifici compresi. È stata un'indagine da manuale. Credo non ci siano state negligenze di alcun tipo. Certo, la faccenda è strana, soprattutto l'elemento del vestito nuziale stona, ma sarà difficile individuare qualche spunto nuovo che non sia già stato vagliato… A ogni modo, prova a sentire il padre e organizza un incontro per domani. L'unico punto su cui ha senso concentrarsi è il passato di Donata. Magari c'è qualcosa di lei che non conosciamo, e Seu è l'unico contatto che abbiamo per scoprirlo. Fammi sapere.»

«Ehi, Romeo. Vieni qui. Ora della pappa» chiamò poi il gatto, riversando i rimasugli della cena nella ciotola. Romeo si materializzò dal nulla e ci si gettò con voracità: anche lui, come il poliziotto, adorava la cucina caraibica.

Con un bicchiere d'acqua Strega mandò giù due compresse di perfenazina, il neurolettico con cui teneva a bada le voci, augurandosi che gli concedessero una notte di quiete. Il progetto era di farsi un bagno caldo, leggere qualche pagina dell'ultimo Simenon che aveva comprato e riposare il più possibile. Avrebbe fatto decantare le informazioni acquisite fino all'indomani, nella speranza che al mattino, con la mente più fresca e lucida, gli si prospettasse qualche soluzione inedita.

Aveva già iniziato a far scorrere l'acqua nella vasca, quando udì il cellulare vibrare. Era un messaggio da parte di Bernardo Borgogna, neuropsichiatra e vecchio amico di famiglia. Bernie, come Vito affettuosamente lo chiamava, era l'unica persona a conoscenza del suo segreto: aveva iniziato a seguirlo in maniera non ufficiale da quando Strega aveva otto anni, pochi mesi dopo la tragedia che aveva segnato l'esistenza del bambino, ed era sempre stato lui, negli anni seguenti, a fornirgli sottobanco gli antipsicotici con cui Vito era riuscito a nascondere il disturbo di cui soffriva.

Strega lo aprì e lesse: «Forse ho trovato qualcosa. Ci vediamo domattina sul presto, da me?».

Ecco che gli si ripresentava uno dei problemi da cui era scappato. Al termine dell'indagine sull'omicidio Coga, Strega aveva ricevuto una telefonata anonima da parte di una donna, il timbro artefatto grazie a qualche modificatore vocale. La sconosciuta gli aveva chiesto "se sentisse ancora le voci". Strega non era riuscito nemmeno a riprendere fiato che la comunicazione era stata interrotta. La consapevolezza che qualcuno fosse a conoscenza del suo problema, oltre a Borgogna, l'aveva annichilito, perché quell'informazione avrebbe potuto rovinargli la carriera. Aveva provato a risalire all'identità della chiamante, invano. Grazie all'ausilio di un collega della scientifica, aveva però scoperto che qualcuno, verosimilmente la stessa persona che l'aveva chiamato, aveva installato nel suo computer e nello smartphone dei malware spia: programmi che da remoto potevano non soltanto sorvegliare le attività svolte, ma pure scaricare dati sensibili e informazioni alquanto private. Ciò che aveva meravigliato Strega, però, era che né su quegli apparecchi informatici né in casa lui aveva mai lasciato tracce tali da condurre agli antipsicotici che assumeva o alle allucinazioni uditive di cui pativa. Quindi quella persona doveva averlo saputo in un altro modo.

Nel frattempo, la sconosciuta non si era più fatta viva e nessuno in questura aveva preso a comportarsi con lui in maniera diversa dal solito. Dalla sera di quella telefonata, tuttavia, Strega viveva col retropensiero costante che qualcuno potesse ricattarlo.

«Va bene. A domani» rispose allo psichiatra.

Tornato dall'operazione umanitaria, Strega si era rivolto a Borgogna invitandolo a ricordarsi se ne avesse mai fatto menzione con qualcuno, oppure se tra le sue carte ci potesse essere qualcosa di compromettente per il criminologo. Gli aveva anche domandato se nei mesi precedenti avesse subìto dei furti, o se avesse ricevuto pressioni al riguardo.

"A quanto pare, sì" rifletté Strega, allarmato.

17

Kentucky Fried Chicken, Bicocca Village, Milano

Bepi Pavan stava sudando freddo. La psicoterapeuta gli aveva consigliato di scaricare sullo smartphone un'applicazione chiamata Deadline, che a suo modo di vedere doveva essere stata ideata da un sadico assassino seriale o da uno di quei medici nazisti che dopo la guerra erano scappati in Brasile. Dopo aver completato un quiz sulle proprie condizioni generali di salute, Bepi aveva inserito nell'app informazioni sempre più specifiche: peso, altezza, valori della pressione sanguigna, media dei battiti del cuore, eventuali malattie o ereditarietà genetiche, abitudini alimentari, quantità di alcol giornaliera assunta, qualità del sonno, stile di vita, livello di attività fisica, calcolo del grado di stress e stato di sedentarietà. Sulla base dei dati raccolti, raffrontati con le statistiche delle solite università americane, l'algoritmo del programma calcolava la data precisa della morte del "paziente", facendo partire sullo schermo un macabro conto alla rovescia con tanto di ore, minuti e secondi che scorrevano implacabili, ventiquattr'ore su ventiquattro.

Da quando l'aveva installata, Pavan aveva maturato un disturbo ossessivo-compulsivo: non riusciva a staccarsi dallo schermo dello smartphone dove era in corso il fatale countdown.

"Otto anni, cinque mesi, tre giorni, sette ore, quarantadue minuti e nove secondi... Otto... Sette..." lesse nella mente, fissando inorridito il conto alla rovescia.

«Papà?»

Bepi sollevò gli occhi verso le figlie che reggevano a mezz'aria i burger del Colonnello.

«Tutto bene, papà?» domandò Anna.

Il poliziotto si asciugò il sudore dalla fronte e provò a sorridere. Operazione complessa, sapendo quanto poco gli restasse da vivere.

«Una meraviglia, bambine.»

«Non hai ordinato niente. E stai bevendo una Coca-Cola Zero. Non ti abbiamo mai visto bere una Coca-Cola Zero prima.»

«Ho mangiato pesante a pranzo» mentì l'omone.

«Sarà...» risposero in coro le gemelle, poco convinte.

Era la sera libera di Marisa, in cui di solito usciva con le amiche per bere qualcosa dopo il lavoro e spezzare la monotonia della settimana. Bepi era passato a prendere le bimbe alle cinque e le aveva portate al Bicocca Village: per due ore avevano giocato al Play City, passando da un videogioco all'altro, felici ed euforiche, mentre Bepi continuava a fissare il telefonino o a pensare a Donata Seu. Poi era stata la volta del cinema: avevano deciso di vedere l'ultimo film della Disney, ma neanche nella sala buia Pavan era riuscito a distrarsi dal delitto e da quel maledetto conto alla rovescia in corso nel cellulare all'interno della tasca.

«Papà, ascolta» iniziò Monica. «Se non stai mangiando perché hai paura che lo diciamo a mamma, sta' tranquillo: non glielo diremo. Giuro.»

Anna si affrettò a confermare. «Bocche cucite, come sempre.»

In realtà, Marisa aveva bandito il Kentucky Fried Chicken dalla dieta delle bambine. Ciò non impediva a Bepi, ogni martedì, di portarci le figlie e mangiare anche lui tanto di quel pollo fritto che avrebbe impiegato poi una settimana a digerire.

«Grazie, tesori miei. In realtà sono a dieta» disse con un certo orgoglio.

«Papà: tu sei sempre a dieta» gli fece notare Anna, per niente colpita.

Pavan se le immaginò di lì a otto anni, cinque mesi, tre giorni e sette ore, a piangere disperate sul suo letto d'ospedale. Il pensiero gli serrò lo stomaco.

«Stavolta è diverso» si limitò a rispondere. «Su, finite in fretta. Stanotte sono di turno e non posso arrivare in ritardo.»

Una volta in macchina, le bimbe si spruzzarono l'acqua profumata di *Frozen* – che si erano portate da casa, istruite dal padre – per camuffare l'untuoso odore di frittura. Pavan si beò dell'intera operazione e guidò verso casa ascoltandole cantare a squarciagola *Jaded*, la canzone di Miley Cyrus che stava passando alla radio.

Realizzò che Maria Donata Seu non avrebbe mai più vissuto quei piccoli, perfetti attimi di felicità famigliare.

Quella constatazione lo incupì.

Assicuratosi che Marisa fosse rientrata, fece salire da sole le gemelle, dopo averle subissate di baci. Non aveva voglia di vedere la moglie, in particolare il suo sguardo assassino.

Giunse sul luogo dell'appostamento con qualche minuto di anticipo. Avrebbe dovuto trascorrere la nottata fuori dell'abitazione di una delle donne identificate come potenzialmente aggredibili dal bastardo che teneva in scacco la città.

Bussò al finestrino del collega, e quando quello lo abbassò, disse: «Guarda qua. Proprio come fanno gli sbirri nei film americani. Tieni».

«Grazie, Bepi» disse il poliziotto in borghese, prendendo il sacchetto con dentro un cestino di ali di pollo, un panino e una Sprite. «Sei il migliore. Stavo morendo di fame.»

«Te lo sei meritato… Tutto tranquillo?»

«Già. Niente da segnalare.»

«Perfetto. Vai pure, allora. Buonanotte.»

Pavan tornò alla propria auto e avvisò la centrale operativa che aveva preso servizio sul posto assegnatogli, dando avvio all'appiattamento, come tra poliziotti soprannominavano quei turni di guardia e osservazione. Accese una radiolina portatile e le note di *Love Her Madly* dei Doors invasero l'abitacolo, tenendogli compagnia.

Riuscì a resistere cinque minuti prima di fissare di nuovo il countdown sul cellulare.

«*Zio can…*» mormorò, notando che aveva già bruciato un'altra ora del tempo che gli rimaneva. «Vai a vedere che muoio prima d'infarto con tutta l'ansia che questa pazza mi sta facendo venire.»

Qualche minuto dopo, il suo stomaco a digiuno iniziò a brontolare.

Bepi Pavan lo ignorò senza battere ciglio.

18

Via Stelvio, Novate Milanese, Milano

Il dopo. Era quel pensiero a rendere le notti di Italo Seu un incubo.

"Cosa ne sarà di lui dopo che te ne sarai andato? Come potrà mai farcela da solo?"

Domande che lo angustiavano. Non appena, spossato, si adagiava sul letto, l'ennesima infinita giornata alle spalle, gli interrogativi lo sommergevano come un'onda, inchiodandolo al fondale buio dei propri pensieri. Per aggirarli, provava a fare dei calcoli, nuotando controcorrente nel mare in tempesta dell'insonnia: "Hai quasi ottant'anni, Pippo ne ha quasi tre. Per arrivare a essere abbastanza indipendente gli servono ancora quindici anni. *Ti* servono ancora quindici anni. Ottanta più quindici fa novantacinque... Novantacinque anni."

I conti non tornavano mai. Perché Italo Seu quindici anni sentiva di non averli. Ma pure ipotizzando che arrivasse a tanto, a preoccuparlo erano le condizioni in cui avrebbe raggiunto quell'età. Il suo scopo, la sua missione da quando era morta Donata, era prendersi cura del nipotino. Era la sua ragione di vita: assicurarsi che Pippo stesse bene, che crescesse senza troppe mancanze. Avrebbe soltanto dovuto accompagnarlo fino a un minimo d'indipendenza: una volta certo che se la sarebbe cavata da solo, avrebbe potuto fermarsi. Tuttavia, superati i novant'anni, sarebbe accaduto il contrario: Italo avrebbe avuto bisogno di qualcuno che si prendesse cura di lui. Il fisico non avrebbe retto. Accusava già tanti problemi e acciacchi. Li ignorava, perché non poteva sprecarci del tempo dietro. Ma sapeva che c'erano, e che prima o poi gli avrebbero presentato un conto piuttosto salato. Anche perché in quella maledetta città il tempo pareva scorrere più veloce. Ogni giorno era come se ne valesse due. C'era qualcosa, a Milano, che consumava, sfibrava.

"Ma non puoi andartene fino a che non scoprirai cos'è successo a Donata. Almeno questo a Pippo glielo devi. A lui e a te stesso" si ripeteva. "E a tua figlia."

Giunto a quel punto, di solito provava a immaginarsi che ragazzo sarebbe stato Filippo. Il nonno era convinto che, se si fosse impegnato abbastanza e gli fosse stato dietro con costanza e attenzione, l'avrebbe reso maturo prima del tempo. D'altronde lui a tredici anni era già un uomo fatto e finito.

"Smettila: erano altri tempi... Comunque, magari basta un po' meno. A quindici anni i ragazzi di oggi sono già abbastanza grandi e autonomi" tentava di convincersi. "Quindi, devi resistere per dodici anni. Ottanta più dodici, novantadue... Pensi di farcela?"

Lo spirito rispondeva di sì, ma il fisico gli rideva in faccia. Dodici anni erano un'eternità. E se nel frattempo si fosse ammalato? E se la mente avesse iniziato a tirargli brutti scherzi? Non soltanto non sarebbe più stato d'aiuto, ma sarebbe diventato un peso, un ostacolo.

A dargli il colpo di grazia si presentava minacciosa sempre un'altra preoccupazione: quella economica.

"In poco meno di otto mesi che sei qui, i prezzi si sono innalzati. È aumentato tutto, dannazione. Tutto, tranne la tua misera pensione!" si lamentava con se stesso. "E qui non puoi arrotondare vendendo uva o vino. Il lavoro di ciabattino ti basta a stento per pagare la rata delle protesi. Cosa accadrà fra tre, cinque o addirittura otto anni? Ora Pippo è un bambino, non ha così tante esigenze. Ma quando crescerà? Come lo sfamerai? Come lo vestirai? Come diavolo lo riscalderai?"

Il freddo. Ecco un altro nemico giurato. In quella città l'inverno non era una passeggiata. Quando picchiava, spezzava le reni e svuotava il portafoglio. Nel periodo invernale, due mesi di bollette di quel buco di casa potevano mandarlo in rosso in men che non si dica. Soprattutto con il prezzo folle del gas che si registrava in quelle settimane.

"Sarai costretto ad andartene. In Sardegna sarebbe tutto più semplice. Troveresti qualcuno in grado di aiutarti" cercava di persuadersi. "Ma non puoi farlo prima di scoprire chi ha ucciso Maria Donata. Perché altrimenti cosa farai quando fra cinque o sei anni Pippo ti chiederà cos'è successo alla sua mamma? Con che coraggio lo guarderai negli occhi?"

Raggomitolato in posizione fetale, sia per il freddo sia per una soverchiante sensazione di inadeguatezza e impotenza, Italo Seu si prese la testa fra le mani rovinate dalla vita rurale, e pregò Dio di dargli almeno altri cinque o sei anni di salute, lucidità e forza.

«Soltanto cinque, ti prego» lo implorò fra le coperte.

Dormì appena due ore, poi sobbalzò, svegliato dal pianto del nipote. Un'altra costante di quei mesi: ogni notte Pippo si destava in lacrime, chiamando, anzi, pretendendo la mamma.

Italo si muoveva ormai con confidenza nell'oscurità rotta dalla lucina emanata da una lampada a forma di funghetto, vicino alla culla. Trattenendo il respiro per contrastare la fitta ai muscoli lombari, si chinava, sollevava il nipote e se lo portava al petto, cullandolo e canticchiando le poche nenie che ricordava.

«Quando torna mamma?» domandò il bimbo, non appena l'attacco di pianto si attenuò.

Il neuropsichiatra infantile aveva suggerito a Italo di aspettare qualche anno prima di rivelargli la verità.

«Presto» mentì il nonno con amarezza. «Presto... Ma tu devi fare il bravo e stare con nonno, finché lei non ritornerà.»

Filippo si strinse ancora di più contro l'anziano, che gli baciò la guancia rigata di lacrime. Il pediatra gli aveva ripetuto più volte che la vicinanza e il calore fisico erano basilari per non compromettere lo sviluppo cognitivo e i normali passaggi evolutivi del bimbo.

"Colmare l'assenza della madre sarà impossibile. Ma essere sempre presente, dargli affetto e tenerezza, questa è la cura migliore che posso consigliarle" si era raccomandato.

Italo si era impresso a fuoco nella mente quella frase. Finché avesse avuto respiro, sarebbe stato affettuoso e tenero nei confronti del nipotino. Sarebbe stato presente, disponibile e solerte come un angelo custode.

Sostenuto e avvolto da quelle grandi e rassicuranti mani, Pippo scivolò nel sonno. Italo lo adagiò nel proprio letto: c'erano alte probabilità che si risvegliasse di lì a poco non avvertendo più il calore del corpo del nonno; così, si sdraiò al suo fianco e lo coprì per bene.

"Dodici anni" ripeté fra sé mentre ne osservava il profilo delicato. "Sarò all'altezza?"

Il dolore alle articolazioni affermava di no. I tredici chili di peso del bambino un tempo sarebbero stati nulla per Italo Seu. Ora che i muscoli sembravano asciugarsi ogni giorno di più e le ossa avevano iniziato a sfaldarsi e assottigliarsi, quei chili lo opprimevano gravosi come la croce della passione di Cristo.

"Sei solo. Non ci sarà nessun Simone di Cirene ad aiutarti a portare questo peso. Dovrai farlo da solo" si disse.

«Ancora dodici anni» mormorò Italo Seu in sardo.

"Dodici… Una Via Crucis" pensò. "Devi farcela a qualsiasi costo."

19

Corso Indipendenza, Milano

Dal balcone al quinto piano della sua vecchia casa, Eva fissava il firmamento di luci metropolitane. Realizzò che era proprio quello l'aspetto che più le mancava di Milano: la notte. C'era un'eleganza che trovava difficile da spiegare: aveva un sapore di libertà, anonimato, e in qualche modo anche di dolcezza. Tutte caratteristiche che la città occultava di giorno, per poi rivelarle ed esasperarle dal tramonto in poi. Al calare dell'oscurità, infatti, sfoggiava la vera natura, come una ragazza introversa che per vincere la timidezza e dimostrare di essere all'altezza era costretta a fingere atteggiandosi a sfrontata, volitiva, sfacciata ai limiti dell'arroganza, e una volta al sicuro fra le mura domestiche lasciava cadere quella maschera boriosa, mettendo a nudo debolezze e vulnerabilità. Era la Milano autentica di cui provava nostalgia, perché le somigliava, dato che pure lei aveva vissuto gli ultimi anni celandosi, esibendo un animo che non le apparteneva.

Tornò in salone e raggiunse Marco, impegnato a chiudere i tre scatoloni rimanenti.

«Mi sa che ci serve ancora un rotolo di scotch» disse l'ex marito, seduto sul parquet fra i resti della cena giapponese che avevano preso d'asporto in un ristorante nelle vicinanze.

Eva andò nella cucina ormai disadorna. Sul tavolo erano posate le buste della spesa che aveva fatto per quella settimana di trasferta. Recuperò il nastro adesivo e rientrò in salone.

«È l'ultimo» disse.

«Facciamocelo bastare» replicò lui, stanco dopo ore di impacchettamenti. «Vieni, dammi una mano.»

Croce lo aiutò a stringere i lembi di cartone e chiusero i pacchi restanti.

Marco addossò i colli alla parete, accanto agli altri, e quando si girò Eva gli porse una bottiglia di Asahi, la birra giapponese di cui una volta erano ghiotti.

«Ce l'abbiamo fatta» sospirò l'uomo, facendo tintinnare il vetro contro quello di lei.

«Già» ribatté Eva, fissando la mole di scatoloni contenenti i ricordi della vita precedente. Era lieta che avessero avuto la forza di affrontare quel rito insieme: un passaggio basilare per il processo di guarigione e rinascita di entrambi.

Dopo varie pressioni da parte dell'uomo, Eva si era convinta a vendere la casa. Fino ad allora aveva inventato una marea di scuse per evitarlo. Dietro tanta opposizione c'era il timore di recidere un cordone emotivo – forse ormai l'ultimo – che la legava al ricordo di Maya, loro figlia. Temeva che, vendendo l'abitazione, la presenza della bimba, di cui a suo modo di vedere quelle pareti erano impregnate, si sarebbe dissolta per sempre. Eppure, sapeva che era un passo doveroso per continuare a vivere. O quantomeno provarci. Dopo un lungo periodo di psicoterapia, aveva imparato a coesistere con quanto era accaduto. Il livello successivo, a detta della terapeuta, era il più complesso e doloroso: lasciar andare. Spezzare le catene che l'ancoravano al passato, per ricominciare. Per questo, quando le aveva parlato del vecchio appartamento ormai disabitato, la dottoressa l'aveva spronata ad assecondare il volere di Marco e sbarazzarsene: era l'ultima fase dell'elaborazione del lutto che Eva aveva sempre rifiutato di attraversare.

«A che pensi?» domandò Marco, seduto a gambe incrociate sul pavimento.

«A chi verrà ad abitarci.»

«Vuoi che ti dica chi sono?»

Eva ci pensò su. «No. In realtà, no. Spero soltanto che siano felici quanto lo siamo stati noi prima di…»

«Prima di. Punto.»

«Già.»

Aveva ceduto a lui le incombenze legate alla vendita. La zona, che di per sé aveva una quotazione alta, aveva acquisito più prestigio appena conclusi i lavori per la nuova linea metropolitana

M4. Marco non aveva avuto difficoltà a trovare un acquirente. L'anticipo che gli avevano dato era già stato equamente diviso con Eva.

«Come utilizzerai i soldi? Pensi di comprare qualcosa a Cagliari?»

«Non lo so. Forse… Sono ancora indecisa se mettere radici lì.»

«Di certo sembri più tranquilla dell'ultima volta che ci siamo visti.»

«Questo è sicuro» ribatté lei. «Tu, invece?»

«Non so se è l'occasione per dirtelo, ma tanto a te non riuscirei a nasconderlo. Sto…»

«*State*» lo corresse lei.

La fissò sbigottito. «Come fai a…»

«Deformazione professionale. A che mese è?» domandò, riferendosi alla compagna di Marco.

«Al quinto.»

«Conoscete già il sesso?»

«Maschietto.»

Eva lo attirò a sé in un forte e caloroso abbraccio. Era felice per lui. Nei primi mesi dopo il dramma che li aveva colpiti, aveva creduto che nessuno – tantomeno lui – potesse provare il dolore che lei pativa. Era diventata come gelosa della propria sofferenza, non voleva condividerla. E anche lì era intervenuta la psicologa, portandola a razionalizzare quell'atteggiamento che, sosteneva, era maturato a partire dal senso di colpa: l'afflizione era uno scoglio rassicurante a cui aggrapparsi; cancellare o dividere con qualcun altro il tormento avrebbe significato accettare che la colpa di quanto accaduto a Maya non fosse di nessuno; e quella realtà era troppo terrificante da elaborare, perché avrebbe stabilito che le loro esistenze erano in balia del caos, di una indeterminatezza che non potevano controllare.

«Avete fatto bene. Era la cosa migliore» sussurrò.

Marco si commosse. Dopo essersi asciugato gli occhi, le confessò: «Avevo timore di dirtelo. Temevo che mi giudicassi».

«Lungi da me.»

Con la perdita di Maya era morto pure il sentimento che li aveva uniti. Non erano più una coppia. Erano due reduci di una guerra sporca, che li aveva devastati e – anziché avvicinarli e renderli più coesi – allontanati in modo irreparabile. Quel conflitto li aveva ridotti a estranei che, guardandosi in faccia, leggevano la sofferenza l'una nel volto dell'altro. Nessuno dei due voleva ricordare. Erano naufraghi riparati in un'isoletta troppo piccola per entrambi. Marco era stato il più coraggioso: si era industriato per abbandonare quel posto prima possibile. Eva, invece, ci si era radicata, decisa a non abiurare la propria identità materna per un "dettaglio" così insignificante come la morte della figlia.

«Ti confesso che ho un po' paura di quello che mi aspetta.»

«In che senso?»

«In realtà ho una paura fottuta, Eva» continuò, quasi non avesse sentito la domanda.

La donna non lo interruppe più, avvertendo il suo bisogno di sfogarsi.

«Ho paura di essere troppo grande per affrontare tutto daccapo. Non ho più le energie di quando avevamo trent'anni. Ho paura del raffronto, perché so che rivivrò una serie di momenti che mi faranno ripensare e rivedere Maya, e non ho idea di come reagirò... E poi non ti nego che ho paura che possa ricapitare. Che anche lui possa soffrire di qualche malattia. Che...»

Eva socchiuse gli occhi, rammentando il martirio che la figlia aveva dovuto subire.

Maya non aveva ancora compiuto sei anni quando avevano scoperto il suo male. Eva e Marco si erano insospettiti per il fatto che in capo a qualche settimana la bimba si era svegliata più volte con ematomi, tumefazioni e gonfiori inspiegabili, come se qualcuno durante la notte l'avesse picchiata. Dopo vari esami, i medici le avevano diagnosticato un osteosarcoma ad alto grado di malignità. Al momento della scoperta del tumore, il tessuto osseo della bambina era paragonabile a quello di una donna di ottantacinque anni. Maya era stata sottoposta a diversi cicli di chemioterapia prima di dare avvio a una lunga sequela di interventi chirurgici. I trattamenti non avevano sortito l'effetto sperato e, a pochi mesi dal compimento dei sei anni, i medici avevano dovuto amputarle le gambe. Nel frattempo, la bambina aveva maturato una dipendenza dall'ossicodone, un oppiaceo potente quanto la morfina, adoperato per alleviare i terribili dolori che le impedivano persino di dormire. Eva si era messa in aspettativa per starle vicina, giorno e notte, sperando in un miracolo.

Il miracolo non era avvenuto, e poco tempo dopo avevano dovuto dire addio alla figlia.

Eva riaprì gli occhi e gli posò una mano sulla spalla. «Smettila» disse, secca. «La vita ti sta facendo un regalo meraviglioso, che ti meriti. Devi prenderti tutte le cose belle che ti arriveranno, e per quanto siano comprensibili le tue paure, lasciale stare. Quello che è successo a Maya... È statisticamente impossibile che succeda di nuovo, lo sai. Quante volte ce l'hanno ripetuto i medici?»

«Sì, scusami.»

«Nessun problema.»

Si trovarono senza più argomenti da affrontare. Come se una corrente gelida si fosse frapposta tra loro.

«Sei sicura che vuoi dormire qui? Non c'è più nulla negli armadi per...»

«Ho recuperato un sacco a pelo in garage. Mi basterà» lo rassicurò.

La scrutò, invidiandone il coraggio: lui non sarebbe riuscito a trascorrere la notte lì.

«Va bene. Allora mi sa che vado. I tizi che verranno a ritirare gli scatoloni dovrebbero arrivare verso...»

«Metà mattina. Me l'hai già detto. Tranquillo.»

Marco si guardò attorno un'ultima volta. Se tutto fosse andato secondo i piani, non avrebbe mai più messo piede in quella miniera di ricordi. Fissò Eva, chiedendosi se ciò che stavano vivendo fosse un ineluttabile addio o se, prima o poi, le loro strade si sarebbero incrociate di nuovo.

«Chiamami, per qualsiasi cosa» le disse.

«Idem» rispose lei.

Si abbracciarono, poi Marco la lasciò sola nello spoglio cimitero di memorie.

Sorprendendo se stessa, Eva trovò la forza di andare in quella che era stata la stanza di Maya. Marco non aveva trovato il coraggio per svuotarla e aveva assegnato l'incombenza ai traslocatori che sarebbero venuti l'indomani.

Eva sedette per terra, davanti a uno scaffale, e prese a sfogliare i libri della figlia, un sorriso scaturito dai bei ricordi a illuminarle il volto.

"Non sai cosa darei per farti tornare qui anche soltanto per un'ora. Me la farei bastare, giuro" disse mentalmente alla sua bambina perduta. "Soltanto un'ora."

«È un peccato che rimangano in uno scatolone…» mormorò. «Credo che li donerò a qualche biblioteca, tesoro.»

Mentre sfogliava un volume illustrato di Tony Wolf, Eva scorse una fotografia in mezzo alle pagine. Ritraeva loro tre, allegri, sulle scale che portavano al duomo di San Giorgio a Modica, durante una vacanza primaverile. Maya non aveva più di cinque anni e aveva il viso impiastricciato del cioccolato che aveva assaggiato in ogni variante possibile.

«Mio Dio» sussurrò Eva incredula, rivedendo quella sua versione così giovane e spensierata. Era ancora il tempo del prima. Non aveva mai più riso con tanta serena felicità. Di lì a poco, tutto si sarebbe squadernato.

«Sarebbe bello se stanotte venissi da me. Pure per poco… Io ti aspetto» disse, non appena ebbe terminato di infilare i libri in un borsone. Li portò in salone, recuperò il sacco a pelo e si sistemò nel letto della camera di Maya.

Nel buio, attese come un suo segnale. Che non arrivò.

Ripensò alla frase criptica che le aveva detto Rais: "Sta' attenta a Strega", e si domandò cosa la partner avesse davvero voluto suggerirle.

Si addormentò cullata dalle dolci memorie.

Quella notte la figlia non venne a trovarla in sogno.

Al contrario, sognò Maria Donata Seu e il bellissimo abito candido inzuppato di sangue.

20

Via Mauro Macchi, Milano

Agli occhi di qualsiasi persona, la vita di Strega sarebbe apparsa noiosa, abitudinaria, prevedibile. Non ai suoi. Aveva nutrito in segreto per lui un'adorazione distorta. Non si trattava di ossessione, ma di amore. Amore all'ennesima potenza.

Osservando il criminologo chino sui dossier che aveva studiato per ore, infaticabile, la donna aveva avvertito il sentimento che provava nei suoi confronti prosperare ancora di più. Sapeva perché Strega si gettava così a capofitto in quelle indagini. Certo, era animato dalle migliori intenzioni e c'era della nobiltà nel bisogno di ottenere giustizia per le vittime. Ma a livello più inconscio, il criminologo tendeva a sublimare con la ricerca della verità altrui quella che non poteva avere per se stesso. Questo la commuoveva. Non vedeva un omone di un metro e novantacinque dalle spalle larghe assorto su dei documenti, ma un disperato bimbo di otto anni impegnato a capire chi avesse rapito la madre e la sorellina. Era la disperazione mai sopita a renderlo un investigatore tanto tenace.

"Sono le nostre imperfezioni a renderci più forti nei propositi che ci diamo" rifletté la donna, bevendo un calice di vino bianco. "E sono le nostre fragilità a determinare ciò che siamo, amore mio… Tu non hai la minima idea di quanto ci assomigliamo. Indossiamo entrambi delle maschere, ma dietro quelle facciate siamo identici."

Tornò al cannocchiale e rimase per qualche minuto a guardarlo dormire. Aveva trascinato il futon davanti al camino, come d'abitudine. Si era addormentato dopo nemmeno un'ora con la copia di *Gli altri*, dell'amato Simenon, abbandonata sul petto. Il gatto bianco, invece, era rimasto alla finestra, vigile, e continuava a fissare nella sua direzione, quasi fosse in grado di vederla.

«Bada di stare al tuo posto, tesoro, altrimenti ti faccio fare la stessa fine della tua fidanzatina» mormorò la sconosciuta.

Abbandonò la postazione e osservò per l'ennesima volta la fotografia dell'ispettrice Croce incollata alla parete. Aveva temuto che la donna si fosse presentata dal criminologo per qualche motivo personale. Quando invece erano stati raggiunti da quel panzone di Pavan e – viste le espressioni serie e tese – avevano iniziato a discorrere di qualcosa legato di sicuro al lavoro, la donna aveva tirato un sospiro di sollievo.

Eva Croce rimaneva comunque un'incognita da tenere sotto controllo.

Era necessario comprendere in fretta se fosse soltanto una meteora nella vita di Strega o se, al contrario, rappresentasse una minaccia.

Perché in quel caso, si disse, avrebbe dovuto eliminarla presto.

21

Viale Monte Nero, Porta Romana, Milano

Complice l'ascolto continuo della canzone che le aveva associato, o forse per il trasporto con cui Pavan aveva parlato dell'omicidio, il caso di Maria Donata Seu si era tanto radicato nel suo subconscio che la notte l'aveva sognata.

Il sogno si svolgeva all'aperto: si trovava in una strada residenziale, spaesato, i nervi a fior di pelle. Impugnava la pistola e si guardava intorno, fra le case e i viottoli bagnati dalla luce del tramonto. Pareva cercare qualcuno, invano. Un urlo femminile squarciava la pace crepuscolare, facendolo trasalire. Strega si voltava di scatto e scorgeva Maria Donata corrergli incontro, come se ne andasse della propria vita. Indossava un abito da sposa mosso dal vento. Era in lacrime, il volto distorto dal terrore, e gridava qualcosa, ma la voce gli giungeva ovattata, senza che fosse in grado di distinguerne le parole. A ogni passo, la macchia di sangue al centro del vestito pareva allargarsi. Strega provava a raggiungerla, salvo realizzare che non poteva: era come inchiodato all'asfalto, impossibilitato a muovere i piedi. Alle spalle della donna, il profilo di un uomo incappucciato, armato di coltello, si avvicinava sempre di più. Vito alzava la pistola al cielo e premeva il grilletto, per spaventarlo; però l'arma non sparava. Tentava di urlarle di resistere e correre più veloce, eppure dalla gola non usciva neanche un gemito. Era condannato a essere un testimone silenzioso e passivo dell'assassinio che si stava per consumare davanti ai suoi occhi.

Quella profonda sensazione di impotenza e ingiustizia gli rimase addosso al risveglio. Neppure una doccia calda riuscì a lavarla via.

"È abbastanza chiaro quello che la tua psiche ti sta suggerendo" rifletté mentre le porte dell'ascensore si aprivano sul pianerottolo che conduceva all'ambulatorio di Bernardo Borgogna. "Tu vorresti disperatamente fare qualcosa, ma non puoi, perché è già stato fatto tutto il possibile, e soprattutto non potrai certo cambiare il suo destino. Devi accettarlo."

Bernie lo accolse come un figlio che non vedeva da tempo. Per certi versi, era proprio così: oltre ad averlo in cura da quand'era un bambino, il neuropsichiatra era diventato per Strega una figura paterna. Nel bozzolo protettivo dello studio, Vito si era sempre mostrato per quello che era sotto le maschere protettive che era stato costretto a indossare.

«Il nostro Ulisse è finalmente tornato a Itaca» disse Borgogna, abbracciandolo e battendogli una mano sulla schiena.

«Già. Il richiamo di casa è stato troppo forte.»

«Il richiamo di casa o del tuo lavoro?» chiese con malizia il medico, senza aspettare una replica. «Entra, non c'è nessuno.»

Strega lo seguì all'interno. Non si sedette, e questo fece comprendere a Bernie che non poteva trattenersi più di tanto. Così, andò dritto al punto: «Ti ho cercato perché la persona che ti ha telefonato... Be', credo sia stata qui».

Strega non parve accusare il colpo, quasi avesse già considerato quell'eventualità.

«È una tua sensazione o hai delle prove?»

«Qualche mese fa pensavo di aver perso le chiavi dell'ambulatorio. Non ci avevo fatto troppo caso. Può succedere. Da quando mi hai parlato della telefonata, però, ho rivalutato circostanze e fatti che mi erano capitati nei mesi precedenti. E oltre allo smarrimento delle chiavi, mi son reso conto che mancava uno dei dischi. Uno dei miei preferiti, fra l'altro.»

Strega fissò la smisurata collezione di vinili. «Quale?»

«*Little Girl Blue* di...»

«Nina Simone... Giuro che non sono stato io.»

Bernie scoppiò a ridere, grato all'amico per aver spezzato la cappa di tensione.

«Va bene, mi fido. Ma qualcuno l'ha preso. Ormai visito pochissimo, soprattutto bambini, e non sono molti i bimbi che s'interessano di jazz.»

«Hai notato altro?»
«No, non manca niente. Ho controllato agende, cartelle cliniche, fascicoli e documenti vari, un lavoraccio che mi ha preso un sacco di tempo. Però, a parte il vinile, credo non sia stato portato via nulla.»
«Ok. Ciò non significa però che non abbia scattato foto dei documenti. Cos'hai su di me? C'è qualcosa che potrebbe riportare al mio disturbo in quelle cartelle?»
«Non direttamente. Non ho mai utilizzato né il tuo nome né il tuo cognome. Su questo tuo padre era stato molto chiaro.»
«Ma...»
«Ma, mi riferivo a te usando uno pseudonimo.»
«Sentiamo.»
«Wynton Marsalis.»
Borgogna era fissato col jazz e lo aveva contagiato con quella malattia, che per Vito, invece, era diventata una terapia. Marsalis era un grande trombettista originario di New Orleans. Un mostro sacro che aveva pure vinto un Pulitzer per la musica, cosa non comune per un musicista jazz, soprattutto afroamericano.
«E c'era modo che questa tizia capisse che Marsalis ero io?» domandò.
«La vedo difficile.»
«Ma non impossibile.»
«No... Mi dispiace, Vito.»
«Non hai nessuna colpa, sta' tranquillo. Devo solo capire quanto può aver scoperto.»
"Senti ancora le voci, professore?" gli parve di udire il tono contraffatto.
«Ho parlato del tuo problema come di una reazione alla tragedia che avevi vissuto.»
«Sii più specifico.»
Bernie era titubante. Non riusciva a nascondere l'imbarazzo.
«Per favore. È importante» lo pressò il poliziotto. «Devo valutare quanto può essere pericolosa.»
Borgogna annuì. «Nei miei appunti parlavo di "amnesia dissociativa con conseguente rimozione e sostituzione dei ricordi", e di come le allucinazioni uditive probabilmente fossero legate al trauma, sebbene a livello diagnostico, dopo la miriade di accerta-

menti clinici effettuati, le voci rimanessero ancora un mistero per la neurologia dell'epoca.»

«Si faceva riferimento anche agli psicofarmaci?»

«No» rispose il medico, perentorio.

«Bene. È tutto?»

«Credo di sì.»

«Immagino che abbia già sostituito la serratura, giusto?»

«Sì, anche se non credo cambi molto. Se, come dici, è stata qui e ha visionato i documenti...»

«Al momento devo agire come se l'avesse fatto.»

«Quello che sa... Quanto potrebbe farti male?»

"Potrebbe rovinarmi" avrebbe dovuto rispondergli. Ma preferiva non dargli pena, così disse: «Il mio nome non compare da nessuna parte. Non ha prove di alcun tipo, quindi è praticamente innocua».

«Meglio così. Hai qualche idea su chi possa essere?»

«No. Ma ho incontrato parecchie pazze. E parlo di psicopatiche vere. Dovrò fare delle verifiche.»

«Dopo quella telefonata hai avuto qualche altra minaccia o segnale da parte sua?»

«No. Ed è questa la cosa più inquietante.»

«Mi dispiace, Vito. Mi dispiace davvero.»

«Come ti ho detto, non hai nessuna colpa.»

«Tu come stai? Riesci a tenerle sotto controllo?»

«Sì» mentì.

«Hai bisogno di altre medicine?»

«No. Al momento no.»

«Va bene.»

«Ora devo scappare. Sarei molto più tranquillo se sostituissi anche le serrature di casa e se per un po' ti guardassi le spalle. Non credo sia interessata a te, ma... Non si sa mai.»

«Aggiornami, se dovessi scoprire qualcosa.»

«Certo» rispose Vito. «E per il disco di Nina Simone...»

«Ecco! Lo sapevo che l'avevi rubato tu» sbottò Borgogna battendo le mani in un gesto incredulo.

Stavolta risero entrambi.

«Devo proprio andare.»

«Lavoro?»

«Già. Ci sentiamo presto, Bernie.»
«Ci conto.»
Strega abbandonò lo studio in preda all'angoscia. A turbarlo non era tanto la preoccupazione di poter essere ricattato, quanto il pensiero di cosa avrebbe dovuto fare una volta scoperta l'identità della stalker.

22

Giardini Perego, via dei Giardini, Milano

Avevano deciso di incontrarsi in uno dei piccoli polmoni verdi sparsi tra i palazzi del centro. Un'oasi di pace a un paio di minuti a piedi dalla questura. Lorenzo Giansante – ben sapendo che l'ex partner non amava aggirarsi per gli uffici da cui era stata "esiliata" e che quella che si apprestavano a tenere era una conversazione informale – aveva suggerito di vedere lei e Pavan in un luogo neutro.

Eva e Lorenzo stavano aspettando che Bepi tornasse con i caffè. L'ispettore capo alzò gli occhi al cielo che si stava illividendo. Nell'aria aleggiava un sentore di pioggia. A terra il vento si divertiva a creare mulinelli di foglie morte e a spazzare i sentieri. Il cigolio metallico delle catene di un'altalena frustata dalle raffiche aveva un che di spettrale.

«Se non si sbriga, mi sa che dovremo rimandare la nostra chiacchierata, irlandese. Sta per scatenarsi il diluvio.»

Eva si illuminò. Da tanto non veniva chiamata con quel soprannome.

«È a dieta» lo giustificò. «Di sicuro è a funzionalità ridotta quanto a energie. In più ha fatto la notte, poverino.»

«La notte?»

«Servizio di piantonamento. È rimasto di guardia a una delle ragazze che sono state indicate come possibili vittime del...»

«Di quel maniaco, certo. A me la notte tocca domani.»

«Sei anche tu dentro la task force?»

Giansante fece cenno di sì. «Parliamo di quarantadue vittime di violenze in meno di tre mesi, Eva. E il numero pare destinato a crescere. In pratica siamo tutti dentro il team, costretti a doppi turni e straordinari pur di prendere 'sto bastardo. Non che qualche soldo in più non mi faccia comodo, intendiamoci. Milano sta diventando invivibile sotto tutti gli aspetti.»

«Eccolo qua» disse Croce scorgendo il veneto varcare l'ingresso del parco con un vassoietto. Notò che con una mano reggeva i caffè e con l'altra teneva il cellulare che scrutava con astio, per poi scuotere la testa. Era dal giorno prima che il collega non staccava lo sguardo dallo schermo del telefonino. Quel comportamento, sommato alla ferrea decisione di mettersi a stecchetto, cominciò a insospettirla: Croce si domandò se Pontecorvo non avesse ragione e Bepi si fosse fatto l'amante. Lo riteneva alquanto improbabile, però: "L'amore non guarda con gli occhi" si disse.

«Quasi venticinque anni di onorato servizio a dar la caccia a invasati e farabutti, e mi sono ridotto a fare il fattorino dei caffè, *'orco bòja*. Questa si chiama grassofobia e bullismo. Ringraziate che non vi denuncio» sbuffò il poliziotto, sedendosi sulla panchina.

«Finiscila. Sei stato tu a tirarci in ballo, quindi mi sembra proprio il minimo» intervenne Eva. «Piuttosto: ce ne hai messo di tempo, eh?»

«Scusate. Mi ero imbambolato davanti a un cabaret di maritozzi. Non so come, ma sono riuscito a resistere alle voci.»

«Le voci?» ripeté Giansante, confuso.

«Sì, le voci dei maritozzi che mi imploravano di salvarli e nasconderli al calduccio nella mia pancia» confessò triste l'ispettore, le mani giunte sul ventre gonfio e lo sguardo malinconico perso nel vuoto.

Eva e Lorenzo si guardarono basiti e preferirono glissare. Scoperchiarono le tazze di carta fumanti per il caffè, e Giansante li invitò a entrare nel vivo della questione.

«Ieri è venuto a trovarmi in ufficio un signore anziano. Cercava Strega, in realtà, ma ha beccato me. È il padre di una ragazza uccisa otto mesi fa, che...»

«Fammi indovinare» lo interruppe Giansante. «Italo Seu?»

«Esatto.»

«Pover'uomo. Non si dà pace.»

«Dovrebbe?» s'inserì Croce.

«Bella domanda… Non lo so. È passato tanto tempo e abbiamo fatto il possibile, finché la dirigente non ci ha spostati su altri casi.»

«Quindi l'indagine è chiusa?» chiese Pavan.

«Ufficialmente, no. Ma ufficiosamente, sì. Anche Galeano, la PM, credo ci abbia messo una pietra sopra. E sapete quanto è determinata. Il punto è che non abbiamo scoperto piste solide, a parte il sospetto che gravava sull'ex.»

«Ruggero Mercalli» disse Bepi.

«Esatto. Tutto sembrava condurre a lui, però aveva un alibi di ferro. Lo abbiamo pressato, ma sembrava invulnerabile a qualsiasi minaccia noi o la procuratrice potessimo fargli.»

«Quindi ritieni che lui sia responsabile, in qualche modo?» chiese Eva.

Lorenzo, con un gesto che trasudava nervosismo, si passò una mano tra i capelli ondulati e ancora neri, nonostante sfiorasse la mezza età. Indossava un completo sobrio, e aveva il fisico snello e asciutto del ciclista che era, con tanto di miriadi di gare a cui aveva partecipato e qualcuna pure vinta. Era un investigatore serio e scrupoloso, che non amava perdere. Eva era certa che avesse fatto di tutto per arrivare alla soluzione del mistero sulla morte di Donata Seu.

«Credo di sì. Al di là dell'alibi che, ripeto, era inattaccabile, Mercalli ci ha sempre puzzato di colpevolezza, ma non siamo riusciti a dimostrarlo.»

«Potrebbe essersi affidato a qualcuno per ammazzare Donata, no?» ipotizzò Pavan.

«Ci abbiamo pensato. Ma un omicidio su commissione va pagato, Bepi. Galeano ci ha autorizzati ad analizzare situazione economica, prelievi e movimenti bancari del bastardo. Non è saltato fuori nulla di interessante. Mercalli aveva pochi soldi e li sperperava in vestiti, aperitivi e locali. Amava *ballarsi la fresca*, come pare si dica oggi… Lavorava come dipendente; quindi, è difficile che avesse delle entrate in nero, se state pensando a un pagamento in contanti. In più, non aveva conoscenze in ambito criminale, fatta esclusione per frequentazioni di stadi e tifoserie un po' violente. Abbiamo scavato anche in quella direzione, ma non abbiamo ricavato niente.»

Bepi lo sapeva. Come aveva confermato anche Strega, l'indagine era stata minuziosa e l'insuccesso investigativo non andava di sicuro ricercato nel mancato impegno dei colleghi. Anzi.

«Quel vecchio mi ha fatto molta pena» confidò Pavan. «È un bonaccione. Non si meritava una storiaccia del genere.»

«Lo so. È davvero un brav'uomo, catapultato in mezzo a una tragedia» disse Giansante. «Ogni volta che veniva da me, mi si stringeva il cuore a dirgli che non c'erano novità.»

L'ispettore fissava con aria desolata il fondo della tazza vuota, come se in realtà stesse contemplando l'inutilità dei propri sforzi.

«Abbiamo notato che nessun quotidiano ha scritto dell'abito da sposa» disse Eva.

«È stata una scelta precisa, presa insieme alla PM. Non volevamo creare un polverone e, soprattutto, dare la stura a potenziali emulazioni. Già la media di questi femminicidi è altissima, no? Ci mancava solo che tutti iniziassero a replicare quel *modus operandi*. La paura della magistrata era che, rivelando un dettaglio tanto particolare e macabro, quello stile diventasse una tendenza, una sorta di moda. Perché di certo il vestito ha un significato, anche se soltanto l'assassino può dirci quale sia.»

«Permettimi una domanda, collega» iniziò Pavan con tono carbonaro. «C'è mica nulla che possiamo sapere in via confidenziale, che non sia scritto nei rapporti e nelle relazioni?»

Qualcosa che non poteva finire su un verbale ufficiale c'era sempre. Sospetti, minacce, torchiature agli indiziati, qualche confessione cavata con le cattive, una prova che spariva per poi riapparire come per magia in un altro luogo. La lista era lunga.

«No, Bepi. Abbiamo sempre giocato pulito. Galeano non avrebbe mai tollerato metodi che non fossero in linea con i suoi. È una donna integerrima. Quando lavori con lei, devi adattarti al suo stile e non puoi sporcare l'indagine.»

Eva e Pavan annuirono.

La pioggia aveva iniziato a crepitare sui cappotti, quasi a sottolineare che il colloquio era giunto al termine.

«Sarebbe un problema per te se dessimo un'occhiata al caso?» indagò Eva.

«No, figurati.»

«Pensavamo di fare una chiacchierata col padre di Donata, oggi. Verrà con noi anche Strega» spiegò Pavan.

Lorenzo aggrottò la fronte. «Vito Strega? Wow, allora avete intenzioni serie.»

«È stato lui a invitarci a sentirti e a chiederti se fosse un problema dare uno sguardo al…»

«Non c'è nessun problema, ripeto. Magari qualche paio di occhi in più possono vedere qualcosa che a noi è sfuggito. Se poi avete Strega dalla vostra, credo che la PM vi darà uno spazio di manovra maggiore di quanto ne ha concesso a noi.»

«Ne dubito. Abbiamo letto i dossier e tutto quello che potevate fare è stato fatto. Però…»

«Procedete tranquilli. Posso garantire anche per Marilena, la mia partner. Anzi, se possiamo esservi utili, massima disponibilità da parte nostra.»

«Grazie» rispose Pavan. «Sulla base di quello che ci dirà Italo, decideremo come muoverci.»

«Aggiornatemi sul colloquio con Seu.»

«Sarà fatto» replicò Croce, abbracciando il vecchio partner.

«Ti trovo bene, irlandese.»

«È stato un periodo… diciamo complesso. Ma ho ripreso a respirare.»

«Bene. Non hai idea di quanto questo mi renda felice» disse Giansante carezzandole il viso con affetto fraterno. «Pavan, sta' in guardia. E cerchiamo di prendere presto quel pazzo.»

«Anche tu, collega. E sì: sbrighiamoci a sbatterlo dentro. Ci sta facendo fare la figura dei minchioni, come direbbe Palamara.»

«Palamara…» ripeté Lorenzo, sprezzante. «Non ho ancora deciso se mi manca o se sono contento che ce ne siamo sbarazzati. Vado, prima di inzupparmi.»

Croce e Pavan andarono a rifugiarsi sotto la pensilina della fermata del bus più vicina. Nessuno dei due aveva con sé un ombrello.

«Avvisi tu Strega?» domandò Eva.

Pavan tirò fuori il telefonino e impallidì: «Otto anni, cinque mesi, due giorni e quindici ore…» mugugnò tra sé.

«Che cos'è? Un conto alla rovescia per quanto ti manca alla pensione, come fa Trombetta?»

Bepi sospirò. «Sì, una roba del genere… Ascolta, pensavo una cosa.»

«Dimmi che non ha a che fare con il vassoio di maritozzi.»

Riuscì a farlo ridere. «No, quelli non c'entrano. Credo che potremmo aver bisogno di Rais.»

Eva storse il naso. «Mara è fuori dalla squadra, Bepi. Non ha alcuna intenzione di tornare.»

«Lo so. Ma se a Milano non salta fuori nulla che colleghi qualcuno alla morte di Donata, forse è il caso di indagare sulla sua vita precedente, quella che ha abbandonato per venire qui. Magari il legame che ci sfugge è proprio a Cagliari.»

«Ottima osservazione. Non pensi però che ci sia un salto temporale troppo ampio?»

«Forse. Ma vale la pena dare uno sguardo. Noi non possiamo. Rais, sì.»

«Sarà difficile convincerla.»

«Ci proverei comunque» rispose Pavan più serio e duro del solito. Gli luccicavano le pupille quasi fosse sotto l'influsso di una sostanza stupefacente.

C'era un che di diverso in lui, rifletté Eva. E non si trattava del consueto stato di tristezza e simil depressione che lo coglieva ogni volta che si metteva a dieta. Era qualcosa di più intimo e risoluto, legato a Maria Donata. Le ricordava Vito e il modo che il vicequestore aveva di diventare tutt'uno coi casi che seguiva.

"È come se Strega lo avesse contagiato con le sue ossessioni, il modo morboso di darsi all'indagine" si disse Croce. "Che fosse questo che Rais intendeva quando ti ha messa in guardia?"

«Va bene. Proverò a sentirla.»

«Grazie.»

«Dovere… Tutto ok, Bepi? Sei strano, in questi giorni.»

«Sto bene, tranquilla. È solo che…» si bloccò, come sul punto di oltrepassare il limite di una confidenza che non si poteva permettere, per poi ritrarsi all'ultimo. «Sto bene» ripeté. «Quel vecchio mi ricorda mio padre, tutto qui. Non vorrei deluderlo.»

Eva avvertì ancora di più la ritrosia ad aprirsi.

«A più tardi» la salutò l'ispettore, tornando a piedi verso la questura, incurante della pioggia torrenziale.

23

Via Stelvio, Novate Milanese, Milano

Italo Seu li aspettava sull'uscio col nipotino in braccio. Quando Strega andò loro incontro, colse negli occhi dell'anziano qualcosa di molto simile alla devozione. Questo lo spaventò, perché, come aveva spiegato a Bepi ed Eva, per quanto media e stampa lo dipingessero come un investigatore geniale, lui non aveva mai la soluzione in tasca e non poteva promettere nulla a quell'ometto basso e gracile. Si disse che, col maggior tatto possibile, avrebbe dovuto ridimensionare in fretta le speranze dell'uomo, per il bene di tutti.

«Buongiorno, signor Seu. Sono il vicequestore Vito Strega» si presentò, porgendogli la mano.

Italo posò a terra il bimbo e si levò con rispetto la *berrita*, rivelando una corona di capelli argentei, ribelli, forti e ispidi, che non si rassegnavano all'avanzare degli anni.

Nonostante l'immane differenza di altezza, la mano dell'uomo era grande quasi quanto quella dell'imponente poliziotto. Strega riconobbe la classica stretta da contadino, schietta e vigorosa, la cui forza lo sorprese, vista l'età. Italo adagiò anche la sinistra sulla destra del criminologo, quasi gli stesse affidando il proprio destino.

«È un piacere conoscerla, professore. Grazie davvero di cuore per essere venuto a trovarmi qui. Non ha idea di quanto sia importante per me... Lui è Pippo.»

Strega sorrise al bimbo timido e al tempo stesso curioso che spuntava tra le gambe del nonno: aveva il musetto impiastricciato di marmellata. «Ciao, Pippo. Piacere.»

Il piccolo, forse spaventato dall'altezza e dalla pelle scura del vicequestore, si rifugiò veloce dentro casa, andando a sedersi davanti al televisore sintonizzato sui cartoni animati.

«Lo perdoni. Non è abituato a vedere altre persone oltre me.»

«Ci mancherebbe. Conosce già l'ispettore Pavan. Le presento invece l'ispettrice Eva Croce, anche lei una mia fida e stimata collaboratrice.»

Italo si chinò e strinse le mani alla donna. «È un piacere, dottoressa. Grazie per essere qui.»

«Il piacere è mio, signor Seu.»

Li invitò a entrare nella modesta abitazione. L'appartamento era pulito e ordinato. La cucina abitabile era tutt'uno col salone. Era un alloggio umile, da studenti fuori sede, ma Italo lo curava con attenzione, forse – immaginò Strega – perché di solito gli assistenti sociali si presentavano all'improvviso, ed era basilare farsi trovare pronti e dar loro l'impressione che Filippo stesse crescendo in un luogo dignitoso, come si confaceva a un bimbo della sua età. A detta di Pavan, Italo Seu viveva nel terrore che i servizi sociali o un giudice del tribunale per i minorenni gli portassero via il nipotino. L'ordine e la pulizia, probabilmente, erano un modo per dimostrare di essere all'altezza del compito che gli era stato assegnato, e ci si dedicava con un impegno che rasentava la maniacalità.

Con reverenza, Italo raccolse i soprabiti dei poliziotti e li posò sul materasso in camera da letto.

«Posso offrirvi un caffè?»

«Sarebbe un pensiero gentile. Stanotte ho lavorato fino all'alba, e tra qualche ora mi tocca lo stesso turno» rispose Pavan. «Ehi, Pippo. Guarda cosa ti ha portato la zia Eva.»

Croce si avvicinò al televisore, colpendo Pavan al costato con una gomitata per fargli rimangiare quello "zia". Si chinò sulle ginocchia e dalla borsa estrasse dei libri cartonati appartenuti alla figlia.

«Ciao, tesoro. Questi sono per te. Adesso lo zio Bepi te li fa vedere e te li legge tutti, se ti va.»

Il bimbo si entusiasmò.

«Grazie. Siete davvero affettuosi» li ringraziò Italo, accendendo la fiamma.

Strega notò che la moka era già stata predisposta sul fornello, pronta all'uso. Sulla tavola, invece, campeggiava un vassoio di biscotti e pasticcini: dedusse che Italo Seu era un uomo previdente, che lasciava poco all'improvvisazione.

«Prego, accomodatevi» invitò Strega e Croce. «Il posto è un buco, e me ne scuso, ma essendo soltanto in due... Diciamo che per ora va bene.»

Guardandosi intorno in quell'ambiente minuto, Eva e Vito realizzarono che al bambino non pareva mancare nulla. Il nonno, al contrario, si trascurava, vivendo col minimo indispensabile. Strega lo desunse non soltanto dalle guance incavate, la carnagione spenta, gli abiti troppo larghi e i polsi ossuti su cui ballava un orologio ingiallito, ma pure dalla marca del caffè che beveva e dalle confezioni di cibo sugli scaffali: erano tutte marche minori da discount. Dal profumo che emanava dalle sue mani, evinse che Italo si puliva con lo stesso sapone di Marsiglia con cui lavava i vestiti per sé e per il nipotino. Immaginò che non dovesse essere semplice arrivare a fine mese in una metropoli come Milano e con un bimbo di quell'età.

Italo versò loro il caffè, chiedendo se gradissero dello zucchero. Croce e Strega declinarono.

«Per lei, ispettore?»

I colleghi si aspettavano di sentirlo rispondere di sì, perché era solito addolcirlo con due o tre cucchiaini di zucchero, ma Pavan li sorprese di nuovo.

«No, grazie. Lo prendo amaro. Sono già abbastanza dolce di mio...»

Vito ed Eva si scambiarono un'occhiata basita.

«Complimenti per l'originalità della battuta» commentò poi Croce.

«Mi son dovuto limitare, perché siamo in presenza di bambini» si giustificò Bepi, sorbendo il caffè.

«Si prende cura di lui tutto da solo?» domandò Strega all'anziano.

«Sì. Donata qui non aveva parenti, e quelli del padre di Pippo o sono morti oppure se ne disinteressano, e forse è meglio così. Milano è una città crudele, da questo punto di vista. Tutti mi sembrano soli, ognuno per i fatti propri. La farò ridere: io in paese ero abituato a salutare tutti, e quando sono venuto qua facevo lo stesso; salutavo il postino, le persone quando salivo sull'autobus, la gente in fila in banca, dal fornaio o al supermercato, e tutti mi fissavano come se fossi pazzo. Alla fine ho smesso, per paura che mi facessero internare.»

Ai poliziotti quell'ometto umile e buono non ispirava soltanto tenerezza ma pure simpatia.

«Comunque. Le mie giornate sono dedicate a lui: gli preparo da mangiare, lo lavo e lo vesto, lo porto all'asilo. Lo riprendo, cucino di nuovo, doccia e nanna. A ciclo continuo, giorno dopo giorno… Non mi ricordavo che fosse tanto difficile crescere un bimbo. Ho avuto Donata tardi, ormai da grande, e all'epoca potevo contare su mia moglie e sull'aiuto delle nostre famiglie. Era diverso. Questo ritmo così duro, però, credo mi abbia aiutato, perché occupandomi del bambino ho tenuto lontano il dolore. Non c'era proprio tempo per pensare a mia figlia e alla sua scomparsa. Ora, è diverso: mi sto abituando e quindi i pensieri si fanno sentire… Scusate, sto parlando troppo.»

«Non si deve scusare» intervenne Strega, sapendo bene che quel bisogno di sfogarsi con degli adulti era normale, specie per una persona sola, abituata a trascorrere la maggior parte delle giornate con un bambino piccolo. «E mi permetta di dirle che tutto questo attaccamento e l'impegno le fanno onore.»

«È il mio dovere, professore. E quando fai le cose per amore, non senti difficoltà né fatica. Finché il corpo mi sosterrà…» Non ebbe il coraggio di terminare la frase. «In ogni caso, sono a vostra completa disposizione.»

«Bene. Prima di procedere, voglio essere onesto con lei, signor Seu. Siamo molto dispiaciuti per quello che è successo e siamo rimasti davvero colpiti dalla storia di sua figlia. Cercheremo di parlare con i colleghi e riesaminare insieme l'attività investigativa svolta. Ma voglio che capisca che non potremo prendere iniziative personali. Tutto dev'essere concordato e autorizzato dalla PM, che è la vera titolare dell'indagine. Noi disponiamo di spazi di manovra limitati.»

Vito aveva ripetuto quel discorso innumerevoli volte. Le persone, nel loro immaginario distorto da film e serie televisive, ritenevano che i poliziotti potessero muoversi a proprio piacimento, arrestando, sequestrando e interrogando chiunque e in qualsiasi circostanza. Strega era abituato a trattare tutti con garbo e gentilezza, ma voleva essere sincero con le persone con cui aveva a che fare affinché non nutrissero aspettative smisurate, perché capitava che il suo lavoro, per quanto impegno vi riversasse, non portasse a nulla; e assai spesso le indagini morivano ancora prima di iniziare, frenate dalle pastoie burocratiche o dall'inerzia di un magistrato disattento o poco interessato.

«Ma, soprattutto, siamo poliziotti, non angeli vendicatori» disse, senza addolcire la pillola.

«Comprendo le sue parole. Io non sto cercando vendetta, solo giustizia» rispose Italo con contegno e dignità.

Gli investigatori capirono di avere davanti non soltanto un nonno premuroso, ma un padre preda di un dolore sconfinato e sordo a ogni consolazione. Un genitore pronto a qualsiasi cosa pur di arrivare alla verità sulla morte della figlia.

«Un giorno sarò costretto a confessare a Pippo cos'è accaduto alla mamma e perché. E mi creda: vorrei dirgli che il colpevole del suo omicidio è stato catturato, e non che dopo anni si trova ancora a piede libero.»

«Faremo il possibile perché giustizia venga fatta» gli assicurò Strega.

Quasi avessero provato e riprovato quella scena, Eva Croce trasse dalla borsa un blocco per appunti e si rivolse all'anziano vignaio: «Ci sarebbe utile ripercorrere insieme i fatti, dall'inizio, e vorremmo capire chi fosse davvero Maria Donata. Abbiamo letto i rapporti e i verbali dei colleghi, ma quello che le chiediamo oggi è di farci un ritratto più umano di sua figlia».

Italo Seu sembrò raccogliere per qualche secondo i ricordi e si concentrò, come stesse cercando le parole migliori per descriverla. Poi vinse gli indugi, e con voce commossa iniziò: «Era una brava ragazza. Una figlia devota, affettuosa e con la testa sulle spalle. Io e la madre abbiamo cercato di farla crescere nel migliore dei modi, ma soprattutto di offrirle delle possibilità in più rispetto alla nostra umile vita. Era una ragazza indipendente e decisa. È stata attirata in questa città dalla prospettiva di un futuro migliore. E credo sia finita tra le braccia di quel bastardo di Mercalli più per solitudine che per amore… Sì, credo che ad averla uccisa sia stata la solitudine, prima che il suo assassino».

24

Via Stelvio, Novate Milanese, Milano

Italo Seu terminò il racconto – lucido, essenziale e al tempo stesso toccante – lanciando un'occhiata al nipotino ancora davanti a un episodio della Pimpa.

«Grazie a Dio il bambino non ha assistito alla tragedia» disse con un filo di voce, riportando lo sguardo sui due investigatori seduti al tavolo.

Strega tenne gli occhi fissi su Bepi Pavan e Pippo, accoccolati sul tappeto davanti al televisore. Parevano una versione umana del piccolo Mowgli e dell'orso Baloo, viste le proporzioni. Bepi ci sapeva fare con i bambini: per tutto il tempo del resoconto, l'ispettore aveva intrattenuto il bimbo, facendolo ridere con battute e commenti al cartone animato. Ciononostante, Vito era sicuro che il collega non si fosse perso neppure una parola dell'anziano.

Il criminologo scambiò un'occhiata con Eva: la testimonianza del padre di Maria Donata collimava con quanto avevano letto nel dossier dell'omicidio.

«È stato molto preciso» lo ringraziò Strega. «Ora ci sono dei dettagli che vorremmo rivedere con lei.»

«Sono qui per questo.»

«Che lei ricordi, signor Seu, nelle vostre telefonate Donata aveva mai affrontato, pure alla lontana, l'argomento dell'abito da sposa? Ne aveva mai fatto menzione, anche in relazione ad altre persone?»

«Mai. Me ne sarei ricordato.»

«E di un eventuale matrimonio?» s'accodò Croce.

«Nemmeno. La relazione con Mercalli era naufragata, e dopo la separazione Donata non mi aveva mai parlato di altri rapporti, tantomeno di matrimoni.»

«Quindi anche per lei l'abito da sposa è un'incognita incomprensibile?» continuò l'ispettrice.

«Ci può giurare. Non credo appartenesse a mia figlia, e non capisco perché le sia finito addosso e cosa possa significare.»

«Cambiamo tema» s'inserì Vito. «Ruggero Mercalli. È stata dimostrata al di là di ogni ragionevole dubbio la sua estraneità all'omicidio. I colleghi hanno provato a mettere in discussione in tutti i modi il suo alibi, salvo arrendersi. Da quel punto di vista è inattaccabile...»

«Forse. Ma di sicuro è coinvolto» commentò Italo, convinto.

«E la conseguenza logica più banale di questo suo e nostro sospetto è che si sia trattato di un omicidio su commissione. Che qualcuno abbia operato per conto del Mercalli. Donata le aveva mai parlato di qualche amico a cui il partner fosse particolarmente legato? Qualcuno di molto stretto, che magari frequentava la loro abitazione?»

«No, mai. È una pista che i vostri colleghi hanno sondato?» domandò Italo, speranzoso.

«Sì, ma non ha condotto a niente» rispose Eva, triste di dover spegnere le speranze sul nascere. «La magistrata aveva disposto una perizia psichiatrica su Ruggero Mercalli, per verificarne anche l'idoneità genitoriale. È risultato che l'uomo presenta un disturbo antisociale della personalità con tratti predatori e sadici. Quindi non il soggetto più abile a farsi e tenersi delle amicizie. I colleghi hanno comunque ricostruito la sua rete di frequentazioni, scoprendo che erano essenzialmente conoscenze professionali. Sono stati ascoltati tutti e gli alibi sono passati sotto la lente della sostituta procuratrice, senza che emergesse nulla di rilevante.»

«Potrebbe essere stato qualcuno di sconosciuto, che non aveva magari dei legami con mia figlia?»

«È possibile, ma altamente improbabile» rispose Strega. «Le statistiche dicono che in questi casi quasi sempre la vittima conosce il proprio aggressore, e Maria Donata, dai rilievi effettuati, pare lo abbia fatto entrare in casa, come se lo conoscesse o si fidasse di lui. Inoltre, per fortuna il corpo non presentava segni di violenza sessuale, cosa che in realtà avviene quasi sempre quando l'omicida è una persona sconosciuta alla vittima.»

«A meno che non sia stata una donna a ucciderla» ribatté Italo, sorprendendo gli investigatori con quella deduzione logica.

«Senz'altro. È un'opzione che abbiamo vagliato» replicò Eva. «Ma nel caso, chi? E perché? Non ci risulta che Maria Donata avesse amiche. Anche la sua cerchia di relazioni era legata pressoché all'ambito aziendale.»

«Sì, confermo. Mercalli, con le sue continue denigrazioni, l'aveva portata a isolarsi e a non vedere nessuno al di fuori del lavoro. Di questo sono certo, perché me l'ha confessato Donata stessa. E, in verità, non mi ha mai parlato di un'amica stretta. Anche questo lo so perché le chiedevo spesso: "Ma vedi qualcuna? C'è qualcuna con cui ti confidi, con cui esci a svagarti ogni tanto? Ma perché non ti apri con qualche collega?". Mi rispondeva sempre: "Non ho il tempo, babbo. Né per uscire né per farmi un'amica".»

«Le sembrava sincera?» indagò Vito.

«Direi di sì. In quel periodo era sempre stanca. Lavorare e al tempo stesso seguire il bimbo non doveva essere una passeggiata, soprattutto senza alcun aiuto.»

«Le ha mai parlato di una baby sitter a cui si affidava?»

«Qualche volta lasciava Pippo da una vicina che abitava sotto di lei, la signora Faiano.»

Strega e Croce sapevano che gli inquirenti avevano scandagliato anche quella pista, ma la vicina di casa aveva settantatré anni, e la mattina dell'omicidio era al mercato con decine e decine di testimoni che la scagionavano da qualsiasi sospetto. Non poteva essere lei.

«Rimane allora la Sardegna» rilanciò Strega. «Maria Donata le aveva mai dato la sensazione di star scappando da qualcosa o da qualcuno? E mi riferisco appunto all'isola, alla sua vita precedente.»

«Mai.»

«Venne qui solo per lavoro?»

«Sì, perché Cagliari le offriva poche opportunità rispetto alle sue ambizioni.»

«Che lei sappia conosceva qualche sardo qui in città?»

«Non glielo so dire. Non credo, però.»

Eva gli allungò il blocco su cui aveva continuato a prendere appunti. «Sarebbe così gentile da scriverci i nomi di amiche e amici di Donata, ex fidanzati e conoscenti di quando ancora viveva in Sardegna? Anche colleghi o ex colleghi, persone con cui è cresciuta, chiunque le venga in mente.»

«Bastano nomi e cognomi?»

«Anche la relazione che li legava, se la ricorda» specificò Strega.

Da una mensola l'uomo prese un paio di occhiali da lettura. Si mise al lavoro con impegno e risolutezza, appuntando una decina di nominativi.

«Non ne ricordo altri» disse, restituendo il taccuino alla poliziotta.

«Vuoi aggiungere qualcosa, Bepi?» domandò Vito al collega.

«Sì» rispose Pavan senza voltarsi. «Donata le aveva mai riferito di qualche tensione al lavoro? Che so: qualcuno nell'azienda geloso o scontento di lei? O in lizza per la stessa posizione? Qualche superiore che le aveva fatto delle avance?»

«No, niente. Quando parlava dell'azienda le cambiava addirittura il tono della voce. Mi sembrava quasi di vederla sorridere. Diceva che, se avesse continuato così, presto l'avrebbero promossa a dirigente. Era il suo obiettivo... Non mi ha mai parlato di invidie o conflitti tra colleghi.»

«Bene. Mi sa che per il momento è tutto» disse Strega, pronto ad accomiatarsi.

Italo allungò il braccio sul tavolo e posò la propria mano, secca e nodosa, su quella vigorosa e florida del vicequestore.

«Io sono vecchio, professore. Voi siete la mia ultima e unica speranza» disse fissandolo come se ne andasse della propria vita.

Sostenendo lo sguardo, Strega lesse negli occhi dell'anziano non soltanto amore e dolore sterminati, ma qualcosa di ancora più vasto e tenebroso: sensi di colpa. Italo Seu si tormentava per il rimpianto di aver lasciato sola Maria Donata, per non essersi accorto della pena che stava affrontando o per averla sottostimata. Così facendo, era venuto meno al compito istintivo connaturato nel sangue di ogni padre: proteggere i figli; trovare un modo per riportarli a casa, al sicuro. Italo non c'era riuscito, e quella spina nel cuore l'avrebbe afflitto per sempre, condannandolo a vivere i giorni che gli rimanevano nella consapevolezza di avere la coscienza sporca.

«Lei non ha nulla di cui rimproverarsi, signor Seu» lo consolò Strega, stringendogli la mano. «Io, l'ispettrice Croce e l'ispettore Pavan faremo tutto quanto in nostro potere per arrivare alla verità. Ma in cambio voglio che lei si prenda più cura di se stesso e si riguardi. Se ha bisogno di aiuto, contatti me o i miei collaboratori. È l'unico favore che le chiedo.»

Eva trascrisse i loro contatti telefonici su un foglio che strappò e consegnò all'uomo.

«Lo farò» promise l'anziano.

I tre poliziotti si alzarono. Pippo li imitò e si avvicinò al nonno, aggrappandosi alla sua gamba destra come un cucciolo di koala.

«Siete davvero delle brave persone» li ringraziò Italo.

«Dovere» minimizzò Pavan.

«È stato un piacere. Grazie per il suo tempo» aggiunse Eva. «Ciao, Pippo. A presto.»

Prima di abbandonare l'appartamento, Strega lanciò un ultimo sguardo a nonno e nipotino. D'istinto si trovò a pensare a Rosaria Nemus e a suo nipote Valentino, i sopravvissuti del delitto Coga, l'ultimo caso di omicidio a cui aveva lavorato: anche loro erano stati sradicati dalla propria terra e dalle abitudini di una vita. Si augurò che stessero bene. Quell'analogia tra le due figure di nonni lo portò a esternare un'ultima considerazione.

«Signor Seu, so quanto è complessa questa città e quanto è difficile viverci. Non sarebbe meglio se tornasse in Sardegna? Possiamo tenerla aggiornata anche a distanza.»

Il vecchio continuava a carezzare la schiena del nipotino. «Sarebbe tutto più facile, è vero. Ma non posso farlo, fino a quando non troverete il colpevole. Partire significherebbe arrendersi. E io non posso e non voglio arrendermi, professore.»

Vito fu consapevole di avere un motivo in più per risolvere quel caso.

«Va bene. Si ricordi la promessa che mi ha fatto» disse il criminologo prima di chiudere la porta.

25

Via Stelvio, Novate Milanese, Milano

I poliziotti erano rimasti turbati dall'incontro col vecchio. All'interno dell'auto di servizio presa da Pavan, i due ispettori aspettavano in silenzio un segnale dal vicequestore, che pareva immerso in complesse valutazioni. L'aria era tesa, densa di cupi non detti.

Bepi stava per chiedergli dove volesse andare, quando Strega parlò: «Glielo porteranno via. Magari non tra un mese e nemmeno fra tre, però non glielo lasceranno ancora per molto».

«Ma...»

«È in gamba ed è un pezzo di pane, è indiscutibile. Tuttavia è troppo anziano» continuò il criminologo.

«Nemmeno se...»

«No» rispose Eva dal sedile posteriore. «Per quanto sia triste, il professore ha ragione, Bepi.»

Pavan imprecò, colpendo il volante con un pugno. «C'è qualcosa che possiamo fare?» soffiò fra i denti, trattenendo a stento la collera.

«Risolvere il caso» rispose Strega. «Nonostante sia spinoso, dovremmo riuscirci. Anzi, togliamo il condizionale. Dovremo riuscirci. È quello che lui vuole. E forse è l'unica cosa che potrebbe dargli un po' di pace.»

«Quindi...»

«Sì, voglio che ce ne occupiamo.»

«Grazie, capo.»

«Smettila di ringraziarmi. È il minimo, ed è una tragedia che coinvolge tutti.»

«Confermo. Da dove partiamo?» chiese Eva.

Strega era convinto che la soluzione degli omicidi andasse quasi sempre cercata nella sfera più intima e personale delle vittime. Italo aveva raccontato loro chi era stata la figlia in vita, ma era comunque un punto di vista troppo parziale, viziato dalla prospettiva di padre. Su Maria Donata Seu sapevano ancora troppo poco, anche perché Vito aveva la sensazione che la donna avesse di proposito tenuto il genitore all'oscuro di molti elementi, per paura di farlo preoccupare.

«I colleghi hanno svolto un lavoro certosino per scoprire chi fosse Donata e chi potesse avercela con lei. Se diamo per buono che non può essere stato l'ex partner, allora dobbiamo allargare il cerchio dei possibili sospetti. Ma non è Milano la città su cui dobbiamo concentrarci.»

«Cagliari» mormorò Pavan.

«Esatto. Quindi avremo bisogno di Rais... Abbiamo necessità di ripercorrere la vita di Donata prima del trasferimento a Milano.»

«Posso parlarci io» propose Eva. «Credo di poterla convincere.»

«Bene. Se la sostituta mi darà il benestare, attiverò la procedura per accenderti come ufficiale della SIS» ribatté Vito. «Una volta che avrai sentito Rais, penserò io a chiamare Palamara per spiegargli la situazione.»

«Perfetto.»

Strega tornò a immergersi nei propri pensieri. Non sapeva perché, ma la mente lo riportava di continuo all'immagine delle grandi mani del contadino, impresse dalla fatica. Nelle pieghe profonde sul dorso screpolato, fra le increspature rugose delle falangi e nelle vene in rilievo che andavano scurendosi, c'era una dignità che quasi lo commuoveva. Era come se trasudassero un'esistenza di sforzi e sacrifici compiuti per garantire alla figlia e al nipotino una vita migliore.

"Anni e anni di prostrazione e abnegazione non sono serviti a nulla" si disse Vito, mettendosi nei panni di Italo Seu. "Non è giusto."

Avvertì la rabbia montare. Quell'ira ferale aveva qualcosa di sacro, perché da essa avrebbe attinto la determinazione per affrontare al meglio l'indagine e cercare di arrivare alla verità.

«Io cosa posso fare?» domandò Pavan, smanioso di mettersi all'opera. Altri poliziotti avrebbero fatto carte false pur di smarcarsi dalla responsabilità di un'indagine tanto rognosa. Bepi, Eva, Clara – e quando Strega l'aveva scelta, anche Mara – no. Era quella sorta di devozione ad aver fatto comprendere al criminologo che erano affini al suo modo di lavorare. Eppure, il caso Seu aveva un richiamo più forte del solito: l'ingiustizia era troppo evidente per non rimanerne colpiti.

«Vorrei che sentissi in maniera informale la vicina di casa a cui Donata affidava qualche volta Filippo. Fatti un'idea di chi sia e vedi se ne ricavi qualcosa che ancora non sappiamo. Io andrò a parlare con la PM.»

«Consideralo fatto.»

Pavan stava per mettere in moto, ma Strega lo bloccò con un gesto.

«Davanti a un crimine come questo non possiamo rimanere indifferenti. Italo e Filippo sciolgono il cuore, è evidente… E però è un problema. Dobbiamo rimanere lucidi, sono il primo ad ammettere che non è e non sarà facile» li mise in guardia. «L'emotività è il nostro nemico principale. Potrebbe impedirci di vedere dettagli importanti.»

«Hai ragione. Saremo chirurgici» promise Pavan.

Eva, che per uno scatto di ipersensibilità per poco aveva perso il posto, intuì che il monito era rivolto soprattutto a lei.

Strega abbassò il braccio e finalmente Pavan avviò il motore.

26

Via Ugo Bassi, Milano

Ivan uscì dalla stazione di Porta Garibaldi e si calò sulla testa il cappuccio dell'impermeabile. La pioggia ruscellava sui gradini delle scale e si dovette tenere al corrimano per non scivolare. Nella metro aveva sentito una ragazza dire che in svariati punti della città erano caduti diversi alberi che avevano contribuito a paralizzare il traffico. Secondo le previsioni – che aveva studiato ora per ora – avrebbe dovuto piovere fino alle tre del mattino. Ne era più che lieto: il brutto tempo sarebbe stato un ottimo alleato per quella notte e avrebbe fatto rincasare la vacca prima del solito.

Mentre si avviava in direzione di via Bassi, nella mente sciorinò le raccomandazioni di Scorpio: "Passa sempre davanti alle telecamere di videosorveglianza e cerca di pagare con carte di credito, così da tracciare i tuoi spostamenti. Non può bastarti un alibi che si sostiene su testimoni, perché gli sbirri non si fidano delle testimonianze oculari. Hai bisogno di fatti, di certezze, di tracce digitali indiscutibili".

Aveva perfezionato la copertura a lungo, per renderla granitica. Aveva dovuto coinvolgere Viola Marturano, il che aveva del paradossale: le aveva chiesto per quel giorno di metterlo a disposizione per un doppio turno, proponendosi per la fascia serale in qualche altro negozio. La vacca aveva acconsentito senza fiatare, perché quegli orari erano poco coperti e tra direttori si scambiavano favori inviando personale dai vari punti vendita. Era raro che qualcuno si offrisse di propria sponte, e Ivan aveva addotto la scusa che si avvicinava la fine del mese e aveva bisogno di qualche soldo extra per tenere botta alle rate della finanziaria che lo strozzava. La capa l'aveva spedito nel supermercato di via Bassi, quasi sempre sotto organico, specie la notte. Dentro di sé, Ivan aveva gioito: non soltanto era stata la sua stessa vittima a fornirgli un alibi inattaccabile, ma il market era piuttosto lontano dall'abitazione della ragazza: contando che terminava le vendite a mezzanotte, sebbene le operazioni di chiusura si prolungassero sempre di almeno una mezz'ora, anche volendo raggiungere casa di Viola col bus avrebbe impiegato come minimo quarantacinque minuti, dato che le stazioni della metro erano chiuse nella fascia notturna. Ma per quell'ora Scorpio gli aveva assicurato che la direttrice sarebbe già stata trattata. Per essere ancora più sereno, Ivan aveva preventivato, una volta concluso il turno, di recarsi all'Isola della Birra, il pub in via Medardo Rosso, dove quella sera i clienti si sarebbero sfidati a scacchi. Il locale chiudeva intorno alle due e il ragazzo non avrebbe avuto difficoltà a trovare qualcuno con cui giocare, irrobustendo ancora di più la sua eventuale difesa. Una cautela eccessiva, forse; ma Scorpio aveva insistito affinché nessuno potesse anche soltanto essere sfiorato dal sospetto che Ivan c'entrasse qualcosa col trattamento.

Giunto all'ingresso del supermercato, si scrollò la pioggia di dosso e si diresse alle casse.

«Ciao. C'è il direttore?» domandò a una delle cassiere, indicandole la divisa sotto il giubbotto.

«Certo. Lo trovi in ufficio, da quella parte.»

Ivan bussò e gli fu detto di entrare.

«Ciao. Tu sei...»

«Ivan. Mi manda Viola Marturano, per coprire notte e chiusura.»

«Viola, certo. Grazie mille. Ci hai salvato il culo, ho due persone a casa con la febbre. Puoi appoggiare il giubbotto lì... Quindi doppio turno, oggi. Sei stanco?»

«Per niente» ribatté Ivan.

«Bene, meglio così... A fine servizio, io e gli altri andiamo a bere qualcosa. Se sei dei nostri, ti offro una birra per sdebitarmi.»

Al giovane non parve vero. «Con immenso piacere» rispose, illuminandosi.

27

Procura della Repubblica, tribunale di Milano

C'era un'immagine fotografata dalla sua mente nella casa del vecchio che Strega non riusciva a togliersi dalla testa: un pigiamino, un body e delle calzine posati sul calorifero, dimodoché una volta giunta l'ora di andare a letto, quando il nonno l'avesse cambiato, il bambino sarebbe stato avvolto dall'abbraccio confortevole del calore infuso dal termosifone. Da quel dettaglio si poteva ricavare tutto l'attaccamento e la dedizione di Italo Seu per il nipotino.

Mentre camminava nei corridoi della procura, Strega si aggrappò a quel ricordo per trovare la forza argomentativa necessaria a convincere la PM ad affidargli il caso.

Bussò alla porta della cancelliera e spiegò di aver urgenza di parlare con Viviana Galeano. La segretaria lo fece attendere in anticamera per una decina di minuti, poi gli disse che poteva entrare.

«Professor Strega. È da un po' che non ci vediamo» osservò Galeano, senza alzarsi dalla scrivania ingombra di fascicoli e incartamenti. Non doveva arrivare ai cinquantacinque anni, ma ne dimostrava di più. Al contrario della maggior parte delle donne della sua età, non si tingeva i capelli né si industriava con etti di trucco per nascondere rughe e sfregi del tempo. Il volto pareva secco e appassito, come una pianta lasciata per mesi senz'acqua. Non sembrava curarsene. Strega ignorava se dietro quella decisione ci fosse la volontà di mostrarsi più forte e matura delle colleghe, o se, più semplicemente, Galeano fosse in pace con la data di nascita sui propri documenti e non avesse tempo da perdere dietro il maquillage. Notò una stufetta puntata sui piedi della donna. L'ambiente era ben riscaldato, ma non abbastanza per il fisico scarno della magistrata. Alle sue spalle, il vicequestore scorse pile di faldoni ammonticchiati per terra. Alcune colonne parevano sul punto di crollare. Aveva l'aria di essere reclusa in quella stanza da settimane.

«Ha ragione, dottoressa. Sono stato fuori città.»

«Ho sentito» ribatté lei. Non l'aveva ancora invitato ad accomodarsi e Strega rimase piantato in mezzo all'ufficio, con addosso il cappotto che sembrava pesare il doppio per la pioggia presa nel tragitto dalla macchina al Palazzo di giustizia. Lasciarlo in piedi era un modo per stabilire fin da subito gerarchia ed equilibri di potere. Viviana Galeano non amava gli inquirenti che prendevano iniziative alle sue spalle, e Vito Strega era famoso per la nomea di "cane sciolto".

«Sono piuttosto oberata, ma l'ho lasciata entrare perché stavo per concedermi una pausa caffè. Anche lei ha l'aria di chi necessita di un caffè bello forte, o sbaglio?»

«Molto volentieri.»

«Si sieda e tolga il soprabito, prima che mi inondi l'ufficio. Odio questo tempo meschino» sospirò.

Quasi avesse origliato la conversazione – cosa che Strega riteneva alquanto probabile – la segretaria entrò nello studio e servì agli inquirenti del caffè dall'aroma deciso.

«Grazie, Teresa» ringraziò la magistrata, per poi scrutare il poliziotto. «Ho una riunione tra un quarto d'ora. Mi perdoni, ma non ho molto tempo da dedicarle. Se mi avesse telefonato, magari...»

«Ha ragione, dottoressa. La colpa è mia. Mi farò bastare questi minuti.»

Viviana sorbì il caffè, invitando Strega a parlare con un gesto spiccio.

«Sono qui per il caso di Maria Donata Seu. La ragazza trovata morta con un abito da sposa a...»

Viviana Galeano sollevò un sopracciglio, stupita. «Non mi pare che abbia mai partecipato a quell'indagine.»

«Corretto. Ieri il padre della vittima è venuto a cercarmi alla mobile. Io non c'ero. Ha parlato con un mio collaboratore e ha fatto pressioni per conoscere lo stato dell'inchiesta.»

«Mi fa sorridere che questi parenti si rivolgano sempre alle forze dell'ordine e mai alla procura, come se noi non contassimo nulla. Qualcuno dovrebbe spiegare loro come funzionano davvero le cose.»

«Per quello che può contare, io gliel'ho spiegato.»

«Poc'anzi ha detto che non era presente quando ha bussato alla sua porta» gli fece notare.

«È vero. L'ho incontrato un'ora fa.»

«Dove?» domandò, una nota d'allarme nella voce.

«A casa sua.»

Questa volta la donna sollevò entrambe le sopracciglia, corrugando la fronte. «A quale titolo?»

«Diciamo a titolo personale.»

«Uhm...» grugnì Galeano, per niente felice. «Quindi?»

«Sono qui per offrirle la mia disponibilità a lavorare sul caso e chiederle l'autorizzazione per parlare con alcuni testimoni.»

Cadde un silenzio teso.

«Lei vorrebbe lavorare su questo caso, ho capito bene?»

Strega annuì, consapevole di aver appena messo piede su un terreno minato.

«Le è stato chiesto da qualcuno dei suoi superiori?»

«No.»

«E da chi allora?»

«Il padre della ragazza mi ha pregato di intervenire. Ho dato un'occhiata al materiale d'indagine, e mi son detto che forse uno sguardo in più a...»

«Mi faccia capire» lo interruppe. «Lei, nel pieno esercizio delle sue funzioni di investigatore di polizia giudiziaria, opera una selezione dei casi che segue su criteri personali, anziché essere subordinato alle indicazioni della procura o dei suoi superiori?»

«Non è proprio così.»

«A me pare di sì, invece... Guardi qui.» Viviana Galeano si alzò e indicò le cataste di atti per terra. «Li vede questi?»

Vito aveva contato almeno dieci montagne di documenti alti come bambini.

«È tutto materiale in Codice rosso, di cui una marea di denunce. E, come di certo sa, con la nuova legge il pubblico ministero deve ascoltare la vittima di violenza, molestie o stalking entro tre giorni dall'esposto. Tenga conto che dall'omicidio di quella povera ragazza padovana c'è stato un innalzamento delle segnalazioni da capogiro. Per fortuna, è ovvio. Ma io ho solo due occhi, due orecchie e due mani, e qui, quanto a personale, siamo messi anche peggio di voialtri in questura… Aspetti, non è finita: la vede la piletta qui?» chiese, dandole un colpetto con la punta della scarpa.

Vito era già stufo di quel teatrino, ma assentì per non indispettirla ulteriormente.

«Sono fascicoli di femminicidi. Se la memoria non m'inganna, dovrebbero essere diciannove. Diciannove donne uccise, e sono io la titolare delle inchieste. Ora, di grazia, perché dovrei dare la priorità alla sua vittima e non a una qualsiasi di queste?»

«Non le sto chiedendo di dare priorità a…»

«Perché non offre la sua competenza per una di queste donne, allora? Impostata così la domanda l'aggrada di più?»

Strega stava per alzarsi e andarsene, per non entrare in conflitto diretto con quella PM potente e temuta all'interno del Palazzo di giustizia, ma gli sovvenne di nuovo l'immagine del pigiamino steso sopra il termosifone.

"Perché so a cosa sta andando incontro quel bambino. Lo so, perché l'ho vissuto anch'io, sulla mia pelle. Perciò voglio impedirlo. Voglio evitargli di macerare nel dubbio di non sapere cosa è accaduto davvero alla madre, senza nemmeno conoscere il responsabile della sua morte" avrebbe voluto spiegarle. Ma non poteva.

«Penso di poter dare una svolta al caso di Maria Donata Seu, dottoressa» disse invece, con fermezza.

Viviana Galeano incrociò le braccia sul petto, perplessa. «Sentiamo.»

«Ho dei contatti preziosi nella questura di Cagliari, e credo che il passato della vittima nell'isola vada indagato più a fondo. Il movente, e quindi l'assassino, potrebbe trovarsi nei suoi trascorsi sardi. Ho dei colleghi fidati che potrebbero lavorare sul territorio, aiutandoci a scoprire qualcosa di più… Per il resto, per loro, io sono a disposizione, dottoressa. Mi farei volentieri carico di ognuna di quelle donne. Ma posso farlo soltanto una alla volta.»

L'attacco di collera che l'aveva animata parve sfumare. Galeano si passò una mano tra i capelli e massaggiò con le dita la fronte contratta dalla tensione.

«Crede che quel signore e il nipote non mi abbiano mosso a pietà?»

«Tutto il contrario.»

La donna si lasciò cadere sulla sedia imbottita. Pareva sfinita.

"È normale" si disse Strega, compatendola. "Ha a che fare di continuo col lato peggiore degli esseri umani. Accollarsi sulle spalle il dolore delle famiglie di quelle diciannove donne, e di chissà quante altre, spezzerebbe chiunque."

«Dottoressa?» la chiamò la cancelliera, mostrando l'orologio.

«Sto arrivando, Teresa. Sto arrivando.»

Fissò il criminologo a lungo, quasi a soppesare la sua proposta.

«Nel caso avrebbe anche un contatto fidato nella procura di Cagliari, in grado di agire da ponte con me?»

«La sostituta procuratrice Adele Mazzotta» indicò Vito senza esitazione. «Ci ho lavorato a stretto contatto per due casi. È una persona rigorosa, precisa e determinata. Le assomiglia parecchio.»

«Non mi allisci il pelo, Strega. Sa che questi giochetti con me non funzionano» lo rimproverò, segnandosi il nome della collega.

Strega alzò le mani in segno di resa.

«L'indagine su Maria Donata Seu è stata molto minuziosa, nessuna pista è stata trascurata, glielo posso assicurare... Ho bisogno di rifletterci su. Le farò sapere.»

«Grazie.»

Strega recuperò il cappotto e stava per salutarla, quando cambiò idea e le domandò: «Mi tolga una curiosità. A suo modo di vedere, gli toglieranno l'affido del bambino?».

«Parla del nonno?»

«Sì.»

La donna assentì, grave. «Era soltanto un affido temporaneo. Il signor Seu è troppo anziano. L'hanno scelto come tutore per non turbare ancora di più l'equilibrio psicologico del bimbo, già compromesso dalla scomparsa della madre. Visto che non c'erano altri parenti stretti o conoscenti, la giudice ha indicato lui. Ma presto la sua tutela finirà.»

«Posso chiederle di intercedere e dargli ancora un po' di tempo? Almeno uno o due mesi?»

«Professor Strega, forse ha scambiato quest'ufficio per una chiesa. Le suppliche non sono di casa, qui.»

«È un brav'uomo.»

«Se ne vada. Mi farò viva io.»

«Grazie...»

«Fuori.»

Uscendo dall'ufficio, Teresa, la cancelliera, lo raggiunse e gli porse un bigliettino, portandosi l'indice della destra alle labbra.

Vito lo aprì e lesse l'appunto vergato a mano mentre lei lo accompagnava all'uscita: «Non si lasci impressionare. La conosco troppo bene. Ricordo quel delitto, e quando abbiamo sentito a verbale quel pover'uomo ho trattenuto le lacrime. La dottoressa ha tirato tardi per settimane pur di chiudere il caso. Non ha mai digerito quel fallimento. È madre di due ragazze adolescenti. Ci mette il cuore in quello che fa... In realtà ha già deciso. In bocca al lupo, e trovi il bastardo che l'ha uccisa».

Strega ringraziò la cancelliera. Camminò sino alla fine del corridoio e prenotò l'ascensore. Quando le porte si aprirono, si trovò davanti l'ultima persona che si aspettava di incontrare.

28

Via Stelvio, Novate Milanese, Milano

Quel pomeriggio, quand'era andato a riprenderlo all'asilo, l'educatrice aveva detto a Italo che Pippo aveva terminato i bavaglini puliti. Soltanto in quel momento l'anziano aveva rammentato che la ragazza gliel'aveva già segnalato due giorni prima.

"Stai iniziando a perdere colpi o eri solo distratto dall'incontro col professore?" si domandò, finendo di sciacquare le pettorine. Le strizzò e, notando che pioveva ancora a dirotto, stese i bavaglioli sui tre termosifoni dell'appartamento, sperando che facessero in tempo ad asciugare per l'indomani, altrimenti avrebbe dovuto ricorrere al fon: l'avrebbe volentieri evitato, dato che si aspettava una bolletta dell'elettricità piuttosto salata che con molta probabilità avrebbe tardato a pagare.

Pippo era sdraiato sul divano. Tra le mani reggeva uno dei libri che gli aveva regalato la poliziotta dai capelli rossi. Gli occhi erano incollati allo schermo del televisore, sintonizzato su una puntata di *Curioso come George*, uno dei cartoni che amava di più. Italo gli si sedette a fianco e gli carezzò la schiena, osservando divertito le peripezie della scimmietta alle prese con un aquilone imbizzarrito.

Era soddisfatto dell'incontro con i tre investigatori, ma al tempo stesso, una volta che se n'erano andati, era stato avvinto da un'inquietudine che non voleva saperne di abbandonarlo. Il turbamento nasceva dalla paura più grande che un genitore può provare: la sensazione di non conoscere la propria figlia. Raccontando al criminologo chi era stata Maria Donata, Italo aveva realizzato che, al di là degli aspetti e degli interessi più superficiali, sapeva ben poco dei sogni, delle speranze, delle paure e delle preoccupazioni che avevano animato la figlia. Si era sempre accontentato di osservare la superficie placida e in apparenza serena della sua personalità; tuttavia, non si era mai immerso nelle profondità. Da una parte per un senso di riserbo, e dall'altra perché si era sempre fatto bastare quello che vedeva, come se Donata si esaurisse lì. Strega l'aveva messo di fronte allo specchio, instillandogli un dubbio virulento: lui di sua figlia sapeva poco e niente. Avrebbe potuto descriverne nel dettaglio la routine, i gusti, i cibi preferiti, la musica che prediligeva e così via, ma ignorava del tutto cosa si nascondesse sotto la scorza della quotidianità.

"Che il movente dell'omicidio sia legato proprio alla metà oscura di Donata?" si domandò.

«Guarda, nonno!» gridò Pippo.

«Vedo, vedo. È proprio un birbante questo George.»

«Eh, sì» commentò il bimbo, rallegrato.

"Pensiamo di conoscere i nostri figli e invece sappiamo soltanto quello che loro vogliono mostrarci" rifletté. "Conoscevi meglio le tue viti, che tua figlia."

Quella improvvisa consapevolezza lo lasciò disarmato.

Sullo schermo la scimmietta gridò, trasportata in aria da un colpo di vento che aveva fatto gonfiare l'aquilone. Pippo fece un gridolino sorpreso, per poi scoppiare a ridere alla vista della bertuccia disperata in volo, a decine di metri da terra.

Italo Seu si sentì molto vicino a George: anche lui provava la vertiginosa sensazione di aver perso contatto con la terrea, solida realtà a cui era sempre stato radicato, trovandosi in balia dei venti avversi dell'inconsapevolezza.

"Mi nascondevi qualcosa, vita mia?" le domandò. "Ti eri messa nei guai e non hai voluto dirmi niente?"

Alla fine, dopo tante peripezie, George riuscì a tornare a terra.

Italo Seu, al contrario, volteggiava ancora alla mercé delle perfide correnti che gli si agitavano dentro, allontanandosi sempre più dalle proprie certezze.

29

Procura della Repubblica, tribunale di Milano

«Dovrebbero farti una fotografia e incollare l'immagine con questa tua precisa espressione in un vocabolario alla parola *imbarazzo* o *amarezza*» disse la donna in uniforme davanti a Strega. «Sarebbe più illuminante di qualsiasi descrizione.»

«Marina...» mormorò il criminologo.

«Ah, almeno ti ricordi come mi chiamo. È già qualcosa.»

Strega fissò imbambolato Marina La Brava nell'inappuntabile divisa da ufficiale dei carabinieri. Lo scrutava con una smorfia sdegnosa. Non la vedeva da un paio d'anni. La vita li aveva fatti incontrare in un locale in un momento di fragilità per entrambi, salvo poi metterli uno davanti all'altra in un'indagine complicata che aveva segnato le loro carriere: i delitti del Burattinaio. Il caso li aveva avvicinati, rendendoli intimi. Una notte, a casa del criminologo, avevano dormito insieme e forse quello aveva rovinato tutto, perché dopo Strega si era allontanato senza una spiegazione: in maniera vigliacca, si era reso irreperibile, adducendo scuse legate al lavoro e smettendo di rispondere alle chiamate e ai messaggi di lei. In realtà, aveva scorto nella donna un tratto oscuro, ai limiti dell'arcano, che non sarebbe riuscito a spiegare in maniera razionale: era più una sensazione viscerale che l'aveva portato a bollare Marina La Brava come potenzialmente pericolosa.

«Hai bisogno dell'ascensore o ti faccio troppa paura?» lo stuzzicò di nuovo.

Vito vinse la sorpresa ed entrò, chinandosi per baciarle le guance.

«Ti hanno promossa a colonnella» disse, osservando i gradi.

«So che hanno promosso anche te. Complimenti. Sei diventato famoso.»

«Famoso, non saprei. Di sicuro sono stati anni intensi» commentò.

«Stai già iniziando a orchestrare una strategia difensiva? Non devi scusarti. Sono abituata agli uomini che spariscono senza dire una parola. Si chiama *ghosting*, come sai. È un'attività in cui voi maschi siete imbattibili.»

Non lo dava a vedere dietro la facciata sicura ai limiti della sfrontatezza, ma Strega sapeva di averla ferita e ne provava vergogna. Avrebbe potuto addurre una marea di scuse: era un momento complesso della sua esistenza, non riusciva a fare i conti con la separazione dalla moglie, era stato sospeso dal servizio perché non era stata ancora chiarita la sua posizione in merito alla morte di un collega, stava provando a reinventarsi come uomo e come poliziotto, il Canto degli innocenti lo tormentava… Poteva andare avanti per l'intera serata, ma sapeva che la nuda verità era soltanto una: era stato un codardo.

«Sali o scendi?»

«Stavo andando via.»

«Be', tipico tuo, no?» commentò lei, facendogli l'occhiolino.

Marina pigiò il tasto del pianoterra e lo fissò, come in attesa.

Strega sostenne lo sguardo, ma non trovò nulla d'intelligente da dire.

Quella discesa di tre piani gli parve infinita.

Strega l'aveva invitata a prendere qualcosa alla Botega Caffe Cacao, un locale vicino al tribunale famoso per la ricca selezione di miscele di caffè e per la prelibatezza della pasticceria. Gli era sembrato davvero il minimo.

Marina prese una brioche con crema di cioccolato fondente e uno spicchio di pera, e una tazza di cioccolata con panna.

«Ho saltato il pranzo, scusami. Ma soprattutto mi hai fatto venire voglia di zuccheri, maledetto… Se mi sporco l'uniforme ti mando il conto della tintoria, sappilo.»

Strega serrò le mani attorno al proprio tè caldo. «Sarò ben lieto di pagarlo. È un piacere vederti mangiare.»

«Ruffiano. È troppo tardi per recuperare terreno.»

Vito glissò e si rifugiò su un argomento meno personale e quindi più sicuro. «Dovevi incontrare qualche PM?»

«Più di uno, in realtà. Dirigo una delle squadre che si occupa delle aggressioni alle donne in città. Immagino tu ne abbia sentito parlare.»

«Certo. Pavan, un mio ispettore, è nella task force della polizia. Sono appena tornato da un'operazione in Sicilia, ma credo che anch'io verrò inserito nell'indagine.»

«Allora ci rivedremo, ti piaccia o no. La procura ha messo su un pool di magistrati esperti nel contrasto alla violenza di genere che sta cercando di capire cosa diavolo sta succedendo e perché non riusciamo a prendere il bastardo o i bastardi. I magistrati puntano alla massima sinergia tra forze dell'ordine. Tu, invece?»

«Ero a colloquio con Viviana Galeano.»

«Uhm. Tipa cazzuta.»

«Già.»

«Omicidio?»

«Sì, un caso freddo. La vittima è stata uccisa otto mesi fa.»

«In bocca al lupo, allora.»

Di colpo si trovarono senza più argomenti da affrontare. Come a voler esasperare la bolla di paludoso imbarazzo reciproco, fuori ricominciò a piovere della grossa. Se non avessero voluto inzupparsi avrebbero dovuto attendere che smettesse di diluviare, e non pareva che il cielo intendesse farlo a breve.

Strega sperò che il telefonino squillasse, fornendogli una scusa per andarsene. Invece, contrariamente al solito, se ne stava muto e immobile nella tasca.

«Come va, al di là del lavoro?» si risolse a domandarle, provando a farsi breccia nell'atmosfera carica di tensione.

La Brava soffiò sulla cioccolata. «A dire il vero, Milano mi piace sempre meno. Forse l'unica cosa bella di questo posto sei stato tu.»

L'aveva detto fissandolo con gli intensi occhi nocciola. Marina era bionda e chiara di carnagione. Una donna avvenente, solo di qualche anno più giovane di Strega, e l'uniforme le donava molto. Tra loro non c'era stata soltanto una notte d'amore: Strega stava dando la caccia al Burattinaio a titolo personale, perché sospeso dal servizio operativo; aveva quindi chiesto aiuto a La Brava ponendola in una situazione delicata e ambigua, soprattutto perché era stata appena trasferita a Milano; eppure, lei non aveva avuto titubanze e l'aveva aiutato, esponendosi e mettendo a repentaglio la carriera.

"È difficile che una persona arrivi a farlo per un perfetto sconosciuto" ragionò Vito. "A meno che dietro non ci sia un sentimento forte. E forse è questo che ti ha spinto a sparire. Ti sei accorto che la situazione si stava facendo seria. Che lei voleva più di quanto tu fossi disposto a darle."

«Mi stai prendendo in giro, vero?»

Le labbra della carabiniera si arricciarono, maliziose. «Chissà... Mi piace stuzzicarti. Te lo meriti, in realtà.»

«Me lo merito» le concesse Strega.

«E tu? Novità di rilievo, lavoro a parte?»

«Ho perso la mia gatta.»

Marina aggrottò la fronte.

«O forse mi ha abbandonato, non lo so.»

«Mi dispiace... Avevi detto che non era tua, in realtà.»

«Be', i gatti non si possiedono. *Ti* possiedono.»

«Questa perla filosofica dove l'hai letta? Su "Topolino"?»

«Sei perfida. Un minimo di rispetto per il mio dolore.»

«Perché? Tu ne hai avuto per il mio?»

Di nuovo Strega non seppe cosa rispondere. La osservò finire la cioccolata e poi digitare qualcosa a una velocità inaudita sul telefonino.

«Vabbe', è stato un piacere rivederti. E le cose inaspettate difficilmente sono piacevoli. Auguri per la tua indagine. Se dovessi aver bisogno di me sul piano professionale, il mio numero è lo stesso, non so il tuo» disse la carabiniera, estraendo dal portafoglio una banconota che porse alla cameriera.

«No, ti prego. Lascia che...»

«Non c'è bisogno, caro» tagliò corto Marina, orgogliosa. Si alzò, dalla borsa tirò fuori un foglio e una penna e scarabocchiò qualcosa.

Attraverso la vetrata della Botega, Strega notò una gazzella dei carabinieri accostare al marciapiede davanti al locale, i lampeggianti in funzione. Dei due carabinieri a bordo, uno scese e aprì un ombrello dirigendosi all'entrata del caffè, pronto a scortare in macchina la colonnella.

“Il messaggio di prima quindi era destinato a loro” desunse Vito.

«Se invece fossi interessato a rimediare sul piano personale…» iniziò Marina, piegando e infilando il biglietto sotto la tazza di Strega. «Fatti sentire quando vuoi. Ma prima ti consiglio di visitare il sito che ti ho indicato. È piuttosto istruttivo… Spero che la tua gatta torni presto, Strega. Ora devo scappare.»

Marina La Brava si dileguò prima ancora che il vicequestore riuscisse ad alzarsi.

L’Alfa dei militari sfrecciò via, a sirene spiegate.

Dopo qualche secondo, il poliziotto sfilò il foglietto e lo aprì. Marina aveva scritto il proprio numero di telefono e l’indirizzo di un sito. *www.CercasiPalle.com.*

“Mi sa che non hai molta fortuna con le bionde, vecchio mio” si disse accartocciando il biglietto e gettandolo nella tazza vuota.

30

Via Arcangelo Corelli, zona Ortica, Milano

«Che c'è? Tutto bene?» domandò Pavan alla collega che si guardava intorno, disorientata, tra gli appartamenti che si affacciavano sulla tromba delle scale, uno dei quali era quello dove aveva vissuto Maria Donata Seu.

«Sì. Solo che... È sempre strano studiare un luogo del delitto sulle foto o sullo schermo dei PC e poi vederlo dal vivo. Non lo so: ti aspetti che questi posti emanino delle vibrazioni oscure, come se avessero assorbito la malvagità del crimine. E invece sono luoghi normali, anonimi. Banali, addirittura. Hanno un'aria innocua, per niente spettrale. Non penseresti mai che siano stati teatri di orrori.»

«*Zio can*, Croce. Come diavolo parli? Sono a dieta e non tocco un goccio d'alcol da quarantadue ore. Ti sembra il caso di appiopparmi queste bombe di filosofia new age prima di cena e a stomaco vuoto per giunta?» sbottò Pavan scendendo le scale. «Non puoi chiedermi, come tutti, chi vincerà Sanremo quest'anno, oppure quale piatto prenderei se mi puntassero una pistola alla tempia e mi imponessero di scegliere tra gnocchi alla sorrentina e, chessò, tagliatelle al ragù? Teniamoci più bassi quanto a conversazione, ok? Io non sono Strega... Purtroppo.»

I due poliziotti raggiunsero il piano inferiore e si avvicinarono alla porta di Angelica Faiano, che abitava sotto l'appartamento dove aveva vissuto Maria Donata.

«Come vuoi: Bepi, dimmi un po', ma se ti puntassero una pistola alla tempia e ti chiedessero di decidere tra gnocchi alla sorrentina e tagliatelle al ragù, cosa sceglieresti?»

Pavan bussò ed estrasse il portadocumenti per prepararsi a mostrare il tesserino identificativo. «Ecco. Questo è il tenore delle conversazioni che devi avere con me. Livello ignorante andante. Nonostante tutto siamo dipendenti statali: abbiamo una reputazione da difendere, ricordalo.»

«Buffone.»

«E tu cosa sceglieresti, a proposito?» domandò alla rossa.

Eva stava per mandarlo a quel paese, quando la porta si aprì di uno spiraglio.

«Buonasera, signora Faiano. Siamo gli ispettori della polizia di Stato Pavan e Croce. Non si preoccupi, niente di serio. Vorremmo soltanto fare due chiacchiere sulla povera Maria Donata Seu, se avesse un paio di minuti per noi.»

«Buonasera. Spero che abbiate qualche novità» replicò l'altra, fiduciosa.

«Purtroppo no. Ma siamo qui per provare a capirne di più. Non ci siamo dimenticati di lei.»

«Neppure io» articolò con un filo di voce la donna dai lunghi capelli grigi.

Aprì del tutto la porta e fece loro strada in direzione del salone, per poi fermarsi, girarsi verso Pavan e dire con una parlata lenta e strascicata: «Io comunque non avrei alcun dubbio. Tagliatelle al ragù tutta la vita. Mia madre era bolognese e le faceva in casa. Se non fosse per questa maledetta acidità di stomaco, le mangerei ogni santo giorno».

Eva tentò di soffocare un risolino.

«Ecco. Vedi? Ci voleva molto?» sussurrò Pavan alla collega.

«Finiscila» mormorò Croce, affibbiandogli una gomitata in mezzo alle trippe.

Facendo un raffronto con le immagini archiviate nel dossier sull'omicidio, Pavan si rese conto che l'abitazione dell'anziana era speculare a quella di Maria Donata. Lui e Croce si erano documentati: la settantatreenne Angelica Faiano aveva lavorato come edicolante insieme al marito, morto da sette anni. L'uomo l'aveva lasciata sola d'improvviso, a piangere la sua assordante assenza senza neppure la consolazione di un figlio. Angelica faceva ciò che poteva, ma l'appartamento stava invecchiando con lei. Anzi:

con molta più velocità. Bepi notò i tubi del riscaldamento che perdevano, le macchie scure di umidità agli angoli delle pareti scrostate e venate di infiltrazioni. Il declino era evidente.

«Sapete come sta Pippo?» domandò loro la donna. La voce sottile usciva flebile dalle labbra screpolate.

Gli ispettori si accorsero che indossava il pigiama sotto un pullover bordeaux: dall'odore di cibo che regnava nell'ambiente desunsero che Angelica aveva già cenato e che, con alta probabilità, prima del loro arrivo si apprestava all'ennesima serata davanti al televisore, per ingannare l'abissale solitudine. Una situazione sempre più diffusa in quella città cinica, dove chi non correva a velocità folle veniva lasciato indietro. Milano era diventato un luogo per giovani. Gli anziani e le loro istanze erano stati sacrificati sull'altare della gentrificazione. Una metropoli in cui isolamento e abbandono mietevano più vittime del cancro.

«Pippo sta bene» rispose Eva. «L'abbiamo visto proprio oggi pomeriggio. Il nonno si prende cura di lui e lo fa con tutto l'amore che ha.»

«È una persona davvero squisita. Un uomo semplice ma in gamba. Di quelli che non ce ne sono più... Il bambino mi manca tantissimo. Dava luce alle giornate e mi aiutava a spezzare la monotonia. Da quando è successa la... ho come la sensazione di essere invecchiata di colpo... Disgraziatamente, abitano lontano. Il signor Seu è stato costretto a trasferirsi in periferia, perché qui c'è stato un vergognoso aumento dei prezzi degli affitti e del costo della vita in generale. Riqualificazione urbana, la chiamano. A me puzza di speculazione. Vorrei davvero andarli a trovare, ma l'artrosi mi costringe quasi sempre in casa. Troppe levatacce all'alba, piegata al freddo e all'umidità, a scartare giornali e riviste. Quella maledetta edicola, poi, era un iglù. Ma sto divagando, scusate.»

«Si figuri. Ascolti, Maria Donata si rivolgeva spesso a lei, per farsi aiutare col bimbo?» chiese Pavan.

«Abbastanza. Non aveva nessuno qui, poverina. Quando doveva fare la spesa, andare dal medico o sbrigare altre incombenze, me lo lasciava. Era una gioia per me, sul serio.»

Angelica Faiano scrutò in fondo agli occhi dei poliziotti. I suoi erano colmi di aspettativa, come se in qualche modo Bepi ed Eva, in qualità di funzionari dello Stato, potessero rimettere a posto le cose, riportare indietro il tempo a quando la ragazza era ancora viva e le sue giornate erano rischiarate dalla presenza del bambino. Era come se il suo sguardo gridasse: "Portate via questa oscurità, vi prego!".

Anche nel parlare con Italo Seu i due ispettori avevano provato la medesima sensazione: essere divenuti custodi delle speranze altrui. Una responsabilità immane che pareva schiacciarli, verso persone che si sentivano ingannate dalla vita e dal proprio Paese.

La mente di Pavan tornò al ricordo del padre, come spesso gli accadeva dall'incontro con Italo. Anche lui aveva quello sguardo tradito.

"Solo che nel suo caso a tradirlo sei stato tu" si accusò l'ispettore. «L'emotività è il nostro nemico principale. Potrebbe impedirci di vedere dettagli importanti» aveva detto Strega. Soltanto allora Bepi comprese quanto il superiore avesse ragione. Il dramma di quell'indagine sembrava irradiarsi su chi orbitava attorno all'omicidio e, quasi per osmosi, pareva voler contagiare pure loro.

Scacciò l'immagine dell'anziano genitore e tornò a concentrarsi sul colloquio.

«Come funzionava, signora? Era la madre a portare Pippo qui? O era lei a salire da Maria Donata?»

«Entrambe le cose. Tenga conto che io avevo anche le chiavi dell'appartamento. Donata me ne aveva lasciato un doppione, per qualsiasi evenienza. Per esempio, quando il bimbo era da me e dopo cena mi pareva stanco, se la mamma non era rientrata lo portavo su: aprivo con la mia copia delle chiavi e lo mettevo nella culla, in attesa di Maria Donata. Non che lei facesse tardi, intendiamoci. Ma aveva abituato Filippo a mangiare alle sette, al massimo alle sette e mezzo. E alcune sere già alle otto crollava.»

«Che fortuna. Le mie figlie mi tenevano sveglio almeno fino alle undici, disgraziate... Torniamo un istante sulla chiave. È un elemento importante» riprese Pavan. «È stata lei a far entrare i colleghi grazie a quel doppione, giusto?»

«Sì. Il mio era tra i numeri di emergenza dell'asilo. Donata non è andata a riprendere il bimbo, e perciò mi hanno telefonato. Dopo alcune ore durante le quali non si capiva dove fosse finita sono entrata in casa sua, perché mi sono preoccupata che si fosse sentita male. Sono stata io... a trovarla. A quel punto ho chiamato subito la polizia.»

«Ha ancora le chiavi?» domandò Eva, dopo averle dato qualche secondo per riprendersi.

«No, sono state sequestrate dalla magistrata.»

«Può dirmi dove le teneva?» chiese ancora l'ispettrice.

La donna si alzò e glielo mostrò. A fianco del portoncino d'ingresso, su una parete, era fissato un appendichiavi in legno che raffigurava il Duomo di Milano.

«Le tengo tutte qui. Cantina, contatore dell'acqua e della luce. E qualche doppione dei vicini, tra cui, all'epoca, quello di Maria Donata, buonanima.»

Nel tragitto, il foulard che l'anziana aveva stretto intorno alla gola era scivolato di qualche centimetro, rivelando la vistosa cicatrice di un intervento chirurgico.

"Ecco il perché di quella voce flebile e strascicata" rifletté Pavan, considerando che a Milano soltanto due elementi erano balzati alle stelle più del carovita: polveri sottili e biossido di azoto. Aveva visto un sacco di cicatrici come quella della signora Faiano, e tutte su persone che non avevano mai fumato una sigaretta.

«Ho un'altra questione da porle, signora.»

«Prego» rispose Angelica, sistemandosi il *cache-col*.

«I nostri colleghi, all'epoca, vennero qui da lei a ispezionare la casa?» chiese Eva.

«Sì. Fecero qualche giro. Non stettero molto, però.»

«Nessuno fece dei rilievi su questa cassetta appendichiavi?»

«Che intende?»

«Pennelli e polvere da...»

«Ah, come fanno in TV. No, nulla del genere.»

«Cosa stai pensando?» disse piano Pavan alla collega.

«Magari non significa niente. Ipotizziamo che Maria Donata non conoscesse l'aggressore, ma questo sapesse del doppione di chiavi...»

«Uhm» annuì Pavan. «Signora, lei custodiva il duplicato anche quando Donata viveva ancora con Ruggero Mercalli?»

«Sì. Ma una volta che Donata era riuscita a sbatterlo fuori, aveva fatto cambiare le serrature. Quindi mi aveva consegnato un nuovo mazzo. Ricordo di averlo detto ai vostri colleghi.»

«Magari è solo uno scrupolo, ma farei un controllo sull'appendichiavi» mormorò Eva a Bepi.

«Chiama Strega e prova a capire se possiamo. Tecnicamente non dovremmo nemmeno essere qui.»

Croce si appartò per telefonare al criminologo e Pavan tornò nel salone insieme all'anziana.

«I vostri colleghi hanno sempre ripetuto che non poteva essere stato Ruggero, ma io invece sono convinta che c'entrasse.»

«Che lei sappia, questo Mercalli aveva mai portato persone in casa? Intendo amici, gente che frequentava...»

«A mia memoria, no. Era un tipo solitario.»

Pavan guardò l'orologio. Di lì a un paio d'ore avrebbe dovuto tornare in questura per riprendere servizio e ricevere indicazioni sull'appostamento notturno che gli sarebbe toccato. Si profilava un'altra lunga notte.

«Che maleducata, non vi ho offerto niente.»

«Ma si figuri, signora. Siamo a posto così, davvero.»

«Aspetti, ho ancora mezza torta paradiso al cioccolato, l'ho fatta seguendo la ricetta di Benedetta. Noi pensionate prepariamo torte e dolci per ingannare le ore, ma poi non c'è nessuno a cui farli mangiare. È venuta bene, mi creda.»

«Non lo metto in dubbio, signora.»

«Gliene porto una fetta? Magari se la mangia domani a colazione, se non vuole rovinarsi l'appetito ora.»

"Il problema non è che io mi rovini l'appetito. Ma è l'appetito che rovina me, *zio can*!" pensò il poliziotto.

Stava per dirle che accettava molto volentieri, ma all'ultimo si rammentò del conto alla rovescia sul cellulare. Lo tirò fuori e lanciò un'occhiata al tempo che gli era rimasto. Impallidì.

«No, signora. Meglio di no. Come se avessi accettato.»

L'espressione cupa di Pavan convinse la donna a non insistere.

Eva tornò in soggiorno e fece un cenno affermativo al collega.

«Signora Faiano, le dispiace se prendiamo con noi quel portachiavi in legno e glielo riportiamo tra uno o due giorni?» chiese Bepi.

«Fate pure. Nessun problema.»

«Splendido» la ringraziò Eva. «Nell'ultimo anno, oltre a lei, c'è stato qualcuno che potrebbe averlo toccato?»

«Non sa quanto vorrei risponderle di sì, significherebbe aver ricevuto degli ospiti. Ma a parte me… No.»

«Bene. C'è altro che vorrebbe dirci? Qualcosa che le è venuto in mente in questo periodo?»

«Purtroppo no.»

«Ci pensi bene. Che so? Un episodio strano, fuori dell'ordinario, accaduto nel giorno dell'omicidio?» insistette Pavan.

La donna fece per scuotere la testa, ma si cristallizzò. «In realtà un fatto c'è. Una roba da nulla. All'epoca in effetti non mi sovvenne, sconvolta com'ero.»

I poliziotti la invitarono a proseguire.

«La mattina, sul presto, saranno state le sette e mezzo o le otto, non ero ancora uscita per andare al mercato, aveva bussato un postino. Uno delle nuove compagnie, non di Poste italiane, col casco e il giubbotto riflettente. Il giorno prima mi aveva recapitato nella cassetta una lettera non indirizzata a me. Se n'era reso conto e mi aveva chiesto se l'avessi ancora. Io l'avevo, sono andata a prenderla e gliel'ho restituita. Il tutto sarà durato nemmeno un minuto.»

«Aveva mai visto in precedenza quel postino?» domandò Pavan, allarmato.

«Non saprei. Credo di no, ma non ci giurerei.»

«E dopo, invece? L'ha più incontrato?»

«Non mi pare.»

«Com'era in viso? Altezza, tatuaggi, accento?» sondò Eva.

«Un ragazzo normale, come tanti. Moro. Non mi pare avesse tatuaggi, o perlomeno io non ne ho visti. Aveva il casco sul capo. Era gentile, educato, e si era scusato per l'ora e il disturbo. Non rammento un accento particolare.»

«Sarebbe in grado di riconoscerlo?»

«Spero di non deludervi, ma penso di no. Ho visto scorrere troppe facce in quella maledetta edicola. Ora in testa ho un minestrone di volti che non vi dico.»

«Non si preoccupi» la rassicurò Eva. «Ricorda se la lettera era indirizzata a qualcuno del palazzo?»

«No, altrimenti l'avrei recapitata io stessa al legittimo proprietario. Si trattava di una donna, ma non mi sovvengono né il nome né il cognome. La via era diversa, e infatti mi è parso strano che avesse sbagliato.»

«Dove aveva conservato la lettera?» chiese Pavan.

«Nel cassetto della credenza. Lì, a fianco del televisore.»

Gli ispettori lanciarono uno sguardo verso il portachiavi in legno. Il postino avrebbe avuto tutto il tempo per sottrarre il duplicato di Donata Seu senza che Angelica se ne accorgesse.

«Tra le chiavi aveva o ha anche una copia delle sue? Intendo di questo appartamento.»

«No. Ho un mazzo di riserva, ma non lo tengo lì. Sta in camera da letto.»

«E Maria Donata, invece?» sondò Eva. «Lei aveva una copia delle chiavi di questa casa?»

«Certo. Aveva quelle della vecchia serratura però, perché dopo la sua scomparsa, presa dalla paura, ho fatto cambiare tutte le toppe.»

Croce e Pavan si appuntarono di verificare se i colleghi avessero trovato il doppione di Angelica in casa di Maria Donata.

«In macchina ho guanti e una busta per la repertazione delle prove» disse Pavan. «Mi aspetti qui?»

«Certo. Vai pure… Le dispiace se rimango ancora qualche minuto a farle compagnia, signora?»

«Scherza? Non può che farmi piacere.»

Eva avvicinò una sedia alla poltrona puntata davanti al televisore e sedette accanto alla donna.

«È brutto rimanere soli» disse d'un tratto Angelica, senza staccare lo sguardo da una puntata di *L'eredità*.

«Già» commentò Eva a denti stretti. «Molto brutto.»

La poliziotta vide il luccichio di una lacrima fendere la guancia scarna dell'anziana.

Allungò una mano e strinse quella gracile di Angelica.

Rimasero così, in silenzio, finché non tornò Pavan.

31

Uffici della squadra mobile, questura di Milano

Strega e la prima dirigente Grazia Bonardo si erano inseguiti per l'intera giornata. La donna a capo della squadra mobile era stata impegnata in svariate riunioni, incontri con la stampa, col prefetto e con varie personalità politiche, tutti in cerca di rassicurazioni sulla marea di crimini che stava sommergendo Milano.

Stremata, gli occhi segnati da pesanti borse scure, Bonardo fissava il suo più "prestigioso" investigatore quasi le avesse fatto un favore a presentarsi nel suo ufficio.

«Ma che onore incontrarti qui. Spero di non aver arrecato troppo danno alla tua agenda.»

«Ho provato decine di volte a bussare alla tua porta» si difese Strega. «Non c'eri mai.»

Grazia assunse un'aria grave e lo squadrò poco amichevole. «Sei mancato per più di un mese. E in questo mese la città è impazzita. C'è un nesso causale tra le due cose? Forse sì o forse no, ma troverò il modo di farti pagare quest'assenza.»

«È una minaccia?»

«Certo che lo è.»

«Sono tornato, Grazia. Sul serio.»

«E per quanto intendi trattenerti, se è lecito saperlo?»

«Finiscila. Sono qua... Ehi, non prendertela, però non hai una bella cera, devo essere sincero.»

La dirigente controllò l'ora. «Bravo psicologo: tu sì che sai come ingraziarti l'interlocutore, che per inciso sarebbe anche il tuo dannato superiore... Ascolta: dovrei essere a casa a spentolare per le mie figlie, sorseggiando un calice di Franciacorta e piluccando gallette spalmate di camembert, e invece sono ancora qui. E sono entrata che erano le sette e mezzo del mattino. Vedi un po' te... Fra l'altro ciò comporterà non soltanto che rincaserò con i piedi che grideranno di dolore e una voglia di filarmela a letto senza nemmeno spogliarmi, ma pure che mangerò qualche schifezza cotta al microonde, perché mio marito in cucina è terribile e non ho intenzione di passare la notte piegata sul cesso.»

«Mi dispiace, Grazia. Vuoi che ti inviti a cena fuori?»

«No. La cena è l'ultimo dei miei problemi. Se proprio vuoi essere gentile, stirami la divisa perché non sono riuscita neanche a passare in tintoria oggi. Oppure vieni a casa mia e, nell'ordine: struccami, massaggiami i piedi, porta il cane a fare la pisciatina notturna, raccogli la roba da lavare, imposta una lavatrice e, dopo aver fatto un inventario di cosa c'è in frigorifero, stila la lista della spesa per quel demente del sopracitato marito, che è buono solo a comprare merendine, patatine, pasta e riso... Devo andare avanti? Perché siamo appena all'inizio.»

Strega le rivolse un'occhiata divertita. «Purtroppo, io e il ferro da stiro non andiamo d'accordo. Non hai idea di quante camicie ho bruciato... Per il resto, massima stima. Al tuo posto, nemmeno mi reggerei sulle gambe.»

«Be', certo. Per quanto scolarizzato, rimani comunque un uomo» osservò con un velo di disprezzo. «Infatti, da te voglio altro. Primo: che rimanga in quest'accidenti di città almeno per un mese di fila, senza andartene a Cagliari, Garlasco, in Sicilia o in qualsiasi diavolo di posto ti chiamino. Secondo: devi risolvermi 'sto casino delle aggressioni alle donne, perché la mia poltrona sta per saltare. E se salto io, puoi scordarti di continuare a lavorare con la serenità di adesso, perché chiunque mi sostituirà non sarà tollerante nei tuoi confronti.» Gli passò un'informativa sullo stato delle indagini. «Leggi, mentre rispondo a qualche email.»

Strega obbedì.

L'investigazione sulle violenze alle donne a Milano non aveva fatto passi avanti. I risultati non solo erano stati sconfortanti, ma gli attacchi nelle ultime settimane si erano moltiplicati, quasi che chiunque li stesse compiendo avesse deciso di schernire le forze dell'ordine.

Strega immaginò che per Grazia Bonardo quel caso fosse quasi un affronto personale, dato il suo sensibile impegno nel combattere i reati contro la persona, specie quelli che riguardavano vittime vulnerabili. Sin dall'insediamento alla mobile milanese, aveva impostato una linea d'azione dura verso situazioni di disagio in ambito familiare, liti domestiche e problematiche relative ai minori. Questioni che conosceva da vicino, avendo ricoperto un incarico di rilievo nella Divisione anticrimine come responsabile dell'Ufficio antistalking; ma soprattutto in virtù dell'essere stata fra le promotrici del protocollo EVA, Esame violenze agite, per la prevenzione e il contrasto della violenza sulle donne. Bonardo aveva preso parte, come consulente, alla stesura del Codice rosso e aveva relazionato più volte davanti alla Commissione parlamentare d'inchiesta sul femminicidio e su ogni forma di violenza di genere. Era un'esperta in materia. E quel caso rischiava di screditarne la professionalità in maniera irreversibile.

«Hai finito?» domandò Grazia.

Vito annuì.

«Cosa ne pensi?»

Strega rilesse alcuni passaggi della relazione e sospirò.

«Ho avuto storie d'amore che sono durate meno di quest'attesa…» commentò sarcastica la dirigente.

«Qual è la vostra strategia per prenderlo?»

«L'hai letto, no? Contattare le potenziali vittime, suggerire loro una condotta al minimo sospetto o avvisaglia di violenza, e utilizzare tutte le risorse a disposizione per sorvegliare alcune di queste donne nelle fasce notturne, ovvero le più soggette al rischio di imboscate.»

«Le donne da proteggere come sono individuate?» indagò Strega, sebbene si figurasse già la risposta.

«Sulla base di denunce pregresse.»

«Non mi pare stia funzionando.»

«Non solo. È un lavoro infernale perché, visto l'organico ridotto, molti colleghi sono costretti a doppi turni su base volontaria. Per inciso: Pavan è uno di quelli che ne sta facendo di più. Ma il personale è stanco e in preda allo scoramento.»

«È naturale. Peraltro, a meno di un colpo di fortuna, è quasi impossibile prendere l'aggressore affidandosi a un simile metodo.

Non in un'area metropolitana così estesa. Bisogna restringere il campo d'indagine. E di molto.»

«E come?»

«Di base, la sorveglianza e gli appostamenti non sono sbagliati. Ma per calibrare al meglio l'attività operativa devi prima affidarti a un'analisi statistica del crimine. Prevedere dove, come e quando avverranno le aggressioni non è impossibile. Bisogna affidarsi a modelli statistici e algoritmi. Per farlo, però, è necessario mettere insieme i dati su questi delitti, processarli e trovare dei punti di contatto.»

«Sii più preciso e semplice, abbi pietà. Ricordati che giornata ho avuto...»

«Da ciò che ho letto, e da quanto mi ha raccontato Pavan, siamo davanti a un criminale ripetitivo: tende ad agire in maniera conforme, lasciando indizi che possono essere identificati e analizzati. Il *modus operandi*, la firma del delitto e le vittime sono utilizzabili per inquadrare modelli e schemi non solo di comportamento, ma pure di scelta delle donne. Possiamo ricavare informazioni sulla personalità, sulle abilità e le motivazioni del malvivente. A questo va aggiunto il *geo profiling*, che ricorre all'analisi spaziale per individuare le aree in cui è più probabile che colpisca di nuovo, sulla base delle azioni passate, degli orari e del metodo di fuga usato nelle zone dove ha cacciato in precedenza, a cui va aggiunta la modellazione del rischio di reiterazione, che permette di prevedere quando potrebbe colpire di nuovo. Per dirti quante variabili vengono calcolate, anche il tempo meteorologico è un elemento da considerare.»

«E il bello è che ti avevo chiesto di parlare semplice... Mi sembra tutto piuttosto complicato.»

«In realtà, no. Il passaggio più lungo e delicato è selezionare i dati, processarli e inserirli nel software. A quel punto, alle correlazioni e alle previsioni ci pensa l'algoritmo.»

«Sembra una roba da fantascienza.»

«È la realtà, invece. Ormai anche il nostro mestiere deve tener conto della statistica avanzata e del calcolo delle probabilità. Le forze di polizia americane usano questo sistema da anni per mappare il territorio a livello criminologico, così da scegliere dove allocare le risorse e quali posti presidiare con più attenzione.»

«Sì, lo sapevo, ma ignoravo che si fosse arrivati a un tale livello di precisione. Quindi, tornando a noi, puoi farlo?»

«Posso provarci. Ma ci vorrà un po' di tempo.»

«Non ne abbiamo… Quanto impiegheresti?»

«Dipende dalla mole di dati. Se mi dài un paio di persone, una settimana o due. Se posso coinvolgere pure qualche mio studente, anche meno. L'esame di *criminal profiling* statistico e quantitativo è uno dei più complessi e amati del mio corso. Sono certo che potrei contare su parecchi volontari desiderosi di mettersi in mostra.»

Grazia tamburellò con le unghie il sottomano in pelle marrone. «Fallo. Ma non coinvolgere i tuoi studenti, per il momento. Devo prima parlarne con i magistrati, per una questione di privacy e di possibile violazione del segreto investigativo. Il punto è che non so chi affiancarti. Sono tutti stracarichi di lavoro.»

«Se vuoi posso chiedere a Eva Croce e Clara Pontecorvo, le ispettrici che collaborano con me nella SIS. È un lavoro che si può svolgere persino da remoto.»

«Va bene. Con loro non credo ci siano problemi… Ok. Di' un po': sei sempre single?»

«Sì, perché?»

«Perché ti invidio. Va' pure a goderti la pace e il silenzio della tua casa. Io ho ancora una decina di email da leggere e non so quanti atti da firmare, prima di schiodarmi da questa dannata scrivania e tornare in quel circo di scimmie urlatrici che è la mia famiglia.»

Strega non si alzò.

«Che c'è?»

«Ho una cortesia da chiederti.»

«Vuoi sentirmi bestemmiare in biellese?»

«Non si tratta di un'altra assenza, tranquilla.»

«Cosa diavolo vuoi, allora?»

«Vorrei occuparmi di un omicidio irrisolto, nei ritagli di tempo. Un caso che ha seguito Lorenzo Giansante, coordinato dalla PM Galeano.»

«La tizia morta con l'abito da sposa?»

«Esatto.»

«Perché mai?»

«Il padre ha chiesto il mio intervento.»

«Non se ne parla. Ci sono delle priorità, e abbiamo destinato fin troppe risorse a quell'indagine. E tornando alle statistiche, è meglio concentrarsi su casi con più probabilità di essere chiusi.»

«Insisto, Grazia.»

«Strega...»

«Non è stato un omicidio passionale, e nemmeno a scopo di rapina.»

«E da cosa lo deduci?»

«L'amore rende pazzi, la brama per il denaro freddi e perfezionisti. La natura del delitto di Maria Donata Seu non mi porta a pensare né alla follia né alla gelida strategia meccanica di qualcuno che uccide per soldi... C'è qualcos'altro. Qualcosa di più inquietante.»

«Qualcosa per te, quindi.»

«Sì.»

«Scommetto che hai già parlato con Galeano.»

Non aveva senso mentire. Strega sapeva che l'avrebbe soltanto fatta adirare ancora di più.

«Sono convinto di avere buone probabilità di risolvere quest'omicidio, capo.»

«Quando mi chiami "capo" c'è sempre una fregatura... Mettiamola così: fammi avere questa analisi statistica del crimine o come diamine si chiama, e poi puoi metterti al lavoro su Maria Donata Seu, a tempo perso e se la PM non ha nulla in contrario. Ripeto: a tempo perso. E scordati che ti metta a disposizione uomini e mezzi. Intesi?»

«Grazie, "capo".»

«Fuori! Mi sono già pentita...»

32

Via Tommaso Pini, zona Lambrate, Milano

Prima di iniziare il turno di sorveglianza, Pavan si era recato in farmacia e aveva fatto incetta di barrette proteiche ad alto tasso energetico e vitaminico, memore delle indicazioni di una delle svariate dietologhe che l'avevano seguito, la quale si era raccomandata di non affidarsi a quelle che trovava nei supermercati, perché – anche se recitavano il contrario – erano infarcite di zuccheri e altre sostanze che rallentavano il metabolismo. E visto che il suo era già lento come un bradipo ubriaco, Bepi aveva preferito evitare.

"Maria Donata era una ragazza dolce e a modo" rifletté, sgranocchiando uno snack al burro di arachidi e miele, appostato all'esterno del palazzo dove viveva la donna che gli era stata assegnata per quella notte. "Tutti coloro che la conoscevano sembrano concordare. Chi può avercela avuta con lei, quindi? E perché?"

Il colloquio con Angelica Faiano gli aveva regalato un afflato di speranza. Una volta in questura, aveva consultato il registro degli oggetti rinvenuti nell'appartamento dai colleghi della scientifica. Nell'inventario non si faceva alcun riferimento al mazzo di chiavi di un'altra casa. Neppure di una singola chiave che non fosse di proprietà della vittima o collegata alla sua abitazione.

«Ragioniamo per ipotesi: se l'assassino non conosceva la vittima, o se pur conoscendola avesse voluto coglierla alla sprovvista, avrebbe potuto rubare il mazzo di chiavi dall'appartamento della vicina con il trucchetto della lettera sbagliata» aveva detto Eva una volta rientrati in macchina. «Poi aprire la porta di Donata, ucciderla e rimettere le chiavi a posto nella cassetta in legno a forma di Duomo, utilizzando il doppione di casa Faiano in possesso di Donata, così da non far sospettare nulla alla vecchia... Contorto, improbabile, ma non impossibile.»

«No, non è impossibile» aveva replicato Pavan. «Ma per fare una cosa del genere, l'omicida doveva non soltanto essere consapevole dell'esistenza di entrambi i duplicati, ma anche avere cognizione di dove si trovassero nelle rispettive abitazioni. E come poteva esserne a conoscenza?»

«Magari Mercalli non l'ha uccisa. Però potrebbe aver detto a qualcuno come farlo e con quali mezzi» disse l'ispettore tra sé, accartocciando l'involucro di una barretta. «Maria Donata aveva cambiato la serratura, ma il bastardo sapeva che la *vecia* era la sola in grado di darle una mano in caso di bisogno. Quindi l'unica a cui affidare un mazzo di chiavi d'emergenza.»

Pavan provò ad attaccare l'ipotesi da varie angolazioni, cercando dei punti deboli che non trovò. L'assunto reggeva.

"C'è soltanto un problema" rifletté. "Perché sbattersi a farle indossare l'abito da sposa? Cosa rappresenta davvero, e perché proprio a lei?"

Era quello il mistero da dipanare. E sentiva che la soluzione risiedeva proprio nel vestito nuziale.

La stanchezza di quella giornata tesa, sommata al peso dei doppi turni e al rigido regime ipocalorico, iniziò a farsi sentire. Lo sguardo fisso sul portone prese ad appannarsi, le palpebre a farsi pesanti, il respiro s'ingrossò.

«No, non puoi crollare. Sei qui da nemmeno un'ora, forza» si disse abbassando il finestrino, affinché la gelida brezza notturna gli desse una svegliata. Aveva smesso da poco di piovere, e con l'acquazzone la temperatura era diminuita. «*'orco bòja*» ragliò l'ispettore, rabbrividendo.

Ciononostante, seguitò a lasciare che la notte gelata invadesse l'abitacolo.

Qualche secondo dopo, avvertì qualcos'altro provenire dall'esterno.

Voltandosi alla sua sinistra, si trovò davanti agli occhi la canna di una pistola.

33

Via Luigi Alamanni, Milano

Viola Marturano non vedeva l'ora di rifugiarsi nel rassicurante tepore del suo appartamento. La giornata era partita col piede sbagliato e finita pure peggio. Non bastasse, la pioggia l'aveva infradiciata. Cercò di tenersi rasente ai muri dei palazzi, per evitare gli schizzi gelidi scagliati dalle macchine che fendevano la strada senza alcuna attenzione per i pedoni, ma quella precauzione serviva a poco.

Tuttavia, il temporale, i vestiti zuppi e l'umidità che si insinuava nelle ossa erano l'ultimo dei problemi.

"Questo errore ti costerà caro" risentiva di continuo nella testa la cupa minaccia del direttore provinciale. Una voce molto più glaciale della notte impietosa.

La mattina, a nemmeno due ore dall'apertura del punto vendita, l'ingresso del supermarket sembrava un quadro astratto di fango: impronte inzaccherate, rivoli di pioggia e cartacce sospinte dentro dal vento costellavano il pavimento. La gente si era riversata in massa nel negozio per sottrarsi al freddo e all'acquazzone. Viola e gli altri ragazzi si erano dati il cambio con scope, secchi, fiocco e strizzatore, per pulire il varco. E si alzavano di continuo dalla cassa per andare a rimettere in piedi il cavalletto giallo in plastica che segnalava "Pericolo di scivolamento". Sembrava quasi che i clienti si divertissero a farlo cadere. Viola stava provando a gestire il tutto, compreso un terminale di cassa che si era impallato e una fila nervosa e rumorosa di clienti che aspettavano da più di dieci minuti, quando aveva sentito un grido. Si era voltata verso l'ingresso, e aveva visto formarsi un capannello intorno a qualcuno steso a terra. Aveva abbandonato la postazione e si era avvicinata, rendendosi conto che sul pavimento era riversa una donna anziana. Era scivolata e aveva battuto la testa. Sulle mattonelle umide di pioggia, di resti di detersivo e fango, campeggiava una macchia di sangue.

Viola si era guardata intorno, trattenendo il fiato.

Il cavalletto giallo era finito sotto un bancale.

Un paio d'ore dopo che un'ambulanza aveva portato via l'anziana, si era presentato il figlio di lei, su tutte le furie. Era un avvocato, l'aveva sbandierato subito ai quattro venti. E aveva affermato che, scivolando, la madre si era fratturata il femore e aveva subìto non soltanto una ferita alla tempia da cinque punti di sutura, ma pure un trauma cranico che le aveva fatto perdere conoscenza per un quarto d'ora: dal risveglio era rimasta in stato confusionale, e al momento era in prognosi riservata. L'uomo aveva preteso di vedere le registrazioni delle telecamere di sorveglianza, e Viola, impressionata dalle sue veementi intimidazioni, l'aveva accontentato. Le si era gelato il sangue nel constatare che, nel momento in cui la vecchia era caduta, il cavalletto giallo di segnalazione mancava da più di dieci minuti.

Gli occhi dell'avvocato avevano scintillato: avrebbe intentato una causa di risarcimento danni contro l'azienda, e avrebbe vinto a mani basse.

Viola aveva contattato il direttore provinciale, spiegandogli la situazione. Giunto nel punto vendita, alla notizia che nell'istante della caduta il segnale di pericolo non era presente, l'uomo le aveva vomitato addosso il suo disappunto: l'assicurazione che tutelava il supermarket non avrebbe coperto i danni, e la responsabilità dell'incidente sarebbe piombata su di lei, che avrebbe dovuto prestare maggiore attenzione. Con una macchia del genere sullo stato di servizio, Viola Marturano poteva dire addio al sogno di diventare area manager, così come al trasferimento nella sede di San Bonifacio, suo paese d'origine in provincia di Verona, per il quale aveva fatto domanda allo scopo di stare accanto alla madre che aveva iniziato a soffrire di demenza precoce.

"Non è giusto, maledizione" si era detta, stringendo i denti ed evitando di piangere davanti al superiore, che non aveva alcuna intenzione di finire nei guai.

Sprofondata nei pensieri, la ragazza aprì il cancelletto e corse a testa bassa nell'androne del palazzo, domandandosi perché fosse al buio.

"Dev'essere saltata la corrente" si disse. "Oggi è proprio il festival delle sfighe, santo cielo."

Dalla tasca del cappotto tirò fuori le chiavi per aprire il portoncino interno, dato che con il blackout non poteva digitare il codice, ma le scivolarono dalle mani umide. Viola si chinò per raccoglierle. Quando si sollevò, uno sconosciuto incappucciato sbucatole davanti la colpì con un pugno che le spaccò il naso, facendola precipitare all'indietro.

Prima ancora che potesse urlare o anche soltanto muoversi, l'aggressore le ficcò in bocca uno straccio, la percosse allo stomaco spezzandole il fiato e, afferrandola per le braccia, la trainò verso le scale che conducevano alle cantine. La prese a calci fino a farla ruzzolare per i gradini della prima rampa. La ragazza, con la bocca occlusa dal cencio, non riusciva a respirare, figurarsi a gridare. L'assalitore la tirò su, per poi spingerla con brutalità di sotto. Durante l'intero attacco, l'uomo non aveva fiatato, freddo e metodico come un automa. L'agguantò per i piedi e la trascinò nel sottoscala, dove ricominciò a pestarla.

Viola aveva già perso i sensi da quasi un minuto. Questo non fermò l'incappucciato, che seguitò a picchiarla senza pietà. All'ultimo estrasse un coltello, s'inginocchiò vicino alla giovane inerme e, con deliberata crudeltà, le incise il volto come aveva richiesto Breivik.

Conclusa l'operazione, si alzò, studiò il corpo scomposto per via delle fratture e scrutò il viso deturpato e sanguinante. Soddisfatto, scattò con il cellulare un paio di foto alla vittima. Dopo, si strinse nel lungo cappotto in pelle e se ne andò. Veloce come era apparso.

34

Via Tommaso Pini, zona Lambrate, Milano

Pavan capì che non avrebbe mai fatto in tempo a recuperare la pistola che aveva lasciato sul sedile posteriore.

"Ti sei fatto cogliere di sorpresa come un idiota qualsiasi" si accusò, alzando le mani in segno di resa dato che la sua elefantiaca agilità gli impediva di fare l'eroe.

«Sicché ci fai entrare? Qua fuori *si bubbola.*»

Bepi si sentì gelare. "No, devo aver avuto un'allucinazione uditiva" si disse, salvo rendersi conto che la mano stretta all'impugnatura dell'arma sembrava femminile.

La canna della pistola si ritrasse e al suo posto comparve il volto sorridente di Clara Pontecorvo.

«Oh, boccalone, allora? Ti stavi a guardare i pornazzi? Bella guardia, la tua. Dài, apri, ché c'è un freddo birbone. Ho i piedi *marmati.*»

«Tu di *marmato* hai il cervello, *zio can*! Ma sono scherzi da fare? Mi sono cagato addosso, *'orco bòja*!»

«Finiscila di *fa' i' beota*. Sblocca gli sportelli e facci entrare.»

«Ma *va' in móna*! Bagnati per bene, su.»

«Se l'è presa» sghignazzò Pontecorvo, fissando la collega al proprio fianco. «Via, *fa' i' bono.*»

«See, *fa' il buono to nona in cariola*. Magari tra cinque minuti...» si vendicò l'ispettore, tirando su il vetro.

«Ma che scherzi davvero?!» gridò Clara battendo sul finestrino. «Dài, che si gela!»

Il poliziotto sbloccò gli sportelli. Col peso della toscana, le sospensioni dell'auto, già messe a dura prova da Pavan, gemettero.

«Oh, ma ti dài una calmata! Finiscila di urlare. È un appostamento, Dio santo. Vuoi che mi sgamino?»

«Bepi, ti si sgamerebbe anche a un chilometro di distanza» ribatté Eva Croce sedendosi sul sedile posteriore.

«*Maiala, t'ha' visuccio.* Hai la febbre?» gli domandò Pontecorvo, spaventata dal pallore cadaverico del veneto.

«No, ho semplicemente le *bale* che mi girano a elica. Ma siete matte? Mi stava per venire un infarto. E poi... Ma cos'è questo odore?»

«Profumo, non odore» disse Pontecorvo, sventagliandogli sotto il naso il sacchetto traboccante di cibo di un fast food. «Abbiamo fatto il pieno da Burger King. T'ho preso tutto il menu con tanto di triplo hamburger. Poi di' che non ti voglio bene... Uhm, finalmente una cena decente. *E l'è tre giorni che 'un fo un pasto a garbo.* Hanno messo anche me di guardia. Da una settimana sto fuori a ghiacciarmi il culo. So cosa significa, per questo c'è venuta l'idea di farti un po' di compagnia.»

«Scusami, pasto decente quello?» chiese Croce, fissando con sospetto il Big King che la toscana stava addentando.

«Ci puoi giurare. Diglielo, Pavan. Altro che le sue insalatine di feta, seitan e germoglietti di soia, che proprio non so te come fai: se le mangiassi io, starei tre giorni di fila al cesso a cagarci l'anima.»

Con le narici invase del profumo paradisiaco di carne grigliata, frittura e cheesecake, Bepi aveva qualcosa come sette litri di acquolina in bocca: era sul punto di sbavare come un san bernardo.

«Da dove vuoi iniziare?» domandò Pontecorvo.

«Non prendo niente. Ho già mangiato.»

«Hai già mangiato? E cosa, di grazia?»

Pavan indicò gli involucri di due barrette energetiche.

«Quelle.»

Clara si voltò sgomenta verso Eva, che scrollò le spalle. «Te l'avevo detto.»

«Impossibile... Bepi, t'ho preso pure la nocciolata da mettere sulla torta e tripla porzione di patatine con salsa speciale.»

Con una forza di volontà che non sapeva di possedere, Pavan spiegò, mogio: «No. Sono a dieta».

«Te ci hai l'amante, sicuro.»

«*See, to sorea*... Quindi siete venute a mettermi alla prova» disse poi, illuminandosi di comprensione. «*Bon, bon*... Mi ricordate il nome del santo patrono delle colleghe stronze, così gli mollo due o tre bestemmie per ringraziarlo di averci fatto incontrare?»

«*Cavalier' fra du' dame fa la parte del salame*, diceva mia nonna.»

«*Do done e un'oca fa un marcà*, diceva invece la mia.»

«E l'oca saresti te, grullo?»

«Oh, la finite col dialetto?» sbottò Croce, aprendo la sua terrina di insalata.

«Lingua!» risposero in coro i due, oltraggiati.

«Quello che è...» ribatté Eva, attaccando l'insalata macrobiotica. «Buon appetito.»

Pavan la fissò con ribrezzo. «Ma che schifo è? Vomito di dromedario?»

«Cavolo crudo pressato, scorza di cedro, tofu, pinoli e umeboshi, il tutto condito con aceto di miele» rispose entusiasta la milanese.

«Porco Giuda, era meglio il vomito di dromedario» mormorò Pontecorvo.

«Sant'Iddio... Meglio la fame» si accodò Pavan. Poi, rivolgendosi alla giovane ispettrice: «Ma come diavolo fa a mangiare queste brodaglie senza rigurgitare?».

Pontecorvo fece spallucce. «È uno dei grandi misteri della vita, giusto dopo l'enigma dell'incomprensibile trasformazione di duecento grammi di gelato al cioccolato in due chili e mezzo di culo.»

«Amen» ribatté Bepi.

«Siete senza speranza» sospirò Eva.

«Come va, Bepi?» domandò Clara. «È da un po' che non ci vediamo.»

L'ispettore tornò a fissare il portone dell'abitazione della ragazza che doveva sorvegliare, e sbuffò: «Diciamo che questo mese è stato almeno coerente: è iniziato di merda ed è finito uguale».

«Be', dài, il segreto per la felicità è avere basse aspettative.»

«Parli per esperienza personale?» le domandò Eva.

«È chiaro.»

«Io quando avevo vent'anni volevo solo essere felice da fare schifo. Ora che ne ho un po' più del doppio posso dire che sono a metà strada: *faso solo che schifo*.»

«Non mi piaci quando sei a dieta» commentò Pontecorvo. «Diventi triste, pessimista e depresso.»

«Non è la dieta.»

«E cosa?»

«Stiamo lavorando a un caso sul quale c'è poco da scherzare. Ed è piuttosto complesso, fra l'altro.»

«Sì, Croce me l'ha detto. Ma più che complesso, mi sa di irrisolvibile.»

«Ci sono tre o quattro cose che ho imparato. La prima è che, quando il dietologo ti dice che nel periodo iniziale perderai solo liquidi, intende gli *sghei*, i soldi. La seconda è che, bambini, ubriachi, specchi e leggings dicono sempre la verità. La terza è che il docciaschiuma tonificante purtroppo non sostituisce la palestra. La quarta è che quando Strega si fissa su un caso, lo risolve.»

«E si è fissato?»

Bepi ripensò allo sguardo risoluto del vicequestore dopo la visita a Italo e Pippo. «Ci puoi giurare.»

«Oh, ma sai che la dieta sta facendo effetto? Mi sembri bello ciucciato dalle streghe, come si dice da noi. Quanto hai perso? Settantacinque grammi?»

«Che perfida» commentò Eva.

«Scusa se ti insulto, ciccio. È che ti voglio bene, ma non so come esprimerlo.»

«Che ne dici di farlo mangiando in silenzio?» la rimbrottò lui.

«Antipatico... Spizzica qualcosa, su» lo spronò porgendogli il sacchetto con le patatine.

«Lascialo in pace, povero.»

«Hai già sentito, Rais?» domandò Pavan a Eva.

«Non ancora. Ci provo domattina.»

«Pensi che opporrà resistenza?»

«Sicuro» rispose per lei Clara. «A proposito: Strega ti ha detto qualcosa di più sul perché se n'è andata?»

«No. So solo che da qualche tempo è strano. O meglio: più strano del solito.»

«Spiegati meglio» disse Eva.

«È una sensazione... Strega è sempre stato un tipo solitario, anche in mezzo alla gente. Una sorta di eremita. Dal caso di Maristella Coga mi è sembrato ancora più chiuso.»

«L'ho notato anch'io» s'accodò Eva.

«Avrà anche lui le sue rogne, come tutti.»

«Sarà» ribatté Pavan, poco convinto.

La pioggia impazzava. Nell'abitacolo si gelava, e senza i tergicristalli in funzione era impossibile tenere d'occhio l'ingresso del palazzo. Ma Pavan non poteva né attivarli né mettere in moto per utilizzare il riscaldamento: avrebbe attirato subito l'attenzione, nel caso l'aggressore avesse deciso di scegliere quella vittima e agire la notte stessa. Il suo compito non era solo di proteggere la ragazza, ma di arrestare l'assalitore in flagrante. Strizzò gli occhi e cercò di scorgere qualcosa attraverso il parabrezza rigato d'acqua. Sapeva che avrebbe piovuto per l'intera settimana e gli venne il magone: "Come farà il *vecio* a portare il piccolo all'asilo? Si dovranno fare la strada da casa al nido a piedi, sotto l'acquazzone". L'immagine di nonno e nipote fradici e in cammino lo annientò. Decise che la mattina dopo, casualmente, si sarebbe fatto trovare a Novate Milanese e avrebbe dato loro uno strappo.

«Ragazze...»

«Che c'è?» fece Pontecorvo.

«Grazie per essere venute a farmi compagnia» disse, sentendosi di colpo un uomo fortunato.

«Lo sai che ti vogliamo bene, *nini*. Non ti avremmo mai lasciato solo in questa notte da lupi.»

«Fammi un favore, Croce.»

«Se posso...»

«Strega ha ragione. L'unico movente plausibile del delitto ha a che fare col passato di Donata. E il suo passato è a Cagliari. Convinci Rais a buttarci un occhio. Sarebbe capace di rivoltare anche l'inferno se avesse il sospetto che ciò che cerca sia nascosto lì. Abbiamo bisogno di lei.»

«Semplice» disse Pontecorvo, sbafandosi la cheesecake di Pavan. «Regalale una 2.55 di Chanel, e quella ti scopre pure chi era Jack lo Squartatore.»

Eva portò lo sguardo sui propri anfibi: «Forse non è necessario arrivare a tanto. Credo di sapere come convincerla».

35

Via dei Cavalieri del Santo Sepolcro, Milano

La ragazzina bionda non aveva la minima contezza di essere seguita. L'avevano puntata non appena aveva abbandonato le amiche per dirigersi verso la stazione della metropolitana. Probabilmente aveva bevuto qualche spritz di troppo che ne aveva abbassato le difese. In più, si trovava in una via piuttosto centrale, non nell'oscuro sottopassaggio di una periferia malfamata, e ciò ne aveva irrobustito la percezione di sicurezza. La musica di Rose Villain che ascoltava tramite gli AirPods la isolava dai rumori esterni. Non guardava davanti a sé e neppure ai lati del marciapiede, concentrata com'era a scrivere sullo smartphone. Il cappuccio con orlo in pelliccia di volpe del giubbotto le ostruiva la visione periferica, e non si accorse che tre ragazzi – due alle spalle e uno di fronte – la stavano accerchiando.

Non appena attraversò una parte in ombra della strada, tagliata fuori dall'illuminazione dei lampioni, i due dietro, protetti dalla coltre di pioggia, decisero di colpire.

Il primo scattò e le assestò una spinta violenta, spedendola a terra. L'altro, sincronizzato alla perfezione, afferrò la borsetta che le era caduta e le strappò la collanina. Mentre uno la teneva inchiodata al suolo col proprio peso e le serrava la bocca con una mano, soffocandone le grida, il complice le perquisì veloce le tasche, in cerca di contante o altro. Non trovò nulla, così le sfilò gli anelli e le scarpe Autry nuove di zecca, che i genitori le avevano regalato per il diciassettesimo compleanno. Irritati per non aver racimolato dei soldi, realizzarono che il piumino lungo che la giovane indossava era un Moncler originale: con un po' di fortuna sarebbero riusciti a rivenderlo per trecento, quattrocento euro, se fossero stati abbastanza cauti da non macchiarlo di sangue.

«Leviamoglielo» disse uno in lingua yoruba.

Lei si dimenò, temendo che le volessero usare violenza. La schiaffeggiarono per renderla inerme, con l'unico risultato che la ragazza si agitò ancora di più.

Il terzo elemento della banda, un maranza di Baggio, italiano fino al midollo e vestito di nero a parte le sneakers di un bianco abbacinante e una cintura dorata griffata Louis Vuitton visibilmente contraffatta, fece un fischio da una ventina di metri più avanti, dove teneva sotto controllo la situazione, per spronarli a muoversi.

«Ehi» sentì sussurrare a pochi centimetri dal collo. Si voltò, spaventato, andando a scontrarsi con la gomitata brutale di uno sconosciuto che lo centrò in piena mandibola, facendogli perdere i sensi all'istante. Rimbalzò contro il muro alle spalle, per poi crollare scomposto sul marciapiede.

«Ecco fatto. Andiamocene» disse uno dei due nigeriani, quello con una cicatrice sul labbro, stringendo in mano il Moncler. Si rialzò, pronto a filarsela, ma cozzò contro un pezzo d'uomo solido come una roccia, che lo fece rinculare.

«Mollalo e inginocchiati» disse lo sconosciuto, la voce pacata ma ferma.

Il ragazzo gli scoccò un cazzotto al viso, sebbene il tizio fosse molto più alto di lui.

Con un gesto sin troppo fluido ed elegante per un omone di tale stazza, l'altro si scostò di lato, afferrò il giovane per le spalle e, attirandolo a sé con furia, lo centrò al basso ventre con una ginocchiata, scaricandogli addosso i suoi centododici chili. Lo finì colpendolo alla carotide con la destra, di taglio, arrestando l'irrorazione di sangue al cervello. Il nordafricano rovinò al suolo come una marionetta a cui avessero reciso i fili.

Il complice, con le sneakers della ragazza in pugno, era anch'egli ben piazzato. Ma l'uomo che aveva davanti, col suo metro e novantacinque, lo era ancora di più.

«Mollale e inginocchiati» ripeté lo sconosciuto.

Il ragazzo vide l'amico incosciente per terra.

Allentò la presa sulle scarpe.

Ma solo per estrarre un coltello a cui fece scattare la lama.

«Ti farò male» lo mise in guardia il gigante.

Il giovane, spaventato e colmo d'ira, vibrò un fendente diretto alla pancia.

L'altro lo bloccò afferrandogli il polso con cui stringeva il serramanico, lo fece piroettare in aria in uno strano passo di danza circolare e lo scagliò con brutalità contro una macchina parcheggiata. L'impatto fu così duro che l'antifurto dell'auto cominciò a ululare e le luci a lampeggiare. L'aggressore si accasciò sull'asfalto bagnato, senza fiato. Stava per rialzarsi, ma l'uomo lo rispedì giù con un colpo rabbioso alla tempia. Il ragazzo svenne all'istante.

Strega li fissò. Forse aveva impiegato più forza del necessario, valutò. Ma il fatto che si fossero messi in tre contro una ragazzina l'aveva fatto imbestialire.

«Sta' tranquilla. Va tutto bene» disse chinandosi su di lei, allungando una mano per toglierle dal volto i capelli impiastricciati di pioggia, sangue e fango.

La ragazza, sotto shock, vide che lo sconosciuto aveva lo stesso colore della pelle degli assalitori, forse un po' più chiara, e per reazione gli graffiò le mani e lo percosse a calci, gridandogli di andarsene. Temeva che volesse rapinarla.

Nei suoi occhi Strega lesse odio e paura. Non soltanto. Ci vide pulsare la convinzione "nero uguale bestia criminale". Era abituato a quella reazione, ma ciò non gli impedì di rimanerne comunque ferito.

Indietreggiò e le mostrò il tesserino identificativo. «Sono un poliziotto, stai calma. È tutto finito.» Notò che aveva ancora un auricolare da cui continuava a fuoriuscire della musica ad alto volume. «Sono della polizia» ribadì, sillabando.

«Po-po-polizia?» balbettò lei, disorientata. Il viso era rigato dal trucco sfatto dalle lacrime.

«Sì, sono il vicequestore aggiunto Vito Strega» disse il criminologo, sapendo che, per uno strano meccanismo psicologico, presentarsi col proprio grado rasserenava le vittime, quasi che la menzione della gerarchia spargesse un ordine razionale sul caos del turbamento emotivo. «Tu come ti chiami, tesoro?»

«Noemi» mormorò la giovane. Tremava, per lo sgomento e per il freddo. Quando Vito avvicinò di nuovo la mano per toglierle l'AirPod rimasto, lo lasciò fare.

Strega notò che il piumino era caduto in una pozzanghera ed era ormai inutilizzabile. Si tolse il soprabito, frusto ma caldo, e glielo mise addosso a mo' di coperta.

«Ce la fai ad alzarti?»

Noemi ci provò, ma fu inutile. Strega la sollevò di peso e l'adagiò sul pianerottolo sopra le scale di un palazzo, così da proteggerla dalla pioggia battente. Andò a recuperare le scarpe e gliele consegnò. In lacrime e ancora in preda a un tremito incontrollabile, Noemi tentò di calzarle, invano.

«Posso?» propose Strega. Sciolse i lacci delle sneakers e gliele infilò con delicatezza, per poi allacciarle alla stregua di un padre premuroso.

«Ecco qui.»

Quel gesto semplice parve tranquillizzare un poco la giovane. Strega le domandò se avesse battuto la testa, se accusasse dei capogiri o voglia di vomitare, e se ci fosse qualche parte del corpo che le doleva in particolare.

«No, ma la prego, non se ne vada...» lo implorò quando Strega accennò a muoversi.

«Tranquilla: non sto andando via. Devo solo impedire che quei tre scappino. Torno subito.»

Raggiungendo i teppisti, Strega estrasse il cellulare e chiamò la mobile. Spiegò la situazione e richiese l'intervento immediato di un'autopattuglia e un'ambulanza. Sollecitò anche la presenza di un'agente specializzata in gestione del trauma. Paradossalmente, si trovavano a un paio di minuti dalla questura.

Controllò le condizioni degli aggressori. Erano ancora privi di sensi. Si mise in spalla quello più lontano e lo portò sul marciapiede accanto agli altri, per poi trascinarli sulla banchina d'asfalto come sacchi di sabbia. Li perquisì, rinvenendo delle pasticche di amfetamine, due coltelli e un tirapugni.

"Vuol dire che sono una banda specializzata, e che sono usciti con la precisa intenzione di cacciare" ragionò. "Il fatto che abbiano scelto un tratto privo di telecamere di sorveglianza indica che forse hanno già colpito in questa zona."

Una volta piombati a terra, i giovani dovevano aver battuto la testa, ferendosi, perché Strega aveva le mani sporche di sangue non suo. Le strusciò su un palo della luce umido, per pulirle alla bell'e meglio, e andò da Noemi, sedendole a fianco.

«Sono vivi?» gli domandò con voce flebile.

«Lo spero» ribatté Strega.

«Finirà nei guai?»

Era stata appena aggredita e si preoccupava per lui. Strega dedusse che era una brava ragazza, si sarebbe ripresa presto da quella brutta esperienza.

«No. Nei guai ci finiranno loro.»

«Rischio qualcosa?»

«In che senso?»

«Dovrò denunciarli? Mi minacceranno? Nel caso, preferisco lasciar perdere e...»

«No, tesoro. Non rischi niente, tranquilla. Vuoi che chiami i tuoi genitori?»

Lei fece cenno di sì. Recuperarono lo smartphone e Noemi impiegò tre tentativi prima di sbloccarlo. Compose un numero e porse l'apparecchio al criminologo.

Strega spiegò la situazione a un padre in preda all'angoscia. Lo rasserenò sulle condizioni della figlia e gliela passò.

Noemi era ancora al telefono col genitore quando arrivarono due pantere a sirene spiegate. Strega raggiunse i colleghi, che si affrettarono ad ammanettare i ragazzi. Fissando la figura massiccia del superiore, gli agenti pensarono che quei tre dovessero essere proprio stupidi per aver provato a reagire o aggredirlo.

«Sta bene, dottore?» chiese un poliziotto.

«Sì, ma non ho la minima intenzione di rientrare in questura. Portateli via e sbrigatevela da soli. Voglio solo tornare a casa.»

«La ragazza come sta? È ferita?» domandò una sovrintendente.

«Credo in maniera superficiale. Niente di serio. Però ha bisogno di conforto.»

La poliziotta gli assicurò che se ne sarebbe occupata, e si diresse verso Noemi.

«Ormai colpiscono anche in pieno centro, senza porsi problemi» commentò un agente, schifato, fissando i teppisti che non dovevano avere neppure vent'anni. «Questa sera è già il quinto intervento per scippo che facciamo. E parlo soltanto del nostro mezzo...»

Strega non replicò. La valutazione era corretta, ma il problema era assai più complesso. Milano si stava incattivendo. L'inasprirsi delle differenze sociali, l'accentuarsi di diseguaglianze economiche sempre più marcate, sommate alla mancanza di politiche a sostegno delle fasce più deboli, la stavano portando al punto di rottura. A partire dall'Expo, la metropoli si era sviluppata sotto ogni profilo a un ritmo troppo vertiginoso. A pagare il prezzo di quella crescita ipertrofica erano stati i cittadini con meno risorse, che avevano visto il costo della vita schizzare alle stelle. Molti residenti avevano abbandonato la città, non riconoscendosi più in essa. I politici avevano promesso di intervenire per calmierare i prezzi, rendere l'area metropolitana più protetta e garantire le stesse opportunità, propositi ai quali non era seguito alcun cambiamento sensibile, se non in peggio. La sicurezza dei cittadini non era mai stata una priorità, al contrario di quella dei capitali e degli investimenti. Non bastasse, tutti sembravano essersi dimenticati delle periferie. E i ragazzi dei sobborghi, affamati, arrabbiati e stanchi di accontentarsi delle briciole, avevano preso ad aggirarsi per il centro come coyote famelici in cerca di facili prede. Pandemia da Covid-19 e conseguente recessione economica non avevano di certo aiutato. Anzi: la povertà aveva alimentato l'odio, e l'odio, a propria volta, aveva esacerbato le tensioni razziali mai risolte.

"È solo l'inizio" rifletté il criminologo. "Se non si interviene in fretta, ci ritroveremo ad affrontare una rivolta come nelle banlieue francesi."

Strega indicò la droga e le armi ai colleghi, che indossarono i guanti e repertarono i corpi del reato.

Scrutando i giovani che iniziavano a riprendersi, Strega si rese conto che avrebbe dovuto odiarli. Invece, li compativa. Non erano così diversi dai coetanei che una settimana prima aveva salvato dal mare. Anche loro stavano rischiando di affogare. Ma non nelle acque al largo di Lampedusa: stavano annegando nel sogno, trasformatosi in incubo, di una città che si era detta accogliente e all'altezza delle loro speranze. Ci avevano creduto, salvo trovarsi traditi, tagliati fuori e abbandonati. E ora avrebbero pagato quell'illusione a caro prezzo.

«Possiamo portarli via?» domandò il capopattuglia. Gliel'aveva chiesto soltanto per rispetto della gerarchia: se pure Vito gli avesse ordinato il contrario, la procedura gli imponeva di proseguire col fermo e gli atti del caso.

«Sì» rispose Strega, mesto. Sapeva che il sistema non avrebbe avuto pietà: avrebbe ingoiato quei giovani rendendoli più rabbiosi e violenti. Sarebbero entrati a San Vittore con una licenza media in scippo, e ne sarebbero usciti con una laurea magistrale in criminalità applicata.

Raggiunse Noemi. La sovrintendente le aveva messo addosso una coperta termica.

«Va meglio?»

La ragazza annuì e gli restituì il cappotto. «Ha un profumo molto buono» gli disse. Non avrebbe mai dimenticato quella fragranza.

«Grazie.»

Arrivò anche l'ambulanza.

«Voglio tornare a casa» si impuntò la giovane, alla vista della Croce Rossa.

«È meglio se ti fai dare una controllata» rispose la sovrintendente, carezzandole i capelli. «Possiamo dire ai tuoi di raggiungerci in ospedale. Io verrò con te.»

«La collega ha ragione, Noemi. Lo shock può giocare brutti scherzi. Meglio farsi dare un'occhiata.»

Il criminologo e la poliziotta l'aiutarono ad alzarsi. Prendendolo alla sprovvista, la ragazza abbracciò forte Strega.

«Pensa soltanto a dimenticare in fretta questa brutta avventura, va bene?»

La ragazza glielo promise. Vito la osservò salire a bordo insieme alla collega.

«Vuole un passaggio, professore?» gli domandò il capopattuglia.

Strega fissò il cielo plumbeo. La pioggia si era attenuata. Fece segno di no.

Anche le pantere partirono, dirette alla vicina questura, e Strega si ritrovò solo. Prima di quell'inconveniente, era uscito a piedi per una camminata che gli schiarisse le idee sull'enigma della sposa, come aveva soprannominato il caso di Maria Donata Seu.

Cercò di concentrarsi nuovamente sul delitto, invece l'adrenalina glielo impedì.

Ma non era soltanto quella a ostacolarlo.

Il coro delle vittime aveva ripreso il suo canto dolente.

E a ogni passo, nella mente di Strega, le voci gridavano sempre più forte.

SECONDA PARTE

La sposa silenziosa

36

Stampace alta, Cagliari

Mara Rais era convinta che, anche dopo una singola maternità, ogni anno di una donna dovesse essere calcolato come quello di un cane: ovvero, dai cinque ai sei anni umani. Fece un rapido conto, e si trovò a fronteggiare con sgomento i propri ottantanove. Se li sentì tutti addosso. Soprattutto quando uscì dallo stato larvale post-sonno comatoso e si alzò barcollante e mezza cieca per andare in cucina a preparare la colazione, avvolgendosi il plaid intorno al corpo a mo' di mummia. Evitò il confronto con le superfici riflettenti per illudersi di avere ancora un briciolo di dignità. Le mani si mossero sicure, armeggiando con la caffettiera, salvo poi cristallizzarsi a mezz'aria.

«*A is callonis...*» sospirò sconsolata, ricordandosi che la miscela arabica forte le era stata proibita. Riparò sul decaffeinato, provando vergogna. Cercò il pacchetto di sigarette, rammentando d'un tratto che aveva avuto la malaugurata idea di buttarlo, visto il divieto assoluto di fumare imposto dalla dottoressa.

«Mai una gioia...» sussurrò alla casa vuota. Non c'era nemmeno la figlia, che aveva dormito dal padre.

Era in preda all'astinenza da caffeina e nicotina, oltre che al nervosismo per la precaria condizione di salute. Una palpebra iniziò a tremarle, e dovette stringere i denti per non mangiarsi le unghie.

"Come sei caduta in basso" disse fra sé, accendendo il televisore, per distrarsi. Si sintonizzò su un notiziario nazionale. La giornalista descriveva l'ennesimo femminicidio avvenuto nella notte: un collega della finanza aveva freddato madre e sorella dell'ex fidanzata, che invece era riuscita a fuggire.

«Dio santo...» mormorò Rais, realizzando che l'assassino era davvero giovanissimo, al pari di uno dei tanti agenti che lavoravano con lei. «Questo è proprio un Paese che odia le donne.»

Scoprì che poche ore prima un tizio, in Sicilia, aveva ammazzato moglie e due figli, presumibilmente durante un esorcismo, per "liberare la casa dal demonio". I colleghi siciliani erano riusciti a far confessare la figlia diciassettenne della coppia, unica sopravvissuta insieme al padre, la quale aveva rivelato di aver partecipato agli omicidi preceduti da torture, in preda a un delirio mistico.

"Una nottata tranquilla, non c'è che dire..." commentò sarcastica Rais fra sé.

«È stato trovato morto dalla polizia l'uomo che, in provincia di Napoli, ha sparato dal balcone dopo aver ucciso la moglie a coltellate» proseguì la giornalista. «L'assassino, un'ex guardia giurata, si è tolto la vita prima del blitz dei poliziotti. In casa, per fortuna, non erano presenti i tre figli della coppia: due erano a scuola, il terzo in gita con la classe...»

«*Gesù Cristu meu*» sospirò Mara. Cambiò canale, per sfuggire all'angoscia che provava in quanto madre di una dodicenne, sebbene Sara ormai avesse preso a truccarsi e *trassarsi* come una mini Dua Lipa. Di anni, infatti, ne dimostrava sedici – ecco una delle cose che più spaventava Rais – ma aveva il cuore ingenuo e fragile della bambina che era. Sara si rendeva indipendente ogni giorno di più, staccandosi dalla madre e sfuggendo al suo controllo, e più si allontanava, più l'ansia della poliziotta montava.

"Non puoi proteggerla ventiquattr'ore su ventiquattro" rifletté, angustiata. "E il mondo su cui si sta affacciando è sempre più crudele e brutale."

Stanca di dover ingoiare morte e violenza già di prima mattina, si rifugiò su un'emittente che trasmetteva cartoni animati. Da buona figlia degli anni Ottanta, spense il cervello e annacquò l'ansia guardando un episodio di *Pollyanna* seguito a ruota da uno di *Georgie*, che a tratti la ridusse in lacrime di commozione. Era il rimedio segreto per reggere l'urto della cupa realtà che fronteggiava ogni giorno: tornare bambina e perdersi nella nostalgia di un mondo innocente e candido, dove la massima preoccupazione era rappresentata dallo strazio di dover scegliere se concedersi a Abel o Arthur. Chi avrebbe mai sospettato che l'ispettrice tosta, inflessibile e cinica portasse avanti quel piccolo rituale quotidiano per conservare un briciolo di umanità? Nessuno, a parte la sua partner.

Quasi l'avesse evocata, il cellulare di Mara prese a vibrare.

«Che diavolo vuoi di prima mattina?» esordì, accettando la chiamata di Eva Croce.

«Buongiorno anche a te.»

«Uhm, le premesse non sono proprio da "buongiorno". E il fatto che mi stia telefonando a quest'ora significa che sarà di sicuro una giornata di merda.»

«Wow. Complimenti per l'ottimismo e per la solita, sconfinata fiducia in me... Scommetto che stai guardando i cartoni.»

«E se anche fosse?»

Croce ridacchiò. «Io sono del team Abel tutta la vita.»

«Non mi sarei aspettata altro da una decadentista come te» ribatté Mara alla collega solo d'un paio d'anni più giovane. «La stai guardando anche tu?»

«No, ho solo visto che c'era *Georgie* cambiando canale, e ti ho pensata.»

«Bugiarda. Hai il tono conciliante e finto cortese di chi ha bisogno di un favore, e parto col dirti già di no, così risparmiamo tempo prezioso.»

«Si tratta di un'indagine.»

«A maggior ragione.»

«È Strega a chiedertelo.»

"E perché non ha nemmeno le palle di domandarmelo di persona?" pensò l'ispettrice sarda, ma ebbe il buonsenso di tenerlo per sé.

«Chiedermi cosa?» rispose, invece.

«Ti ho appena inviato per email il dossier sull'omicidio di cui ti ho parlato l'altro giorno. Buttaci un occhio. Riteniamo possa esserci un collegamento con la vita che la vittima conduceva prima del suo arrivo a Milano. La ragazza era di Dolianova, e avremmo bisogno che scoprissi se per caso...»

«Cioè: voi ve ne state lì a girarvi i pollici, e io mi devo sbattere in culo ai lupi a fare il lavoro sporco? Scordatelo.»

«Se mi *concedi* questa cortesia, butto le Dr. Martens e mi compro un paio di Louboutin che ho visto ieri in un outlet.»

Silenzio.

«Décolleté?» domandò Rais dopo qualche secondo.

«Adesso non esageriamo... Stivaletto in pelle, nero. Design moderno, stile glamour, chiusura slip-on, punta a mandorla e tacco a spillo che mi spezzerà le caviglie. Stiamo parlando di più di mezzo stipendio, calcolando anche una media di venti ore di straordinari.»

«Finiscila. Non hai pantaloni da abbinarci, e non ti ho mai vista con una gonna.»

Croce sbuffò. «Tu fammi questo favore e io mi compro pure una gonna.»

«Tra *comprarla* e *indossarla* c'è una bella differenza.»

«Ok. Giuro che la metterò.»

«E mi inviterai a cena all'Upper House?»

Rais alludeva a uno dei ristoranti con sala da tè più esclusivi, chic e charmant di Cagliari, della cui cucina raffinata con tanto di aperitivi sfiziosi le aveva parlato per mesi, nel tentativo di convincerla a trascorrerci una serata.

«Mi vuoi proprio rovinare, eh? Vada per le Louboutin, la gonna e una cena all'Upper House.»

Mara ponderò la proposta. «Se andiamo a mangiare lì, devi però toglierti i piercing. Ho una reputazione e non voglio...»

«Mi toglierò i piercing, promesso.»

«Anzi, niente gonna. Facciamo un upgrade. Ho un abito da cocktail McQueen che ti starebbe bene.»

Eva maledisse Strega e Pavan. «Ok» rispose a denti stretti.

«Diciamo che accetto, ma solo se bruci quegli anfibi. Intendo proprio inzupparli di alcol e dargli fuoco. Voglio il video.»

«Non puoi chiedermelo...»

«Allora ciao. Vacci tu a Dolianova a perderti tra vigne e uliveti.»

«Ok, ok... Solo se riesci a scoprire qualcosa, però.»

«Se c'è qualcosa da scoprire, puoi star certa che lo farò saltare fuori.»

«Noto con piacere che il tuo livello di umiltà è sempre bello alto.»

Mara ignorò la punzecchiatura. «E chiariamo che non lo faccio per Strega. Lo faccio per te, perché mi preoccupo del tuo look.»

«C'è un'altra cosuccia» aggiunse Eva.

«Perché non sono sorpresa?»

«In realtà, è più un consiglio personale.»

«Roba sentimentale?» domandò Rais.

«Non sono così disperata da venire a mendicare consigli di cuore a te.»

«Meglio, anche perché sono in modalità *odio atavico* attiva.»

«A detta di tua madre, lo sei da quando avevi tre anni... No, si tratta di un'altra faccenda.»

Eva gliela disse e la partner ci rifletté su, intenerita.

«Su questo, credo proprio di poterti aiutare senza problemi.»

Chiusa la chiamata, spinta dalla curiosità per l'attaccamento di Croce verso quel caso, Rais spense il televisore, prese il computer e andò a leggere il dossier sull'omicidio di Maria Donata Seu.

"In effetti è bello strano" rifletté, una volta visionato il materiale.

Provò a lanciare una ricerca su Google, digitando nome e cognome della vittima. L'ultimo articolo risaliva a sei mesi prima, appena due dopo il delitto. Sapeva bene che, se una storia non aveva un epilogo investigativo o processuale, a meno di non essere particolarmente morbosa o sanguinaria finiva nel dimenticatoio. Per imprimersi nella memoria collettiva della nazione, l'omicidio doveva toccare le corde profonde dell'animo umano. Era la dura legge della cronaca nera, dove il sangue caldo richiamava più di quello freddo. Il delitto Seu non aveva avuto nessun tipo di clamore, ed era stato dimenticato e archiviato in fretta.

Dal dossier, Mara riaprì le immagini della scena del crimine e le studiò con attenzione.

Le istantanee del cadavere in abito nuziale la impressionarono.

"Dolianova non è poi così lontano. Andarci e fare qualche domanda non ti cambierà di certo la vita" ragionò.

Preparò una seconda caffettiera, stavolta con del caffè vero, con tanti saluti alla pressione arteriosa, e rilesse le relazioni di servizio degli investigatori che avevano lavorato all'indagine. Anche lei giunse alla conclusione che, con molta probabilità, il movente di quell'assassinio affondava le radici in Sardegna.

"Ma sì, cosa vuoi che sia una passeggiata di qualche ora" disse fra sé, alzandosi.

Mentre entrava nella doccia, però, un pensiero la mise in crisi.
"Lo stai facendo per Eva, per quel povero genitore, oppure per Vito Strega?"
Non riuscì a darsi una risposta.

37

Via dell'Usignolo, Milano

L'ispettore capo Lorenzo Giansante era a pezzi. La notte prima era di reperibilità ed era stato svegliato per l'ennesima aggressione in città. Il bastardo aveva colpito in via Alamanni, prendendo di mira una ragazza che – a differenza delle altre vittime – non aveva al proprio attivo denunce a danni di stalker, ex fidanzati o conviventi. Si chiamava Viola Marturano, e se – come ipotizzavano, visto il medesimo *modus operandi* – l'aggressore era lo stesso degli assalti precedenti, stavolta era stato più violento del solito, infierendo su Viola al punto di costringere i chirurghi a operarla d'urgenza per via di alcune lesioni interne. Ma l'elemento inedito era che lo sconosciuto aveva sfregiato il volto della vittima con una lama, quasi a volerla marchiare.

Giansante e Marilena Lupo, sua partner alla mobile, erano stati buttati giù dal letto ed erano corsi in ospedale per parlare con la ragazza. La stavano portando in sala operatoria, e i medici avevano concesso loro soltanto due minuti. Viola non era stata in grado di parlare, ma aveva risposto alle domande annuendo o scuotendo la testa. Non aveva identificato l'assalitore, non ne aveva nemmeno sentito la voce, e negli ultimi tempi non aveva ricevuto minacce né aveva mai avuto contezza di essere pedinata o spiata. Analizzando rubrica e messaggi del suo cellulare, Lorenzo e Marilena erano risaliti all'identità del ragazzo che Viola frequentava e si erano subito recati nell'abitazione di lui, salvo trovarlo a letto con una tizia. L'amante aveva assicurato che Matteo – questo il nome del fidanzato di Viola – era stato con lei per tutta la sera; quindi, non poteva avere a che fare con l'imboscata. I poliziotti l'avevano messo sotto pressione, salvo rendersi conto che l'unica colpa che gli si poteva attribuire era l'infedeltà. Avevano indagato su più fronti, alla ricerca di chi potesse avercela con la tranquilla manager di un market di quartiere. Ma, come negli altri casi, si erano ritrovati chiusi in un vicolo cieco.

Lorenzo e Marilena si erano così presentati presso il supermercato dove Viola Marturano lavorava, dando ai colleghi la notizia che la direttrice quella mattina non sarebbe venuta. Non avevano detto perché né cosa le fosse successo, ma avevano tentato di capire se fosse accaduto qualcosa di particolare nelle ultime settimane. Il personale aveva riferito di un incidente avvenuto la mattina prima: una donna anziana, a causa del fango e della pioggia che aveva reso umido il pavimento, era scivolata all'ingresso del negozio; cadendo, aveva battuto la testa e si era fratturata il collo del femore destro. Avevano spiegato ai poliziotti che Viola aveva avuto una discussione animata col figlio della donna, un avvocato che l'accusava di non aver esposto il segnale di pericolo. Quell'elemento aveva fatto scattare un campanello d'allarme in Giansante, che era risalito al nome del legale e l'aveva raggiunto nello studio per verificare se avesse un alibi. Lo aveva, ed era a prova di bomba. Quindi, dopo l'ennesimo caffè doppio, l'ispettore era tornato al supermercato per aiutare Marilena negli interrogatori ai dipendenti di Viola Marturano.

L'ispettrice Lupo vide il collega rientrare e lo raggiunse.

«Allora?»

«Niente da fare. È stato a casa tutta la notte. Confermano l'alibi la moglie, due figli di cui uno maggiorenne e la collaboratrice domestica che vive con loro… Un altro buco nell'acqua. Qui come va?»

«Ho quasi fatto con la vice di Marturano. Mi manca giusto quel ragazzo, Ivan, poi abbiamo finito.»

«Ok. Ci penso io a lui.»

«Perfetto.»

Lorenzo si avvicinò a un giovane che disponeva barattoli di sugo su uno scaffale. Il commesso era in forte sovrappeso, e la divisa rossa rendeva ancora più evidenti i chili di troppo. Era quasi completamente pelato, nonostante non dovesse arrivare nemmeno ai trent'anni, e aveva un'aria trasandata, con una barba troppo lunga e disordinata che lo invecchiava.

«Ivan Bottarelli?» lo chiamò.

Il ragazzo si girò. «Sì?»

«Sono anch'io della polizia» disse Giansante, mostrandogli il tesserino. «Ti dispiace se facciamo due chiacchiere su Viola?»

«Per niente» rispose Ivan, piegando una scatola di cartone. «Come posso aiutarla? Ma soprattutto: come sta Viola?»

38

Uffici della squadra mobile, questura di Cagliari

Da quando aveva compiuto quarant'anni, ogni volta che entrava in un luogo chiuso Mara Rais indossava degli eleganti occhiali da sole: non tanto perché le desse fastidio la luce, ma per fingere che le persone intorno non esistessero. E ricorreva in percentuale maggiore a quell'espediente nel luogo in cui trascorreva più tempo: la questura. C'era soltanto uno spazio, però, dove non poteva farlo: l'ufficio del primo dirigente Pierluigi Palamara, fumantino capo della mobile.

Così, Rais tolse le lenti Gucci e bussò alla porta dell'umorale dirigente siciliano.

«Avanti!»

Dal tono brusco, Mara dedusse che non sarebbe stato un colloquio semplice.

«Buongiorno, dottore. Mi scusi se la disturbo» attaccò.

«Ah, quindi lo sai che stai per scassare la minchia, eppure persisti. È premeditazione con tanto di recidiva, sappilo.»

Rais fece una smorfia conciliante per non farlo adombrare ancora di più. «Mi scusi se non ho risposto alle sue email, ma...»

«No, figurati, Rais. Le scrivo apposta perché non siano lette. Ci tengo proprio. Se mi avessi risposto, mi sarei offeso. Anzi, continua a ignorarmi, per cortesia. D'altronde sono soltanto il tuo straminchia di superiore, *madunnuzza santissima!*»

«Mi scusi, dottore. Ha ragione...»

«E certo che ho ragione! Quando dico "magari mi sbaglio", in realtà lo faccio per educazione. Perché ho sempre ragione io.»

«È anche il mio mantra.»

«Siediti e lasciami spalancare la finestra per ammirare quanto è bella questa giornata di merda. Ahhh… senti che profumo rinvigorente di rotture di coglioni! Forza, respira a pieni polmoni…»

«Non faccia così, dottore.»

«“Non faccia così”? E come dovrei fare? Mi sa che rompo il primo specchio che mi capita a tiro, perché mi sto convincendo che, tutto sommato, sette anni di sfiga sono un grande affare, no?»

«Non esageri.»

«Facile dire “non esageri”. Chissà cosa si prova a vivere due giorni di fila senza scassature di minchia. Te l'immagini, Rais? Io no, perché è impossibile con 'sto mestiere. Soprattutto con dei sottoposti come te, che sei cintura nera quarto dan di scassature della suddetta minchia… Comunque, giusto per capire: sei qui per lavorare o per togliermi i canditi dal panettone?»

«Per lavorare, ovvio.»

«Eh, così ovvio proprio non è, Rais. Ultimamente ti si vede poco in ufficio e hai un'aria sbattuta. E da quello che mi dicono, sei più acida del solito.»

«Chi lo dice?»

«Tutti.»

«Ah.»

«Prima di proseguire permettimi di preparare un caffè, ché parlare con te senza caffeina in corpo proprio non s'ha da fare.»

Rais lo osservò armeggiare orgoglioso con la macchinetta ultramoderna che lei e i colleghi gli avevano regalato per il compleanno. Dietro il gesto in apparenza affettuoso, c'era stato l'intento subdolo di tenerlo confinato nel proprio ufficio, per evitare che facesse pausa nella sala comune dove si trovavano i distributori automatici e in cui, di solito, se la prendeva con qualcuno soltanto per il piacere di mazzolarlo e umiliarlo.

Mara notò che il dirigente aveva appeso un nuovo cartello alla parete costellata di onorificenze, attestati e note di merito. L'avviso per i poveri interlocutori recitava: “Ho fiducia nel prossimo”, e tra parentesi: “Guarda che non intendevo te. Parlavo del futuro…”.

L'ispettrice si ripropose di procurarsene uno uguale.

Palamara sorbì la tazzina a occhi chiusi e mormorò teatrale: «E anche stamattina ho trasformato l'acqua in caffè, ma rimango umile… Te ne faccio uno?».

«Volentieri. Decaffeinato, per cortesia.»

Il dirigente le rivolse uno sguardo compassionevole. «Ma quanto hai sofferto nella vita per arrivare a prendere un decaffeinato, Rais?»

«Parecchio, dottore. Il mio ex marito è avvocato.»

«Oh, minchia. Hai tutta la mia comprensione, allora.»

Palamara inserì una capsula dek e porse il caffè all'ispettrice: «Se decidi di buttarlo dalla finestra non mi offendo. Pare *pisciazza*».

«Come darle torto... Però purtroppo mi tocca. Ordini del medico: pressione alta.»

«Ah. Dovresti fare attività sportiva.»

«Già la faccio» rispose Mara, ed enumerò con le dita: «Corro via dalle responsabilità. Faccio kickboxing con i sensi di colpa. Salto con l'asta sopra le opinioni altrui, e tre volte alla settimana pratico danza classica sull'orlo dell'abisso della mia solitudine».

«Eh, ma sai che si vede? Hai proprio la silhouette della sportiva.»

«Vero?»

Si scambiarono un ghigno da pescecani. Erano più simili di quanto pensassero, e ciò regalava loro grandi momenti di sintonia e, al tempo stesso, monumentali litigi.

«Scherzi a parte, ti vedo davvero stanca. Che sarebbe la versione educata di "Stai di merda". Ma lo sai, sono una persona educata e distinta, e quindi non mi permetterei mai... Cosa c'è? Hai l'aria entusiasta di una supposta appena scartata che si accinge a fare il suo triste, sporco lavoro.»

«Ho delle questioni personali irrisolte, capo» disse Rais, in evidente imbarazzo. «Non la voglio annoiare.»

«No, infatti. Ci mancherebbe: serba pure le tue sfighe per te, mi bastano già le mie. Ricordati solo che i fazzoletti di carta dimenticati nelle tasche dei pantaloni buttati in lavatrice ci danno un'importante lezione: tenersi le cose dentro non è mai una buona idea. Ti consiglio di convertirti alla religione del *catafottiti*. Usalo con generosità alla bisogna. E non dimenticare che il *catafottiti* è come il nero: sta bene su tutto e in ogni occasione.»

«Ci penserò. Grazie.»

«Figurati. Perciò: che minchia di una minchia vuoi?» domandò Palamara battendo le mani sulla scrivania.

«In realtà mi ha convocato lei.»

«Ah, giusto. Fammi un po' vedere» disse, scartabellando fra gli appunti. «Oh, ecco qui, sì. Mi chiamò la PM Mazzotta. Pare che ci sia bisogno di te per degli approfondimenti d'indagine. Il nome Maria Donata Seu ti dice niente?»

«L'ispettrice Croce me l'ha accennato.»

«Che minchia c'entra Croce? Non è in ferie?»

«Sì. Credo però che il vicequestore Strega l'abbia coinvolta in un'indagine su un delitto irrisolto, avvenuto a Milano diversi mesi fa. La vittima, Maria Donata Seu, era sarda.»

«Uhm» borbottò Palamara contrariato, continuando a leggere gli appunti. «Per farla breve, Mazzotta mi chiede, facendo da tramite con la procura di Milano e tale sostituta Viviana Galeano, di sollevarti temporaneamente dagli incarichi e assegnarti a delle ricerche su amici e parenti di questa tizia. Ti risulta?»

«Ripeto: Eva mi ha anticipato qualcosa, in attesa di un incarico ufficiale.»

«Ecco. Guarda qua» sospirò Palamara analizzando le date dello scambio di richieste intercorso via email. «Stranamente, quando c'è di mezzo Strega, la proverbiale lentezza elefantiaca dell'apparato giudiziario italiano sembra dissolversi, e magistrati, cancellieri e giudici si muovono a tempo di record manco fossero centometristi. E, sarà un caso, qui vedo solo nomi di donne. Secondo te, che rimanga inter nos, questo sprint è dato dal fatto che se le porta a letto?»

«Non ne ho idea, e sinceramente poco me ne frega.»

«Mah. Se è così ligio da immolarsi anima e corpo, soprattutto corpo, per la celerità della giustizia, chi sono io per giudicarlo? Comunque... Qui c'è un elenco di nomi da controllare e soggetti da interrogare. Molti pare siano residenti a Dolianova, il paese di Seu. Tieni.»

Rais afferrò il documento che il dirigente le stava porgendo, ma Palamara non mollò la presa sul foglio.

«Un attimo. Se vai a Dolianova, sarebbe un pensiero carino portare una bottiglia di olio buono e una di vino al tuo caro e paziente dirigente, no? Così, per un fatto di rispetto della gerarchia.»

«Certo. È bello quando questi gesti sono tanto spontanei, no? Altro che quelli imposti...»

«Già.»

Il superiore continuava a non mollare la lista. «Un'ultima cosa, perché secondo me ti sei convinta che io abbia la memoria corta. Tu devi una cena di pesce a tutta la mobile, no? Ti ricordi il caso Coga? Avevamo pattuito che se i carabinieri ci avessero…»

«Non faccio più parte della squadra di Strega.»

«Sbaglierò, ma ne sei uscita soltanto per non pagare quella cena, spilorcia. Zitta zitta hai fatto la gnorri, lasciando passare le settimane, rimandando *ammàtula*. Io, però, non mi sono dimenticato.»

«Se la prenda con Strega, dottore. Non sono io a essermi fatta infinocchiare dai caramba.»

«*Chista è 'na minchiatuna c'u bottu*, Rais. E peraltro Strega non sta sotto di me. Tu, sì. Quindi, *buttanazza d'a miseriazza buttana*, non fare salire la pressione anche a me e prenota un tavolo per tutta la squadra, questora e consorte compresi, mi raccomando» ordinò, lasciando andare finalmente il foglio.

«Ma dottore!»

«Vai, *amuninni*. Mazzotta chiede di relazionare direttamente a lei, poi girerà il materiale alla PM milanese e alla mobile meneghina. E mi raccomando: una bottiglia d'olio buono e una di Nuragus per il tuo amato dirigente... Chiudi la porta.»

«Dottore, sta scherzando, vero?»

«Ti sembro uno che scherza, *madunnuzza santa*?» chiese Palamara, glaciale.

Rais abbandonò l'ufficio.

Nel cuore, un motivo in più per odiare Vito Strega.

39

Sala operativa della squadra mobile, questura di Milano

Sullo schermo scorrevano a ciclo continuo le immagini delle vittime, ritratte prima e dopo gli attacchi. Il contrasto fra visi sorridenti e facce peste e insanguinate agghiacciava. Con Viola Marturano, le donne colpite dal *serial offender* arrivavano a quarantatré.

Gli inquirenti della squadra speciale ribollivano di tensione. Erano stati beffati per l'ennesima volta. E l'assalitore si era fatto più feroce e crudele, giungendo persino a sfregiare con un coltello l'ultima ragazza. L'entità della violenza inflitta ingigantiva la loro frustrazione, rendendola quasi palpabile.

Lorenzo Giansante finì di relazionare superiori e colleghi: non avevano trovato elementi concreti né sull'aggressore né su qualsivoglia nesso tra Viola Marturano e tutte le altre. L'ispettore capo aveva l'aria sbattuta di chi aveva trascorso una notte insonne, in particolare di chi aveva dovuto arrendersi davanti a un nulla di fatto.

«Una correlazione però c'è» lo interruppe dalla platea la colonnella Marina La Brava, la quale, insieme a due ufficiali in divisa, rappresentava l'arma in quella riunione interforze. «Da quanto ha riferito, anche in questo caso il partner sentimentale aveva un alibi, proprio come nei delitti precedenti.»

Strega, fra sé, diede ragione alla carabiniera. Scrisse una frase su un foglio e lo porse a Pavan.

«"Per principio, dubito degli alibi troppo solidi. Un innocente non ha quasi mai un alibi di ferro"» lesse sottovoce Bepi, spossato dal servizio notturno. «Simenon?» mormorò.

Strega assentì.

«È maledettamente vero» commentò l'ispettore. «Anzi, più sei innocente, più è difficile dimostrarlo.»

«Esatto» ribatté Strega, convinto che la soluzione del caso si nascondeva proprio lì: nell'incredibile solidità degli alibi.

«Ha ragione, colonnella» riprese la parola Giansante. «Abbiamo interrogato il fidanzato, o comunque il ragazzo con cui Marturano aveva una relazione, ma non può essere stato lui, dato che, insomma…»

«Si stava *ciulando* un'altra.» La voce di Pavan si levò nella sala, suscitando un'ondata di risate. «Diciamo le cose come stanno, colleghi.»

L'intervento di Bepi, per quanto volgare, allentò il nervosismo. La dirigente Grazia Bonardo e la sostituta Viviana Galeano non lo redarguirono, come avrebbero di certo fatto in altre situazioni. Anche perché sarebbe stato ipocrita: avevano sorriso pure loro.

Giansante concluse la relazione e Bonardo, dopo aver distribuito compiti e mansioni e comunicato la nuova turnazione per la sorveglianza notturna, sciolse la riunione.

Strega e Pavan si alzarono, ma la dirigente fece cenno al vicequestore di aspettarla.

«So che Eva e Clara ti hanno fatto un'improvvisata, ieri notte» disse Strega a Bepi.

«Ah, quindi sei stato tu a dire dov'ero appostato. Grazie tante: mi hanno fatto quasi cagare addosso, alla faccia dell'improvvisata. Quell'amazzone pazza mi ha puntato contro la pistola. Ho perso almeno altri due anni di vita» commentò Pavan, dando un'occhiata al conto alla rovescia sullo smartphone.

«Qualche novità dall'appendichiavi della vicina di Donata?» domandò Vito, che era stato aggiornato da Eva sull'incontro con Angelica Faiano.

«Non ancora. Il che non è un buon segno. Se avessero trovato delle impronte nette, si sarebbero già fatti sentire… Stamattina sono stato da Italo.»

«Come mai?»

Pavan sapeva che non aveva senso mentire all'amico e superiore: Strega se ne sarebbe accorto all'istante.

«Pioveva di brutto e non volevo che il *vecio* si inzuppasse portando il piccolo all'asilo.»

«Hai fatto bene. Però ricordati cosa ti ho detto: non affezioniamoci. Dobbiamo restare lucidi.»

«Facile a dirsi, molto più complesso a farsi, capo.»

«E soprattutto non trascurare la tua famiglia. Ti stai spendendo fin troppo per questi casi.»

Pavan fissò il carosello di immagini che scorreva sullo schermo. «Se penso a quelle ragazze, mi sembra invece di spendermi fin troppo poco.»

Grazia e la sostituta procuratrice attirarono l'attenzione di Strega, facendogli cenno di seguirle. Il criminologo segnalò che le avrebbe raggiunte in un minuto e si rivolse a Bepi.

«Stasera tu ed Eva siete a cena da me. Si tratta di lavoro.»

«Io sono...»

«A dieta, lo so. Preparerò una roba leggera, non preoccuparti. Prendi queste e... non contrariarmi» s'impose, mettendo in mano a Pavan le proprie chiavi di casa. «Va' da me, dài da mangiare a Romeo e poi buttati sul letto o sul divano. Devi riposare. Non so come diavolo fai a stare ancora in piedi.»

«Ma io sono in formissima. *Bona incudene no teme martelo.* Capo, grazie mille, però...»

«Non voglio sentire ragioni. Ci vediamo stasera.»

Nell'avviarsi verso l'uscita, si trovò di fronte Marina La Brava.

«Allora, Strega? Hai visitato il sito che ti ho consigliato?» gli domandò la militare.

«No, era fuori servizio per traffico eccessivo. Evidentemente c'è decisa sovrabbondanza di uomini senza palle» mormorò lui.

Marina sogghignò. «Siete la maggior parte, non c'è dubbio... Che idea ti sei fatto sul fetente?» chiese, indicando lo schermo.

«È la mia prima riunione e ho scarsi elementi.»

«Bugiardo. Non mi sorprenderei se avessi già la soluzione in tasca.»

«Voi mi sopravvalutate davvero.»

Marina lo scrutò in fondo agli occhi. Vito provò la sgradevole sensazione di essere frugato dentro.

«No» disse la carabiniera, severa. «Tu hai già capito tutto, solo che per qualche motivo non vuoi ancora esporti.»

Strega ignorava come fosse possibile, ma La Brava aveva fatto centro.

«Vuoi conoscere la mia ipotesi?»
«Ovvio» rispose lui.
«C'entra sicuramente l'amore.»
Il criminologo osservò i volti lividi, costellati di ematomi ed ecchimosi. «L'amore?» ripeté, perplesso.
«Sì. D'altronde, che cos'è l'amore se non l'altra faccia dell'odio? Dietro tutto quest'odio, prima c'è stato di certo un grande amore.»
«È probabile che tu abbia ragione. Devo andare, ora.»
«Buon lavoro.»
«Anche a te.»
Strega le cedette il passo e la guardò allontanarsi insieme a degli ufficiali.
«Te la fai con i cugini, adesso?» chiese Pavan, raggiungendolo.
«Piantala.»
«Fai bene. Come si suol dire: *non c'è cosa più divina che ciavarse la cugin...*»
«Vuoi che per i prossimi appostamenti mi impegni a farti mettere da Bonardo in coppia con Filighetti?»
Al pensiero di condividere per ore lo stretto abitacolo dell'auto col collega che più detestava, Pavan si dileguò.
Strega lanciò un'ultima occhiata alla carabiniera, poi si diresse verso l'ufficio della dirigente.

«A quanto ci dicono, anche lei ha avuto una nottata interessante» lo accolse la sostituta procuratrice non appena Strega ebbe chiuso la porta.
«Potremmo definirla così» ribatté il criminologo.
«Deve sapere, dottoressa, che il vicequestore è un po' il nostro Batman» lo canzonò Grazia.
«Mi avete convocato per prendermi in giro?»
«Si sieda, Strega» ordinò la PM. «Non la stiamo canzonando. Anzi. Ha tutta la mia stima.»
«I tre ragazzi di ieri avevano dei precedenti» gli comunicò la dirigente. «Ci erano già noti per reati simili.»
«Lo immaginavo. Ma non credo mi abbiate invitato qua per parlare dell'accaduto... O sbaglio?»
«Non sbaglia» disse Galeano. «La dottoressa Bonardo mi ha riferito di un programma sperimentale utilizzato da voi della SIS.»

«Non soltanto da noi, a essere sincero» mise in chiaro il criminologo.

«Quanto potrebbe essere attendibile il risultato di questa...»

«Analisi statistica del crimine» le venne in aiuto Strega. «Non posso darle una risposta precisa. Ci sono in gioco troppi fattori e, a giudicare dall'episodio di stanotte, l'aggressore sta variando la modalità degli assalti. Secondo me, vale la pena tentare. Dobbiamo circoscrivere il numero delle potenziali vittime da controllare, altrimenti le probabilità ci saranno sempre contro. I modelli di calcolo e gli algoritmi potrebbero darci una grossa mano.»

Le donne si scambiarono un'occhiata dubbiosa. Strega sapeva che in realtà avevano già preso una decisione, altrimenti lui non sarebbe stato lì.

«L'idea di affidarci all'intelligenza artificiale non mi fa impazzire» confessò Viviana. «Però procediamo pure. Ma... teniamolo per noi e per i più stretti collaboratori. Non mi va si sappia che ci stiamo rivolgendo a una pratica sperimentale, specie per un caso tanto rognoso e delicato. Ed esigo, da lei e dai suoi, massimo riserbo.»

«Garantisco io per loro, dottoressa.»

«Le do anch'io la mia parola, Viviana» intervenne Grazia Bonardo. «Possono apparire poliziotti un po' pittoreschi, ma sono dei grandi professionisti.»

«Bene. In secondo luogo: ho contattato stamattina la dottoressa Mazzotta della procura di Cagliari, chiedendole appoggio in merito all'indagine sul passato di Maria Donata Seu. Verrà coinvolta a livello formale l'ispettrice Mara Rais, che relazionerà a Mazzotta. Significa che stiamo venendo incontro alle sue richieste, professore. Ma il caso Seu resta in subordine rispetto alle aggressioni: quelle al momento sono la nostra e la sua priorità.»

«Concordo» aggiunse lapidaria Bonardo. «Dobbiamo fermare in fretta questa epidemia di violenza.»

«Grazie a entrambe per la fiducia» rispose Strega, alzandosi. «Farò il massimo.»

«Un'ultima cosa» lo fermò la dirigente.

«Abbiamo capito che sta collaborando con lei anche l'ispettrice Eva Croce» s'inserì la sostituta procuratrice. «Saprà senz'altro per quale motivo è stata trasferita a Cagliari.»

«Sì» rispose Strega. Le voci in questura correvano rapide. E già l'indomani di quella notte maledetta, nessuno alla mobile ignorava che Croce aveva mandato all'aria un'indagine delicata.

«L'ispettrice ha bruciato un'operazione importante e mesi di lavoro. Quell'inchiesta era mia. Ora, so bene che si trovava in una condizione psicologica particolare, e la posso comprendere: sono madre anch'io. Il punto è: possiamo fidarci di nuovo di lei? Soprattutto in un caso così complesso?»

Strega guardò la superiora. All'epoca Grazia non operava a Milano, quindi non aveva mai avuto modo di conoscere Croce. Con un'occhiata gli fece capire che toccava a lui prendere una decisione.

«Sì, dottoressa. Eva è tornata quella di un tempo, e dall'insediamento in Sardegna ha risolto omicidi importanti. Possiamo fidarci.»

«Bene. Buon lavoro, allora.»

Strega abbandonò l'ufficio sentendosi un'ipocrita: "Come puoi, proprio tu, dare giudizi sull'equilibrio psicologico degli altri, quando sei il meno lucido di tutti?".

Scacciò il pensiero e si concentrò sui passi da compiere.

Non fu facile, con quel coro di mormorii dolenti che gli affollava la mente.

40

Via Stelvio, Novate Milanese, Milano

Pippo era crollato sul divano. Travolto dall'entusiasmo per aver trovato una nuova compagna di giochi, aveva profuso tutte le energie nell'impressionare Eva. Alla fine, esausto, si era addormentato mentre la poliziotta gli mostrava un libro pop-up sui dinosauri.

Italo gli adagiò sulla schiena una coperta leggera e invitò la poliziotta a sedersi a tavola, dove l'attendeva il tè caldo che le aveva preparato.

«Ci sa fare, con i bimbi» disse piano il vecchio.

Eva Croce notò che aveva sempre una dolcezza amara negli occhi, tipica delle anime buone che la vita, per quanto si accanisse con sgarbi e insolenze, non riusciva a invelenire.

«Con suo nipote è facile. È un tesoro.»

«Lo è. Con quello che ha passato, a volte mi chiedo come sia possibile che sia rimasto tanto... tanto... puro e tranquillo.»

«I bambini hanno una forza straordinaria, che nemmeno sospettiamo.»

«Già. A volte è addirittura lui a domandarmi se sto bene. "Sei triste, nonno? Sei stanco, nonno?" Anche sua madre era così, da piccola.»

«Davvero?»

«Per anni mi ha aspettato ogni sera *in sa lolla*, il loggiato della nostra casa alla campidanese, per lavarmi le mani dopo una giornata nelle vigne. Guai a mancare l'appuntamento. Si sedeva al mio fianco e mi passava uno straccio umido sulle dita e sulle unghie, finché non brillavano... Pippo ha preso da lei. È premuroso e non ha paura di dimostrare il suo affetto, per fortuna. Spero riesca a mantenersi così.»

«Non ho dubbi.»

«Grazie per i libri e per i giochi.»

«Oh, si figuri.»

«Sua figlia non li usa più perché ormai è cresciuta?»

Lo sguardo di Eva si ammantò di tristezza. «No, perché non c'è più... È venuta a mancare qualche anno fa.»

L'anziano sbiancò e balbettò delle scuse, mortificato.

«Stia tranquillo, non poteva sapere. È stata una brutta malattia.»

«Gesù... Non sa quanto mi dispiace. Come si chiamava?»

«Maya» rispose Croce. «Tra qualche giorno sarebbe stato il suo compleanno.» Poi riprese il filo del discorso. «Però, per risponderle, sì. In effetti era già grande per quei giochi. Solo che noi adulti tendiamo sempre a non buttarli né darli via. Credo che dietro quest'attaccamento ci sia qualcosa di psicologico. Eliminarli vorrebbe dire accettare che i bimbi sono cresciuti, e ciò ci spaventa, perché il tempo scorre in fretta. Conservarne i giocattoli ancora per un po' è come cercare di bloccare l'infanzia dei figli, prima che scappi; cullarci nell'illusione che possiamo rallentarne la crescita e tenerli vicini, dipendenti da noi, una condizione che ci dà tanta sicurezza. Quasi fossero degli amuleti... Mi scusi, parlo troppo quando sono a mio agio.»

«No, no, è proprio come dice lei. Ed è la cosa che fa più paura: lo scorrere veloce dei giorni, soprattutto per me, ché di giorni me ne sono rimasti pochi.»

Eva era andata a trovarli per un saluto e un aggiornamento, ma alla fine il piccolo l'aveva trascinata nei suoi divertimenti e non aveva avuto modo di parlare con l'anziano: in un attimo erano trascorse quasi due ore, scandite da risa, grida e ululati di gioia di Pippo. Non si era tirata indietro, pure lei ne aveva bisogno.

«A proposito di tempo, volevo dirle che una mia collega, a Cagliari, è al lavoro sul passato di Donata. I nomi che mi ha dato li controllerà uno per uno, cercando connessioni, legami e qualsiasi cosa possa avere a che fare con la scomparsa di sua figlia. Mi fido molto di lei. È un'investigatrice scrupolosa.»

«Grazie per esservi presi a cuore il nostro caso.»

«Non lo dica nemmeno per scherzo.»

«Lei vive in Sardegna, giusto?»

«Sì. La vita mi ha regalato questa grande fortuna.»

«Spero di poter rientrare presto nell'isola, significherebbe dare un po' di pace a Donata. E non appena Pippo e io torneremo a casa, mi piacerebbe molto invitarla nel mio paese, mostrarle i campi e averla con noi a pranzo o a cena. Deve assaggiare il mio vino e l'olio. Un autentico toccasana.»

«Sarà un onore venire a trovarvi. Anzi, ho una richiesta da farle da parte della mia collega, che per inciso si chiama Mara Rais.»

«Rais...» ripeté Italo Seu. «Sa cos'è il rais?»

«No.»

«È il capo della ciurma dei *tonnarotti*, i pescatori addetti alla tonnara. Il rais è quello che dà gli ordini. Non sempre il termine viene utilizzato in modo lusinghiero.»

«Be', Mara ha proprio l'atteggiamento del capo. Non ci piove.»

«Vada avanti, mi scusi.»

«Spero che la cosa non la offenda né sia per lei un problema, ma la collega vorrebbe fare un salto a casa sua, per vedere la stanza di Maria Donata. Anche il dettaglio più insignificante può...»

«Nessun problema. Le dica che può andarci quando vuole e di guardare o prendere tutto ciò che reputa importante.»

«Grazie. C'è qualcuno che ha una copia delle chiavi? Qualcuno a cui potrebbe rivolgersi per...»

«Certo. Il signor Zoccheddu, il mio vicino. Ha un doppione per entrare sia in casa sia nei campi. Se vuole, lo avviso subito.»

«Splendido.»

L'uomo inforcò gli occhiali e prese un cellulare superato da anni, che però continuava a servire allo scopo per cui era stato creato: telefonare.

Italo Seu andò in camera da letto, per evitare di svegliare il nipotino. L'ispettrice lo sentì parlare in sardo.

Mentre l'uomo era impegnato nella conversazione, Eva raggiunse il bimbo sul divano e gli sedette accanto. Dormiva beato.

"Chissà se sogna. E chissà se, nel caso, sogna la sua mamma."

Con il dorso della mano, Eva gli carezzò la guancia paffuta.

Chiuse gli occhi e, ripetendo quel gesto, ebbe la sensazione di sfiorare la gota morbida della figlia.

41

Angolo tra via Scarlatti e via Mauro Macchi, Milano

Bepi aveva sognato il padre. Di nuovo. Dacché l'ispettore aveva incontrato Italo Seu, Cesare Pavan aveva ripreso a frequentare le visioni oniriche del figlio. Bepi sapeva che era inevitabile, quando determinate faccende non venivano metabolizzate.

"E tu, vecchio mio, quel fantasma non l'hai mai lasciato andare" si disse, sbadigliando. "Che ti aspettavi? Non è colpa di Italo, ma soltanto tua."

Sdraiato sul divano Chesterfield di Strega, si trovò a fissare i gelidi occhi celesti di Romeo, che ricambiava lo sguardo immobile come una statua, disteso sulla cornice in marmo del caminetto. Attraverso la vetrata, il sole tramontante spandeva nel loft un fascio di luce arancione, spennellando mobili e oggetti di una tinta ambrata. Persino il manto di Romeo pareva rifulgere di filamenti d'oro.

«Ciao, lazzarone. So che 'sto divano è tuo, ma quel cuore di pietra di mia moglie mi ha buttato fuori di casa. Una *grattugiata di maroni* che non ti dico... Non sposarti mai, *fidate*.»

Nessuna reazione.

«Ho parlato nel sonno, Romeo?»

Il micio non mosse neanche un baffo.

«Se ho mugugnato qualcosa, perdonami. Il mio *vecio* in questi giorni non vuole darmi tregua... E comunque: perché *casso* sto discutendo con un gatto, *zio can*?»

Bepi si tirò su, si sgranchì la schiena e infilò gli stivaletti. Nonostante ci fosse piuttosto affezionato, presto avrebbe dovuto buttarli: reggevano per disperazione, dato che, con tutti i chili in più, l'ispettore consumava i tacchi alla stessa velocità con cui un fumatore asciugava i filtri delle sigarette.

Andò a lavarsi il viso con acqua gelida per riprendersi dall'intontimento, e curiosò nel salone. Studiò ammirato il sontuoso mobile bar, notando alcuni distillati messi in botte all'incirca quando la madre di Bepi si apprestava a spannolinarlo.

«*Bòja can…*» sbuffò malinconico, consapevole che, se voleva davvero perdere peso, prima di bere ancora un liquore che si avvicinasse a quella gradazione alcolica avrebbe dovuto aspettare perlomeno l'arrivo del ventiduesimo secolo.

Come di consueto, venne attratto dalla grande istantanea in bianco e nero della madre di Strega, Oleta Williams. Al pari del figlio, la donna aveva un tratto misterioso che lo affascinava.

«Bella dama, eh, Romeo? Strega le assomiglia. Invece, del genitore nemmeno l'ombra di una foto. Non dovevano essere in buoni rapporti, mi sa.»

Pavan realizzò una volta di più che il criminologo non era per lui un semplice superiore, ma un caro amico: nei suoi confronti Strega era sempre stato leale, protettivo, una delle poche persone su cui contare. Eppure, malgrado l'amicizia che li legava, Bepi conosceva poco o nulla del passato di Strega.

«Pensa che del padre non mi ha mai fatto cenno. Non ho neppure idea se sia vivo o morto. Tu ne sai niente?»

Romeo lo guardò sdegnoso, quasi non meritasse la sua attenzione.

«Scusami. È che sono a dieta. Il calo di zuccheri mi rende più *móna* del solito.»

Pavan si avvicinò alla vetrata e liberò un fischio di apprezzamento per il panorama che si stagliava davanti. «Questa dannata città è come una bella donna. Ti farà perdere la testa e ti farà male, eppure ci vai lo stesso, perché è meravigliosa. Anche se in men che non si dica ti lascerà solo e in mutande… Ti è piaciuta questa, Romeo?»

Si girò, e vide che il gatto era sparito.

"Non puoi biasimarlo. Non sei certo un vulcano di simpatia in 'sti giorni" ragionò, scrutando la propria figura riflessa sui vetri. Per riposarsi, si era tolto la camicia taglia XXL e aveva indossato una maglietta con su scritto "Mens sana in corpore Xanax" che utilizzava a mo' di pigiama. La pancia florida tendeva il tessuto in cotone ma, nel disporsi di profilo, Pavan notò che la curva era meno abbondante, segno che aveva perso già qualche chiletto.

«Mi sa che questa maledetta dieta sta funzionando» mormorò. E avrebbe continuato a funzionare, si disse, perché di sensi di colpa che gli pesavano sulla coscienza ne aveva a bizzeffe. A partire dal più importante: suo padre, per l'appunto.

"Non pensare a lui" s'impose. Tolse la t-shirt e indossò la camicia. Per distrarsi curiosò tra i vinili, cercando qualcosa che non fosse una delle pesanti lagne jazz adorate da Strega.

"Missione impossibile" rifletté, sconsolato. "Sono pistolettate sui *maroni*. E tutte di grosso calibro, dio santo. Felicità, questa sconosciuta..."

Decise di rischiare con un disco di Jeff Beck. Lo mise su e, dopo qualche secondo, il loft si riempì delle note aggraziate dell'intensa *Cause We've Ended as Lovers*.

Ascoltando la malinconica chitarra elettrica che pareva insinuarsi nell'anima scassinandone i cassetti più intimi e privati, Pavan fu tentato di spegnere l'impianto: aveva bisogno di dimenticare, non di tuffarsi negli abissi della propria sofferente interiorità.

All'ultimo, però, si bloccò.

"Aspetta. Forse è il caso di fare i conti con 'sto cacchio di elefante in mezzo alla stanza, *vecio mio*. Devi sbarazzartene. A costo di mangiarlo pezzo a pezzo" si convinse, mentre la Les Paul di Beck lo carezzava con dolcezza paterna.

Così, sedette sulla comoda poltrona ad angolo che si affacciava sull'invetriata e lasciò che la musica lo sospingesse in quella regione dell'essere da cui, a malincuore, aveva seguitato a tenersi lontano.

Suo padre, Cesare Pavan, era morto da diversi anni. Oltre a bontà d'animo, mitezza, umiltà e all'essere rimasto vedovo sulla soglia della pensione, in comune con Italo Seu aveva il mestiere. Anche Cesare era stato un uomo di campagna: un agricoltore che in gioventù aveva abbandonato Venezia e per una vita si era spaccato la schiena nelle piantagioni, per produrre abbastanza mais, grano e soia da regalare ai figli un futuro migliore. E così era stato:

dei tre ragazzi che aveva avuto, nessuno aveva dovuto ereditare quel destino di sacrifici. Bepi, il maggiore, era diventato un poliziotto e si era trasferito a Milano. Cesare ne era orgoglioso, i due avevano un rapporto splendido. Su una cosa soltanto si erano trovati in disaccordo totale: i terreni di Conegliano.

Decenni prima, Cesare aveva comprato degli appezzamenti di terra nelle colline di Conegliano, in provincia di Treviso. Un posto paradisiaco, all'epoca non molto conosciuto. Sognava di costruirci una villa di campagna dove gustarsi il risultato di tanto faticoso lavoro, circondandosi della pianta con le radici più solide in assoluto: la famiglia. Un'ambizione modesta, da semplice contadino. I figli, però, erano ormai cresciuti e sparsi per il Settentrione. Si erano fatti una vita altrove, e non avevano alcuna intenzione di spostarsi. In più, un prodotto aveva rivoluzionato per sempre quel luogo: il Prosecco.

Bepi amava profondamente il padre, e l'idea che il suo *vecio* costruisse una cattedrale nel deserto non gli andava giù. Il fisico di Cesare, secco e asciutto come quello di Italo, aveva cominciato l'inesorabile declino. All'inizio, le discussioni tra i due non erano mai troppo accese: Bepi tentava di convincerlo a vendere e a seguirlo a Milano, per godersi le nipotine e gli impeccabili servizi di una città all'avanguardia. Egoisticamente, lo voleva vicino. Non poteva tollerare che, in caso di bisogno, lo separassero dal genitore più di trecento chilometri e tre ore e mezzo di auto. Cesare, tuttavia, era fermo nei propositi: voleva investire nella cascina i soldi rimasti e vederla popolata di parenti almeno nei mesi estivi: per un uomo che aveva pagato lo scotto della solitudine per buona parte dell'esistenza, non c'era desiderio più grande.

Non soltanto Bepi si opponeva, ma guidava la ferrea resistenza dei fratelli minori. Non riusciva a comprendere l'aspirazione del padre: la trovava ingenua, infantile, inattuabile nel suo essere ormai fuori tempo massimo. Cesare ragionava ancora come un mezzadro degli anni Cinquanta, ma il mondo era cambiato.

Bepi ricordava a memoria interi brandelli dell'ultima conversazione telefonica col genitore: parole che gli si erano marchiate a fuoco nella mente.

«Papà, ci sarà un motivo se i tuoi vicini hanno scelto di abbandonare le vecchie colture, no?» aveva provato a spiegargli, spazientito. «Un ettaro di Prosecco, tolte le spese, fa guadagnare più di un investimento bancario. E tu di ettari ne hai svariati... Cosa ce ne facciamo di un podere lontano dove, nella migliore delle ipotesi, riusciremmo a riunirci al massimo una o due volte all'anno? Ma soprattutto, perché devi sbatterti in culo ai lupi a ottant'anni suonati? Se ti sentirai male, come farai da solo?»

«Quando non ci sarò più, potreste trasformarlo in un agriturismo. Molti si arricchiscono con queste attività...»

«Papà, dio santissimo, sono uno *sbìro*! Per mestiere butto la gente in galera. Cosa diavolo vuoi che ne capisca di come si prepara una *sopa coada* o il fegatello alla veneziana? Sono abituato a mangiarmeli, non a cucinarli, *zio can*. Mi ci vedi a dirigere un agriturismo? Io, che non faccio che tuffarmi dentro il frigorifero? Lo mando in fallimento dopo due giorni.»

«Tu non capisci.»

«Io capisco che stai perdendo un treno che non passerà più. Il Prosecco è il nuovo mattone, il nuovo oro. I produttori della zona hanno un reddito per ettaro di quindici, sedicimila euro. I più accorti arrivano anche a ventimila. Stanno piantando filari di viti pure in pianura, in ogni dannato francobollo di terra. E tu, con tanto ben di dio, che fai? Ti vuoi costruire un rustico. *Vara che afàre... Vecio, reffite!*»

«Tu non capisci» aveva ribadito Cesare.

«Io capisco che un terreno agricolo in quella zona vale cinque, sei volte più di un terreno edificabile.»

«E tu che ne sai?»

«Mi sono informato. E comunque lo sanno tutti in paese.»

«*Xe rivà el bràvo da Miàn...* E quindi vorresti che vendessi?»

«Chiaro, *vaca bòja*.»

«E cosa me ne farei degli *sghei*?»

«Ti ci compri un appartamento in corso Buenos Aires a Milano, *'orco bòja*, e te ne vieni a stare qui da me.»

«A Milano?»

«No, a Gioiosa Ionica... Certo, papà, a Milano.»

«*Te si un stornèl*. Io, a Milano. Ma cosa vuoi che ci faccia?»

«Il nonno, papà.»

«*Ti xe scapeà?* Manco per sogno. Vieni qua, con i tuoi fratelli, e pianta tutta la Glera che vuoi. Ci facciamo una bella casa dove ci stiamo assieme e poi producete Prosecco a fiumi, se è questo che volete. Ma venite qui. Si sta bene.»

«*Ti te si brusà el zervel, papà. Datte 'na reffada!* Ma, secondo te, mollo baracca e burattini per sbattermi in collina a fare *el contadìn*? *Ma ti xe sbregà?*»

«Hai detto che è più redditizio piantare...»

«Ho detto che è più redditizio vendere.»

«La terra non si vende. Lo sai.»

«Pa', svegliati, non siamo più nel Medioevo. La terra si vende eccome.»

«Ma perché non vieni a trovarmi con Marisa e le bambine e ne parliamo di persona?»

«Non c'è nulla di cui parlare: devi vendere e venirtene qui da me o da Mario.»

«Ho comprato queste terre per voi, per il vostro futuro...»

«Ma il nostro futuro non è lì.»

«Ci sono io, qui.»

«Papà...»

«Tu non capisci.»

«Vabbe', papà. *Cópate*» aveva ringhiato.

E aveva messo giù.

Era stata l'ultima volta che ci aveva parlato.

Una settimana dopo, Cesare Pavan era morto, stroncato da un infarto mentre passeggiava nei campi. Nella tasca della giacca gli avevano trovato l'atto di vendita dei terreni, datato un giorno prima.

Doveva essere la camminata d'addio alle sue colline, prima di cedere gli appezzamenti a chi li aveva comprati, e in qualche modo lo era stata.

Cópate.

Ucciditi.

Era stata quella la parola finale rivolta al genitore. L'ispettore sapeva che ad ammazzare il *vecio* non era stato un colpo al cuore, ma le frasi violente che gli aveva scagliato contro.

Lui, il figlio prediletto, "l'orgoglio di papà".
Lui, Bepi Pavan, il patricida.

Il disco era finito da un pezzo. Bepi sedeva sulla poltrona di Strega, le mani a coprire il volto rigato di lacrime. Romeo lo fissava perplesso.

Dopo la morte di Cesare era ingrassato di venticinque chili. Non aveva mai più messo piede a Conegliano. I fratelli avevano diviso i proventi della vendita delle terre, ma Bepi non ne aveva tenuto per sé neppure un centesimo: aveva dirottato la parte che gli spettava su un fondo dedicato alle gemelle, a cui avrebbero avuto accesso alla maggiore età.

«*Casso*, Romeo, che botta» sospirò, asciugandosi il viso. «Tieniti questo crollo emotivo per te, ok?»

Il gatto, quasi avesse compreso ogni singola parola, gli si strusciò fra le gambe, miagolando.

«Ti sei commosso pure te alla fine... Grazie.»

Quando aveva visto Italo Seu, in questura, per Bepi era stato come ritrovare suo padre. Quasi che la vita gli avesse regalato un'opportunità per rimediare allo sbaglio più grande.

Dietro Italo Seu c'era il fantasma di Cesare Pavan che lo osservava e gli sussurrava: «Tu non capisci».

"Adesso ho capito, papà" rifletté l'ispettore, divorato dal rimpianto. "È tardi, lo so. Ma ho capito tutto, credimi."

Ecco perché Bepi non si sarebbe dato pace finché il caso di Maria Donata non fosse stato chiuso.

Non lo doveva soltanto a Italo e a Pippo.

Lo doveva anche al padre.

42

Colline di Sant'Esu, Dolianova, Sardegna meridionale

Se avessero domandato a Mara Rais quali fossero in termini percentuali le due caratteristiche principali di un buon investigatore, avrebbe risposto senza ombra di dubbio: cinque per cento d'intuito, novantacinque per cento di esperienza. Più avanzava in quel mestiere, più si rendeva conto di quanto fossero rilevanti le conoscenze accumulate attraverso i casi affrontati in precedenza. E, come sempre, le lezioni migliori venivano impartite dalle sconfitte.

Mara aveva conseguito qualche successo, ma molteplici fiaschi. Da ognuno di essi aveva assimilato qualcosa che l'aveva resa una poliziotta migliore. Uno degli insegnamenti più pregnanti era che spesso la soluzione di un omicidio andava cercata nel luogo più prossimo alla vittima, in cui quest'ultima aveva trascorso la maggior parte del tempo, lasciando quella che Rais chiamava "l'impronta umana".

Analizzando il dossier su Maria Donata Seu, aveva compreso che i colleghi milanesi, per quanto scrupolosi e tenaci, non avevano colto la "traccia" di Donata. E non per incompetenza o sbadataggine: forse non c'era per niente, perché il punto di contatto fra lei e l'assassino aveva radici più antiche e lontane.

Perciò aveva chiesto di visitare la casa paterna, dove la donna aveva vissuto prima di abbandonare l'isola. "Forse" si era detta "il legame tra Donata e il carnefice potrebbe essere proprio lì."

Ernesto Zoccheddu, l'amico agricoltore di Italo che abitava a circa duecento metri dalla dimora campestre del vignaio, la fece entrare utilizzando le chiavi che Seu gli aveva affidato.

«Ecco qui, dottoressa» disse l'uomo, riverente, accendendo le luci. Doveva avere circa settantacinque anni e si era dimostrato più che disponibile ad aiutarla. Lo legava al vignaio un'amicizia quarantennale, raccontò: aveva visto nascere e crescere Maria Donata, e non riusciva a credere che una così brava ragazza fosse stata uccisa.

La residenza era una classica casa alla campidanese costruita in arenaria e in *ladiri*, i mattoni crudi di terra argillosa e paglia. Era l'abitazione tipica dei contadini sardi, dove la vita si fondeva con l'attività lavorativa. Quella dei Seu era piuttosto grande, con un ampio portale d'ingresso dov'era parcheggiata un'antiquata Ape Piaggio, un cortile interno con al centro un pozzo, quella che un tempo doveva essere stata una stalla e adesso era utilizzata come magazzino, una cantina da cui si intravedevano botti e apparecchiature vinicole; infine il caratteristico loggiato, *sa lolla*, una serie di arcate a sesto acuto coperte da *sa cannizzada*, un'orditura lignea formata da travi di ginepro incannucciate. In tali dimore il porticato era orientato a mezzogiorno, così da mantenere il calore durante l'inverno e il refrigerio nelle sere d'estate; aveva poi la funzione di fornire aria e luminosità alle camere, le cui finestre si affacciavano sul portico. Dentro, i muri erano intonacati a calce, che fungeva da disinfettante naturale e aiutava a rendere più freschi gli ambienti nelle infernali canicole estive.

Mara percepì una forte umidità e il tipico odore stantio degli ambienti chiusi a lungo.

«Da quant'è che non viene il signor Seu?» domandò al vicino, notando lo spesso strato di polvere e le ragnatele che rivestivano le damigiane abbandonate su un lato.

«In realtà, da quando è partito non è più tornato. Saranno otto mesi che manca.»

Ernesto Zoccheddu si diresse verso *sa coxina*, la cucina ben attrezzata con un focolare ad angolo e il piano cottura inserito in una costruzione in muratura. Armadi, tavolo, sedie e credenze – rigorosamente in legno – emanavano l'effluvio fumoso degli oggetti rimasti a contatto per decenni con le esalazioni di un caminetto.

La casa era tutt'altro che sfarzosa; restituiva l'idea che i suoi abitanti conducessero un'esistenza rustica, umile e morigerata.

L'ispettrice notò che erano necessari dei lavori urgenti alla struttura portante.

"Per non parlare degli spifferi" rifletté, stringendosi nel cappotto. "Questi infissi devono avere più anni di me."

Con gesti consumati e veloci, il contadino accese il fuoco.

«C'è un impianto con termocamino per riscaldare la casa. Contrariamente alle apparenze, è molto efficiente, mi creda. Tempo un quarto d'ora e l'ambiente sarà già più caldo.»

Rais si augurò che fosse vero, perché si gelava. Fissò le ceste in vimini e gli attrezzi arrugginiti appesi alle pareti, poi seguì Zoccheddu in *s'omu manna*, il salone, dove era presente un secondo camino.

Ernesto attizzò il fuoco e le indicò un grosso telaio a mano.

«La mamma di Donata, buonanima, tesseva. Era originaria di Meana Sardo. Faceva dei tappeti che non le dico. Opere d'arte.»

«Quanti anni aveva Maria Donata quando la madre è morta?»

«Ventuno appena compiuti, se non vado errato. I due precedenti erano stati brutti. Sa com'è il cancro. Ti mangia a pezzi... Donata le era stata accanto come un angelo, riuscendo al tempo stesso a studiare. Era davvero una ragazza in gamba. Si è laureata un mese prima di compiere ventiquattro anni. Con mia moglie eravamo presenti alla discussione della tesi, all'università.»

Mara udì i tubi dell'impianto cigolare, poi dei rumori metallici.

«Ecco: è partito» comunicò Ernesto. «Venga. Italo mi ha raccomandato di riscaldare per bene la casa e accendere i camini, altrimenti, a furia di rimanere inutilizzati, i meccanismi dell'impianto e le valvole possono incepparsi.»

Zoccheddu accese la luce di *s'omu de lettu*, la camera del capofamiglia. Il letto matrimoniale – su cui erano adagiati alla rinfusa dei vestiti – era in ferro battuto, e per testata aveva un arazzo ingiallito dall'umidità. Ai piedi c'era una cassapanca in noce, intarsiata con motivi agresti.

«È come l'ha lasciata Italo. Io ero fuori città quand'è partito, altrimenti l'avrei accompagnato all'aeroporto» disse l'uomo con una punta di rammarico. Anche quella stanza aveva un caminetto, che Ernesto si premurò di avviare.

«L'assenza fa freddo» disse in sardo l'agricoltore, dando fuoco ai ceppi.

«Ci può giurare» rispose Mara nello stesso idioma.
«Venga. L'accompagno nella camera di Donata.»

Mara ebbe l'impressione che la stanza fosse rimasta intoccata dacché la ragazza era partita per Milano. Il padre non doveva aver spostato neppure un libro.

«Sa quando Donata è stata qui l'ultima volta?» domandò a Zoccheddu, infilandosi dei guanti in lattice.

«Parecchio tempo fa. Sicuramente prima della nascita del bambino... Se però vuole il dato preciso, posso chiederlo al padre. Italo mi ha detto di chiamarlo a qualsiasi ora.»

Mara ci pensò su: era un dettaglio importante.

«Sì» disse dopo qualche secondo. «Mi faccia questa cortesia.»

Da un'occhiata sommaria, Rais desunse che Maria Donata era stata ordinata al limite dell'ossessività. La sintonia degli elementi, da quelli d'arredo ai libri, CD e DVD, la simmetria imperante, l'armonia tra copriletto, abat-jour e tende, le pareti e i mobili intonsi suggerivano che nessun bimbo avesse messo piede là dentro.

Udì Zoccheddu parlare in sardo, per poi dirle, in italiano: «L'ultima volta che è stata qui risale a sette anni fa, prima che si fidanzasse col milanese».

Rais fece un calcolo rapido: all'epoca Donata doveva avere ventinove anni ed era a Milano da due. Per come gliel'aveva descritto Eva, immaginò che Italo Seu avesse "cristallizzato" la stanza, nella segreta speranza che prima o poi la figlia tornasse in pianta stabile.

"Non è forse il sogno inconfessabile di ogni genitore, soprattutto quando si invecchia?" rifletté Rais, quasi figurandosi l'anziano entrare ogni tanto nella camera vuota di Donata, nei momenti in cui la solitudine si faceva feroce, per osservare i ricordi animarla, riscaldandolo.

"Presto pure Sara crescerà e avvertirà l'esigenza di andarsene" realizzò. "Anche tu prima o poi dovrai fronteggiare il silenzio di una casa deserta e avrai una stanza-mausoleo pregna della sua assenza."

Si riscosse dalle ansie materne: «Bene, grazie. Dica al signor Seu di stare in linea ancora per qualche minuto, casomai mi sovvenisse altro».

Mara suddivise mentalmente il locale in sezioni e prese a perquisire con metodo le varie aree.

«Può chiedergli conferma di quando è venuta a mancare sua moglie?»

«Quasi quindici anni fa» rispose Zoccheddu dopo aver interloquito col vignaio.

Mara ispezionò cassetti, armadi, verificò la presenza di doppi fondi, posò da una parte agende e diari, tolse e riappese quadri e foto incorniciate dopo aver appurato che non contenessero nulla, sfogliò libri in cerca di biglietti, lettere o qualsiasi cosa potesse risultare utile a capire chi fosse stata la giovane.

Una serie di faldoni attirò la sua attenzione. Li studiò. Maria Donata aveva registrato tutte le spese sostenute nei quattro anni prima della partenza, archiviando estratti conto, scontrini e ricevute. Uno dei classificatori custodiva le buste paga e la documentazione fiscale di un'azienda di nome Ficomex Solutions, con base a Cagliari nell'area industriale e sede legale a Roma, nel quartiere Prati.

Rais rammentò che la Ficomex si occupava di trasporti e logistica: Maria Donata era stata impiegata per qualche anno nell'ufficio commerciale dell'impresa. L'aveva letto negli appunti che le aveva passato Croce.

«Mentre lavorava alla Ficomex, Donata viveva qui o si era trovata un alloggio a Cagliari?»

Ernesto mise la chiamata in vivavoce. «Hai sentito, Italo?»

«Sì. Buonasera, dottoressa Rais. Grazie per il suo lavoro e la sua disponibilità. Grazie infinite.»

Rais percepì una gratitudine sincera sgorgare dalla gola arrochita dell'anziano. Dietro la corazza di cinismo poliziesco, si accese il suo animo di madre. Era lì non tanto per fare un favore a Eva, ma perché era stata toccata dalla tragedia di quell'uomo, al punto di mettersi al servizio dell'indagine.

«Si figuri, signor Seu.»

«Allora, no. Maria Donata ha sempre vissuto con me, a Dolianova. Era fuori mano, ma preferiva viaggiare. Non le pesava. Credo poi che non le piacesse l'idea di lasciarmi solo. Eravamo molto legati, soprattutto dopo la morte della madre.»

«Donata aveva un mezzo proprio?» indagò Rais.

«Sì. Una Cinquecento. Il modello nuovo. L'aveva acquistata appena aveva iniziato a lavorare. L'ha venduta prima di andare a Milano, sapendo che sarebbe rimasta ferma.»

Rovistando tra le scartoffie, Rais ritrovò copie di documenti dell'auto conservati in buste trasparenti plastificate.

"Questa ragazza era un mostro di precisione" si disse.

«Signor Seu, avrei bisogno di portare via alcuni faldoni. Devo ripercorrere le spese sostenute da sua figlia e analizzare dei documenti che aveva...»

«Prenda pure ciò che le serve. Nessun problema.»

«Perfetto. Se mi dovessero venire in mente altre domande, la chiamerò.»

«Quando vuole. Buonasera, dottoressa... Ernesto? Scusami: una cortesia, dato che ci sei.»

Il vicino si allontanò, disattivando la funzione vivavoce.

Rais ammonticchiò sul letto le cartelle e i classificatori che avevano attirato la sua attenzione. I soldi riservavano spesso sorprese nelle indagini, e in passato si erano rivelati decisivi nella soluzione di molti casi. Anche se la natura del delitto di Maria Donata non induceva a seguire un movente economico, Rais doveva vagliare ogni ipotesi.

"Sarà una palla tremenda, ma va fatto" si mise il cuore in pace.

Fotografò il materiale che si apprestava a portar via, stilò l'elenco degli oggetti in un verbale e ne diede una copia al signor Zoccheddu non appena tornò.

«Io ho finito, per ora. Grazie per l'aiuto.»

«Non lo dica nemmeno per scherzo. Mi permetta di aiutarla con quelli. L'accompagno alla macchina.»

Una volta che ebbe terminato di sistemare i faldoni nel baule della MiTo, la raggiunse la voce dell'uomo.

«Lasci un po' di spazio anche per queste.»

Rais si voltò. L'agricoltore reggeva una cassetta con sei bottiglie di vino, equamente divise tra rosso e bianco, e quattro di olio.

«Il vino è da parte di Italo. L'olio invece è mio.»

Mara provò a fermarlo. «Siete molto gentili, ma non posso accettare.»

Ernesto neppure l'ascoltò. Caricò la cassetta in macchina e poi le tese la mano destra, che Rais strinse, riconoscente e imbarazzata.

«Io sono qui, dottoressa. Non si faccia problemi a telefonarmi.»

Rais si arrese alla generosa ospitalità campagnola per cui quelle zone erano note.

"Quantomeno Palamara avrà il suo dannato Nuragus" si disse. "Un problema in meno."

Rais, però, aveva ancora altri quesiti da porgli. Aveva aspettato fino all'ultimo perché si vergognava. Ma il suo ruolo le imponeva di "pensare male", di sondare ogni pista, perfino la più ignobile. Le statistiche non mentivano: i responsabili di quel genere di delitti quasi sempre erano parte del nucleo familiare della vittima. E se, a detta dei colleghi milanesi, l'assassino non poteva essere l'ex compagno di Donata, rimaneva soltanto un altro uomo importante nella vita della donna.

«Ricorda come reagì Italo alla decisione di Maria Donata di partire per Milano?»

«Bene. Era contento e orgoglioso.»

«Non ci fu nessun litigio, nessuna tensione?»

«Che io sappia, no.»

«Prima o dopo la partenza di Donata, Italo le confessò mai di sentirsi solo, di essersi pentito di averla lasciata andare o roba del genere?»

«No. Il suo unico rimpianto era di non averla potuta sostenere più di quanto avesse fatto.»

«Intende a livello economico?»

«Esatto. Gli ultimi dieci anni per noi agricoltori non sono stati semplici. Siccità, crisi economica... non è stato un bel periodo. Italo avrebbe voluto dare alla figlia qualche opportunità in più. Tutto qua.»

«Fra loro ci furono mai discussioni su questioni finanziarie o di eredità?»

«No, no. La ragazza era devota al padre così come lui era devoto a lei. Il loro rapporto era commovente, mi creda.»

«Perché allora se n'è andata?»

Era quella la domanda che la tormentava, il punto che non tornava. "Se davvero erano così votati l'uno all'altra, e se Maria

Donata aveva un buon lavoro qui, perché aveva sentito l'esigenza di andarsene, lasciando il padre da solo? E lui, l'amava davvero così tanto? Oppure non è stata una decisione spontanea e qualcosa o qualcuno l'ha costretta a partire?"

«Immagino per la carriera» ipotizzò Zoccheddu. «Per trovare di meglio, avere più soddisfazioni.»

Mara assentì, poco convinta. Aveva buttato un occhio sulle buste paga della giovane: lo stipendio non era male per una neolaureata. Sentiva che c'erano altre ragioni. E forse la soluzione del caso si annidava proprio lì.

«Sa se ci fosse della ruggine con qualche vicino, con un altro agricoltore della zona?»

«Lo escludo. Italo era ed è benvoluto da tutti. Lo conosco da sempre e so per certo che nessuno ha mai avuto discussioni serie con lui.»

«Bene. Grazie ancora. La terremo aggiornata.»

«Ci conto.»

Mara salì in macchina e si avviò verso la città.

Dalle casse dell'autoradio le faceva compagnia la notturna e malinconica *Strangers* di Kenya Grace.

"Perché le ha fatto indossare un vestito da sposa? Non era nemmeno della sua taglia… Che cosa poteva significare?" continuava a domandarsi. "È forse legato al motivo per cui Donata ha lasciato Cagliari?"

43

Via Creta, zona Bisceglie, Milano

Nonostante avesse pochissime ore di sonno in corpo, Ivan Bottarelli non si sentiva per niente stanco.

"Merito dell'adrenalina" rifletté, rientrando in camera dopo una doccia. "È da ieri che schizza a più non posso."

L'interrogatorio era stato una passeggiata. Lo sbirro gli aveva fatto domande molto generali su Viola, per poi scendere nei dettagli riguardo al lavoro: voleva sapere se era una capa severa, se ci fossero stati dei litigi tra loro o con i colleghi, e un'altra decina di questioni innocue a cui aveva risposto come da copione, per sviare i sospetti. Il quesito più importante, però, il poliziotto dalla faccia affilata l'aveva riservato alla fine.

«Giusto per curiosità, dov'eri ieri sera tra le dieci e mezzanotte?» aveva chiesto l'ispettore Lorenzo Giansante.

"Curiosità, come no" aveva pensato Ivan. Gliel'aveva detto. E gli aveva dato persino il nome e il numero di cellulare del responsabile del supermercato dove aveva prestato servizio la volta prima, nel caso volesse verificare. In un eccesso di zelo, gli aveva mostrato lo scontrino della birreria dov'erano andati a bere alla fine del turno, perché il secondo giro l'aveva offerto lui.

Lo sbirro l'aveva ringraziato.

Ora il ragazzo era in un'altra fase: quella della trepidante attesa. Perché una cosa era immaginare l'aggressione, ben altra vederne i risultati. E lui moriva dalla voglia di studiare il "nuovo" viso della sua capa.

Accese il computer fischiettando.

"Cristo, da quant'è che non eri così di buon umore?"

Il ragazzo scoppiò a ridere e navigò nella pagina digitale di un quotidiano, cercando notizie della vacca nella cronaca milanese.

Le trovò in una sezione dedicata all'esplosione di violenza in città contro le donne, in cui erano elencati gli attacchi avvenuti negli ultimi mesi. Lesse l'articolo in apnea. Il giornalista chiudeva il pezzo affermando che la pressione sugli inquirenti era altissima, visto che a quei crimini d'odio non era seguito nessun arresto e chi aveva aggredito Viola Marturano pareva non aver lasciato tracce.

«Sfigati…» mormorò il giovane.

Aprì il videogame *Tekken 8* e iniziò a giocare al picchiaduro per ingannare il tempo.

Il messaggio di Scorpio arrivò dopo qualche ora. Ivan cliccò sul link che lo rimandava al sito criptato dal quale scaricò le immagini.

La qualità non era eccelsa, ma gli risalì comunque un brivido lungo la schiena.

«Ben ti sta, lurida troia…» sussurrò ingrandendo il viso insanguinato della direttrice.

Passò qualche minuto, e Scorpio gli scrisse di nuovo: «Mi pare che sia andato tutto benone. La puttana ha avuto quello che meritava. Adesso preparati, tieni un profilo basso e stai all'erta, perché la prossima tocca a te».

Ivan rilesse la comunicazione tre volte prima di rispondere: «Non sto nella pelle…».

44

Angolo tra via Scarlatti e via Mauro Macchi, Milano

La città affogava sotto la pioggia. L'impianto audio spandeva la leggiadra *Sweet Lorraine* di Nat King Cole.

Romeo scrutava le luci attraverso la vetrata, mentre Strega, Croce e Pavan cenavano come una strana ma calorosa famiglia.

«Mi è parso che avesse proprio bisogno di parlare con qualcuno. Si è trovato di colpo proiettato qui, senza parenti né amici» disse Eva, raccontando l'incontro con l'anziano. «Maria Donata aveva tagliato i ponti con tutti, per via di quel bastardo dell'ex, quindi Italo non può contare neppure su una cerchia di amicizie della figlia. Non ha davvero nessuno.»

«A parte noi» la corresse Pavan d'impeto.

«A parte noi» confermò Eva.

«Ecco cosa non emerge mai in questi crimini» commentò Strega. «La solitudine di chi rimane, a volte, è più crudele dell'omicidio in sé.»

Pavan ed Eva annuirono.

«Comunque, non sapevo che fossi così bravo ai fornelli, professore» si congratulò Croce, facendo il bis del riso basmati al curry con gamberi che il vicequestore aveva preparato.

«A essere sincero c'è un trucco: devi fare i complimenti al multicooker. Senza quel robot da cucina sarei perso. Lui mi dice cosa fare, cosa mettere e in quali proporzioni, e io mi limito a eseguire. Come diceva il nostro sergente istruttore: "A obbedire non si sbaglia mai". E da me comanda il robot.»

Bepi ed Eva ridacchiarono.

«Devo ringraziare anch'io il robottino per questi?»

Pavan aveva indicato un'insalatiera piena di broccoli. Per lui niente risotto, i carboidrati erano stati banditi dalla sua dieta per qualche giorno.

«No, quella è opera della cugina: la vaporiera elettrica» ammise Strega. «Io gli ho solo dato una ripassata in padella con olio, aglio e peperoncino. Fino a lì riesco ad arrivare senza incasinare troppo le cose o far scoppiare un incendio.»

«Sei da sposare, capo. Ringrazia che sono etero, altrimenti ti sarei già saltato addosso.»

«Oddio. Se volete che vi lasci soli, tolgo il disturbo» commentò Eva.

«Sì, cara. E portati via anche il gatto, ché la sua presenza mi inibisce...»

«*Ma te si móna...*» lo insultò Strega in un veneto abbozzato che strappò una risata ai colleghi.

«Bisogna lavorare su pronuncia e pronomi, ma stai migliorando» giudicò Bepi.

«Mi dispiace che Clara non sia riuscita a venire» disse Strega.

«A me no. Quella *giràfa è marmata in testa*, come direbbe lei» sbuffò Bepi.

«Dici così solo perché ti tiene in riga» replicò Eva.

«Mai quanto Rais, per fortuna. Però almeno lei non mi puntava una pistola in faccia, *bòja can*.»

Il riferimento all'ispettrice sarda fece calare un velo di disagio.

«A proposito di Rais: sapete se si è già messa in moto?» domandò Strega.

«Sì. È stata a Dolianova ed è andata pure a casa di Italo. Voleva dare un'occhiata alla stanza di Donata.»

«Bene.»

«Ragazzuoli, io ho finito. Se mi lasciate fare una videochiamata alle gemelle per dar loro la buonanotte, poi possiamo iniziare.»

«Ma dormi anche stanotte in foresteria?» si meravigliò Croce.

«Eh, mi tocca. Anche perché, vista l'attrazione che sto sviluppando verso il professore, se mi trattenessi qui, sai com'è, non vorrei che si verificassero situazioni piccanti...»

Eva arrossì. «Ma sarai scemo? E comunque, non puoi spiegarti con tua moglie? Secondo me, se le racconti a cosa stai lavorando e soprattutto con quali ritmi, ti viene incontro e ti riprende.»

«Lascia stare. Come direbbe un mio cugino friulano: "*Xe come farghe una sega a l'orso*".»

«Che... significherebbe?»

«È del tutto inutile» parafrasò Strega. «Vai pure. Intanto che chiami, sparecchio.»

«Ti do una mano» si propose Eva.

Mentre fissava l'ampia schiena di Vito che, di spalle, lavava i piatti, Croce realizzò quanto fosse assurda quella circostanza. Anni prima Strega era stato suo professore in un corso di Criminologia, e già all'epoca era avvolto da un'aura reverenziale perché considerato uno degli investigatori più brillanti della questura milanese. Quando poi le aveva offerto di entrare nella squadra, l'ispettrice ne era stata onorata. Ma mai avrebbe immaginato di essere invitata a cena da lui e di penetrarne l'intimità. Era risaputo che Strega proteggesse la sua privacy in maniera ossessiva e fosse un uomo schivo e solitario. Perciò Eva si domandò se dietro l'apertura improvvisa si celasse qualcosa che andava al di là del lavoro. Sospettava che il superiore avesse necessità di non stare solo, di percepire calore umano.

«Ti vedo pensieroso, professore» disse sopra la voce baritonale di Pavan che giungeva dal salone.

«Proprio non ci riesci a chiamarmi per nome, eh?»

«È più forte di me, perdonami.»

«Comunque, sì, ho molti pensieri. Ho il sospetto che i due casi siano collegati» rivelò Strega senza voltarsi.

Eva sbiancò. «Collegati? Il caso di Donata e quello delle aggressioni?»

«Già.»

«E in che modo?»

«È ciò che non riesco a capire. O meglio, ho un presentimento, ma non ne ho le prove. Non ancora.»

«E saresti così gentile da condividere il tuo presentimento?»

Strega si girò e asciugò le mani con uno strofinaccio. «Vi ho voluti qui proprio per spiegarvelo.»

«Solo per questo?» domandò Eva con una punta di malizia.

Strega la osservò meglio. Aveva una bellezza umile, mai appariscente. Al contrario, sembrava volerla nascondere, quasi ne fosse imbarazzata. Era necessario indugiare su di lei con lo sguardo per apprezzarne il fascino. In più era una "sopravvissuta", categoria verso cui Vito provava un debole, perché lo era anche lui.

«No, non solo per questo» confessò il criminologo. «Sai che oggi Pavan ha dormito qui, no? In realtà non sapevamo come dirtelo, ma vedi, io e Bepi... Insomma... Non è vero che Marisa l'ha buttato fuori di casa. Se n'è andato di sua sponte, perché noi... Hai capito, vero?»

Croce restò pietrificata. Ma appena vide il lampo ironico negli occhi del vicequestore, afferrò uno strofinaccio e glielo tirò addosso.

«Mi prendi per il culo pure tu? Non bastavano quei tre disperati?»

«Evidentemente no» ribatté Strega, facendole l'occhiolino. «Andiamo, su.»

Prima che inserissero i dati delle aggressioni nel software per l'analisi statistica del crimine, Strega li condusse davanti a una delle locandine di vecchi film appese alla parete del loft. Ora la voce morbida di Cole cantava la traccia *Orange Colored Sky*.

«*L'altro uomo*» lesse Pavan, fissando l'immagine di un tizio distinto che si guardava inorridito le mani scure, come se le avesse appena utilizzate per uccidere qualcuno, e dietro di lui, sullo sfondo, si stagliavano un uomo e una donna, entrambi giovani, in procinto di baciarsi.

«È un film di Hitchcock» notò Eva.

«Esatto» rispose Strega, alle loro spalle. «Una pellicola del 1951, cosceneggiata da Raymond Chandler. È conosciuta anche col titolo di *Delitto per delitto*. Hitchcock ne è pure il produttore, oltre che il regista. È la riduzione cinematografica di un libro. Questo.»

I due ispettori si voltarono, Eva afferrò il romanzo che Strega le stava porgendo.

«Patricia Highsmith... *Sconosciuti in treno*» disse Croce, sfogliandolo.

«L'avete letto?»

Risposero di no.

«È il primo romanzo di Highsmith, del 1950, lo stesso anno in cui è stata registrata la canzone che stiamo ascoltando adesso, fra l'altro. Coincidenza non voluta. Il libro è un noir. Un capolavoro diventato un classico del genere.»

«Bene. Ora sappiamo che se ti dovessi scocciare di fare lo sbirro possiamo sempre iscriverti a *Chi vuol essere milionario?* Ma quante ne sai, capo? E comunque, cosa c'entra 'sto romanzo col nostro caso?» domandò Bepi.

Strega fece spallucce. «Leggetevelo.»

Croce aggrottò la fronte. «Ma non starai diventando troppo spiritoso?»

«Forza, capo. Lo sai: io leggo solo "Topolino" con le bimbe, e a volte salto pure le didascalie.»

Strega sospirò, disilluso. «In estrema sintesi, due uomini, sconosciuti per l'appunto, s'incontrano su un treno. Parlando, scoprono di avere una cosa in comune: entrambi odiano due persone a loro molto vicine. Uno la moglie e l'altro il padre, ricco sfondato. Così il primo propone al compagno di viaggio di ideare il "delitto perfetto". Ognuno dovrebbe uccidere la vittima dell'altro sviando così i sospetti da se stesso, che avrebbe tempo e occasione per costruirsi un alibi inossidabile dato che, in realtà, non avrebbe ucciso veramente quella persona.»

Eva e Bepi si guardarono, poco convinti.

«E tu pensi che il nostro uomo stia agendo in questo modo?» chiese Pavan. «In coppia con un altro? Non ti sembra inverosimile e...»

Strega fece cenno di no. «Sei fuori strada. Io credo che gli uomini siano molti di più...»

45

Mash-up Lunch & Cocktail Bar, NH Hotel, via Tamagno, Milano

I due ispettori si erano trattenuti a casa di Strega sino a notte fonda. Quando per mezzo del teleobiettivo aveva visto Pavan e Croce stiracchiarsi, assonnati, e alzarsi per prendere i soprabiti, la sconosciuta aveva abbandonato la propria abitazione, decisa a seguire Eva. Era lei, adesso, la variabile impazzita, l'obiettivo da spiare. Pavan lo aveva già messo sotto controllo: le era bastato piazzargli un rilevatore GPS sotto la vettura. Croce, invece, che si spostava con taxi, car sharing e mezzi pubblici, era più difficile da pedinare.

Dopo qualche minuto li vide uscire dal palazzo liberty di Strega, parlottare e dividersi. Pavan andò verso il parcheggio di via Benedetto Marcello, dove aveva lasciato l'auto. Eva, invece, procedette a piedi per via Scarlatti, in direzione corso Buenos Aires.

Con il favore della pioggia e delle zone buie dei marciapiedi, la stalker tallonò la poliziotta che pareva digitare sul telefonino.

"Spero per te che non sia una manovra per depistare Pavan e prendere tempo per tornare da Strega, bella mia, altrimenti ti uccido" disse la donna fra sé, abituata a confondersi nell'oscurità.

Eva Croce si fermò davanti a un nuovo boutique hotel dallo stile moderno e cosmopolita, a pochi passi dal corso. Dopo qualche attimo di esitazione, l'ispettrice entrò, diretta alla reception.

"Quindi non tornerà a casa propria. Forse l'ha venduta definitivamente" si disse la persecutrice, utilizzando l'ombrello aperto per occultarsi il viso. "E la sua roba dov'è? No, non può essere..."

Provò a scorgere la poliziotta attraverso la vetrata dell'albergo.

"Sì, sta prendendo una camera. Forse non aveva voglia di tornare nella vecchia abitazione, allora. O magari Strega la raggiungerà qui" ipotizzò.

La gelosia la stava facendo sragionare.

L'ispettrice si fece consegnare qualcosa dal receptionist – un kit da toilette, immaginò la donna – e si avviò agli ascensori.

La sconosciuta si diede un'occhiata intorno. Il cocktail bar dell'hotel era aperto, nonostante l'ora tarda. Era un elegante locale fashion, di design, dove arredamento classico e moderno si amalgamavano con gusto. Si trovava all'angolo fra via Scarlatti e via Tamagno e disponeva di ampie vetrate su ambo i lati.

"È un perfetto punto di osservazione. Se dovesse arrivare Strega, lo vedresti subito" considerò. "E perlomeno staresti al caldo, anziché al gelo e sotto l'acqua."

«Ma sì...» sussurrò la pedinatrice, chiudendo il parapioggia ed entrando nel bar.

Si accomodò a un tavolo da cui avrebbe di certo notato il criminologo se fosse passato di lì, e ordinò un Virgin Negroni.

Lo sorseggiò con apprensione, sperando che Strega non la deludesse.

"E se invece raggiungesse Croce? Se lei fosse venuta qui apposta per lui? Per un incontro romantico?"

Non voleva neppure pensarci.

Si distrasse estraendo dalla borsetta uno dei due cellulari con cui monitorare l'auto di Pavan. Si era fermato in zona questura, dunque avrebbe dormito in foresteria. Quella mattina gli era stata appresso fino a Novate Milanese, non capendo cosa diavolo il grassone ci andasse a fare. L'aveva visto caricare in macchina un anziano e un bimbo e portarli in un asilo. Tornando dove li aveva recuperati e facendo qualche domanda nel vicinato, la donna aveva saputo che il vecchio si chiamava Italo Seu. Ignorando che tipo di relazione lo legasse al poliziotto, aveva lanciato una ricerca sul database del dipartimento, scoprendo che l'uomo era il padre di Maria Donata, una ragazza morta a Milano otto mesi prima: si trattava di un omicidio che non era stato risolto. La donna ci mise poco a comprendere che Pavan doveva aver coinvolto Strega nell'indagine, e Vito aveva chiesto l'ausilio di Croce.

“Quindi prima stavano lavorando al caso di questa Maria Donata Seu? È probabile.”

Senza perdere di vista il marciapiede, la donna prese un tablet e cercò di ottenere qualche informazione in più sull’indagine.

Dopo una ventina di minuti, la sconosciuta realizzò che Strega non sarebbe venuto.

“Puoi tirare un sospiro di sollievo. Almeno per stanotte” si disse. Perché era chiaro che ci fosse una tensione particolare fra il criminologo e la sua *protégée*. Quell’elettricità poteva sfuggire agli altri, ma non ai suoi occhi innamorati.

“Cosa darei perché guardasse me così” pensò. “Invece non sembra neppure vedermi. Per lui sono come un fantasma.”

Mentre nel bar si diffondeva la calda e notturna *Lose Myself* degli SWIM, ordinò un altro Virgin Negroni, giusto per prendersi un tempo in più ed essere sicura che il vicequestore non spuntasse fuori da un momento all’altro. Fissò il proprio riflesso diafano sulla vetrata.

«Sì, sei come un fantasma» sussurrò, asciugandosi una lacrima.

Comprese che avrebbe dovuto inventarsi qualcosa per rendersi visibile.

Con le dita umide della brina del bicchiere, scrisse sul tavolo il nome della persona che avrebbe sfruttato per portare avanti quel proposito.

“Eva”.

46

Piscina Cozzi, viale Tunisia, Milano

Solvitur ambulando. Risolvere un problema camminando. Strega si era ricordato dell'antico detto latino per averlo ritrovato in un romanzo della serie dell'ispettore Morse di Colin Dexter, di cui era lettore accanito.

Mentre fendeva l'acqua con forti bracciate in terza corsia, Vito si rese conto che lo scrittore britannico – e i filosofi classici che ci erano arrivati prima di lui – avevano ragione. Spesso la soluzione ai problemi perveniva quando si era impegnati in tutt'altro, soprattutto attività che richiedevano uno sforzo fisico. Strega amava camminare. Ma adorava ancora di più nuotare. Per questo, nonostante fosse stanco avendo tirato con gli altri fino alle due del mattino per inserire i dati nel programma, si era presentato in piscina all'apertura: con l'aiuto della fatica voleva sciogliere il mistero dell'abito nuziale. Era quello il dettaglio incongruo nella sua teoria. Il resto gli pareva filare. Tutto, a parte il vestito da sposa.

Aumentò l'intensità della battuta di gambe, quasi volesse seminare i dubbi e i timori non soltanto per l'indagine su Maria Donata, ma per le varie questioni irrisolte che l'ancoravano a terra: la recrudescenza delle allucinazioni uditive, il ritorno di Marina, la paura per Sofia, la preoccupazione di essere ricattato dalla stalker e la paralisi emotiva che provava nei confronti di Eva. Era soprattutto quest'ultima a turbarlo. La notte precedente, mentre si trovavano in cucina, aveva provato un tumultuoso miscuglio di sensazioni: attrazione, incertezza, desiderio, timore, combinati insieme in una mistura che l'aveva immobilizzato. Tuttavia, ad averlo inquietato di più era stato scorgere negli occhi della ragazza la stessa miscela di sentimenti. Era come se qualcosa li attraesse e al tempo stesso li respingesse.

"È il buon senso ad allontanarvi, per fortuna. E soprattutto tu, non dovresti nemmeno pensarci. Non sei nella condizione di poterti permettere queste emozioni" si disse, nuotando quasi ne andasse della propria vita. "Sei in uno stato di debolezza psicologica, e pure sotto psicofarmaci, ricordatelo. Non sei pienamente in te."

Quadricipiti, dorsali, deltoidi, tricipiti e bicipiti lavorarono a filo dello spasmo, in perfetta sincronia, per distanziare il più possibile quei demoni interiori. Eppure, per quanto Vito andasse veloce col fisico e con i pensieri, se li ritrovava sempre col fiato sul collo.

Solvitur natando... Era una filosofia a cui cercava di attenersi, nella vita professionale come nella vita privata.

Ma quella mattina la sua mente non voleva saperne di risolvere proprio nulla.

Tantomeno il suo cuore.

47

Piazzale Santorre di Santarosa, Milano

I due ispettori non gli avevano detto dove li stavano portando.

«È una sorpresa. Si fidi di noi» gli aveva comunicato Pavan per telefono, prima di passare a prenderli.

Italo Seu si era fidato. Nonostante uscisse di rado nel pomeriggio, specie in giornate gelide e piovose, aveva vestito Pippo di tutto punto e aveva aspettato l'arrivo dei poliziotti in un misto di trepidazione e curiosità.

Ora l'anziano si trovava sul sedile posteriore della macchina privata dell'ispettore veneto, a fianco del nipote sprofondato nel seggiolino di una delle gemelle. Il bambino non era abituato a viaggiare in automobile e osservava la città scorrere dal finestrino, affascinato, mentre il nonno gli teneva la mano per tranquillizzarlo.

"Cosa ci facciamo a Milano?" si domandò Italo, confuso. Non amava le sorprese, e aveva impostato la vita del nipotino sulla base di una routine rigida ma rassicurante. Gli ispettori però sembravano di buonumore, così si rilassò. D'altronde erano brave persone, insieme a loro si sentiva al sicuro.

Dal lato del passeggero, Eva Croce cercava di parlare del più e del meno col piccolo. La sua mente, invece, era altrove: sapeva che Strega si apprestava a incontrare Ruggero Mercalli, il padre di Pippo, e quel pensiero la preoccupava.

Dopo aver parcheggiato, camminarono fino a un piazzale nel quartiere Musocco, protetti dagli ombrelli.

«Eccoci qua. Siamo arrivati» disse Pavan indicando un palazzo a due piani in stile neoclassico, ingrigito dallo smog e dal tempo. A Italo ricordò un centro ospedaliero.

«Che cos'è?» domandò.

Bepi gli fece l'occhiolino. «Ancora qualche minuto e lo scoprirà.»

Eva si offrì di prendere il bimbo in braccio, ma Pippo, spaesato, rimase abbarbicato al nonno. Con calma fecero le scale e, giunti a un lungo corridoio, i poliziotti si fermarono.

Italo lanciò loro uno sguardo interrogativo.

«Tocca a lei andare avanti. Noi vi seguiamo» disse Eva.

Italo Seu si fece coraggio e attraversò l'andito. Si bloccò di fronte a una porta chiusa dove era incollato un foglio di carta con su scritto il suo nome. Bussò, ma non rispose nessuno.

«Cosa dici, Pippo? Entriamo?»

Il bimbo assentì con forza, e il nonno abbassò la maniglia.

Si trovarono dinanzi una trentina di persone sorridenti e almeno una decina di bambini, che, al centro della sala, presero ad applaudirli. Appeso a una parete, contornato da bandiere dei Quattro Mori, uno striscione recitava: "BENI BENIUS ITALO E PIPPO. BENVENUTI". Erano state approntate delle tavole imbandite di cibo e bevande, mentre palloncini colorati fluttuavano a mezz'aria. Un banco era pieno di pacchetti regalo: su ognuno, un biglietto indicava che il destinatario era il piccolo Filippo.

Il viso di Pippo si illuminò quando venne circondato dai bambini festanti.

Eva e Pavan si avvicinarono all'anziano e gli posarono le mani sulle spalle, per fargli sentire la loro presenza. Si accorsero che tremava e gli occhi si erano fatti lucidi. Eva sperò che non si mettesse a piangere, perché sarebbe scoppiata in lacrime un secondo dopo di lui.

Una donna sui settanta raggiunse Italo, lo attirò a sé e lo baciò sulle guance.

«Abbiamo tolto tutte le insegne e le bandiere esterne per preservare l'effetto sorpresa» spiegò.

«Direi che ci siete riusciti benissimo» commentò Pavan.

«Italo, diamoci del tu, ché abbiamo quasi la stessa età. Mi chiamo Mercede Porcu e sono la zia di Mara Rais, *sa pulotta*. Sono anche la segretaria di questa banda di scalmanati. Benvenuto al Centro sociale culturale sardo di Milano. Non fare complimenti, ora sei a casa.»

Dopo quella di Mercede, Italo si trovò a stringere decine di mani amiche. Qualcuno gli tolse il cappotto, dandogli un bicchiere di Cannonau e garantendogli che era di buona qualità perché arrivava "da giù".

Pippo passò tra le braccia di tutte le donne del circolo, che se lo sbaciucchiarono manco fosse un nipote che non vedevano da mesi. Il bambino era confuso ma raggiante.

Mercede si accostò a Eva. «Benvenuti. Sempre *aresti* mia nipote?»

«Sempre di più» ribatté l'ispettrice, riferendosi alla scontrosa selvatichezza della partner.

Mercede sogghignò. «Se mi avesse avvisato con un po' più di anticipo, avremmo organizzato meglio. Così, all'ultimo momento, non abbiamo potuto fare più di tanto...»

«Santo cielo, signora» sbottò Pavan, sbalordito. «Più di questo cosa può esserci? Giusto un giubileo.»

«Esagerato. Non abbiamo fatto niente.»

«Insomma...» mormorò Pavan fissando la schiera di bottiglie di vino, spicchi di formaggi, fettine di salsiccia, *panadas* e vassoi di prodotti tipici sardi.

«Abbiamo un mucchio di tempo libero. Mi sembra davvero il minimo» chiarì Mercede.

Li raggiunsero altre tre donne, Eliana, Giuseppina e Rosa, che si scusarono con gli ispettori per il "piccolo rinfresco".

«Piccolo rinfresco?» ripeté Pavan, sempre più sbigottito. «Questa è la sagra dei trigliceridi, signore mie. Qua finiamo tutti al centro diabetologico.»

«*Balossu*» lo etichettarono trascinandolo verso i banchi delle pietanze, sorde alle rimostranze.

«Sembra felice, vero?» domandò Mercede a Eva, fissando Pippo in braccio a una delle socie del circolo, intente a scartare i regali che gli avevano fatto.

«Pare proprio di sì. Siete state eccezionali, Mercede.»

«Ma figurati, *filla mia*. Ad averlo saputo prima... Guarda che ci siamo già organizzate con i turni: Peppina, Rosaria e Diana hanno dato la disponibilità a pulirgli casa due o tre volte alla settimana, e cucineranno per lui e staranno a guardare il bambino. Io mi porto Italo a casa nel weekend, lo lascio svagarsi a scopa e scala quaranta con quel trombone di mio marito e faccio giocare Pippo coi miei nipoti. Il presidente si è reso disponibile a scorrazzarlo in macchina avanti e indietro da Novate, se avesse bisogno di fare spesa o altro. Abbiamo buste di giocattoli e sacchi di vestitini mai usati. E il figlio di Eliana, un bravo avvocato, ha detto di rivolgersi a lui quando e come vuole, senza preoccuparsi della parcella. Lo tratterà come uno di famiglia. Insomma, qualsiasi cosa gli serva, basta fare un fischio.»

«Voi non siete un circolo, ma un comando logistico dell'esercito.»

«*Ma acabbamidda*. Piuttosto, sto organizzando una serie di cene sociali con offerta volontaria: il ricavato lo destiniamo a lui, così può tirare il fiato per qualche mese. Coinvolgeremo anche gli altri circoli sardi lombardi, per tirare su più quattrini.»

«Siete degli angeli.»

Era sincera. Aveva spiegato a Rais le condizioni in cui vivevano Italo e il nipote, chiedendole se conoscesse qualche immigrato sardo a Milano che potesse dar loro una mano. Mara si era attivata all'istante, garantendole che avrebbe fatto il possibile per creare una rete di solidarietà attorno ai Seu. Come sempre, era stata di parola.

«Ma figurati» continuò Mercede. «Dopo quello che è successo a questo poveretto, *sciadau*? Tu stai scherzando. Ripeto, mi dispiace solo che ne siamo venuti a conoscenza tardi. *Ora andausu a bufai, sa sposa.*»

Con un bicchiere di Vermentino in pugno – materializzatosi senza che lei ne avesse avuto contezza – Eva si avvicinò a Pavan, circondato da tre pensionati emigrati da quarant'anni in Lombardia ma che non avevano perso il forte accento sardo.

«*Oh, ma poita ses castiendi trotu su màndigu, prexau che is crabitus de Pasca?*» gli domandò uno degli anziani.

Pavan si rivolse alla collega. «Croce, tu che sei più fluente di me in dialetto tibetano, cos'ha detto?»

«Questo sfugge anche alla mia competenza linguistica» ribatté la collega.

«Ha detto: come mai stai guardando storto quel ben di dio, sembri felice come un agnello a Pasqua» gli venne in aiuto Italo. Pareva trasfigurato dalla felicità.

«Sono a dieta, miei cari. E, sappiatelo, ho ripreso tre chili solo guardando un secondo di troppo quella soppressa. Trasuda così tanto grasso che ti impolpi per osmosi, *zio can*. Portatela via, vi prego, non so quanto ancora potrò resistere.»

I sardi risero, dandogli affettuose pacche sulle spalle cadenti.

«Tutto a posto, Italo?» domandò Eva.

«Io... Io non ho parole, dottoressa. Non so come ringraziarvi. Mi sembra di stare a casa.»

«Lei *è* a casa, Italo.»

A secco di parole e ringraziamenti, l'uomo si limitò ad abbracciare forte l'ispettrice.

«*'orco bòja*, questi moscerini. Sembra di stare sul Brenta, *zio can*» si lamentò Pavan, asciugandosi una lacrima di commozione.

Italo venne di nuovo rapito dagli uomini del direttivo, ansiosi di avere il suo parere su una serie di rossi sfusi, mentre Pippo, attorniato da altri bimbi, giocava entusiasta con una delle macchinine che gli erano state regalate.

«Hai notizie di Strega?» domandò Bepi a Eva. La voce si era fatta grave. Aveva rimesso i panni del poliziotto.

«Non ancora.»

«Uhm. Speriamo bene.»

48

Via Fratelli Zoia, Quarto Cagnino, Milano

Italo Seu aveva riferito agli investigatori che il bambino non domandava mai del padre, quasi ne stesse rimuovendo il ricordo. Di contro, stando a quanto stabilito dal giudice, Ruggero Mercalli poteva telefonargli cinque volte alla settimana. Invece lo chiamava una, massimo due. Capitava, sempre a detta del nonno, che non si facesse vivo per mesi.

«Ma va bene così. Meno lo sento, meglio sto» aveva confessato l'anziano a Strega.

Quel tardo pomeriggio, assecondando la richiesta del vicequestore, Viviana Galeano aveva organizzato un incontro con l'ex partner di Maria Donata nell'abitazione di lui, a Quarto Cagnino, visto che l'uomo era ai domiciliari. La donna avrebbe potuto ascoltarlo da remoto, ma si era voluta recare lì di persona per dare a Vito Strega l'opportunità di osservare Mercalli *de visu*. I patti erano chiari: il criminologo avrebbe partecipato senza intervenire. Qualsiasi interazione col pregiudicato era vietata.

Strega aveva acconsentito.

Dopo nemmeno un'ora di colloquio in presenza dell'avvocato difensore, della magistrata e della sua cancelliera, nonché di un tecnico del tribunale che garantiva il collegamento virtuale col giudice di sorveglianza, Strega si era convinto che Ruggero Mercalli stillasse colpevolezza da ogni poro. Rispetto alle foto archiviate nel database della polizia, Vito notò che l'uomo aveva preso sei o sette chili. Accadeva spesso a chi era costretto in casa. Mercalli portava i capelli rasati a zero e sfoggiava tatuaggi che avevano fatto il loro tempo. Indossava una camicia celeste lisa e una giacca sportiva di cattivo gusto. Ma al di là dell'aspetto dimesso, a persuadere il criminologo era stato lo sguardo strafottente, arrogante, sicuro di sé. Quando si degnava di replicare alla PM, lo faceva con risposte taglienti e commenti denigratori. Talora lanciava all'impassibile e imperscrutabile Strega occhiate di superiorità, quasi avesse intuito la ragione per cui si trovava lì e si divertisse a sfidarlo.

«Non ho capito cosa ci fa lui qua» diceva di tanto in tanto Mercalli, indicando Strega col mento.

«Per prima cosa non "lui", ma il vicequestore aggiunto Strega» interveniva Galeano. «È qui come mio consulente. Basti questo.»

Strega non si scomponeva. Continuava a fissare Mercalli, imputato per stalking e molestie. L'uomo era consapevole di rischiare poco o nulla: l'avvocato doveva averglielo ribadito con forza, perché Ruggero si esprimeva a monosillabi, esponendosi il meno possibile per non dare appigli alla linea accusatoria della sostituta procuratrice, la quale si opponeva decisa alla richiesta del difensore: sospendere il periodo di detenzione.

«Signor giudice, nel lungo periodo di arresti domiciliari scontati fino a oggi, il mio assistito ha dimostrato un comportamento irreprensibile, non si può che dargliene atto» chiuse il proprio intervento l'avvocato di Mercalli. «Chiediamo pertanto una valutazione per la non proroga della misura *ipso facto*, in virtù dell'evidenza oggettiva che non persistono le esigenze cautelari che giustificavano l'originaria decisione. Non vediamo pericolo di inquinamento probatorio né di reiterazione del reato.»

«D'altronde è morta. Come potrei reiterare?» chiosò l'ex partner di Donata a voce abbastanza bassa da non essere catturata dal microfono, ma sufficientemente alta perché venisse udita da Viviana e Strega.

La PM liberò un sospiro di rassegnazione. Strega mantenne l'espressione imperturbabile, nonostante gli costasse una fatica immane: nella sua mente scorrevano le immagini di ciò che Donata e Pippo dovevano aver subìto. Urla, scenate, botte…

«Presi in considerazione gli argomenti presentati dalla difesa, mi riservo di decidere tra due settimane, dopo aver studiato meglio il fascicolo e le varie relazioni. Fino a quel momento, confermo le misure cautelari personali correnti» decretò sbrigativo il giudice, ponendo fine all'udienza e al collegamento da remoto.

Il ghigno morì sulle labbra di Mercalli. «Maledetto frocio...» sussurrò.

L'avvocato gli scoccò un'occhiataccia.

Mentre Viviana e Teresa sistemavano gli incartamenti nelle rispettive borse e il tecnico riponeva computer e microfoni direzionali nella valigetta, Strega si alzò, torreggiando sul padre di Pippo.

«Ci risulta che non sta versando gli alimenti a suo figlio. Da mesi» disse, per sondarne la reazione.

Mercalli fece spallucce. «Non so se l'ha notato, ma mi impedite di lavorare. Dove diavolo li trovo i soldi?»

Strega si guardò intorno. Arredamento, console dei videogiochi, quotidiani sportivi sparsi in giro e cartoni della pizza ammonticchiati dappertutto rivelavano al contrario che l'uomo non doveva passarsela così male a livello economico.

«Tra due settimane, se il giudice mi farà uscire, potrò riprendere il lavoro e cercherò di mettermi a posto coi debiti» affermò senza alcuna convinzione, più a favore della magistrata che di Strega.

«Lo spero per lei» mentì Vito. «Per curiosità: sono passati otto mesi e l'omicida di Maria Donata è ancora a piede libero. Che idea si è fatto dell'assassino?»

«Che è bravo. Se non si è fatto beccare, è bravo forte. Di sicuro più di voi... Fra l'altro, non sapevo che prendessero persone di colore in polizia.»

Strega era abituato a quelle punzecchiature: i delinquenti, specie di basso livello, pensavano di coglierlo in fallo provocandolo, sollecitandone una reazione violenta.

«Dipende dal colore» si limitò a ribattere il criminologo. «Il mio è tollerato.»

«È ora di andare, professore» intervenne Viviana Galeano, preoccupata che il poliziotto perdesse le staffe.

«È stato un piacere» lo schernì Mercalli.

«Il piacere è tutto mio» ribatté Strega, facendo sì che quella frase suonasse come una minaccia.

Una volta fuori del palazzo, mentre si dirigevano alle auto, Strega disse: «È colpevole fino al midollo».
«E come si spiega l'alibi?» ribatté la PM.
«Gliel'ho detto.»
Prima di salire da Mercalli, i due avevano preso un caffè e Strega le aveva esposto la sua ipotesi non soltanto sulle aggressioni, ma pure sull'assassinio di Donata. Galeano si era mostrata scettica al riguardo.
«Questa teoria metaletteraria è tutta da dimostrare, Strega. Può funzionare nei romanzi, ma vedo difficile applicarla alla realtà... E poi come si inserisce la questione dell'abito da sposa? Ha visto che razza di soggetto è quell'uomo? Secondo lei arriverebbe a concepire una simile raffinatezza?»
«No, ha ragione... Cosa pensa che accadrà? Il giudice lo lascerà andare?»
«È molto probabile.»
Strega avvertì un brivido lungo la schiena al pensiero che un animale del genere, di lì a quindici giorni, avrebbe potuto riprendere a frequentare il bambino. Temeva per l'incolumità di Pippo e del nonno.
Capì che dovevano sbrigarsi.
Non poteva permettere che Mercalli tornasse in libertà.
Perché Strega sapeva di non sbagliarsi: l'uomo era responsabile della morte di Donata.

49

Una settimana dopo
Padiglione Monteggia, policlinico di Milano

L'idea era stata sua. Quando l'aveva proposta, gli altri avevano strabuzzato gli occhi: era l'ultima persona da cui si sarebbero aspettati un pensiero tanto gentile e, nel segreto dei loro cuori, avevano rivalutato il ragazzo taciturno e indolente, spesso vittima delle sfuriate della manager. Avevano partecipato senza discutere alla colletta per un bel mazzo di fiori. A fine turno Ivan si era recato dal fioraio vicino al supermercato e aveva fatto preparare una splendida composizione di rose bianche, scrivendo un biglietto d'accompagnamento: «Ci manchi, Viola. Torna presto e buona guarigione. Ti vogliamo bene. I tuoi adorati colleghi».

Era stato il primo a firmarlo. E vergare il proprio nome era stato come infliggerle l'ennesimo sfregio sul volto. Il più crudele e profondo, di cui nessuno si sarebbe mai accorto.

«Vanno bene?» aveva domandato il fiorista pachistano.

«Sono meravigliose» aveva risposto Ivan Bottarelli, trattenendo a stento l'eccitazione. «Le adorerà.»

Come aveva previsto, fuori della stanza d'ospedale stazionava un poliziotto di guardia impegnato a risolvere un cruciverba. Chiese i documenti e il motivo per cui fossero lì.

"Temono che chi l'ha assalita venga a terminare il lavoro" pensò Ivan. "E in qualche modo è così, sebbene con modalità diverse da quelle che immaginano."

Gli mostrò l'omaggio floreale, spiegando che erano colleghi di Viola e volevano salutarla, se possibile.

«Non credo che vi faranno passare, ragazzi» rispose l'agente, dopo aver trascritto i nominativi nell'elenco dei visitatori. «Ha subìto cinque interventi di recente. Il più delicato ieri, al viso. Sei ore sotto i ferri. È ancora sedata.»

«Chi ci può autorizzare?» domandò una giovane.

«Provate là, nella guardiola. Dovrebbe esserci uno dei medici che l'hanno operata.»

Un'infermiera aprì la porta della camera di Viola per entrare a cambiarle la flebo. Ivan riuscì a scorgerla, stesa sul letto, circondata da macchinari che ne monitoravano i parametri vitali. La faccia era avvolta da bende e garze, e scorse diverse ingessature alle spalle e alle braccia.

«Si sa niente su chi l'ha conciata così?» domandò Ivan al poliziotto, la voce tremolante.

L'agente suppose che l'esitazione e il tono quasi sussurrato fossero dovuti al turbamento emotivo. In realtà, l'affanno era figlio della libidine di cui Ivan era caduto preda fin dall'ingresso nel reparto.

«Purtroppo no. Alla mobile stanno facendo il possibile, ma al momento non ci sono novità.»

«Non è venuto nessuno a trovarla?» chiese una delle due colleghe che avevano accompagnato Ivan, in rappresentanza dello staff del supermarket.

«Soltanto una sorella che vive lontano, nella zona di Verona, mi pare. Ma se n'è andata dopo un giorno. La madre non ci sta più con la testa e doveva starle dietro.»

«E il fidanzato?» domandò Ivan, che già pregustava la risposta.

«Non s'è fatto vedere. Dicono che la notte dell'aggressione fosse a letto con un'altra. Secondo me si vergogna a venire. Se ha un minimo di cuore, si sentirà in colpa come una biscia.»

«Quindi è completamente sola?» chiese Ivan. La sua, più che una domanda, era una constatazione.

«Già. Terribile, no?»

Il ragazzo fece cenno di sì, zuppo di adrenalina e soddisfazione.

Un medico li raggiunse e concesse solamente a uno di loro di vedere Viola, giusto per un minuto.

«Posso?» domandò Ivan alle altre.

«Certo. Va' pure.»

Accompagnato dal dottore, che lo invitò a indossare una mascherina chirurgica, Ivan Bottarelli entrò nella stanza della direttrice. Viola Marturano era immersa in un sonno chimico, ignara che il responsabile della sua brutale aggressione fosse là a pochi passi.

Ivan posò la composizione su una sedia e le si fece vicino.

«Ha sofferto molto?» domandò al chirurgo.

«Purtroppo sì. E le vere sofferenze devono ancora iniziare. A livello psicologico, non sarà facile accettarsi. Ogni volta che si guarderà allo specchio, i ricordi l'assaliranno. L'aspetta un percorso lungo e faticoso.»

"Bene" pensò il ragazzo. "Ha avuto quanto si meritava."

«Può dirle, appena si sveglierà, che ci manca tantissimo e siamo passati a trovarla?»

«Certo. Sarà mia premura.»

Prima di uscire, Ivan si girò e la scrutò per qualche secondo imprimendosi in testa l'immagine della capa, indifesa e devastata nel fisico e nella mente. Ne avrebbe avuto bisogno, di lì a qualche ora, per farsi coraggio e portare avanti la missione.

Perché era arrivato il momento di ricambiare il favore.

Scorpio gli aveva dato il via libera.

Quella notte toccava a lui.

50

Studio di psicologia e psicoterapia, via Ferdinando Marescalchi, Milano

Bruna Lodigiani accolse in silenzio stupefatto il poliziotto che, con una risatina sardonica stampata in faccia, sedette sulla poltrona, pago di averla impressionata.

«Wow» si limitò a commentare la psicologa. «È andato al di là di ogni più rosea aspettativa.»

«Lei è un genio del male» replicò Pavan.

«Può essere. Però vedo che la "dieta" sta funzionando. Quanto ha perso?»

«Sette chili e otto» rispose Bepi. Si era pesato qualche ora prima nell'infermeria della questura, lasciando di sasso un medico che era solito deriderlo.

«In poco più di una settimana. Però... È un gran risultato. E le assicuro che si nota al primo sguardo.»

«Devo ammettere che questo dannato Paese mi sta dando una grossa mano. Sei femminicidi, due aggressioni violente in città con tanto di sfregio del volto in un caso, sessantotto scippi, un *móna* che si è innamorato di un *putanón* brasiliano e per finanziarsi la tresca ha ucciso la madre e, dopo averla fatta a pezzi che ha seppellito sulle rive del Ticino, ha continuato a intascarsi la pensione per anni... E tutto ciò in appena una settimana. Non bastasse, ho il fegato che mi rode e lo stomaco chiuso per quei *cojóni* dei miei colleghi che in Toscana hanno manganellato delle ragazzine e un disabile. Da un paio di notti sogno quei *magnacàssi* che pestano le mie bimbe. Sono riusciti a farmi vergognare di essere un poliziotto, *vaca bòja*... Sono cose che fanno passare l'appetito anche a una fogna come me, dottoressa.»

«Non dev'essere un buon momento per chi fa il suo mestiere.»
«Decisamente no. Cambiamo argomento, per cortesia.»
«Certo, certo… Come va con l'applicazione?»
«Che *pasión*! È diventata una droga. L'ho aggiornata stamattina col nuovo peso, e ho scoperto di aver guadagnato tre anni di vita. Quindi posso rimandare il funerale di qui a undici anni, se non mi viene prima un infarto per l'ansia, perché la controllo di continuo. Ormai è una sorta di disturbo ossessivo-compulsivo.»
«Bene. Significa che ci tiene a vivere.»
«Be', con tutte le responsabilità a cui mi ha fatto pensare…»
«E siamo soltanto all'inizio del trattamento.»
«*Benón*» commentò Pavan, sarcastico.
«Ha portato la fotografia?»
Bepi estrasse il cellulare e mostrò alla psicologa lo scatto che gli aveva richiesto per telefono: lo ritraeva stretto in una maglietta con su scritto "Il bere trionferà sul male", tesa allo spasmo per via dell'enorme ventre, mentre sorrideva alla camera reggendo una porzione faraonica di tiramisù in una mano e un calice di Spritz nell'altra.
«*Vara che muso da móna.*»
«Era proprio bello grosso, qui.»
«Riguardandomi, non so davvero come faccio a non essere ancora morto…»
«Ecco il punto. Abbandoniamo per un po' l'applicazione con il conto alla rovescia sulla sua dipartita…»
Pavan non riuscì a impedirsi di sfiorare "casualmente" i gioielli di famiglia.
«… e lavoriamo con questa immagine. Ogni volta che ha fame o deve mangiare, prima di ingurgitare anche solo una briciola guardi per dieci secondi quella foto.»
«Dieci secondi? Vuole vedermi vomitare?»
«No. Voglio che rifletta sulla potenziale letalità della sua ingordigia e del suo modo suicida di alimentarsi.»
«Ha intenzione di sentirmi bestemmiare a ogni pasto come un alce incastrato in un guardrail?» Pavan colse un lampo divertito nello sguardo della terapeuta. Si portò le mani al viso e sospirò, rassegnato: «Oddio… *Bon*, lo farò».
«Non se ne pentirà. Ora veniamo a fatti più seri.»

«Perché? C'è qualcosa di più serio del cibo?»
Bruna lo ignorò. «È tornato a casa?»
«No.»
«Male. È un passo importante. Adesso che ha chiare le responsabilità verso le persone che ama, è giunto il momento di fronteggiarle. Stare a dieta non è semplice. La sua, peraltro, più che una dieta è un tentativo di salvarsi la vita. È necessario un equilibrio psicologico forte. Quindi, torni a casa. Spieghi di essere risoluto nelle intenzioni. A sua moglie basterà guardarla per capire che stavolta è diverso rispetto al passato.»
«Io non credo di essere ancora...»
«Lo è, invece.»
«Se lo dice lei.»
«Lo dico io.»
«*Fémene.* È proprio il mio destino quello di esservi sottomesso. Tre in famiglia, tre al lavoro, e ora pure lei...»
«Il mondo è nostro» lo schernì Bruna.
«Poco ma sicuro.»
«Un'altra cosa. Ha bisogno di un segnale evidente che le ricordi la missione in corso. Fossi in lei mi taglierei i capelli.»
«Perché mai?»
«Perché a mio parere li porta così lunghi per coprirsi il viso. Non è un atteggiamento positivo. Smettiamola di nasconderci e affrontiamo la realtà. Li tagli, così non dimenticherà l'impresa in cui si è imbarcato.»
«In tema di metafore marinaresche, qui il rischio naufragio si fa sempre più concreto...»
«La pianti. Sta andando benone. A proposito, vuole un gianduiotto?» lo provocò, porgendogli il cestino con i cioccolatini.
Bepi stava per sputarle addosso un "*Ma va' in casin!*". Si trattenne per miracolo.
«No, grazie. Sto cercando di smettere.»
«Bravo» rispose Bruna, posando il panierino. «Ora che le ho dimostrato quanto la mente può favorirla oppure osteggiarla, direi che possiamo scendere più in profondità.»
«In che senso?»
«Cerchiamo di identificare il suo senso di colpa primario.»
L'ispettore sbuffò: «E facciamo pure questa».

«Madre o padre?» domandò smaliziata la terapeuta, sapendo che per il novanta per cento dei pazienti la maggior parte dei problemi derivavano dal rapporto con i genitori.

Bepi sentì un groppo in gola.

«Padre» si risolse a rispondere dopo qualche secondo, scuro in volto.

51

Ficomex Global Solutions, Macchiareddu, area industriale di Cagliari

Sin da bambina, Mara Rais odiava tutto ciò che non le tornava. Ai tempi della scuola era capace di restare sveglia fino all'alba se non individuava la soluzione a un problema matematico o geometrico. Era più forte di qualsiasi ragione o rimprovero da parte dei genitori: si incaponiva finché non arrivava a uno scioglimento. Ogni incomprensibile mistero era un affronto diretto alla sua intelligenza. Anche in spiaggia, d'estate, se incappava in un rebus dalla difficile risoluzione, era in grado di rimanere per ore sotto l'ombrellone mentre le altre ragazzine si divertivano in acqua: non si schiodava dal telo da mare prima di aver decifrato il rompicapo. Non si trattava di un esercizio intellettuale fine a se stesso, ma di una sfida.

"Quella serpe di Croce ti conosce meglio di quanto tu creda" si disse mentre attendeva di essere ricevuta da Ornella Patteri, la responsabile delle risorse umane della Ficomex, l'azienda di logistica per la quale aveva lavorato Maria Donata. "Sapeva che questo omicidio ti avrebbe tolto il sonno e ti ha lanciato l'esca avvelenata, maledetta..."

Aveva incontrato e interrogato tutte le persone che Italo Seu aveva segnalato ai colleghi. Amici, compagni di studi, ex fidanzati. Non ne aveva ricavato niente, se non il convincimento che Donata era stata una brava ragazza, buona e responsabile. Non era emersa alcuna ombra.

Mara aveva setacciato la documentazione rinvenuta nella stanza della donna, ma nemmeno lì aveva riscontrato anomalie. Fatta eccezione per un dettaglio minuscolo, che forse non significava nulla. Tra le varie spese che la giovane aveva registrato, una in particolare aveva incuriosito la poliziotta: il pagamento online per un necrologio apparso sul principale quotidiano sardo. La data risaliva a nove anni prima, a circa due mesi dalla partenza di Donata per Milano.

"Magari è un elemento inutile, però chissà..." si era detta Rais andando a consultare nell'archivio del giornale la copia in cui era stato pubblicato l'annuncio funebre.

Il messaggio era dedicato a Valentina Cicu, ventisette anni, la stessa età di Maria Donata all'epoca; sottratta alla vita da una "terribile tragedia", come si leggeva nella maggior parte dei saluti commossi di amici e parenti.

Quello di Maria Donata recitava: «Te ne sei andata d'improvviso, senza che avessi il tempo di salutarti e dirti quanto eri stata coraggiosa, forte e libera. Sarai sempre un esempio, Vale. Buon viaggio».

"Coraggiosa, forte e libera" aveva letto e riletto Rais, domandandosi a cosa Seu si riferisse. Aveva condotto una ricerca su Valentina Cicu, scoprendo che era morta in un incidente stradale poco dopo il tramonto lungo la Statale 195 che portava a Nora, il paese dove la ragazza abitava. Nel fascicolo della polizia si ipotizzava che avesse avuto un malore o un colpo di sonno. Dall'autopsia, però, non erano emersi ictus, problemi cardiaci o malattie, né tracce di stupefacenti o alcolici. La Sulcitana, come era conosciuta quella strada, negli anni aveva mietuto diverse vittime, Rais lo sapeva. Perciò, lo schianto in cui l'unico veicolo coinvolto era quello di Cicu non le risultava così incomprensibile. Tuttavia, nel caso di Valentina, non erano stati rilevati sull'asfalto segni di frenata o di brusche sterzate che indicassero una perdita di controllo dell'auto. Rais era andata ancora più a fondo, scoprendo che anche Cicu lavorava alla Ficomex Solutions. La morte era stata archiviata come incidente, sebbene i colleghi avessero lasciato aperta l'ipotesi del suicidio.

"Questa ragazza muore in circostanze non chiare, e neppure due mesi dopo Maria Donata pianta baracca e burattini e parte per Milano" si era detta Mara. "Strano."

«Eccomi» disse l'elegante responsabile delle risorse umane, presentandosi a Rais. «Mi scusi se l'ho fatta attendere. Venga. Andiamo nel mio ufficio.»

«Allora, ispettrice: a essere sincera, non c'è molto nei nostri schedari» le spiegò Ornella Patteri. «Intanto nove anni fa l'azienda era parecchio più piccola. Quel *global* che oggi risalta nel nome indica l'ingrandimento e l'affermazione della Ficomex come una delle più importanti multinazionali della...»

«Dottoressa Patteri, non sono qui per essere aggiornata sull'espansione della ditta nel mercato della logistica, per quanto interessante sono certa che sia. Ho solo bisogno di parlare con qualcuno che conosceva Maria Donata Seu e Valentina Cicu.»

«Ecco, è proprio questo il punto. In nove anni qui è cambiato tutto, a partire dall'organigramma. Più della metà del personale se n'è andato o è stato trasferito. Sono rimasti essenzialmente gli autisti e gli operai che lavorano nei magazzini e nei centri distributivi, gente che non ha mai avuto a che fare in maniera diretta con Seu o Cicu. Negli altri reparti, a cominciare dalla direzione generale e considerando anche l'ufficio commerciale, dove Maria Donata lavorava, c'è stato un avvicendamento pazzesco. Tante sue colleghe hanno cambiato mestiere, altre sono state trasferite all'estero. Io stessa sono qui soltanto da due anni.»

«Capisco. Valentina Cicu, invece, in che reparto era impiegata?»

«Ha cambiato tre settori: assistenza ai clienti, marketing e vendite, infine amministrazione.»

«È stato un percorso normale o c'è stato qualche problema?»

La manager diede una scorsa al fascicolo che aveva portato con sé dall'archivio. «A quanto pare si è trattato di spostamenti interni, decisi dalla direzione. Escluso l'ultimo, tre mesi prima della scomparsa di Cicu, che è avvenuto dietro sua richiesta specifica.»

«Dal marketing all'amministrazione non è un passo indietro a livello di carriera?»

«In realtà sì, ha ragione. È strambo.»

"Già" rifletté Rais. "Piuttosto strambo."

«Per quanto riguarda il fascicolo di Maria Donata? Nulla da evidenziare?»

«No» rispose la donna, consegnandolo a Rais. «Le ho fatto una copia, per scrupolo. Ma vedrà che non c'è niente di anomalo.»

«Rispetto al suo stato di servizio, le sembra normale che se ne sia andata?»

«Sì, è abbastanza comune nelle posizioni legate a revisione di conti. Più si accumula esperienza in contesti diversi, più il curriculum è spendibile e acquisisce valore.»

«Capisco» disse Mara, abbattuta per non aver fatto passi avanti.

«Ho comunque operato una ricerca che ha dato buon esito. Per questo ci ho messo tanto tempo. Sono riuscita a scoprire dove lavora adesso la responsabile delle risorse umane dell'epoca in cui Seu e Cicu erano qui. Si chiama Irene Vetere, sta a Newark, nel New Jersey, ed è impiegata in un'azienda farmaceutica. Non ho il suo numero, ma l'email sì. Eccola.»

Gli occhi di Rais si illuminarono. Allungò la mano e prese il foglietto con l'indirizzo.

«Se c'è qualcuno che può aiutarla, di sicuro è Vetere. È stata lei ad assumere le ragazze e a seguirle nel percorso formativo e professionale.»

«La ringrazio di cuore.»

«Si figuri. Mi auguro le sia utile.»

«Me lo auguro anch'io» rispose Mara alzandosi e lasciando l'ufficio di Ornella Patteri.

"Due ragazze assunte nella stessa ditta, legate forse da un'amicizia, entrambe morte in circostanze misteriose... Cosa unisce queste tragedie?" si domandò Mara, entrando nella MiTo parcheggiata all'esterno della Ficomex.

Diede una scorsa al fascicolo di Maria Donata. Come le aveva anticipato la manager, non c'era nulla di particolare: Seu era stata una lavoratrice impeccabile.

Attraverso l'indirizzo di posta elettronica istituzionale, che la qualificava come ufficiale di polizia giudiziaria, Rais scrisse un'email a Irene Vetere, chiedendole di sentirsi appena possibile.

"Non hai nemmeno visto che aspetto aveva Valentina Cicu" si disse una volta spedito il messaggio. La cercò sui social network. Non nutriva troppe speranze: erano trascorsi nove anni dalla sua morte, e spesso i profili di persone decedute venivano cancellati dai parenti oppure oscurati dalle piattaforme. Non era però il caso di Valentina, perché la trovò su Instagram. Scrollò le foto. Non ce n'era neppure una assieme a Maria Donata.

"Forse non erano poi così amiche" rifletté.

Un dettaglio la incuriosì: Valentina Cicu sembrava più alta e in carne rispetto a come appariva Maria Donata nelle immagini che l'ispettrice aveva visionato.

«Abbastanza da stare meglio di lei in quell'abito da sposa?» sussurrò Rais, dando un'occhiata alle istantanee del cadavere con indosso il vestito nuziale. Confrontando le varie fotografie, pareva proprio di sì.

Mara rilesse ancora una volta il necrologio: «"Te ne sei andata d'improvviso, senza che avessi il tempo di salutarti e dirti quanto eri stata coraggiosa, forte e libera. Sarai sempre un esempio, Vale. Buon viaggio"».

"È il messaggio sofferto di un'amica. Ma se davvero lo era, come mai Italo non ha inserito il nome di qualche parente di Valentina nella lista?" si domandò l'ispettrice.

«Basta chiederglielo» mormorò, estraendo il cellulare. Compose il numero del vignaio.

«Dottoressa?»

«Buongiorno, signor Seu. Mi scusi se la disturbo. Il nome di Valentina Cicu le ricorda qualcosa?»

«Sinceramente no» rispose Italo dopo qualche attimo.

«Poteva essere una collega di sua figlia, o un'amica?»

«Non credo, altrimenti il suo nome sarebbe saltato fuori, no? Credo di sentirlo per la prima volta, invece.»

«Ci pensi ancora qualche istante, per sicurezza.»

«Valentina Cicu... No, dottoressa. Mai sentita.»

«Perfetto. Avevo solo bisogno di una conferma. Grazie.»

Rais chiuse la comunicazione. Chissà se il vecchio le aveva detto la verità.

"Spero solo che la tizia in New Jersey legga presto l'email e si faccia viva" disse fra sé, mettendo in moto l'auto. "Questa storia mi puzza troppo."

Mentre guidava verso Cagliari ripensò al necrologio.

"In cosa sei stata così coraggiosa, forte e libera, Valentina Cicu?" si chiese.

52

Via Bordighera, Milano

L'analisi statistica del crimine era come un buon vino, aveva detto Strega: più tempo passava e più si affinava.

«Nel nostro caso è un vampiro» aveva ribattuto Pavan due sere prima, mentre profilavano l'ennesima aggressione. «Ha bisogno di sangue costante per essere efficiente.»

«Purtroppo è così. Più dati immettiamo nel software, più crescono le possibilità di prevedere le mosse dell'*offender*» aveva replicato il criminologo.

Appostato in una traversa di via Bordighera, a sud dei Navigli, Bepi avvertiva una forte tensione. Sentiva che si stavano avvicinando sempre di più al colpevole.

"A che prezzo, però?" si domandò, teso.

Diede uno sguardo al fascicolo di Piera Valeri, la donna su cui doveva vegliare quella notte. Aveva trentacinque anni. Lavorava come infermiera al Niguarda. Pavan aveva gli orari aggiornati dei turni.

"Dovrebbe essere sul punto di tornare" rifletté, controllando l'ora. Come suggerito da Strega, i funzionari addetti alla sorveglianza estesa dovevano essere in contatto continuo con le potenziali vittime, per monitorarne gli spostamenti e vigilare su ogni frangente in cui fossero state sole. Proteggerle con discrezione, senza gettarle nel panico.

«Buonasera, Piera. Ispettore Pavan» disse Bepi appena la donna rispose alla chiamata.

«Buonasera.»

«Tutto bene?»

«Sì, sono quasi arrivata.»

«Lo vedo» disse il poliziotto, ingrandendo il puntino blu che si muoveva a scatti sulla mappa della città: qualche ora prima Piera aveva condiviso con lui la propria posizione in tempo reale, sfruttando la geolocalizzazione del cellulare. «Volevo solo rassicurarti. Non preoccuparti se non dovessi vedermi, perché ci sarò. Ci risentiamo una volta che sarai dentro casa, chiusa a doppia mandata, al sicuro.»

«Perfetto.»

L'uomo scese dall'auto e, per la prima volta da anni, riuscì a chiudersi la cerniera del giubbotto senza trattenere il respiro e risucchiare la pancia. Si fissò riflesso sul finestrino.

"Anche questa è una grande novità" disse fra sé, osservando i capelli tagliati di fresco. La vecchia massa ricciuta, folta e ingombrante era sempre stata una maschera per coprire i tratti e confondere le curve pingui del viso.

«*Varda che bel fiól*» si prese in giro. «Come no. Un *fiól d'un can…*»

Doveva però ammettere che i metodi della psicologa avevano prodotto risultati eccellenti.

"Pensa alla faccia che ha fatto Marisa qualche ora fa…"

Nel trovarselo davanti sull'uscio di casa, smagrito di otto chili, sbarbato e con la stessa chioma di quand'era un giovane fuciliere di marina, la moglie era rimasta di sasso.

«Azz…» aveva sibilato.

Le gemelle erano accorse, e Anna si era lasciata sfuggire ammirata uno «*Zio can…*» che le era costato uno scappellotto da parte della madre.

«Ciao, Marisa. Volevo dirti che sono stato un irresponsabile in tutti questi anni. Mi sono prestato a un gioco pericoloso col mio fisico. Un gioco che deve finire. Ho deciso di cambiare e prendermi cura della mia salute. Mi sto facendo aiutare da una persona, una psicologa. Giuro che stavolta sono serio.»

Aveva ripetuto parola per parola il discorso concordato con Bruna Lodigiani, costruito *ad hoc* per persuadere la consorte.

«Ed è solo l'inizio, credimi. Posso entrare? Stanotte sono di turno e ho bisogno di dormire un paio d'ore.»

La donna, basita, l'aveva squadrato da capo a piedi, notando che il marito portava degli stivaletti tanto lucidi che parevano brillare.

«E quelli? Sono nuovi?» aveva domandato, osservando il tacco non consumato, la punta sagomata ad arte e la pelle nutrita a dovere. Un'altra novità, dato che l'uomo non aveva mai dedicato alcuna attenzione all'abbigliamento, men che meno alla cura delle scarpe.

Bepi aveva abbassato gli occhi per fissare i mezzi stivali modello Beatles rimessi a posto da Italo. Era vero: parevano appena usciti da un calzaturificio. «E pensare che stavo per buttarli» aveva sussurrato incredulo quando l'anziano glieli aveva restituiti, fiammanti.

«È una storia lunga» aveva detto alla moglie. «Allora? Mi fai entrare?»

L'aveva fatto entrare eccome, obbligandolo però a caricarsi due viaggi per portare giù la spazzatura accumulata in sua assenza. Bepi non aveva fiatato. Aveva preso le scale, andata e ritorno, evitando di utilizzare l'ascensore.

«*Mamma d'o Carmene*, dove hai fatto finire mio marito? Ovunque sia, lascialo dov'è.»

Per metterlo alla prova, aveva preparato il caffè servendoglielo con la zuccheriera e un ministeriale, il tipico medaglione di cioccolato farcito con crema al liquore per cui Bepi avrebbe ucciso senza ripensamenti. L'uomo l'aveva mandato giù senza gettarci neppure un granello di zucchero, ignorando il biscotto napoletano.

"Oddio! *È asciut' pazz'*" si era detta, portandosi le mani alla bocca.

«Te lo ripeto: sono serio. Voglio perdere almeno altri venti chili... Posso andare a riposarmi adesso?»

«*Mannagg' a chi t'è muort'!*» aveva risposto Marisa assestandogli una sberla. «Questa è per tutti i soldi che mi hai fatto sprecare con quella *sfaccimm 'e* clinica in Trentino. *Papurchio!* Ma non ti potevi svegliare prima?»

Era andato a letto col sorriso sulle labbra e la nuca dolorante, accompagnato dagli sguardi increduli di moglie e figlie.

Mentre si avviava verso casa della ragazza, Pavan si fermò. Si rese conto di aver lasciato la pistola nell'auto.

“Che faccio? La prendo?”

«Ma no. Questi nel caso bastano e avanzano» sussurrò, stringendo i pugni nelle tasche del giubbotto e allontanandosi dalla macchina.

Non aveva idea di quanto gli sarebbe costato quell’errore.

53

Stampace alta, Cagliari

Mara Rais emerse debolmente dal sonno sentendo qualcosa di caldo premerle e pulsarle contro una gamba. Con gli occhi ancora chiusi, assecondò quella piacevole spinta.

"Oh, Patrick! Che fai, monellaccio?" pensò mezzo addormentata, salvo rendersi conto dopo qualche istante che Patrick Dempsey era rimasto sì in mutande, ma nei suoi sogni. A pigiarle la coscia era qualcosa di ben lontano da ciò che aveva fantasticato.

«Ma porca...» biascicò, realizzando che la vibrazione era data dal suo telefonino. «Ecchepalle... Mai una gioia, proprio.»

Era crollata sul divano in un sonno comatoso davanti all'ennesima replica di *Il diavolo veste Prada*, a nemmeno cinque minuti dall'inizio del film ormai finito da un pezzo.

"È proprio vero che dopo i trent'anni non sei più tu a guardare la TV, ma è lei a guardare te" ragionò, stropicciandosi le palpebre.

Fissò il display del cellulare e vide che segnalava tre chiamate perse. Tutte da un numero con prefisso straniero.

«Mannaggia a me...» mormorò. Spense il televisore, agguantò dal tavolo il blocco per appunti e richiamò quella che immaginava essere Irene Vetere.

«Ispettrice Rais?» rispose una voce femminile al terzo squillo.

«Sono io. Mi scusi. Non ho fatto in tempo a rispondere.»

"Diciamo che ero in altre faccende affaccendata. Faccende ad alto contenuto piccante..." pensò Mara.

«Ho letto la sua email. L'ho chiamata prima possibile. Spero di non disturbarla.»

«No, no. Anzi, grazie mille.»

«Diceva che si tratta di Maria Donata Seu?»
«Esatto. La ricorda?»
«Certo. Una cara ragazza. Le è successo qualcosa?»
«Ehm… In realtà, sì. Purtroppo, è venuta a mancare otto mesi fa. Sto indagando sulla sua morte.»

54

Via Bordighera, Milano

Piera Valeri non aveva registrato la presenza del poliziotto. Si guardò intorno mentre attraversava lo spoglio e buio giardino condominiale, ma non scorse nulla.

"Ha detto di non preoccuparti" rifletté. "Dev'essere qui da qualche parte."

Abbassò il capo per cercare le chiavi di casa dentro la borsetta, salvo risollevarlo subito, appena sentì uno sbuffo d'aria fredda lambirle il volto.

Non vide la mazza da baseball che la centrò fra bocca e naso.

E neppure lo sconosciuto dal viso coperto che l'aveva percossa con brutalità.

Piera crollò, esanime.

L'aggressore caricò un altro fendente e fu sul punto di scagliarlo in faccia alla ragazza, quando avvertì una presenza alle spalle.

«Ehi, muso *de mèrda.*»

L'assalitore non fece in tempo a girarsi che Pavan gli mollò un gancio alla tempia, rovesciandogli addosso i suoi centoventi chili. L'uomo rovinò sul selciato, perdendo la presa sulla mazza che Bepi allontanò con un piede.

Pavan si chinò sulla donna. «Maledetto bastardo» ringhiò, nel constatare come l'aveva ridotta. Prese il cellulare per chiamare Strega, e si accorse con un secondo di ritardo della punta dell'anfibio a pochi centimetri dagli occhi.

Il calcio dell'assalitore lo spedì al suolo.

«Sono un poliziotto, *móna*!» sbraitò Pavan, consapevole che il bastardo gli aveva spaccato uno zigomo.

Sotto il passamontagna, Ivan Bottarelli non aveva distinto le parole del grassone. Il pugno che aveva ricevuto non l'aveva colpito all'osso temporale, ma a un orecchio, assordandolo.

«Fatti i cazzi tuoi!» gridò rabbioso, scoccando una pedata all'inguine dello scocciatore.

Bepi lo vide raccogliere il randello, pronto a concludere il lavoro su Piera. Si tirò in piedi, ma il ragazzo fu più veloce e gli assestò un cazzotto che il suo ventre lardoso assorbì senza problemi.

In preda all'adrenalina, l'ispettore non avvertì dolore.

«Grave errore» biascicò Bepi.

Con una mano bloccò il polso del criminale e con l'altra lo schiaffeggiò con tutta la forza che aveva, stavolta cogliendolo in piena mandibola.

Ivan perse i sensi all'istante.

Guardandolo piombare giù e udendo un tintinnio metallico, Pavan si rese conto che il bastardo non gli aveva vibrato un pugno, bensì una coltellata.

«*Vaca bòja...*» mormorò vedendo il sangue gocciolare a terra.

Mentre la vista si appannava e la testa iniziava a vorticare, cercò di raccogliere il cellulare che gli era caduto.

«Dove diavolo è?»

Non riuscendo a individuarlo per via del buio, strillò: «Ehi, Siri?».

«Ciao, Bepi» gli rispose lo smartphone da qualche parte. Poi lesse il conto alla rovescia sullo schermo: «Mancano undici anni, nove mesi, sei giorni, dodici ore, trentun minuti e ventisei secondi alla tua morte».

«*Va' in cùeo de to màre, Siri...* Chiama Strega, su.»

«Mi dispiace che pensi sia una strega, Bepi. Pensavo fossimo amici. Ma mi rimetto al tuo giudizio.»

«*Zio can...* Ho detto telefona a Strega!» gridò, tamponandosi la ferita con le mani.

«Ok. Chiamo il vicequestore Vito Strega.»

«*Ciò*, alla buon'ora...»

Le gambe non reggevano. Si lasciò cadere sulle ginocchia.

«Bepi?» rispose Vito.

«L'ho preso, capo» disse Pavan, guardando il corpo privo di sensi dell'aggressore.

«L'hai preso?»

«Sì, quel *magnacàssi* è qui davanti a me. Inerme. Il punto è che anche lui ha preso me... Mandami rinforzi e un'ambulanza. La donna è ferita, non credo in maniera grave.»

«Ok. E tu, invece?»

Pavan non aveva sentito la voce del superiore.

«Bepi?» urlò Strega.

«L'ho preso, capo» ripeté l'ispettore, un ampio sorriso a illuminargli il volto.

Poi perse conoscenza e si accasciò, mentre il sangue continuava a inzuppargli i vestiti.

55

Stampace alta, Cagliari

Dopo averle dato qualche minuto per metabolizzare la notizia, lasciando che esponesse a ruota libera ciò che rammentava su Maria Donata, Mara incalzò Irene Vetere.

«Avrei necessità di conoscere che tipo di legame c'era tra Donata e Valentina Cicu, un'altra dipendente della Ficomex. Ricorda anche di lei?»

«Certo. Valentina morì qualche mese prima che Donata andasse via dall'azienda. In un incidente stradale. Stava tornando a casa dall'ufficio ed ebbe un... Fu una fatalità.»

«Al di là dell'essere colleghe, le due avevano pure un rapporto personale?»

«Non saprei con certezza. Però fu Donata a denunciare il tutto. Quindi immagino di sì.»

Rais cadde dalle nuvole. «Denunciare cosa?»

«Ah, non lo sa? Gliela faccio breve. Valentina aveva una relazione che oggi sarebbe definita "tossica" con un nostro dipendente, uno che si occupava di tecnologia dell'informazione all'interno del reparto IT, Claudio Fenu. Lui era molto in gamba, ma del tutto manipolativo nei confronti di Valentina.»

"Bingo" pensò Mara, segnandosi il nome.

«Era ipergeloso, aveva atteggiamenti controllanti e persecutori, violava le sue mail. C'erano state diverse rotture e riconciliazioni, ma Fenu non si rassegnava. La cosa era stata notata in azienda, perciò all'inizio l'avevamo ammonito verbalmente, poi persino a livello formale, mi pare almeno due volte. Era una risorsa importante per la ditta, aveva creato un software interno per la gestione dei magazzini. Ma il suo comportamento stava creando dei problemi. Sono convinta che rimanesse alla Ficomex soltanto per controllare Valentina: era un informatico brillante, avrebbe potuto lavorare in luoghi più prestigiosi, una professionalità come la sua era molto ricercata. Stare da noi, però, gli permetteva di rimanere vicino alla fidanzata e tenerla d'occhio.»

«E Maria Donata, in tutto ciò?»

«Be', possiamo dire che fu in qualche modo risolutiva, perché Valentina non aveva mai denunciato in maniera diretta il ragazzo né a noi come impresa né alle forze dell'ordine. Era un po' all'antica sotto questo aspetto, riteneva che atteggiamenti simili fossero normali. Donata fu testimone di un episodio violento contro Valentina da parte di Fenu nei parcheggi della Ficomex. Un litigio verbale che si accese sempre di più finché lui la percosse... Maria Donata intervenne, intimandogli di andare via. Prestò soccorso a Valentina e la accompagnò dentro. Convinse Cicu a denunciarlo al direttivo, e Donata testimoniò a suo favore, raccontando cosa aveva visto... A quel punto fummo concordi nel liberarci di Fenu. Valentina non intendeva rivolgersi alla polizia e la ditta non voleva essere associata come brand a fatti di questo genere. Dovevamo smarcarci con meno danni d'immagine possibili. Ci fu un confronto con Fenu, in presenza anche di Maria Donata. Come le ho detto, non volevamo impelagarci in scandali e cattiva pubblicità, così gli consigliammo caldamente di rassegnare le dimissioni, garantendogli in cambio che non ci saremmo esposti sull'aggressione. Lui provò a difendersi, ma la testimonianza di Donata era inattaccabile. Alla fine, si arrese e si licenziò.»

«Questo ebbe delle ripercussioni? L'uomo minacciò Donata o qualcuno di voi?»

«No. Era un fidanzato geloso, ma una persona intelligente. Sapeva che se fossimo passati alle vie legali l'avremmo rovinato, vista la potenza di fuoco della multinazionale. Se ne andò e basta.»

«Sa se venne sentito dalla polizia sulla morte di Valentina?»

«Credo di sì, ma sono abbastanza certa che avesse un alibi inattaccabile. Al momento dell'incidente era a Cagliari, dove aveva trovato lavoro in un'altra società. E comunque per gli inquirenti si era trattato di un comune incidente. Quella strada è maledetta.»

«Circa due mesi dopo Donata vi lasciò. Come mai?»

«Disse che voleva provare a misurarsi in contesti diversi, tentare di fare carriera a Milano, in qualche grossa azienda.»

«Le credette?»

«Sì. Era giovane e capace. Era plausibile.»

«La fine di Valentina può aver avuto un peso nella scelta?»

«Chi lo sa... Di sicuro l'aveva scossa. Nel caso mi stia chiedendo se potesse sentirsi in colpa o responsabile, questo non glielo so dire.»

«Torniamo un secondo a Valentina: dopo l'allontanamento di Fenu, ci sono stati strascichi fra lui e Cicu?»

«Claudio provò a riallacciare i rapporti, ma lei oppose un muro.»

«È capitato che le facesse la posta nei parcheggi dell'azienda o roba simile?»

«No, eravamo stati molto netti al riguardo. Se avesse fatto qualcosa del genere, l'avremmo denunciato.»

«E che fine ha fatto Claudio Fenu?»

«Non saprei. L'ultima volta che l'ho visto è stata al funerale di Valentina.»

«Come si comportò?»

«Era a pezzi. Si vedeva che gli era crollato il mondo addosso.»

«Quindi ne era ancora innamorato?»

«Se di amore possiamo parlare... Fu proprio lì, parlando con alcuni parenti della ragazza, che scoprii la loro intenzione di sposarsi, prima che lei...»

«Sposarsi?» ripeté Mara, accalorata.

«Sì. Poi andò come andò, ma il progetto era quello. Credo fossero addirittura a buon punto con i preparativi del matrimonio.»

"Santo cielo" pensò Mara correndo al PC. Entrò nel Sistema utente investigativo e lanciò una ricerca su Claudio Fenu.

«Il ragazzo aveva precedenti?»

«Non mi risulta: prima di ingaggiare qualcuno facevamo sempre un approfondimento sui trascorsi del candidato.»

Mara trovò settantasette Claudio Fenu residenti in Sardegna, più ventisei deceduti negli ultimi trent'anni.

"Merda" pensò. "Devo restringere il campo."

«Quanti anni aveva Fenu, all'epoca?»

«Due o tre più di Valentina.»

Rais filtrò l'analisi in base all'età e ottenne in risposta venticinque soggetti con quel nome, sei dei quali con precedenti. In una nuova finestra aprì il Sistema d'indagine e travasò i nominativi, riservandosi di controllarli uno per uno.

«Un'ultima cosa: Fenu era di Cagliari?»

«Penso di sì. Ma non ne ho la certezza.»

«In tutto questo che ci siamo detti, è stato mai coinvolto in qualche modo il padre di Maria Donata? Il suo nome è Italo. Italo Seu.»

«No. Non mi pare.»

«Ricorda se il giorno del funerale Donata fosse in compagnia di un uomo anziano?»

«Ci scambiai qualche parola. Mi sarei accorta se fosse stata accompagnata. Era sola, invece.»

«Non so come ringraziarla. Mi è stata davvero utilissima.»

«Crede che lui c'entri qualcosa con…»

«Non ne ho idea. Faremo degli accertamenti. Le chiedo di tenere la nostra conversazione privata, al momento. È probabile che avrò bisogno di risentirla.»

«Ci mancherebbe. Sono a disposizione.»

«Grazie di cuore. Buonanotte, Irene. O buonasera, non so che ore siano adesso in America.»

La donna rise, forse per stemperare la tensione, poi chiuse la telefonata.

L'ispettrice rilesse gli appunti che aveva buttato giù, cercando di annodare gli elementi.

«Cristo…» sussurrò mentre l'adrenalina le scorreva in corpo, accelerando il battito cardiaco.

"Ora hai il collegamento fra Valentina e Donata, e forse un possibile sospetto" si disse. "Ti resta da capire che fine ha fatto questo Claudio Fenu e se per caso c'è un nesso tra lui e l'ex di Donata."

Mara riprese il cellulare e compose il numero di Pavan.

56

Uffici della squadra mobile, questura di Milano

Nei corridoi, dentro gli uffici e negli spazi comuni della mobile si percepiva una certa esaltazione. Finalmente avevano preso quel mostro infame. L'incubo era dissolto.

Molti investigatori della task force erano stati richiamati in servizio nonostante l'ora tarda. Altri, in virtù del passaparola fra colleghi, si erano precipitati di propria sponte per guardare negli occhi la bestia a cui avevano dato la caccia. Stupefatti, però, di avere davanti non una macchina omicida e neppure un algido killer sanguinario, ma un mero sfigato. Un leone da tastiera. Un codardo che colpiva donne indifese.

«La banalità del male all'apice del suo splendore» aveva detto la sostituta procuratrice Galeano.

In attesa di sentirlo in presenza dell'avvocato che gli avevano prontamente fornito, la PM lo marcava a vista, impedendo a chiunque di entrare nella saletta riservata agli interrogatori perché il giovane si era macchiato di crimini brutali e odiosi. E i poliziotti, oltre a essere incazzati per essere stati buttati giù dal letto, erano furiosi contro quel disgraziato che aveva accoltellato uno di loro. L'atmosfera era carica di tensione. Sarebbe bastato che il ragazzo dicesse qualcosa di sbagliato per scatenare una reazione violenta da parte del personale investigativo, che in quelle settimane il criminale aveva condotto all'esasperazione. Viviana Galeano doveva scongiurarlo a ogni costo. La minima violazione avrebbe mandato tutto a monte.

La PM ringraziò il dirigente che le aveva portato un caffè e gli disse: «Avvisate pure Strega. Possiamo iniziare».

Vito chiuse una chiamata ed entrò nella stanza di Grazia Bonardo. Anche lei aveva l'aria spossata. Scrutava nervosa Ivan Bottarelli sullo schermo dove erano proiettate le immagini catturate dalle videocamere all'interno della saletta. Il ventinovenne confabulava col difensore.

«Notizie di Pavan?» domandò la dirigente.

«Ho appena parlato con Eva. È sotto i ferri, lo stanno ricucendo. Il buon vecchio Bepi ha perso un bel po' di sangue ma ce la farà, la lama non ha trafitto organi interni. Deve ringraziare la corazza di adipe che lo avvolge, stavolta gli ha salvato la vita. Ho chiesto a Croce di rimanere in ospedale finché non esce dalla sala operatoria. Ci terrà aggiornati.»

«Ottimo. Tanto qui la PM non l'avrebbe fatta avvicinare neppure di striscio al bastardo. Sta tenendo tutti alla larga, per paura che combinino qualche cazzata.»

«Fa bene... Il medico? L'ha visto?» s'informò Strega, osservando anch'egli il ragazzo. Il viso sgraziato di Ivan era ammantato di pallore, a eccezione della guancia tumefatta per lo schiaffone con cui Pavan l'aveva mandato a dormire. L'avevano sottoposto a una visita al fine di verificarne l'idoneità psicofisica allo svolgimento di un colloquio investigativo.

«Dice che sta meglio di noi. Nessuna ragione ostativa a interrogarlo. L'avvocato ha provato a lagnarsi, ma è bastato uno sguardo di Galeano e degli altri magistrati del pool a zittirlo. Non è un tizio molto esperto.»

«Perfetto.»

«Come vuoi procedere? Preferisci rimanere fedele alla linea di cui ci hai parlato?»

«Sì. Guardalo. Non reggerà più di mezz'ora. Forse meno. Rientra nel tipico profilo dell'INCEL con caratteri da odiatore.»

Grazia sapeva che con quell'acronimo si autodesignavano i "celibi involontari", i membri di una comunità online che condividevano una frustrazione riguardo all'incapacità di stabilire relazioni con persone di sesso femminile a causa del loro aspetto fisico mediocre, se non addirittura respingente. La maggior parte di essi si limitava a esprimere il proprio avvilimento in forum e gruppi privati sul web. Esisteva però una cerchia più ristretta – accomunata da risentimento, gelosia, misoginia e rabbia nei confronti delle donne – che fomentava retoriche estremiste, odio e violenza. Sia Strega sia Bonardo ritenevano che Ivan Bottarelli appartenesse a una frangia che dalle parole era passata ai fatti.

«Tieni. Ti ho preparato quello che mi avevi chiesto» disse Bonardo porgendogli un robusto dossier.

Attraversarono insieme il corridoio, diretti alla saletta. Una voce alle loro spalle li costrinse a fermarsi.

«Un attimo, professore!»

Strega si girò, trovandosi al cospetto degli ispettori Lorenzo Giansante e Marilena Lupo, la coppia che aveva investigato sul delitto di Maria Donata Seu.

«Che succede?» s'informò il criminologo, vedendo lo stato di agitazione in cui versavano.

«Il bastardo che ha pugnalato Pavan e aggredito la donna non ci è nuovo» spiegò la poliziotta, accigliata.

«Puoi essere più chiara, Lupo?» la rimproverò Bonardo.

Lorenzo gli porse le istantanee del viso sfigurato di Viola Marturano. «Ivan Bottarelli è un collega di questa ragazza, cioè della vittima numero quarantatré. Un suo sottoposto, per la precisione. L'abbiamo sentito a verbale circa una settimana fa, a seguito dell'aggressione alla manager, e l'abbiamo riconosciuto. È una bella coincidenza, no?»

Grazia e Vito fissarono quelle immagini disturbanti, poi si scambiarono un'occhiata tesa.

«Ora mi credi?» chiese Strega a Grazia Bonardo.

La dirigente sospirò e si rivolse ai due ispettori: «Chiamate la PM e chiedetele di venire qui un secondo. Questo cambia tutto».

57

Sala interrogatori della squadra mobile, questura di Milano

Strega, Galeano e Giansante entrarono nella saletta e sedettero di fronte al ragazzo e a Carlo Rendini, l'avvocato.

Alla vista di Lorenzo, Ivan sbiancò.

«Noi ci conosciamo già» disse Giansante, un ghigno a increspargli le labbra.

«In che senso?» domandò il difensore.

Strega gli passò le foto di Viola Marturano. La ritraevano dopo il pestaggio, con tanto di ingrandimenti degli sfregi al viso.

«Ho un alibi» s'affrettò a dire il giovane.

Primo errore.

«Sta' zitto» sibilò Rendini.

«Va bene» ribatté Strega, conciliante. «E dimmi: hai un alibi anche per tutte loro?»

Iniziò a deporre sul tavolo gli scatti delle altre donne aggredite. Fu un'operazione di proposito lenta e snervante, tesa a logorare l'indiziato.

«Aspettate… Di cosa lo state accusando esattamente?»

«Di aver aggredito in totale quarantaquattro donne e di essere il mandante dell'imboscata alla sua direttrice, la signora Viola Marturano» spiegò con calma la sostituta procuratrice.

«E aggiungerei il tentato omicidio di un poliziotto in servizio che al momento è in ospedale in condizioni critiche» precisò Strega. «Una bazzecola, insomma…»

«Non sapevo che fosse un…»

Secondo errore.

«Sta' zitto» ribadì il legale. «Ma…»

Strega ignorò l'avvocato e si concentrò sul ragazzo, visto quanto gli stava agevolando il lavoro.

«Il mio collega sostiene che sia vero. Che avresti un alibi inattaccabile per la notte dell'agguato a Viola Marturano» affermò il criminologo. «Dice addirittura che gli hai mostrato lo scontrino di una birreria senza che nemmeno te l'avesse chiesto. È stato un eccesso di zelo o un voler mettere le mani avanti per proteggerti da una potenziale accusa?»

«Secondo me la seconda» intervenne Giansante.

Rendini protestò. «Dottoressa, mi pare che questa conversazione sia iniziata col piede sbagliato. E soprattutto...»

«Questa conversazione in realtà non è nemmeno iniziata, avvocato» ribatté la PM. «Vede per caso qualcuno che sta redigendo un verbale? Non c'è nessuna registrazione in atto, si rilassi. Stiamo semplicemente guardando insieme delle fotografie. Faccia finta che siamo a un vernissage, peraltro in presenza dell'artista» disse indicando Ivan. «Qual è la sua preferita, avvocato?»

All'esterno della saletta, i poliziotti che assistevano scaricarono la tensione con dei risolini nell'udire la sostituta deridere il difensore.

La porta si aprì e altre due magistrate del pool contro la violenza di genere della procura di Milano si accomodarono al tavolo, disponendosi vicino alla collega.

«Bene. Ora che ci siamo tutti, facciamo le presentazioni» continuò Galeano. «Qui abbiamo il vicequestore aggiunto Vito Strega e l'ispettore capo Lorenzo Giansante, in rappresentanza dell'unità speciale della mobile di Milano nata per contrastare questi attacchi» disse additando le istantanee. «Noi, avvocato, ci conosciamo già, no? Quanto a lei, signor Bottarelli, sono la sostituta procuratrice Viviana Galeano e loro le mie colleghe del pool antiviolenza: le sostitute Ferrari e Michelin.»

Sospettato e legale si trovarono accerchiati dai cinque inquirenti.

«Fuori di qui c'è un po' di pubblico che attende di accedere alla mostra d'arte» proseguì Galeano. «Abbiamo esponenti dei carabinieri, svariati poliziotti, analisti, tecnici, persone che hanno sgobbato come matte pur di arginare questa epidemia di violenza. La vicenda è seria, Bottarelli.»

Tutti notarono che aveva volutamente tralasciato "signor".

Il giovane era un fascio di nervi. Strega e Giansante non gli schiodavano gli occhi di dosso.

«Posso, dottoressa?» domandò il criminologo.

«Prego, professore.»

«Restiamo su quanto avvenuto stanotte, Ivan. Il tuo non è stato un atto impulsivo. Ti sei portato dietro una mazza da baseball e un coltello, nascosti in una sacca sportiva. C'è un innegabile elemento di premeditazione. E come il tuo legale ti spiegherà, premeditazione significa carcere al cento per cento. E carcere duro, bada bene, perché gli odiatori di donne non sono ben visti dietro le sbarre.»

«Questa è una minaccia vera e...»

«No, avvocato» lo interruppe la PM. «Il vicequestore si sta limitando a descrivere al suo assistito la vita all'interno dei penitenziari. Nessuna minaccia, si figuri... Continui pure, professore.»

«La violenza di genere è un tema pressante di questi tempi. L'opinione pubblica è stanca di vedere donne assalite, brutalizzate e uccise. Se ti diamo in pasto ai media, Ivan, quelli ti spolpano vivo.»

«E di nuovo si passa alle...»

«Ehi, hai rotto il cazzo! Fallo parlare. Da' un'occhiata a come ha ridotto la ragazza, e pensa a quanto coraggio ti servirà domani per guardarti allo specchio» sbottò Giansante.

Le magistrate gli lanciarono delle occhiatacce, ma era una farsa recitata ad arte.

L'ispettore aveva voluto colpire basso il legale, e di riflesso l'assistito. Se quel colloquio fosse stato un incontro di boxe, la sua frase sarebbe stata un colpo sporco, sotto la cintola. Da squalifica. Serviva a creare una prima frattura tra i due, incrinando la fiducia reciproca. Se fossero riusciti a far sentire il ragazzo abbandonato da tutti, financo dall'avvocato, sarebbe stato un vantaggio per l'esito dell'interrogatorio.

«Che ne dite se facciamo una pausa? C'è un po' troppo nervosismo qua dentro» propose Strega, seguendo il copione che avevano stilato prima di entrare.

Viviana si alzò. Le colleghe e Giansante la imitarono.

«Venga con noi, Rendini. Le offriamo un caffè e scambiamo due chiacchiere. È tardi, non vorremmo tirare fino all'alba. Buttiamo giù insieme un piano, così da chiudere in fretta almeno per stanotte.»

«E lui?»

«Io rimango con Ivan. Non possiamo lasciarlo solo» spiegò Strega.

«Sarebbe meglio procedere direttamente e...»

«Avvocato» disse Galeano «io credo che lei debba essere reso edotto sull'entità e l'onere di questa rappresentanza. Lo dico soprattutto per la sua carriera futura.»

Il tono della magistrata era stato dolce. Ma tutti avevano percepito la frase come quello che in effetti era: una minaccia.

«Le telecamere...»

«Non stanno registrando, ripeto» assicurò Viviana. «Quanto ci siamo detti finora non ha alcun valore probatorio e non potrà essere usato in sede processuale.»

«Non fiatare. Nemmeno una parola» ordinò il legale al ragazzo. «Torno subito. Vuoi un caffè?»

«Sì.»

«Ok. Bocca cucita.»

Gli inquirenti abbandonarono la saletta e Strega e Ivan rimasero soli, in silenzio.

Vito continuava a fissarlo, impassibile.

«Io la conosco... L'ho vista in televisione. È quello che ha preso il Dentista, vero?» domandò il ragazzo, ormai prossimo al punto di rottura.

«Già. Scommetto che tu sei uno di quelli che avevano votato.»

Ivan non replicò.

«Mia madre è fan di Luana Rubicondi. Io non guardo quelle schifezze, ma lei non si perde una puntata del *Verdetto*» straparlò il giovane, quasi volesse giustificarsi. «L'ho vista lì.»

«Pensi di essere più intelligente del Dentista?» lo stuzzicò Strega.

«Preferisco rimanere in silenzio.»

«No, caro. Tu muori dalla voglia di parlare, ma hai paura.»

Bottarelli si richiuse nella sua cella di silenzio.

«L'avvocato... Non lo invidio, sai? Avrà un gran bel da fare a toglierti dai casini, e sa per certo che non ci riuscirà. Si limiterà a tamponare i danni. Ma a quale costo? Nessuno ama uno come te, che odia le donne e le sevizia. Ti scaricherà a breve, vedrai. Forse neppure tornerà qua dentro. Rimetterà il mandato e tu resterai con noi… Con me.»

Ivan sbottò in un risolino sarcastico. Era tutta scena. Strega sapeva che se la stava facendo sotto.

«Non mi piaci, Ivan. Hai accoltellato un mio collaboratore. Un amico, oltre che un collega. E questi crimini odiosi, brutali… Mi fanno ribrezzo. Tu, mi fai ribrezzo. Ma contrariamente a ciò che pensano le magistrate, non sei responsabile di tutte quelle imboscate. Lo sei per l'assalto a Piera Valeri, e sei di sicuro il mandante dell'aggressione a Viola Marturano, la tua capa, che di certo odiavi. Sbaglio?»

Silenzio e sguardo basso.

"Gli hater sono tutti uguali. In gruppo sono iene arroganti e spietate, da soli pecore remissive" rifletté Vito.

«L'unica decisione ragionevole che puoi prendere è darci una mano. Raccontami tutto nei dettagli e forse potremo limitare i danni collaterali.»

Strega lo lasciò sobbollire nel suo brodo di angoscia.

Trascorsero diversi minuti.

Nessun segno delle procuratrici e dell'avvocato.

Vito non aveva fretta. Aveva tessuto la trappola per più di una settimana. E Ivan era rimasto imprigionato nella sua rete. Le mani tozze e grassocce del ragazzo, che Ivan torceva nervoso, ricordavano le zampette convulse di una mosca impegnata a strappare la tela appiccicosa. I fili vischiosi orditi dal ragno Strega lo allacciavano mentre tentava invano di liberare le ali incollate. Entrambi consapevoli che non avrebbe volato mai più. Il respiro grosso e ansimante del giovane, che riempiva la saletta, non era che il brusio dell'insetto cosciente della propria fine. Il grido muto di chi non ha più prospettive.

«Non avete alcuna prova che sia stato io… Ci sono persone che possono dimostrare che non ero presente nei luoghi degli attacchi. Notti in cui ero di turno e mi trovavo al lavoro… Non avete niente.»

"Terzo o quarto errore" si disse Strega. Ormai aveva perso il conto.

La mosca si contorceva e si dibatteva, cercando di sottrarsi alla morsa della ragnatela. Ma ogni movimento la impigliava ancora di più, avvolgendola in un abbraccio mortale. Ogni parola era un'ammissione di colpa. E l'insetto, ubriaco di paura, non lo comprendeva.

«Non ho bisogno di prove. Mi basta quello che ho per sbatterti dentro. Poi si metterà in moto un meccanismo che ti cannibalizzerà. Ci penseranno squali come Luana Rubicondi a fare il resto. Mobiliteranno l'opinione pubblica. Pretenderanno pene esemplari. La magistratura dovrà assecondare l'indignazione popolare, e tu pagherai per tutti. Non soltanto per loro» disse Strega indicando le foto delle ragazze aggredite, «ma per ogni donna che non ha avuto giustizia.»

Gli occhi invasati della preda si spostavano convulsi da un punto all'altro della sala, cercando una via d'uscita.

«Vada a chiamare il mio avvocato...»

Più che una richiesta, un piagnucolio. Un ronzio spossato.

Strega non mosse un muscolo. Le ghiandole filatrici erano in piena attività.

Continuava a fissarlo, gelido, lasciando che si condannasse da solo.

«Mi ha sentito? Tanto non parlerò...»

La tarantola pazientava, imperturbabile.

La mosca, invece, si dimenava, isterica. Ogni sforzo affievoliva le speranze, lasciando spazio al puro istinto di sopravvivenza.

Presto avrebbe sacrificato lo sciame pur di non essere divorata dal ragno, perché era l'unica possibilità di salvezza.

Era solamente una questione di tempo.

58

Uffici della squadra mobile, questura di Milano

«È in gamba» disse Marilena Lupo, rivolta a Grazia Bonardo. Stavano seguendo il dialogo fra Strega e Ivan sul monitor della dirigente. «Sta facendo in modo che si rovini con le sue stesse mani.»

«Già. Ancora una spinta e l'idiota crolla.»

«Non ho dubbi.»

«I tecnici della postale sono pronti?»

«Sì, stanno aspettando che...»

Lorenzo Giansante fece capolino nell'ufficio. «Dottoressa? È arrivata la colonnella dei carabinieri con i suoi uomini.»

«L'hanno recuperato?»

«Sì.»

La dirigente uscì nel corridoio e andò incontro a Marina La Brava, seguita da tre militari in divisa.

«Grazie mille per l'aiuto» la accolse Bonardo.

«Ci mancherebbe. Questo dove lo mettiamo?» domandò La Brava, mostrando l'oggetto richiesto dal vicequestore.

«Strega ha detto di portarlo nella sala degli interrogatori. Vuole farlo lei?»

«Perché no?» disse Marina, facendoselo passare da uno dei suoi uomini.

«Da quella parte» indicò Grazia.

La Brava si avviò verso la saletta, con tutti gli occhi dell'investigativa addosso.

59

Sala interrogatori della squadra mobile, questura di Milano

Strega lasciò entrare la militare, con cui scambiò un cenno d'intesa.

Marina La Brava posò sul tavolo un laptop collegato a una batteria esterna. «L'abbiamo lasciato acceso, come ci hai consigliato.»

«Avete trovato altri apparecchi?»

«Sì» rispose la donna scrutando il ragazzo, che non schiodava lo sguardo dal computer. «Ce n'era anche uno fisso che i colleghi del reparto tecnologie informatiche stanno analizzando. Due cellulari, hard disk, memorie esterne e ulteriore apparecchiatura. La perquisizione è ancora in corso.»

«Perfetto. Grazie, Marina.»

La carabiniera non accennò a muoversi, quasi non avesse sentito il criminologo. Seguitava a puntare l'aggressore, glaciale, la bocca piegata in un'espressione di disgusto.

Ivan rivolse gli occhi alle proprie mani, provando a ignorarla. Le nocche scricchiolavano mentre apriva e richiudeva i pugni, nel tentativo di allentare la tensione. Ma quel gesto compulsivo non faceva che accrescere l'ansia che lo divorava.

Con delicatezza, Strega toccò la colonnella su una spalla. «Grazie, Marina» ripeté.

La donna si riscosse e annuì al vicequestore.

Di nuovo soli, Vito si sedette e indicò il PC. «Ruota tutto attorno a questo, vero?»

Bottarelli seguitò a fissarsi le mani, apatico.

«Abbi almeno la buona creanza di guardarmi.»

Bottarelli gli lanciò un'occhiata timida.

A Strega non parve un tipo capace di prodezze tecnologiche. "No. Ha più l'aria di uno che usufruisce dei software, non di uno abituato a crearne" si disse il poliziotto.

«Ascoltami bene. I magistrati e io riusciremo ad accedere alle informazioni custodite qui dentro, a quello che nascondi. O meglio, alle persone che stai nascondendo. Come ormai avrai capito, ci sono un mucchio di professionisti al lavoro sul caso. Abbiamo esperti della polizia postale e dei RIS che faranno un'analisi forense-informatica dei tuoi apparecchi. È gente abituata a dare la caccia a pedofili, assassini e terroristi nel deep web e nel dark web. Che tu ci aiuti o meno, troveranno ogni cosa.»

Ivan Bottarelli sbatté le palpebre.

«Dimmi con precisione dove dobbiamo cercare e farò di tutto per evitarti l'imputazione più grave: associazione a delinquere di stampo terroristico. Tu e i tuoi compari avete seminato terrore in maniera organizzata e sistematica. Se vieni processato per questo, non uscirai più di prigione, te lo garantisco. E non parliamo di case circondariali, ma di carcere duro, di penitenziari speciali. Se collabori, mi attiverò affinché la procura ti persegua soltanto per gli altri reati minori. A te la scelta.»

Strega decise di concedergli un minuto di tempo.

Allo scadere, si alzò e afferrò il laptop. «Hai preso la decisione sbagliata.»

Aprì la porta. Aveva già un piede fuori quando la voce esitante del ragazzo lo raggiunse.

«È un forum… Nel dark web. Si accede su invito. Le persone vengono reclutate in altri siti e social… strani, diciamo così.»

Strega richiuse il battente. «E come si chiama questo forum?»

Ivan Bottarelli si grattò la barba arruffata.

«L'indirizzo è una sequenza cifrata che cambia di continuo. Ma una volta che entri, il nome è "La sposa silenziosa".»

60

Ospedale San Paolo, via di Rudinì, Milano

«Pronto?» disse Eva prendendo la chiamata.

«Oh, finalmente qualcuno si degna di rispondere!» sbottò Rais. «Prima mi chiedete di fare il lavoro sporco, poi però siete irraggiungibili. Cosa cavolo stavate facendo tu e Pavan? È urgente, cristo.»

«Più urgente di una coltellata?» ribatté Croce.

«Cosa diavolo significa?»

Eva le raccontò dell'aggressione a Bepi.

«Merda...» sospirò Mara appena la partner ebbe terminato di aggiornarla.

«Già. Non è in pericolo. Gli rimarrà soltanto una brutta cicatrice a ricordo di quanto è stato fortunato... Tu, invece? Se mi telefoni a quest'ora vuol dire che hai scoperto qualcosa.»

«Dire "scoperto qualcosa" è riduttivo. Allarghiamoci pure: senza falsa modestia, vi ho risolto il caso.»

«Sentiamo.»

61

Sala interrogatori della squadra mobile, questura di Milano

Come a Strega era ben noto, il dark web era una sorta di Far West digitale dove si incontravano domanda e offerta di beni e servizi illegali, che andavano dalla vendita di armi, documenti falsi e droga allo scambio di materiale pedopornografico, fino a indicazioni su come fabbricare ordigni esplosivi o dove procurarsi agenti patogeni quali l'antrace. Vi si accedeva tramite software specifici in grado di consentire una navigazione anonima, proteggendo tanto l'identità degli utenti quanto la riservatezza su siti visitati e cronologia delle pagine. Le criptovalute erano l'unica moneta corrente in quella porzione così profonda e oscura della rete.

Ivan raccontò che lì si trovava "La sposa silenziosa".

All'apparenza si trattava di un forum normale. Non lo era. Era ipercriptato e frequentato da uomini uniti da un unico denominatore comune: l'odio nei confronti dell'universo femminile. In particolare, precedenti fidanzate o mogli, amanti, femmine da cui ci si era sentiti umiliati e sminuiti. Queste persone riversavano informazioni molto private relative alle loro ex o alle donne di cui volevano vendicarsi: dettagli come chiavi d'accesso a sistemi di allarme delle abitazioni, password di email e social network, indirizzi, rubriche telefoniche, immagini o video a contenuto sessualmente esplicito, dettagli sull'intimità, abitudini e routine. Poter disporre di simili file significava infiltrarsi in quelle vite e distruggerle.

Ivan, e tantissimi altri come lui, avevano sfruttato tale piattaforma e la mole di dati in essa contenuta per violare profili e avviare operazioni di phishing, attuare revenge porn, organizzare shitstorm, contaminare apparecchi cellulari con malware e spyware.

Non solo.

In quel verminaio di odio, alcuni utenti particolarmente attivi erano stati scelti dall'amministratore – tale Sirio – per passare a un livello successivo.

«Delitto per delitto» disse Strega, interrompendo il resoconto del ragazzo. «A certi di voi veniva proposta una vendetta incrociata sui rispettivi bersagli.»

Ivan annuì.

«Tu hai fornito le informazioni su Viola Marturano, e qualcuno si è premurato di aggredirla al tuo posto, seguendo precise istruzioni» intuì il criminologo. «Poi, però, hai dovuto restituire il favore assalendo Piera Valeri. In questo modo avevate entrambi degli alibi inossidabili che impedivano di collegarvi in maniera diretta agli attacchi contro le donne a voi vicine.»

Bottarelli non ammise né smentì. Non ce n'era bisogno: lo sguardo sbarrato parlava per lui.

«Scommetto che dovevate fornire delle prove di quanto avevate compiuto» continuò Strega, che ormai si era fatto un'idea piuttosto precisa sulle dinamiche di quel simposio di menti malate.

Ivan fece un impercettibile segno d'assenso.

«E tu non hai avuto modo di farlo… Quindi c'è il rischio che si insospettiscano e possano oscurare il forum, giusto?»

«Non lo so. Forse.»

«A chi dovevi spedire il materiale?»

Silenzio.

«È tardi per fermarsi, Ivan. Sei già compromesso. Pensa a salvarti, pensa a te stesso, perché gli altri non impiegherebbero più di un secondo a scaricarti o addossarti colpe che nemmeno hai.»

«Si chiama Scorpio… Ho un contatto telefonico a cui devo inoltrare le foto di… quella.»

"Quella".

Strega trattenne a stento la rabbia e guardò in direzione di una delle microcamere nella sala. Fece un cenno al minuscolo occhio di vetro. Qualche secondo dopo entrarono due uomini della postale che si collegarono al computer del ragazzo con altri due apparecchi.

«Faccio un backup completo dei dati» disse Mariano Previti, il tecnico informatico più alto in grado, al collega di cui Strega ignorava il nome. «Tu riesci a inviare le fotografie di Piera Valeri a quel numero?»

«Dovrei... Quale di questi cellulari?» domandò l'esperto al ragazzo mostrandogli tre telefonini: i due che i carabinieri avevano sequestrato durante la perquisizione nel suo domicilio e quello che i poliziotti gli avevano trovato addosso quando l'avevano arrestato.

Ivan ne indicò uno.

Il detective si fece dare il codice e travasò nello smartphone di Bottarelli alcune immagini scattate dalla scientifica al volto della ragazza.

«Cosa devi scrivere?» gli domandò Strega.

«Niente. Bastano le foto.»

«Sicuro?»

«Sì.»

Entrarono anche due ufficiali dei RIS, armati di computer portatili.

«Avete bisogno di una mano?» chiese uno dei carabinieri mandati in aiuto da La Brava.

«Volentieri» rispose Previti.

«Se ci date il numero del soggetto lo geolocalizziamo subito. Cerchiamo di tracciarlo e metterlo sotto sorveglianza.»

«Fatelo» soggiunse alle loro spalle la voce stentorea della sostituta procuratrice. «Avete la mia autorizzazione.»

Gli informatici si scambiarono dati parlando in gergo specialistico. A differenza di quanto avveniva per gli investigatori tradizionali dei due corpi, gli esperti di hacking forense della polizia e dell'arma erano abituati a collaborare e condividere fatti e procedure, dandosi spesso una mano. Strega invidiò quella cooperazione così stretta.

«Ok. Immagini mandate.»

«Collega» disse l'altro militare. «Se mi fai allacciare, avvio un hashing di tutti i file del computer. Non si mai.»

«Accomodati» disse Previti. «Intanto vorrei trovare una *signature* del forum e lanciare subito un'analisi OSINT...»

«Per me è arabo. Tu ci capisci qualcosa?» domandò Viviana Galeano al criminologo.

«Poco o niente» ammise Strega. «Ma siamo in ottime mani.»

«Breivik...» disse un carabiniere, analizzando i metadati del computer di Ivan. «Saresti tu? È il tuo nickname?»

Ivan Bottarelli sbiancò.

«Mi sa di sì» rispose Strega. «Un nomignolo che è tutto un programma.»

«Eccolo!» esclamò il militare che si era concentrato sullo smartphone del ragazzo. «Scorpio ha risposto con una faccina sorridente. Ci è cascato, l'abbiamo tracciato!»

«Splendido lavoro» si complimentò Viviana.

«Il mio avvocato?» chiese Bottarelli, agitato.

«Ah, se n'è andato a casa. Ha rimesso il mandato. Problemi personali, pare. Te ne cercheremo un altro, ma ci vorrà un po'. Non credo ci sarà la fila di legali pronti a difenderti, figliolo» disse acida la sostituta procuratrice. «Terrò conto, però, della tua collaborazione. Siamo persone di parola.»

«Avrei bisogno che mi mostrasse come e da dove accede con esattezza» disse Mariano Previti al vicequestore. «Mi farebbe risparmiare un bel po' di tempo.»

«Hai sentito?» domandò Strega al ragazzo.

Ivan si asciugò la fronte madida col dorso della mano. Aveva preso a sudare copiosamente.

«Niente scherzi, mi raccomando» lo ammonì il tecnico avvicinandogli il computer e posizionandosi alle sue spalle, per controllarne ogni mossa. «Ti ho già collegato alla nostra rete wi-fi protetta.»

«Gesù, è proprio il colmo. Usare la connessione della polizia per entrare in quella fogna» commentò Viviana Galeano, divertita. «La realtà supera davvero la fantasia.»

«Ecco. Sono dentro il forum» disse Ivan dopo nemmeno un minuto.

Previti gli tolse l'apparecchio di mano e si riaccomodò alla sua postazione.

«C'è qualcun altro collegato?» chiese Strega.

«Quattro utenti.»

«Potete arrivare alla loro identità?»

«Credo di sì. Ma ci vorrà un po'.»

«Lui vi serve ancora?»

«No.»

Viviana chiamò Lorenzo Giansante e Marilena Lupo. Indicò loro con un cenno del mento il ragazzo ormai svuotato di ogni energia, e ordinò: «Portatelo via».

Gli ispettori lo ammanettarono e lo condussero fuori.

Alla vista del giovane in catene, i poliziotti che aspettavano fuori della sala esplosero in un applauso catartico.

«Complimenti, professore» si congratulò la magistrata. «Sia per l'intuizione sia per la conduzione dell'interrogatorio.»

Strega scosse la testa. «Non me li merito. Vanno fatti a Pavan e ai colleghi che hanno sudato sangue in questi mesi. Io ho unito soltanto i puntini.»

«Sarà mia premura farglieli, stia tranquillo. Ma lei è troppo modesto.»

«Mi aveva promesso una cosa, dottoressa» disse Vito, cambiando argomento.

«Prego, faccia pure.»

Strega si avvicinò a Mariano Previti e gli posò una mano sulla spalla. «Ho bisogno di un favore, collega.»

«A disposizione, professore.»

«C'è modo di lanciare sul forum una ricerca su un nominativo specifico?»

«Proviamoci... Qual è il nome?»

«Maria Donata Seu.»

L'investigatore informatico digitò il nome. Trovò in pochi secondi un'intera discussione sulla sarda.

«Eccola qui... C'è anche del materiale che è stato uploadato su di lei.»

«Aprilo» disse Strega con un filo di voce.

Il monitor si popolò di immagini interne ed esterne della casa di Donata, fotografie di Pippo, dei documenti della ragazza, istantanee di chiavi, delle carte di credito a suo nome, di cartelle cliniche, buste paga e dozzine di altri elementi personali.

«Ci sono pure particolari delle abitudini, degli orari di lavoro. Addirittura, del tragitto che compie per andare a...»

«Che compiva» lo corresse Strega. «È stata uccisa.»

Nella sala calò una cappa di gelo.

«Puoi risalire all'identità di chi ha caricato queste informazioni?»

«Sì. È solo questione di tempo.»

«Fallo, per cortesia» disse Strega, anche se sapeva benissimo chi era stato.

Aveva soltanto bisogno di una conferma.

TERZA PARTE

Ovunque tu sarai

Per un istante d'estasi
noi paghiamo in angoscia
una misura esatta e trepidante
proporzionata all'estasi.
Per un'ora diletta
compensi amari di anni,
centesimi strappati con dolore,
scrigni pieni di lacrime.

EMILY DICKINSON, *Per un istante d'estasi*

62

Ospedale San Paolo, via di Rudinì, Milano

Strega terminò il resoconto delle ultime scoperte e lasciò ai colleghi qualche secondo per metabolizzare le informazioni. Si avvicinò alla finestra della stanza di Pavan e fissò la città scudisciata dalla pioggia. Mancavano un paio d'ore all'alba.

«Incredibile...» sussurrò Bepi, steso sul letto. Era attaccato a una flebo, ma stava bene. Dopo averlo ricucito, i medici gli avevano fatto una trasfusione per rabboccare il sangue che aveva perso a seguito della ferita. C'erano buone possibilità che venisse dimesso l'indomani.

«*Par mi ghe manca un bójo.*»

«Che tradotto dal cantonese significherebbe?» domandò Eva, seduta al suo fianco.

«Secondo lui è fuori di testa» le venne in aiuto Strega.

«Chi? Fenu?» chiese Croce. Prima che il criminologo li relazionasse sulla confessione di Bottarelli e sull'esistenza del forum, era toccato a lei ragguagliarli sulle verità che Rais aveva portato a galla. Le notizie, unite alle scoperte del vicequestore, avevano gettato una nuova luce sull'intera vicenda.

«Sì» rispose Bepi. «Matto da legare.»

«È probabile» intervenne Vito. «Quella per Valentina Cicu potrebbe essere diventata una fissazione psicotica, qualcosa che non è mai riuscito a superare. Probabilmente si è convinto che la colpa della morte dell'ex dipendesse dalla denuncia di Maria Donata. Ciò l'ha portato a maturare un ossessivo desiderio di vendetta.»

«E a utilizzare le indicazioni reperite nel forum per infiltrarsi nella sua vita, studiarne i movimenti e colpire» concluse Bepi.

«Sì» replicò Strega. «Tutto ai suoi occhi partiva da quella denuncia. Donata gli aveva fatto perdere il lavoro – e quindi la possibilità di controllare Valentina – e saltare un matrimonio già organizzato. La ragazza era deceduta, magari per un banale incidente, tuttavia forse lui si sentiva responsabile. Così è entrato in una spirale di depressione e negatività che l'ha portato a lasciare l'isola e a proiettare su Maria Donata i suoi sensi di colpa, trasformandoli in odio e sentimenti di vendetta contro di lei. Qui, ha attraversato altri brutti momenti e vissuto relazioni tormentate con donne che l'hanno lasciato. Quegli abbandoni devono aver riaperto le ferite della morte, mai elaborata, della promessa sposa.»

«Com'è arrivato al forum?» domandò Eva.

«Saranno Previti e i suoi uomini a svelarlo.»

«Rais dice che il bastardo era a Milano da circa quattro anni» s'inserì Pavan. «In quest'arco di tempo è stato denunciato due volte per stalking e molestie. La mia domanda è: perché Milano? Stava seguendo Donata?»

«Questo soltanto lui può dircelo» rispose Strega.

Claudio Fenu era sotto sorveglianza. In quel momento era a casa, ignaro dei poliziotti in borghese appostati fuori.

«Ma se vuoi il mio parere, credo si sia trattato di una drammatica casualità. Fenu ha dei precedenti che lo configurano come un odiatore di donne. Rientra nello stesso profilo di uomini come Ivan Bottarelli. Può essere arrivato a "La sposa silenziosa" da semplice utente, allo stesso modo di Ivan e degli altri iscritti al forum. Quando ha visto le informazioni su Donata, non gli è parso vero. C'erano abbastanza dati non soltanto per vendicarsi, ma pure per passarla liscia. Pensate al dettaglio delle chiavi in mano alla vicina del piano di sotto.»

Strega si era sentito gelare quando aveva letto la scheda di Maria Donata sul forum. Oltre alle foto e ai dati sensibili, erano presenti chiare istruzioni per entrare nella sua abitazione sfruttando il doppione di chiavi in possesso di Angelica Faiano, citata per nome e cognome.

«Quindi secondo te si è mosso da solo, in totale autonomia?» domandò Eva.

«È probabile. Al momento quello di Donata pare l'unico omicidio nato in seno al forum. Negli altri casi si è trattato di aggressioni derivanti da scambi di favori e alibi reciproci. Fenu, invece, si è spinto oltre. E forse gli stessi amministratori ne erano all'oscuro. Avevano creato la piattaforma pensando di sistemare i pezzi sulla scacchiera in virtù di questo gioco di vendette incrociate, ritenendo di poter controllare gli utenti e muoverli a proprio piacimento. Hanno peccato di presunzione. Non avevano calcolato che poteva esserci una pedina impazzita e violenta.»

«E quando Donata è stata uccisa, nessuno ha detto niente per paura di essere accusato di concorso in omicidio e favoreggiamento» concluse Pavan.

«Esatto» replicò Strega.

«Perché non hanno chiuso il forum?» chiese Croce.

«Perché si sentivano al sicuro. Nessuno era venuto a cercarli e il delitto era rimasto insoluto» ipotizzò Pavan. «Saranno stati quieti per qualche mese, poi avranno ripreso con le loro schifezze.»

«Sì, probabilmente si sentivano protetti dall'anonimato e dai sistemi di cifratura» si accodò Strega.

Eva si fece pensierosa.

Bepi se ne accorse: «Che c'è?».

«Ipotizziamo che sia stato davvero Claudio Fenu a ucciderla. Perché Donata l'ha fatto entrare? E come è riuscito a farle indossare l'abito da sposa?»

«Sarà stato armato. Non solo di coltello, intendo...» ventilò Pavan. «E comunque, se non ricordo male, la *vecia*, Angelica, ha detto che il ragazzo che aveva suonato per riprendere la lettera imbucata per sbaglio portava un casco. Chissà, magari Donata sulle prime non l'ha riconosciuto. E quando ha capito chi era, ormai era troppo tardi.»

«E dici che l'ha fatta vestire sotto minaccia dell'arma?» continuò Eva.

«Mi sembra abbastanza ragionevole.»

Mara Rais era stata abilissima a ricostruire in poche ore il mosaico dell'esistenza dell'uomo. Aveva scoperto che la madre di Fenu, una sarta spirata da qualche anno, aveva posseduto a Cagliari un piccolo atelier di abiti da sposa, tutti cuciti a mano. I tre investigatori sospettavano che il vestito trovato addosso a Donata provenisse da quel laboratorio e fosse stato realizzato dalla mamma dello stalker. Questo, a detta di Strega, avrebbe investito la *mise* da sposa di un significato peculiare.

«Comunque, se 'sto *móna* si è portato dietro il vestito dell'ex dalla Sardegna doveva proprio essere *fóra come un balcon*, eh?»

«Siamo troppo frastornati per ragionare con lucidità» disse Vito, voltandosi verso i colleghi. «E ci mancano ancora dei tasselli importanti per chiudere il caso. Ma soprattutto, tu devi riposare.»

«Perché, pensi che riuscirò a dormire con l'adrenalina che ho in corpo?» replicò Bepi.

«Chiederò di somministrarti un sonnifero» provò a placarlo Eva. «Il professore ha ragione. Devi riprenderti. È giusto che sia tu a raccontare ogni cosa a Italo, no?»

«Sì, ci terrei, se non vi dispiace.»

«Allora rimettiti in sesto» lo spronò Strega, dandogli una pacca sulle gambe. «Ci si vede domani.»

Eva e Vito erano quasi giunti alla porta, quando Pavan disse: «Capo, un'ultima cosa. Come diavolo hai fatto a capire che i due casi erano intrecciati?»

«Dagli alibi. Era impossibile che in entrambe le inchieste i potenziali responsabili avessero delle coperture tanto solide» rispose Strega. «Questo mi ha fatto pensare al libro di Patricia Highsmith, e allora mi sono domandato come la scrittrice avrebbe scritto quella storia oggi, in un'epoca così tecnologica. Forse avrebbe sfruttato la rete per orchestrare il doppio delitto. Sono partito da lì. E la soluzione, per quanto incredibile, si attagliava alla perfezione sia al caso di Donata sia a quello delle aggressioni. Semplice.»

Pavan ridacchiò. «Semplice, come no. Forse per un genio come te. In un colpo solo hai risolto più di quaranta casi di aggressione e un omicidio, ma rimani umile. Sei il migliore, capo.»

«No, ti sbagli. È probabile che gli assalti siano molti di più. Quel numero è relativo solo all'area di Milano. In realtà gli utenti operavano in tutto il Paese. Ma non dimenticare che è stata Rais a trovare l'assassino. Il vero genio è lei» ammise Strega con una punta di malinconia.

«Meglio che non vi dica cosa ho dovuto fare per convincerla ad aiutarci» borbottò Eva.

«E no, non puoi andartene senza confessarcelo!» si oppose Bepi.

Croce sbuffò e glielo raccontò.

Strega e Pavan si scambiarono un'occhiata divertita, poi scoppiarono in una risata liberatoria.

«Ridete, ridete. Intanto sappiate che mi dovete un paio di Dr. Martens nuove!»

63

Un giorno dopo
Via Palatino, zona San Siro, Milano

I poliziotti erano stati in gamba. Claudio Fenu non si era accorto di essere sorvegliato e pedinato. Era uscito come se niente fosse, inconsapevole di essere finito nel radar della polizia.

Strega aveva preteso che gli uomini di guardia fossero i migliori sulla piazza, per evitare di insospettire Fenu. Per poterlo inchiodare, avevano bisogno di mettere le mani sui suoi apparecchi informatici, dando modo ai tecnici della postale di risalire alle operazioni che aveva effettuato nell'arco di un anno. Per questo avevano tenuto segreto l'arresto di Ivan Bottarelli, fornendo alla stampa una versione edulcorata dell'ultima aggressione. I giornali avevano scritto che un'altra ragazza era stata colpita, ma pure quella volta l'assalitore era sparito nel nulla.

Tutti ci erano cascati.

Anche gli utenti di "La sposa silenziosa", dove i detective informatici si erano ormai infiltrati.

Quando alle otto del mattino Fenu uscì per recarsi al lavoro, mentre la prima squadra prese a seguirlo, la seconda dopo dieci minuti era già dentro casa sua.

Gli uomini di Previti si attaccarono subito ai computer.

Strega, Croce, Giansante e Lupo, invece, perquisirono l'abitazione in cerca di elementi in grado di collegare Claudio all'omicidio di Maria Donata Seu.

Ne trovarono più di quanti avrebbero potuto immaginare.

64

Via Palatino, zona San Siro, Milano

Giansante e Lupo attesero che l'uomo infilasse le chiavi nella toppa, prima di palesarsi alle sue spalle. Erano le sette di sera. Il padrone di casa reggeva una busta della spesa. Dopo il lavoro, si era fermato in un market per comprarsi la cena.

«Claudio Fenu?»

Il sardo si voltò. Si trovò davanti i due poliziotti. Entrambi gli mostrarono i tesserini identificativi.

«Non disturbarti a girare la chiave. La porta è aperta» disse Lorenzo.

Dalle scale comparirono altri tre uomini, sul petto erano appuntati i distintivi argentati della polizia di Stato. Non avevano facce amichevoli.

«Cosa volete?» domandò Fenu, cercando di dissimulare la paura.

«Soltanto fare due chiacchiere» replicò l'ispettrice Lupo. «Ci fai entrare?»

«Ho bisogno di un avvocato?»

«Uhm, credo sia inutile» rispose Giansante. «Sarebbe uno spreco di soldi e di tempo. Neppure Perry Mason riuscirebbe ad aiutarti.»

«Ma io non ho nulla da nascondere.»

«C'è una persona che vuole parlarti. Ti aspetta dentro.»

Dopo qualche attimo di esitazione, l'uomo entrò in casa. Posò la spesa su un tavolino e lanciò un'occhiata ai tre uomini in borghese che si erano installati nel salone, collegandosi al suo computer fisso. Continuarono a lavorare senza degnarlo di uno sguardo.

Una donna dai capelli rossi sorseggiava un tè sul divano, mentre un tizio imponente, di schiena, fissava la parete con le mani nelle tasche di un trench scuro.

Il muro era tempestato di decine di fotografie che ritraevano lo stesso soggetto: Valentina Cicu.

Lorenzo e Marilena entrarono, chiudendosi la porta alle spalle.

«Secondo me quello di Valentina non è stato un incidente» disse Strega, voltandosi.

«Ah, no?» ribatté Fenu, sorpreso.

Il criminologo notò che Claudio, nonostante non avesse ancora compiuto quarant'anni, ne dimostrava una quindicina di più. Era come se il dolore che aveva attraversato, sommato ai sensi di colpa e ai segreti custoditi tanto a lungo, l'avesse consumato da dentro, facendolo ingrigire prima del tempo. Strega aveva visto diversi assassini vittime di quell'invecchiamento precoce. Uccidere era tutto sommato semplice. Convivere con quanto si era fatto, invece, sfiancava mente e spirito, e sfibrava il fisico.

«Sono pronto a scommettere che si è schiantata di propria volontà, per liberarsi di te. Sono sicuro che hai continuato a tormentarla anche dopo il tuo allontanamento dalla Ficomex. Hai smesso di chiamarla e scriverle perché sapevi che eri a un passo dall'essere denunciato. Ma di certo hai insistito nel perseguitarla con la tua presenza. Sbaglio?»

Claudio Fenu avvampò di collera. «Chi diavolo sei?»

«Vicequestore aggiunto Vito Strega. E sono un amico personale di Italo Seu, il padre di Donata... Ora siediti e dimmi perché l'hai ammazzata.»

Fenu gli rise in faccia.

«Pensi che quei colleghi stiano a giocando a solitario?» lo schernì Strega. «Sono tre ingegneri, tra i migliori tecnici della postale. Hanno eseguito un'autopsia informatica forense su tutti i tuoi dispositivi digitali. Sai cosa significa?»

«So che per queste cose c'è bisogno di un...»

Eva Croce gli porse i decreti di perquisizione e sequestro firmati da Viviana Galeano.

«Tra le carte c'è anche un provvedimento di arresto» precisò il criminologo. «Noi sappiamo che hai ucciso Donata. Diversamente non mi spiego il perché delle tue impronte sull'appendichiavi di Angelica Faiano, la sua vicina. Un dattiloscopista ha rilevato trentasei punti caratteristici uguali su tre porzioni impresse dalle tue dita sulla base in legno a forma di Duomo. Te la ricordi? Immagino di sì, perché, vista la posizione strana in cui ha riscontrato le tracce, il tecnico è convinto che tu quel giorno l'abbia fatta cadere. Forse per timore che la signora tornasse dal salone e ti beccasse, ti sei lasciato prendere dall'ansia e hai commesso questo errore. Quando sei salito in casa di Donata ti sei infilato i guanti. Ma quando hai suonato dalla vicina, le hai parlato e hai preso le chiavi, no. Te li sei dovuti togliere, Angelica avrebbe giudicato sospetto un postino dalle mani guantate... Basterebbe questa prova per incastrarti. Ma ne abbiamo tante altre. A partire dalla tua frequentazione di "La sposa silenziosa" e dal fatto che hai scaricato le informazioni sensibili su Maria Donata che hai trovato sul forum. Per non parlare del tuo cellulare, che ti ha posizionato nell'area dell'omicidio in quella precisa finestra temporale. A un certo punto l'avevi spento, è vero. Ma troppo tardi per non essere geolocalizzato.»

«Sono prove indiziarie e circostanziali» sminuì Fenu. «Quanti processi si sono conclusi in un nulla di fatto con elementi assai più solidi?»

«Come vuoi» replicò Strega, facendo un cenno alla collega.

«C'era una cosa che stonava» iniziò Eva Croce. «Tu hai scoperto sul forum che la vicina custodiva un doppione delle chiavi di Donata. Sono quelle che ti hanno permesso di entrarle in casa e coglierla alla sprovvista. L'hai assassinata, poi sei sceso e hai bussato alla porta di Angelica Faiano solo per scrupolo, sapevi che era giorno di mercato e lei era uscita, nel forum c'era anche quella informazione. Acclarato che la vecchia non c'era, hai utilizzato il mazzo dell'abitazione di Faiano posseduto dalla vittima per rimettere al proprio posto le chiavi dell'appartamento di Donata che avevi sottratto. Poi te ne sei andato.»

Claudio Fenu scrollò le spalle. «Pensi che mi sono perso soltanto ad ascoltarla. È una ricostruzione non soltanto fantasiosa, ma pure contorta e improbabile.»

«Può essere. Lasciami finire, però. L'elemento che strideva, dicevo, è che Angelica – la quale per inciso si ricordava del trucchetto della lettera – ci ha descritto il postino come un ragazzo giovane. Tu hai i capelli praticamente bianchi. È un dettaglio che non passa inosservato.»

«Appunto.»

«Ehi?» lo chiamò Giansante.

Fenu si voltò e l'ispettore gli lanciò un oggetto preservato da una busta trasparente per reperti. Si trattava di una confezione di tintura per capelli, da uomo, per una tonalità scura.

«Stamattina ho fatto una chiacchierata con i tuoi vicini, ma soprattutto con la portinaia, signora molto simpatica fra l'altro. Ti stimano e ti reputano un individuo perbene, poveri ingenui... Fatto sta che si ricordano di una stranezza. Otto mesi fa, per poco meno di una settimana ti eri tinto i capelli, salvo poi tornare al tuo colore. Curioso, no?»

«A me pare curioso che voi possiate anche solo accennare a una stronzata del genere.»

«Le tinture chimiche lasciano dei segni su bulbi e capelli» spiegò Marilena Lupo. «I colleghi della scientifica hanno repertato alcuni campioni della tua bella chioma. Sono talmente avanti con le analisi che possono dirci con precisione quando ti sei tinto.»

«Ma anche se fosse, cosa dimostrerebbe? A parte che ho provato a tingermi per vanità, salvo rendermi conto che non mi piacevo e sono tornato allo stato originale?»

«È sospetto» continuò Eva. «Specie perché alla vittima ti legava un rapporto diretto: avete lavorato nella stessa azienda. In più Donata, con la sua testimonianza, ha contribuito a farti licenziare, aiutando Valentina Cicu a trovare il coraggio di lasciarti. Valentina muore, e tu maturi un sentimento di vendetta nei confronti della persona che vi ha divisi: Maria Donata Seu. L'impulso di ritorsione cresce col passare degli anni. Non hai mai dimenticato Valentina, e ciò ne è la prova» disse l'ispettrice indicando la parete costellata di foto della ragazza.

«Piccolo dettaglio» aggiunse Lupo. «Ho portato una tua istantanea ad Angelica Faiano. Abbiamo fatto ritoccare l'immagine, scurendoti i capelli. La signora ti ha riconosciuto subito.»

«Non significa niente. Le testimonianze oculari non valgono nulla in corte d'assise.»

«Corretto, se le consideri slegate dal contesto» gli concesse Croce. «Ma se a questo riconoscimento unisci gli elementi che abbiamo acquisito, be', le prove che hai definito indiziarie assumono tutt'altro spessore: abbiamo un movente e un'opportunità, rappresentata dalla tua presenza nell'area del delitto, comprovata dalla geolocalizzazione e corroborata da una testimone.»

«Manca il "mezzo". Ma siamo certi che te ne sia sbarazzato da tempo» disse Strega, sedendosi a fianco dell'ispettrice. «Tuttavia, c'è un corpo del reato di rilevanza probatoria primaria. Vuoi dirci tu qual è?»

«Questo interrogatorio vìola una marea di norme del codice di procedura...»

«Non è un interrogatorio» lo fermò Strega. «Noi non abbiamo bisogno di una confessione o di un'ammissione di colpevolezza. Siamo investigatori, mica preti. Il nostro compito è scovare le prove, e fidati, ne abbiamo a bizzeffe. Siamo qui perché dobbiamo delle risposte al padre di Donata e a suo figlio. Se lo meritano.»

Claudio Fenu non replicò.

«L'abito nuziale» riprese Eva. «Una nostra collega, a Cagliari, è riuscita a rintracciare quattro abiti da sposa prodotti da tua madre. Li ha fotografati, concentrandosi sui particolari e sui tessuti, e abbiamo inviato il materiale al perito che aveva esaminato il vestito trovato addosso a Donata. Anche solo da un esame fotografico l'esperto è stato in grado di riconoscere la stessa mano. Il nostro contatto a Cagliari ha interrogato alcuni tuoi parenti. Le hanno rivelato che l'abito che hai fatto indossare a Donata era quello che tua madre aveva cucito per Valentina, mettendoci tutto il suo amore. Aveva impiegato mesi per confezionarlo. Era il suo regalo di matrimonio.»

Il riferimento alla madre commosse l'uomo. Si lasciò cadere su una poltrona, asciugandosi gli occhi umidi. «Lasciate fuori mia madre.»

«Come mai gliel'hai fatto indossare?» lo pressò Eva. «Cosa volevi dimostrare?»

«Basta» sibilò l'uomo.

«Perché, Claudio?» insistette Strega. «Dicci solo questo.»

«Portatemi pure via, ma lasciatemi in pace.»

La mente di Strega fu attraversata dall'immagine delle grosse e rugose mani di Italo che sistemavano con cura pigiamino, body e calzine di Pippo sul calorifero.

"Per quante altre volte potrà ripetere quel piccolo atto d'amore, prima di lasciare per sempre solo il bambino?" si domandò.

«Arrestatemi o andatevene.»

«No» disse il criminologo, glaciale. «Dimmi prima perché.»

Fenu non fiatò.

Strega stava per chiederglielo di nuovo, quando il Canto degli innocenti si risvegliò impazzito. Le voci presero a gridargli nella testa, costringendolo a chiudere gli occhi e a massaggiarsi con forza le tempie, quasi a ricacciare dentro i lamenti. Non riuscì a trattenere un gemito.

Eva se ne accorse. «Tutto bene, professore?»

"No, santo cielo. Non adesso, ti prego" si disse Vito.

«Sì» sussurrò. Fece cenno all'ispettrice di dargli un secondo. Le mani gli tremavano. In pochi istanti il tremolio si estese al petto. Gli si mozzò il respiro. Eva gli stava parlando, ma non fu in grado di distinguerne il suono: le grida delle vittime avevano sommerso ogni rumore esterno, talmente violente da sentirle rimbombare in ogni parte del corpo.

Croce gli posò una mano sulla schiena e gli sussurrò qualcosa nell'orecchio.

Strega non la udì. S'impose di prendere le pastiglie di neurolettici all'interno della tasca della giacca, per bloccare la crisi, ma il tremito glielo impedì.

I poliziotti della postale si avvicinarono, temendo che stesse per avere un malore, ma li allontanò con un gesto.

Eva provò a scrollarlo.

Fu un errore.

Come posseduto da uno spirito, Strega la spinse via con una manata violenta, si alzò di scatto e afferrò Fenu per la gola, sollevandolo manco fosse un bambino. Lo sbatté di schiena contro la parete e lo tenne inchiodato al muro, soffocandolo. Nonostante il cervello intimasse alle mani di lasciarlo andare, quelle non obbedirono. Non aveva più il controllo del proprio corpo. Qualcun altro o qualcos'altro se n'era impadronito.

Fenu, paonazzo, vide negli occhi gelidi del poliziotto qualcosa che non avrebbe mai più dimenticato: la follia pura.

I colleghi del vicequestore gli saltarono addosso, provando a fermarlo.

Lui li scrollò via senza alcuno sforzo, e riprese ad artigliare la gola dell'omicida.

«Perché?» domandò di nuovo, ma ora la sua voce era diversa: era come se ne contenesse molte altre. Tante quante quelle che gli ruggivano nel cervello.

Giansante estrasse la Beretta. Eva gliela strappò di mano, verificò che la sicura fosse inserita e percosse con la canna la nuca del vicequestore.

Il criminologo assorbì la botta senza un sussulto.

«Cristo... Strega!» gridò Croce.

Niente.

Al secondo colpo Vito lasciò andare Fenu, che crollò a terra. Il criminologo barcollò sulle gambe instabili, per poi accasciarsi privo di sensi sul pavimento.

L'ispettrice notò che l'assassino di Maria Donata se l'era fatta addosso.

«Ammanettatelo e portatelo via» ordinò fredda all'ex partner, restituendogli la pistola. «Tutto questo non è mai successo, ok?»

Abbracciò con lo sguardo i colleghi presenti, appellandosi al legame che li univa in quanto sbirri. Dopo qualche attimo di spaesamento, tutti annuirono.

«Se parli, diremo che hai tentato di aggredirci, capito?» ringhiò Croce a Fenu.

L'uomo, sotto shock, fece cenno che aveva compreso.

«Vuoi che chiami un'ambulanza?» domandò uno dei tecnici.

«Non lo so... Aiutatemi a girarlo.»

Con difficoltà, riuscirono a mettere Strega pancia all'aria.

Eva gli controllò le pulsazioni, premendogli le dita contro la carotide. Il cuore batteva all'impazzata.

«Cosa diavolo gli è preso?» domandò uno dei poliziotti.

«È rimasto sveglio per più di due giorni. Lo stress e la stanchezza devono averlo fatto sbarellare...» provò a giustificarlo.

Gli uomini assentirono. Eva lesse nei loro occhi che l'avrebbero coperto.

Dopo un po', il vicequestore aprì le palpebre. Si guardò intorno, disorientato.

«Cos'è successo?» farfugliò, portandosi una mano alla nuca pulsante di dolore.

«Il sospetto l'ha aggredita, professore» disse uno dei tecnici.

Eva lo fissò, meravigliata.

«Già» si accodò l'altro. «L'ha colta alla sprovvista, ferendola alla testa. L'abbiamo portato via… Sta bene?»

«Non lo so…» sussurrò Strega.

65

Via Stelvio, Novate Milanese, Milano

Italo Seu aveva ascoltato il poliziotto in religioso silenzio. I medici avevano dimesso l'ispettore Pavan nel tardo pomeriggio. Dopo una veloce sosta a casa per cambiarsi e rassicurare moglie e figlie, Bepi si era fatto portare da una volante a casa dell'anziano.

Il vecchio si era trovato davanti un Pavan ancora più smagrito. Il volto era terreo, ma gli occhi sorridevano.

«L'abbiamo preso» aveva detto Bepi sull'uscio. «Abbiamo preso l'assassino di sua figlia.»

Le grandi mani di Italo avevano cominciato a tremare. Aveva fatto entrare l'ispettore, notando che certi movimenti gli strappavano dei gemiti.

«Sta bene? Ha dolore?»

Bepi si era sollevato il maglione, mostrandogli l'addome fasciato. «Mi sono beccato una coltellata, ma non c'entra col caso di sua figlia. O meglio, sì, ma solo in parte.»

Italo l'aveva guardato con un misto di timore e perplessità. «Ma lei dovrebbe essere in ospedale...»

«C'ero. Mi hanno dimesso. È tutto a posto, stia tranquillo. È solo che ogni tanto mi tirano i punti. Un altro buon motivo per dimagrire.»

Pippo aveva terminato da poco di mangiare ed era seduto sul divano, intento a guardare una puntata del cartone animato *Bing*. Indossava già il pigiamino. Ipnotizzato dalla visione divertente e colorata, non si era accorto della presenza del poliziotto.

«Saluta l'ispettore, Pippo.»

«No, lo lasci in pace. Anzi, mi scusi per l'ora, ma volevo dirglielo prima possibile.»

«Ci mancherebbe» aveva detto l'anziano, liberando il tavolo da piatti, tovaglia e rimasugli della cena. Dai gesti scattanti, Bepi aveva dedotto che era un fascio di nervi. Il momento che aveva tanto agognato e temuto era arrivato.

Da un ripiano alto della cucina, Italo aveva preso una bottiglia senza etichetta e due bicchieri. Li aveva posati sul banco: «Si chiama *fil' 'e ferru*. È un'acquavite sarda fatta in casa. Me l'ha regalata il presidente del circolo. Credo di averne bisogno. Gliene verso un po'?»

«No, grazie. Anche se ne avrei bisogno anch'io, mi creda. Conosco bene questa acquavite. Rais, la mia collega che ha scoperto tutto, è sarda. Ma non tocco cibo da un giorno e mezzo, e sono zeppo di tanti di quegli antidolorifici e antibiotici che ci manca soltanto l'alcol... Beva pure per me.»

Italo non se l'era fatto ripetere.

Dopo il primo bicchierino il tremore si era smorzato.

Col secondo era diventato impercettibile.

Aveva lanciato uno sguardo al bimbo, catturato dalle avventure del coniglietto nero e dei suoi amici strambi, poi aveva ripreso a fissare il poliziotto. Le pupille scure gli ardevano della disperata determinazione che soltanto un genitore poteva provare.

Pavan avrebbe dato qualsiasi cosa pur di smarcarsi da quella responsabilità, ma al tempo stesso non l'avrebbe fatto per nulla al mondo.

Gli aveva fatto una promessa.

Non poteva tradirla.

«Inizi pure. Sono pronto.»

Quando Bepi terminò il racconto, Pippo dormiva da un pezzo. Italo l'aveva coperto senza spostarlo dal divano, per paura di svegliarlo. Il silenzio della casa era scandito dal respiro pesante del piccolo.

Italo aveva avuto bisogno di altri tre cicchetti per reggere l'urto delle rivelazioni. Ciononostante, era lucido. Aveva distolto gli occhi da quelli dell'ispettore soltanto nei momenti più dolorosi.

«Ho delle domande» disse.

«Spero di essere in grado di risponderle» si limitò a dire Pavan. Non aveva voglia di confessargli che alla fine di ogni indagine le domande inevase erano più numerose delle risposte ottenute.

«Perché Donata non mi aveva mai parlato di Claudio Fenu?»

«A nostro avviso per proteggerla, per non farla impensierire.»

«Ma ero suo padre...»

«Proprio per questo, Italo. Forse all'inizio non lo reputava importante. L'aveva sottostimato e preferiva non darle noia.»

«E dopo?»

«Qui sono davvero soltanto delle congetture, ma pensiamo che Fenu, dopo la morte di Valentina Cicu, possa averla minacciata. E che dunque Donata abbia deciso di andarsene a Milano. Sapeva che quell'uomo era uno squilibrato, un violento... Calcolando i tempi della partenza, è un'ipotesi plausibile.»

«Quindi mia figlia è morta soltanto per avere denunciato quell'uomo?»

«Sì. È stata uccisa per un atto di coraggio. Ha aiutato una persona in difficoltà, ma le si è ritorto contro.»

«Se solo me l'avesse detto...»

«Non si torturi con i se. Non cambierebbe nulla e lei soffrirebbe ancora di più.»

«Cosa ci faceva lui a Milano?»

«Crediamo che Fenu in Sardegna si fosse fatto terra bruciata. I genitori erano morti, lui aveva avuto alcune relazioni peraltro finite male. Non riusciva a dimenticare Valentina, la promessa sposa. Ne conservava l'abito nuziale cucito dalla madre, per dirle quanto fosse fuori di testa... È probabile che avesse voluto provare a darci un taglio cambiando luogo. Rimaneva però un odiatore di donne, un bastardo che vedeva nel genere femminile tutto il male possibile. Questi vigliacchi hanno bisogno di stare in contatto tra loro, per farsi forza e coraggio. E così è arrivato a quel forum.»

«"La sposa silenziosa"» sussurrò Italo.

«Esatto. Strega dice che forse è rimasto attratto dal nome. Lì, per ironia della sorte, è incappato nella segnalazione su Maria Donata. A quel punto il suo odio si è risvegliato, e ha capito che poteva sbarazzarsi di lei senza conseguenze. Quelle informazioni così dettagliate potevano permettergli di eseguire il delitto perfetto.»

«Come poteva odiarla così tanto?» chiese Italo, incredulo.

«Soltanto Fenu può saperlo. Evidentemente la riteneva responsabile della sua rovina. Forse della stessa morte di Valentina. O magari era invidioso che lei ce l'avesse fatta, che avesse trovato un buon lavoro, che avesse un figlio, mentre lui non era mai riuscito a riprendersi… Sono tutte supposizioni, Italo. Claudio Fenu è una persona disturbata. La vestizione di Donata con l'abito di Valentina, prima di… ucciderla, be', Strega dice che è tipico dei criminali affetti da sociopatia.»

L'anziano elaborò in silenzio quelle parole.

«È stato Mercalli quindi a inserire le informazioni su di lei?»

«Sì, è un dato di fatto.»

«Voleva che la uccidessero?»

«Pensiamo di no. Voleva che avesse una lezione. Che la picchiassero, cose così. Aspettava di trovare chi gli fornisse un alibi. Il forum serviva a quello, a coprirsi le spalle a vicenda e a vendicarsi di ex amanti, fidanzate e mogli senza però andare oltre le aggressioni.»

«E lui e Fenu non si conoscevano?»

Pavan scosse la testa. Previti e i suoi, analizzando i dispositivi dell'assassino di Donata, avevano stabilito che non c'erano mai stati legami digitali diretti fra i due. Nessun messaggio, nessuna email, nessun contatto telefonico. Solo una tragica casualità.

«Per ironia della sorte, Mercalli aveva davvero un alibi per quella mattina. Non aveva idea che Fenu stesse progettando di uccidere Maria Donata… E quando ha avuto notizia del delitto non ha detto nulla sul forum, perché avrebbe significato autoincriminarsi ed essere quindi accusato – e condannato – per concorso in omicidio e favoreggiamento.»

«Lui sapeva cosa poteva nascondersi dietro l'assassinio della madre di suo figlio, e non ha detto niente?» domandò Italo, basito davanti a tale nefandezza morale.

«Sì. E finirà in carcere. Glielo garantisco.»

La mano destra dell'anziano si avvicinò alla bottiglia. L'alcol poteva alleviare, seppure per poco, lo strazio che avvertiva dentro. Eppure, le dita si bloccarono a mezz'aria, tremolanti.

«Meglio di no. Ho già bevuto troppo...» sospirò.

Anche in quel momento così atroce, la responsabilità di nonno ebbe la meglio sull'angoscia. Pur sul ciglio del baratro, Italo Seu conservava dignità e compostezza morale.

"Ora ti rendi conto di che razza di veleno sia la verità, *vecio*?" si domandò Pavan, commosso. "Non sarebbe stato meglio non sapere? Cosa cambia conoscere i fatti?"

Neanche un secondo dopo averli formulati, il poliziotto si vergognò di quei pensieri. Se mai fosse capitato qualcosa del genere alle gemelle, si sarebbe comportato allo stesso modo: sarebbe sceso nell'Ade pur di scoprire cosa avessero patito e perché.

«Io non so come ringraziarla...» abbozzò il vecchio. In un'ora pareva invecchiato di dieci anni. Nella luce debole della cucina, il viso solcato dalle rughe e dalle ombre ricordò all'ispettore la corteccia di una sughera centenaria.

"Le radici sono le stesse" rifletté Bepi. "Io non avrei retto."

«Mara Rais e Vito Strega. Sono queste le persone che dovrebbe ringraziare. Io non sono alla loro altezza. Sono un semplice e umile poliziotto. Ho fatto ben poco, mi creda.»

«Se lei non mi avesse ascoltato, nulla sarebbe accaduto. È il mio eroe, ispettore.»

Bepi Pavan crollò. Curvo sul piccolo tavolo da cucina, si ritrovò a piangere e a nascondere le lacrime a quell'anziano che poteva essere suo padre, intento ad accarezzargli la testa e la schiena, manco stesse confortando un bambino.

"Dovrei essere io a consolarlo, dannazione" si disse il poliziotto, senza riuscire a fermare i singhiozzi. "Dovrei essere io..."

«Grazie» ripeté Italo Seu, stringendolo con le grandi e forti mani. «Grazie da parte mia e di mia figlia.»

66

Moonshine Bar, via Savoia, Cagliari

Rais si era rifugiata all'interno di un cocktail bar del centro. La figlia era a una festa di compleanno nelle vicinanze, e lei non aveva voglia di starsene sola ad aspettare il suo rientro. Troppi pensieri l'angustiavano. Quando Sara non c'era, la solitudine che regnava in casa aveva il potere di amplificarli e renderli più feroci.

Aveva preso un Hurricane, per festeggiare l'arresto di Claudio Fenu.

«Non analcolico, ma quasi» aveva chiesto alla ragazza che l'aveva servita.

«Deve guidare?» aveva domandato la cameriera.

«No, devo rientrare in una dozzina di pantaloni» aveva replicato Mara.

Quel locale piccolo ma accogliente, arredato con pezzi vintage che proiettavano i clienti dritti in un'atmosfera anni Venti, era rinomato per i cocktail. Il *comptoir* e le sontuose rastrelliere di bottiglie erano incorniciati da una pesante tenda in velluto rosso, che parevano trasformare il bancone in un palcoscenico teatrale. Guardare il barman intento nelle preparazioni era come assistere a uno spettacolo di magia.

Mentre sorseggiava il drink, Mara si disse che la fama del Moonshine era ben meritata.

Stava per cedere al richiamo molesto delle patatine portate a corredo, quando avvertì il telefonino vibrare.

"È troppo presto perché Sara abbia finito. Chi diavolo può essere a quest'ora?" si domandò, preoccupata. Quando lesse il nome di Eva Croce sullo schermo, la tensione si sciolse.

«Ti ho risolto il caso, ma non ho ancora visto nessun video di scarponi in fiamme.»

«E non vorresti provare la soddisfazione di dargli fuoco tu stessa?»

A risponderle non era stata Eva, ma la voce profonda di Strega.

«E Croce? Sta bene?» chiese subito Mara, inquieta.

«Sì, sta' tranquilla. Le ho solo chiesto in prestito il cellulare, temevo che se ti avessi chiamato io non mi avresti risposto.»

«Probabile» ribatté Rais. «Pavan, invece?»

«L'hanno dimesso oggi pomeriggio. È già in piedi. Stasera è andato da Italo Seu per aggiornarlo sull'indagine.»

«Bene» replicò, fredda.

«Non ti rubo molto tempo. Volevo soltanto ringraziarti di persona. Sei stata risolutiva, come sempre.»

«Ho soltanto fatto il mio lavoro.»

«In maniera egregia. Senza la tua scoperta, non avremmo mai risolto il caso.»

Dai rumori in sottofondo, Mara dedusse che il criminologo era all'aperto.

«Alla fine ha confessato?» gli domandò.

«No. Ma aveva in casa un'intera parete di fotografie di Valentina Cicu, e questo equivale a un'ammissione di colpa. In più, sui computer abbiamo trovato una marea di prove digitali che lo inchiodano.»

«Sono contenta per il padre. Ora, se non c'è altro…»

«Sì. Qualcosa c'è… Non mi hai mai dato la possibilità di scusarmi.»

«Forse non ho voluto dartela, non ci hai pensato?»

«Certo. Ma voglio comunque chiederti scusa. Avevi ragione: avrei dovuto coinvolgervi in quella decisione. È stato uno sbaglio grave da parte mia.»

«È troppo tardi, Strega.»

«Lo so. E mi dispiace per la nostra amicizia. Mi sembra di capire che non ci sono margini di riconciliazione, e questo mi rammarica davvero… Rimango comunque un dirigente di polizia. E ho bisogno del tuo talento. Perciò…»

«Sto bene dove sto, professore. Ho una figlia a cui badare e preferisco rimanere con lei che dare la caccia ad assassini in giro per l'Italia. Senza contare che ho la necessità di fidarmi delle persone con cui lavoro. Senza la fiducia, viene meno tutto.»

Vito incassò il rifiuto.

Mara non volle gettargli un salvagente e lo lasciò a mollo nell'imbarazzo. Se lo meritava.

«Sappi che se mai dovessi cambiare idea, la porta sarà sempre aperta.»

«La vedo difficile, ma ne terrò conto.»

Non gli diede modo di aggiungere altro e chiuse la comunicazione.

"Era già una serata di merda, e lui te l'ha pure peggiorata" lo maledisse. La voce del superiore aveva riacutizzato il senso di tradimento che l'aveva inacidita negli ultimi mesi.

In preda alla rabbia, spedì un messaggio brusco alla figlia: «Quando diavolo finisce questa festa?».

Dopo qualche minuto, Sara le rispose dandole un'anteprima dei gioiosi anni adolescenziali che l'attendevano: «Fatti una vita, mamma. Lasciami in pace. Torno a piedi».

«Dodici anni, *Gesù Cristu*...» sospirò Mara, obbligandosi a rimettere il cellulare nella borsetta per evitare di risponderle a tono, scatenando una faida velenosa e inutile.

"Se ti ha chiamato dal cellulare di Croce, vuol dire che sono insieme" pensò finendo il drink. Poi, guardando l'orologio al polso, si domandò: "Cosa ci fanno insieme a quest'ora?".

67

Angolo tra via Scarlatti e via Mauro Macchi, Milano

Strega rientrò in casa e si avvicinò a Eva per restituirle il telefonino. L'ispettrice stava bevendo un calice di rosso, fissando la città. Non appena colse la sua ombra sulla vetrata, si voltò.

«Come ha reagito?» gli chiese.

«Male. Pensi che se la prenderà con te per avermi prestato il cellulare?»

«È probabile, ma le passerà.»

«Lo spero.»

«Come ti senti?»

Strega si massaggiò la nuca, soffocando un gemito. «Hai picchiato pesante, eh?»

«Per ben due volte.»

«Fa ancora male. Ma va meglio. Domani di sicuro avrò un bel mal di testa.»

Dopo la crisi a casa di Fenu, Strega si era rifiutato di fare un salto al pronto soccorso. Eva gli aveva imposto, se non altro, di farsi accompagnare a casa e si era assicurata che andasse a letto. In realtà, Strega si era steso sul divano e si era addormentato all'istante, risvegliandosi dopo quattro ore. Lei era rimasta lì, a vegliare sul suo sonno insieme a Romeo, inquieta.

«Raccontami di nuovo cos'è accaduto... Ma stavolta voglio la verità, Croce.»

Eva mandò giù un sorso di Cabernet Sauvignon e lo accontentò.

"Quantomeno non sospetta nulla delle voci" si disse il criminologo, una volta che la collega ebbe terminato il resoconto. "Imputa tutto allo stress. Cerca di persuaderla che è così. È l'unico modo per non farle venire dei dubbi."

«Mi dispiace» le disse. «Mi dispiace che sia avvenuto in quel momento e con te presente.»

«Cosa ti è successo di preciso?»

«Penso si sia trattato dell'impatto cumulativo della violenza di cui sono stato testimone. Prima in mare, poi qui, lavorando sul caso di Donata e sulle aggressioni.»

«C'è stato anche lo scippo che hai sventato.»

«Certo. Perfino la vicenda di Noemi deve aver avuto un peso. Somma pure le poche ore di sonno, lo stress per l'interrogatorio a Bottarelli, la preoccupazione per Pavan, e tutto diventa comprensibile... Non so come possa aver perso il controllo. Forse c'è un limite al male di cui possiamo essere spettatori, e io mi sto avvicinando a quella soglia.»

«Ti era mai capitato?»

«No» mentì il criminologo.

«Potrebbe essere una buona idea staccare un po', non credi?»

«Sono stato via un mese. Se dovessi dire a Bonardo che ho bisogno di riposo... Non ne sarebbe felice.»

«Ma si tratta della tua salute, professore. Prenditi almeno qualche giorno di ferie. Hai risolto un omicidio e una serie impressionante di aggressioni. Dubito che si opporrà.»

Strega non voleva farla preoccupare. «Va bene. Ho un'ultima cosa da chiudere, poi giuro che chiederò un permesso... Per quanto riguarda quello che ho fatto... I colleghi...»

«Non parleranno. Mentre dormivi ho chiamato Giansante, mi ha assicurato che lui e Marilena ti copriranno. La versione ufficiale è che Fenu ti ha aggredito. Anche Previti e i suoi ci sosterranno. E poi, detto fra noi, quel bastardo si meritava di peggio.»

«Grazie, Croce.»

«Ricordati che stai parlando con la "principessa dei crolli emotivi". Ritieniti fortunato, perché il mio mi è costato un trasferimento in Sardegna.»

«Non ti è poi andata così male, dài.»

«Direi di no.»

L'ispettrice terminò il vino e posò il calice su una mensola. «Se mi assicuri che stai bene, io andrei.»

«Resta ancora un po'… Per favore.» A parlare non era stato il poliziotto, ma l'uomo. «Vuoi un altro bicchiere?»

"Meglio di no" si disse l'ispettrice. «Sì» rispose invece la donna. «Perché no?»

Strega le rabboccò il calice.

«Tu non bevi? Magari un bicchiere ti aiuterebbe col mal di testa.»

Strega non avrebbe dovuto mischiare l'alcol con la perfenazina, ma non voleva che Croce sospettasse qualcosa.

«Certo. È una buona idea.» Prese un bicchiere dal mobile bar e si versò due dita di Cabernet. «Ai crolli emotivi» disse avvicinando il cristallo al bicchiere della collega.

«Ai crolli emotivi» rispose facendolo tintinnare col suo.

Strega si sentiva strano, e non per l'alcol o per i neurolettici. Provava una sensazione di leggerezza e tranquillità, il che era paradossale visto quanto era accaduto. Eppure, per la prima volta da anni, stava condividendo gli spazi più privati con una donna e non ne era turbato. Anzi. Voleva che Eva non se ne andasse, prolungando quella calda sensazione di intimità.

«A cosa pensi?» chiese lei.

«Mi domandavo che opinione potessi avere di me.»

«Sei il mio capo. Non so quanto mi convenga essere sincera…»

«Hai ragione. Raccontami una bella bugia.»

«Uhm. Credo che tu stia finalmente abbassando le difese… Ho dovuto darti due colpi in testa per farti sciogliere. Però ci sono riuscita.»

«Hai rischiato di uccidermi.»

«Naa, hai la capoccia dura.»

«E comunque questa non era una bugia. Nessuna delle due.»

«Sei insondabile. Non posso avere un'opinione personale perché, al di là del lavoro, non so chi sei.»

«Sono un uomo molto incasinato.»

Eva fece una smorfia di disappunto. «Be', è un tentativo piuttosto infantile di…»

«Ti ricordi mia madre? La cantante jazz?»

«Certo.»

«È scomparsa quando avevo otto anni. Una notte mi sono svegliato e lei e mia sorella non c'erano più. Mi sorella si chiamava, o si chiama, non so nemmeno se usare il presente o il passato, comunque... Il suo nome era Claire. Claire Strega. Più piccola di me di due anni, ed era la copia sputata di mia mamma. Non hanno mai trovato nessuna delle due. Non so se siano vive, se siano morte. Nulla. Un buco nero... Mio padre era un ammiraglio della marina. Un tipo freddo, severo. Ha sublimato la tragedia concentrandosi sul lavoro, e non so perché, ma credo che in qualche modo mi desse la colpa di quanto era successo. Sono cresciuto in collegi, licei e accademie militari. Ignoro cosa significhi avere una famiglia. Vedevo mio padre poche volte all'anno, e anche in quelle occasioni mi accorgevo che ero di troppo. Perciò, ecco cosa intendo quando ti dico che sono incasinato. Sono diventato come sono per via di questa storia. Idem per il lavoro che ho scelto. In realtà, sospetto di sapere cos'è accaduto quella notte. E credo che quel ricordo sia seppellito qui, da qualche parte» ammise Vito toccandosi la testa. «Forse l'ho rimosso. Magari nemmeno c'è un mistero. Lei se n'è andata e si è portata via Claire... Se così fosse, lo accetterei. Ma perché non ha preso anche me? È questa la domanda che non mi ha mai dato pace... Ora sono certo che ti sei pentita di avermi fatto bere.»

Eva era disorientata dalle rivelazioni, ma al tempo stesso onorata che lui si fosse aperto con tanta sincerità.

«Non intendevo metterti in imbarazzo. Volevo solo spiegarti che se c'è una scala di misura per gli uomini incasinati io sono a un livello piuttosto alto. Sfioro il professionismo.»

«Stupido... Mi dispiace. Non ne sapevo nulla.»

«Non lo sa neppure Bepi. Ho sempre cercato di... non lo so, proteggermi.»

«Certo. Ti capisco... Comunque anch'io sono una donna incasinata. Ovviamente sai di mia figlia.»

Strega fece cenno di sì.

«Chissà come sono riuscita a sopravvivere. Per fortuna non mi sento più in colpa, ma... Diciamo che so bene cosa sia la perdita.»

«Non ho mai voluto chiederti nulla su di lei non per mancanza di tatto o...»

«Sotto questo aspetto sono convinta di conoscerti abbastanza. Sono consapevole del perché non l'hai fatto, e te ne sono grata... Ora va meglio. Ogni giorno è migliore del precedente, e ciò mi dà speranza. Ero qui per vendere la casa nella quale lei è cresciuta. Non è stato facile, ma ho fatto anche questo passo.»

Strega le posò una mano sulla spalla e la massaggiò, quasi a felicitarsi per il coraggio che aveva dimostrato.

«È una coincidenza bizzarra» disse Eva, malinconica. «Ma visto che siamo in vena di confidenze... Proprio oggi sarebbe stato il suo compleanno.» Gli occhi celesti si inumidirono, divenendo ancora più chiari e tersi. «Quindi... Essere a Milano, dove lei è nata, il giorno in cui avrebbe compiuto gli anni... Non è una passeggiata. Sono contenta di non essere sola.»

Strega intercettò con le dita la lacrima che le fendeva la guancia e le asciugò il viso.

«Anch'io sono contento di non essere solo» le confessò.

Eva lo attirò a sé e lo baciò.

Sulla vetrata, le sagome dei loro corpi divennero un unico riflesso.

68

Via Mauro Macchi, Milano

La donna fece scorrere nel display della macchina fotografica le sequenze che aveva catturato col teleobiettivo. Aveva immortalato le diverse fasi del bacio e del lungo e quasi disperato abbraccio. Rivedendole, si disse che tutto sommato aveva fatto un buon lavoro, considerando che, quando le aveva scattate, i suoi occhi erano colmi di lacrime.

Non si erano spinti oltre, per fortuna.

"Magra consolazione" si disse la stalker, vista l'intensità e la passione con cui si erano cercati.

Dopo essersi tenuti stretti sussurrandosi qualcosa che purtroppo non aveva potuto leggere sulle loro labbra, Croce l'aveva fatto sdraiare sul divano e, seduta al suo fianco, gli aveva carezzato la testa finché Strega si era addormentato di nuovo.

"Chi ami prima o poi ti farà male. E più il sentimento è forte, più la ferita sarà profonda. Avresti dovuto ricordartelo e agire per tempo" si accusò, asciugandosi le guance. "Ti saresti risparmiata tanto dolore."

Ingollò in un sorso le due dita di bourbon rimaste nel bicchiere e tornò al posto di osservazione.

Eva Croce era ancora impegnata a fissarlo e a sfiorargli i capelli crespi. Il gatto le si era raggomitolato tra le gambe e sonnecchiava pacioso.

Dopo qualche minuto, si assopì anche lei.

Marina La Brava rimase a fissarla a lungo, chiedendosi quale fosse il modo più crudele per farla soffrire.

69

Angolo tra via Scarlatti e via Mauro Macchi, Milano

Strega fu svegliato dalla luce del mattino. Si scoprì disteso sul Chesterfield, una leggera trapunta a coprirlo e Romeo acciambellato sul petto. Con gesti delicati, prese il gatto ancora addormentato e lo posò su un cuscino.

Si guardò intorno. Non c'era traccia di Eva. Dalla cucina e dal bagno non provenivano rumori.

Si domandò se si fosse sognato tutto.

Colse un post-it al centro della vetrata appannata dalla condensa.

"No, non era un sogno" si disse, alzandosi. Si premette una mano sulla nuca nel vano tentativo di alleviare il dolore. Staccò il foglietto dal vetro e lesse: «Buongiorno. Italo mi ha telefonato chiedendomi di stare col bambino. Gli ho risposto di sì. Ignoro cosa sia successo esattamente tra noi ieri, né perché. O forse sì...» Il messaggio proseguiva sull'altro lato. «So solo che ne avevo bisogno, e forse ne avevi bisogno pure tu. Non giudichiamoci. Per me è ora di tornare a casa. Quando vorrai, sai dove trovarmi.»

Strega lo rilesse diverse volte.

Il cuore gli chiedeva di concentrarsi sulle parole dirette a lui.

La mente, invece, continuava a riportarlo verso un'unica frase: «Italo mi ha telefonato chiedendomi di stare col bambino. Gli ho risposto di sì.»

Alla quarta rilettura Strega comprese cosa l'istinto gli stesse suggerendo.

Corse a cambiarsi, sperando che non fosse troppo tardi.

70

Via Fratelli Zoia, Quarto Cagnino, Milano

Italo Seu non aveva avuto difficoltà a trovare l'indirizzo del padre di Pippo. Era scritto sugli atti del giudice e gli era stato segnalato anche dagli assistenti sociali, nell'improbabile eventualità che l'anziano se la sentisse di farli incontrare. Aveva impiegato poco più di un'ora di bus per raggiungere Quarto Cagnino. Nel tragitto aveva riflettuto su ciò che si apprestava a fare, realizzando che non era per niente scosso. Al contrario, la sua anima era placida. Sapeva che quel confronto sarebbe avvenuto, prima o poi.

"E adesso che conosci la verità, è arrivato il momento di guardarlo negli occhi" si disse, entrando risoluto nel palazzo di Ruggero Mercalli. Il portone era aperto, vista l'ora. Accennò un saluto al portiere che lavava le scale. L'uomo non gli concesse neppure un'occhiata, perso com'era nei propri pensieri.

"La vecchiaia ti porta via molte cose, ma ti regala anche dei superpoteri" si disse Italo, attraversando il vestibolo e avvicinandosi alle cassette postali del condominio. "Ti rende invisibile, per esempio."

Cercò il cognome dell'ex di sua figlia, per avere conferma di essere nel luogo giusto, poi si avviò verso l'ascensore.

Pigiò il pulsante per chiamarlo, e con la coda dell'occhio colse due ombre sgusciare alle sue spalle e farsi vicine.

«Buongiorno, signor Seu» lo salutò Vito Strega.

Italo sussultò, portandosi d'istinto le braccia al petto, come a proteggersi.

«Anche lei qui» disse Pavan, posandogli una mano amichevole sulla spalla. «Che coincidenza!»

«Professore, ispettore...» balbettò l'anziano. «Buongiorno.»

«Cosa è venuto a fare qua, Italo?» domandò il vicequestore.

«Io... Io devo vederlo» rispose il vecchio, stringendosi nel cappotto.

Strega si fece comprensivo. «Vede, Italo, io non credo che sia proprio così. Ma al di là di ciò, quello che ha in mente non è una buona idea.»

«Quello che ho in mente?»

«Bepi» si limitò a dire il criminologo.

Pavan si accostò all'anziano e, senza che lui opponesse resistenza, gli aprì il soprabito. La lama di un coltello da cucina scintillò nella penombra dell'atrio.

Italo tentò di celarla con le mani tremanti. Incrociando gli sguardi compassionevoli dei poliziotti, il vecchio prese a lacrimare al pari di un bambino sorpreso a rubare.

"Il dolore che ho dentro deve trovare un punto di sfogo. Questo fiume impazzito di odio che ingrossa ogni giorno di più, deve giungere a una foce."

Erano le frasi che avrebbe voluto pronunciare per spiegare le ragioni che lo muovevano, ma non ci riuscì. Era paralizzato dalla vergogna.

«Non deve abbassarsi al livello di quel criminale, Italo» disse Strega. Nella sua voce non c'era delusione, e neppure la minima traccia di biasimo. «Adesso deve occuparsi di Pippo e andare avanti. Suo nipote ha bisogno di lei, ora più che mai.»

Bepi prese il coltello e lo nascose all'interno del proprio giubbotto.

«Chiama un taxi, per cortesia, e sbarazzatene» ordinò Strega, indicando la lama con un cenno.

Pavan si diresse verso l'androne.

Italo Seu piangeva in silenzio.

Strega lo circondò con un braccio e lo tirò a sé, stringendolo forte. Si chinò, per abbassarsi alla sua altezza, e gli sussurrò in un orecchio: «Adesso lei torna a casa e non pensa più a questa storia... A lui ci pensiamo noi».

71

Via Fratelli Zoia, Quarto Cagnino, Milano

Erano quasi giunti al piano di Mercalli, quando Pavan schiacciò il pulsante che arrestava l'ascensore. L'apparecchio si bloccò di botto, facendoli sussultare.

Vito fissò il collega, interrogativo.

«Colpiscimi, capo» si limitò a dire Pavan.

Il processo che avrebbe coinvolto Ruggero Mercalli sarebbe stato lungo e non privo di ostacoli. Prima che si arrivasse a dimostrarne nei tre gradi di giudizio la colpevolezza e il peso che il suo agire aveva avuto nell'omicidio di Maria Donata Seu, sarebbero trascorsi anni.

Strega comprese cosa aveva in mente Pavan: voleva evitare che Mercalli tornasse in libertà, che si avvicinasse a Pippo o addirittura togliesse la custodia al nonno.

Dovevano impedirlo. E l'unico modo era irrobustire le accuse nei suoi confronti.

«Mi hai sentito? Colpiscimi.»

«Vuoi che ti si riapra la ferita? Scordatelo… Fallo tu» lo invitò, offrendosi come bersaglio.

Bepi scoppiò a ridere. «E quale giudice mai ci crederebbe? Ok, Mercalli è un verme, ma non è uno stupido né tantomeno un masochista. Non se la prenderebbe mai con un marcantonio come te. Pensi davvero che Galeano se la possa bere? Colpiscimi, forza.»

Strega era pronto a violare la legge. Del resto era già successo in passato. E l'avrebbe fatto di nuovo, se fosse servito a dare un minimo di giustizia alle vittime.

"Ma Pavan?" si domandò. "In più, l'ultima volta hai perso la stima di una collega e di un'amica, forse per sempre... Pensi che Bepi sia pronto a sostenere le conseguenze?"

«Te lo sto chiedendo da uomo e da padre, Strega, non da poliziotto. Non è né giusto né sbagliato: è solo qualcosa che dobbiamo fare... Colpiscimi.»

Pavan chiuse gli occhi e trattenne il respiro.

Strega pensò al figlio di Donata e al futuro che lo attendeva. Immaginò l'agonia della ragazza, abbandonata sul letto, mentre si dissanguava. Gli parve quasi di percepirne i pensieri, la disperazione per Pippo, l'amore per Italo...

Anche lui chiuse gli occhi, e il coro di voci nella testa intonò il suo canto straziante.

Le mani si chiusero a pugno, le nocche impattarono violente sul volto del collega.

Pavan andò a sbattere contro la parete della cabina, facendola ondeggiare.

«Puoi fare di meglio, capo» biascicò. «Un omone come te, *zio can*, pensa che...»

Non terminò neppure la frase.

Strega gli sferrò un diretto brutale che gli aprì uno squarcio all'altezza dello zigomo.

Pavan crollò sulle ginocchia, ingoiando i gemiti.

«Ti voglio bene, Bepi. Sei proprio un brav'uomo.»

L'ispettore sputò sangue per terra e si rialzò a fatica. «Idem, capo... Ora però basta smancerie e fai quello che devi» disse porgendogli l'altro lato del viso.

Strega serrò le labbra, assecondò il richiamo del Canto degli innocenti e percosse il collega.

Poi ancora.

E ancora...

72

Via Fratelli Zoia, Quarto Cagnino, Milano

«Cosa vuole?» chiese Ruggero Mercalli al poliziotto che gli si parò davanti.

Strega gli consegnò il decreto di perquisizione e sequestro firmato da Viviana Galeano.

L'uomo lo prese ma non lo degnò di uno sguardo. «Quindi?»

«Devo prendere i tuoi cellulari e il computer.»

«Perché?»

«Perché sei indagato per favoreggiamento e concorso in omicidio per la morte di Maria Donata Seu.»

«Cosa diavolo dice?»

«"La sposa silenziosa"» disse Strega. «Ti ricorda niente?»

Mercalli impallidì e lesse il documento, quasi non credesse alle parole del criminologo.

«Dimmi solo una cosa, e non provare a rifilarmi una balla, per una volta. La odiavi davvero così tanto da volerla morta?»

«Lei sta vaneggiando. Certo che no!»

Strega lo puntò con disprezzo, dubbioso sulla veridicità di quell'esternazione.

«Anche se fossi sincero, non cambia poi tanto. Ciò che hai fatto ha determinato la sua morte.»

«Lei è fuori di testa. Esigo subito il mio...»

«C'è qualcuno in casa?»

«No.»

«Meglio così.»

Ruggero interruppe la lettura e fissò stranito il poliziotto. «In che senso?»

«Ti è tutto chiaro?» domandò Strega, indicando l'atto.

«Ma... Perché è sporco di sangue?» fece il padre di Pippo notando le macchioline rosse che costellavano il foglio. L'istinto lo portò a scrutare le mani nodose del criminologo.

Capì.

«Ma cosa cazzo...»

Strega lo scagliò dentro casa con uno spintone. Si spostò e lasciò entrare Pavan, zoppicante, il volto insanguinato e pesto. L'ispettore si tamponava la ferita alla pancia con una mano. Come Vito aveva predetto, i punti erano saltati e il taglio si era riaperto.

«Resistenza, minacce e lesioni gravissime a un pubblico ufficiale nell'adempimento del servizio» farfugliò Bepi recuperando il pezzo di carta dal pavimento, imprimendoci le impronte. «Aggiungiamo pure una manciata di aggravanti. Visti i tuoi precedenti e le accuse pendenti, una decina d'anni di carcere non te li toglie nessuno.»

Strega si chiuse la porta alle spalle ed estrasse le manette. «Pancia a terra e mani dietro la schiena. Non costringermi a farti male, perché è un invito che accetterei molto volentieri.»

«Voi siete pazzi! Non potete fare una cosa del...»

«È l'ultimo avvertimento. Poi passerò ai fatti» lo minacciò Strega con un tono che fece venire la pelle d'oca anche al collega. «Pancia a terra e mani dietro la schiena.»

Qualcosa di oscuro nella voce del mulatto persuase Mercalli a obbedire.

Strega lo ammanettò e lo aiutò ad alzarsi.

«Vieni, caro. Fatti stringere per bene» sorrise Pavan, invitandolo con le mani ad avvicinarsi.

«No. Col cazzo che mi incastrate come un pivello» disse Mercalli, arretrando. «Questo no. Voglio...»

Vito lo spedì con veemenza tra le braccia del veneto, così che si imbrattasse del suo sangue, e chiamò la centrale per farlo venire a prendere.

73

Angolo tra via Scarlatti e via Mauro Macchi, Milano

Strega tornò a casa che era ormai notte. Dopo l'arresto di Mercalli, aveva accompagnato Pavan in ospedale dove era stato di nuovo ricoverato, stavolta anche per una frattura allo zigomo e una commozione cerebrale lieve. Viviana Galeano e Grazia Bonardo li avevano raggiunti al San Paolo, furenti: si erano pentite di aver fornito l'autorizzazione affinché Pavan accompagnasse Strega, per effettuare il sequestro degli apparecchi tecnologici dell'uomo.

«Non mi sembra il caso di farci una scenata ora» aveva detto il vicequestore, bloccando sul nascere le critiche al loro operato. Non capivano perché si fossero recati lì da soli e non con qualche agente di supporto. «Il danno è ormai fatto, e Pavan meritava di chiudere il cerchio con quell'indagine. Cerchiamo di far sì che Mercalli stia in galera il più possibile, piuttosto. Avete visto come l'ha conciato?»

PM e dirigente non avevano potuto che assecondarlo.

«Tu stai bene?» gli aveva domandato Grazia.

«Sì.»

«Meglio. Perché hai un sacco di carte da firmare.»

Era stata quella la sua vendetta: farlo annegare nella burocrazia. Vito era rientrato con lei in questura e ci era rimasto fino al tramonto. Un aspetto positivo dell'immersione totale nelle scartoffie e del via vai continuo di colleghi che chiedevano chiarimenti sui due casi, era che non aveva avuto tempo di pensare a quanto avvenuto la notte prima con Eva.

Non appena varcò la porta del loft, i ricordi lo assalirono. E con essi il dubbio di aver commesso un'avventatezza.

Si spogliò e lavò via di dosso tensione e stanchezza con una lunga doccia calda.

"Croce non si è fatta sentire" rifletté. "Del resto. neppure tu con lei. Forse prova il tuo stesso imbarazzo. Devi dirle di Pavan, però."

«Devi o è solo una scusa?» mormorò tra sé.

Preparò da mangiare per Romeo. Lui, invece, non aveva fame.

"Colpa dei neurolettici" si disse. "Ti rallentano, ti tolgono l'appetito e ti fanno venire sonnolenza. Non puoi continuare a lavorare in queste condizioni. Quanto potrai reggere fino alla prossima crisi? E se non ci sarà nessuno a pararti le spalle?"

I pensieri lo inquietavano. Sentiva che ormai non era più una questione di anni, ma forse di mesi.

"Poi? Cosa farai? Come gestirai le voci?"

Mise su un album di Davy Knowles e lasciò che la dolce *Speak Softly, Tread Lightly* invadesse la casa, sfumando l'angoscia.

"Non è un caso se ti sei aperto così tanto con Eva. Almeno stavolta cerca di non rovinare tutto."

Vinse gli indugi, prese il telefonino e la chiamò.

«Professore?» rispose. Dai rumori in sottofondo Strega intuì che si trovasse in un affollato locale pubblico.

«Ciao, Croce. Ti disturbo?»

«No, figurati. Sono a Pavia con Pontecorvo… Ti saluta. Sono venuta a trovarla prima di ripartire. Tutto ok?»

«Sì. Volevo assicurarmi che stessi… Insomma, che stessi bene» disse, imbarazzato come un ragazzino.

«Sto bene. Ho trascorso la mattinata con Pippo e ho pranzato con lui e Italo. Dormirò a casa di Clara. Speriamo che qualcuna delle sue fiamme non si presenti nel cuore della notte.»

Strega udì la risata della toscana e ridacchiò di riflesso.

«Be', siete entrambe armate, quindi sto tranquillo… Divertitevi.»

«Certo. Tu riposati, professore. Promesso?»

«Promesso.»

Strega si sdraiò sul divano, chiedendosi se Eva avesse già messo una distanza tra loro.

"Può essere" si rispose. "E forse è la cosa migliore, vista la tua situazione."

Chiuse gli occhi e si abbandonò alle note di Knowles.

Quando la chitarra del musicista blues attaccò *The Only Son*, Strega aprì gli occhi di scatto nell'udire dei rumori provenire dalla cucina. Sentì Romeo lagnarsi e lo vide schizzare come un lampo. Gli si rifugiò accanto. Strega notò che aveva il muso impregnato di sangue.

Vito si alzò e corse a recuperare la pistola dal tavolo. La impugnò. Teso fino allo spasmo, si avvicinò lento alla cucina buia.

"La stalker" si disse. "Ti eri dimenticato di lei."

Giunto sulla soglia del tinello, Strega inspirò a fondo e si proiettò dentro spazzando la sala con l'arma puntata.

La tacca di puntamento inquadrò il vuoto oscuro.

I rumori, però, continuavano.

Abbassò lo sguardo. Strega colse nell'oscurità uno scintillio verde smeraldo.

«Sofia...» sussurrò.

La gatta nera smise di lappare il latte di Romeo ed emise un miagolio che gli spezzò il cuore.

Strega posò la Beretta su una credenza e si chinò.

Sofia gli venne incontro a passi lenti, diffidente.

Quando entrò nel cono di luce proveniente dal salone, Vito si accorse che si era fatta pelle e ossa. Il manto, un tempo lucido e setoso, era opaco e sporco, e in alcune zone del tutto rado, come se avesse qualche malattia. Le orecchie parevano lese da morsi, e un occhio era mezzo chiuso per una brutta ferita ormai secca. Trascinava una delle zampe posteriori, quasi fosse fuori uso.

Sofia gli annusò le mani e poi gliele leccò.

Soltanto allora parve riconoscerlo.

La coda si drizzò e prese a vibrare.

«Sei tornata, finalmente» la salutò.

Con un rimasuglio di energia, Sofia gli saltò addosso, strusciandosi sul petto del poliziotto. Il miagolio si trasformò in suono lancinante, grondante dolore e felicità al tempo stesso.

Strega sapeva che i gatti non potevano piangere.

Eppure, mentre l'avvolgeva, i suoi lamenti gli strapparono l'anima, come se a singhiozzare tra le sue braccia ci fosse un essere umano.

«Tranquilla, piccolina» provò a calmarla. «Ora sei al sicuro.»

74

Qualche giorno dopo
Centro commerciale Metropoli, Novate Milanese, Milano

Lin Zhang era di pessimo umore. Tre giorni prima il vecchio si era presentato in negozio dicendo che non poteva più lavorare, dato che sarebbe tornato a giorni nel suo paese. Lin gli aveva fatto una sfuriata perché gliel'aveva comunicato all'ultimo momento, mettendolo davanti al fatto compiuto e senza che potesse trovare un sostituto per tempo. L'anziano aveva borbottato che si trattava di un'emergenza che non aveva potuto preventivare. Gli aveva chiesto l'ultimo stipendio, visto che il mese era concluso, ma Zhang gliel'aveva negato.

«Mi lasci col culo a terra e vuoi pure i tuoi maledetti soldi? Scordatelo. Li considero un risarcimento per il mancato preavviso.»

Italo l'aveva fissato incredulo. «Ma… io questo mese ho lavorato…»

«Smettila di guardarmi come un cane bastonato e vattene. Pezzente.»

Ora Lin Zhang era nei guai, perché nel retrobottega a rifare tacchi e suole c'era lui, e non era affatto bravo quanto il vecchio. Diversi clienti si erano lamentati per il risultato mediocre degli ultimi lavori, e Italo, per quanto anziano, era comunque due volte più veloce del titolare. Si erano già accumulati almeno tre giorni di lavoro arretrato, e nessuno aveva ancora risposto al suo annuncio.

"Se continua così, dovrò rimanere chiuso qua dentro fino a mezzanotte" si disse, imprecando per dei chiodini che non volevano saperne di essere tirati via.

C'era finalmente riuscito, quando udì lo scampanellio di un cliente.

«Arrivo!» gridò, dirigendosi verso il bancone.

Si trovò davanti tre uomini. Uno, il più bizzarro a causa del volto ammaccato e ricoperto di garze e cerotti, gli sorrise.

«Buongiorno. C'è Italo Seu?»

«Non so chi sia. Perché lo cerca qui?» domandò Zhang.

«Be', perché so che lavora qui.»

«Si sbaglia... Posso esservi utile in qualche altro modo?»

«Aspetti, aspetti» disse l'uomo sovrappeso che qualcuno doveva aver pestato per bene. «Le vede queste meraviglie?»

Lin Zhang guardò gli stivaletti che indicava l'omone.

«Me li ha messi a nuovo Italo. Me lo vada a chiamare, su, ché voglio ringraziarlo.»

Zhang perse la pazienza. «Non c'è nessun Italo. Adesso lasciami lavorare, ciccione.»

Si girò, rassegnato a tornare nel retrobottega, quando Bepi Pavan pigiò di nuovo il campanello.

Lin ringhiò: «Vuoi che chiami la sicurezza?».

«Sì. Chiamala pure e chiama anche la direzione, perché voglio farci due chiacchiere, ma soprattutto voglio presentarvi i miei accompagnatori» disse Bepi mostrando tesserino e distintivo. «A proposito, il signore è Fabio Fontana, ispettore del lavoro, e questo ragazzo più giovane è il capitano della guardia di finanza Saverio Cimarosa.»

Lin Zhang ammutolì.

Il finanziere estrasse da una borsa un tablet, e fece vedere al cinese dei video che mostravano Italo Seu entrare nella bottega dal retro.

«Quindi lei non conosce questo signore che veniva a lavorare qua?» domandò Cimarosa. «Era, diciamo, una sorta di elfo di Babbo Natale che si presentava all'improvviso e poi spariva senza che lei se ne accorgesse?»

Il calzolaio abbassò lo sguardo.

L'ispettore del lavoro prese una cartella da cui tirò fuori delle carte. «Intanto, gentilmente, mi faccia vedere la documentazione contrattuale, previdenziale e assicurativa più il registro con gli orari dei turni del signor Seu.»

«Non ha sentito?» lo pungolò il capitano. «Dopodiché io vorrei dare un'occhiata alle scritture contabili. Intanto mi fornisca la carta d'identità, grazie.»

Bepi si sporse sul bancone e diede due pesanti pacche sulle spalle dell'imprenditore. «Auguri, *móna*. Lo sfruttamento del lavoro in nero dei soggetti deboli è un reato con cui i giudici vanno a nozze.»

Lasciò il ciabattino in balia dei colleghi e registrò un messaggio vocale per Eva Croce. A quell'ora dovevano aver già varcato i controlli di sicurezza.

«Ciao, bella donna. Il cinese è sistemato. Credo che chiuderà per un bel pezzo e verrà massacrato di sanzioni... Salutami Italo e Pippo. Digli che verrò presto a trovarli. Ah... Grazie di cuore, *vecia*. È stato bello lavorare di nuovo insieme. Fate buon viaggio.»

Epilogo

Aeroporto di Linate, Milano

Eva Croce, Italo Seu e il nipotino furono tra gli ultimi passeggeri a salire a bordo. Da come si guardava entusiasta ed eccitato intorno, Marina comprese che per il piccolo doveva essere il primo volo. Fra le dita stringeva un pupazzetto a forma di gallo e continuava a fare domande al nonno che, paziente come Giobbe, rispondeva con dolcezza.

L'ispettrice li guidò fino ai loro posti. Avevano prenotato un'intera fila, e la carabiniera, poco dietro di loro, li osservò posizionare i bagagli nelle capelliere e prendere posizione.

Era stato un gioco da ragazzi risalire alla prenotazione. Dalla notte del bacio, la rossa era diventata il suo obiettivo primario. Una volta reperito il numero di cellulare, l'aveva violato con facilità. Aveva trascorso ore a leggere le conversazioni su WhatsApp, ad analizzare gli SMS, a visionare foto e video. Sulla base di quanto aveva scoperto e dai pettegolezzi che giravano nell'ambiente lavorativo milanese e sardo, Marina La Brava aveva capito dove e come colpirla, per cagionarle più dolore possibile. Stavolta, però, l'avrebbe osservata da vicino, per accertarsi che la rossa venisse neutralizzata. Lei non avrebbe mosso un dito per sbarazzarsene. Aveva trovato un modo sottile e crudele per vendicarsi.

La vide scherzare col bambino.

"Scommetto che ti ricorda un po' tua figlia, vero?" pensò La Brava. Grazie a un superiore che le doveva un favore ed era in ottimi rapporti con la questura di Milano, era riuscita ad accedere al fascicolo del caso che aveva portato Croce a essere trasferita in

Sardegna. Leggendo i rapporti, Marina aveva compreso quanto la perdita della figlia l'avesse segnata, portandola sulla soglia dell'esaurimento.

"È naturale che abbia stretto in quel modo con Strega. E in altre circostanze avresti legato anche con me, Croce, perché non hai idea di quanto noi tre siamo simili."

Il comandante comunicò il tempo necessario a raggiungere Cagliari e disse che la città del sole li avrebbe accolti con una temperatura all'altezza della sua nomea.

"Bene. Mi ero proprio stufata di questa dannata pioggia" pensò la militare.

Tenendo sempre d'occhio la poliziotta, Marina aspettò che il vicino di posto si assopisse prima di aprire la borsa del computer ed estrarre le fotografie di Croce e Strega, che aveva stampato in alta risoluzione. Erano una decina. Le sfogliò, avvertendo delle staffilate al cuore nel rivivere quel "tradimento", poi le inserì in una busta formato A4.

Leggere le chat tra Eva e la collega Pontecorvo era stato illuminante per comprendere meglio la psicologia della partner di Croce alla mobile di Cagliari, ma soprattutto la relazione che si era creata tra la fumantina cagliaritana e Strega, del quale, a quanto pareva, la sarda era cotta.

"Due piccioni con una fava" pensò Marina La Brava, scrivendo con la sinistra il nome della destinataria di quella missiva anonima. Da destrimane, dovette impegnarsi per ottenere un risultato soddisfacente.

«Ispettrice Mara Rais, questura di Cagliari» sillabò sottovoce, leggendo la grafia incerta ma comprensibile.

"Non vedo l'ora che le foto arrivino sulla sua scrivania" pensò La Brava, chiudendo gli occhi. "Ci sarà da divertirsi."

Indice

nero

Nella stessa collana

1. Enrico Pandiani, *Un giorno di festa*
2. Bruno Morchio, *Un piede in due scarpe*
3. Roberto Perrone, *L'estate degli inganni*
4. Corrado De Rosa, *L'uomo che dorme*
5. Maurizio de Giovanni, *Sara al tramonto*
6. Daniele Autieri, *Ama il nemico tuo*
7. Piergiorgio Pulixi, *Lo stupore della notte*
8. Carlotto – De Cataldo – de Giovanni, *Sbirre*
9. Luca Crovi, *L'ombra del campione*
10. Andrea Cotti, *Il cinese*
11. Olivier Norek, *Tra due mondi*
12. Piero Colaprico, *Il fantasma del ponte di ferro*
13. Gianni Mattencini, *L'onore e il silenzio*
14. Enrico Pandiani, *Ragione da vendere*
15. Cristina Rava, *Di punto in bianco*
16. Maurizio de Giovanni, *Le parole di Sara*
17. Gabriella Genisi, *Pizzica amara*
18. Roberto Perrone, *L'ultima volontà*
19. Giancarlo De Cataldo, *Alba nera*
20. Piera Carlomagno, *Una favolosa estate di morte*
21. Frédéric Dard, *Il montacarichi*
22. Piergiorgio Pulixi, *L'isola delle anime*
23. Thomas Mullen, *La città è dei bianchi*
24. Enrico Franceschini, *Bassa marea*
25. Gianni Zanolin, *Il senso del limite*

26. Marco Felder, *Tutta quella brava gente*
27. Girolamo De Michele, *Le cose innominabili*
28. Arturo Pérez-Reverte, *I cani di strada non ballano*
29. Sandrone Dazieri, *La danza del Gorilla*
30. Agustín Martínez, *Monteperdido*
31. Giuseppe Fabro, *Il sangue dei padri*
32. Luca Crovi, *L'ultima canzone del Naviglio*
33. Cristina Rava, *I segreti del professore*
34. Bruno Morchio, *Dove crollano i sogni*
35. Sandrine Destombes, *Nel monastero di Crest*
36. Maurizio de Giovanni, *Una lettera per Sara*
37. Giampaolo Simi, Piera Degli Esposti, *L'estate di Piera*
38. Luigi Bernardi, *Atlante freddo*
39. Piergiorgio Pulixi, *Un colpo al cuore*
40. Anthony Horowitz, *I delitti della gazza ladra*
41. Gabriella Genisi, *La Regola di Santa Croce*
42. Maurizio de Giovanni, *Gli occhi di Sara*
43. Massimo Carlotto, *E verrà un altro inverno*
44. Lorenzo Scano, *Via libera*
45. Frédéric Dard, *I bastardi vanno all'inferno*
46. Cristina Rava, *Il pozzo della discordia*
47. Valeria Corciolani, *Con l'arte e con l'inganno*
48. Enrico Franceschini, *Ferragosto*
49. Andrea Cotti, *L'Impero di Mezzo*
50. Frédéric Dard, *Gli scellerati*
51. Anthony Horowitz, *I delitti della bella di notte*
52. Enrico Pandiani, *Fuoco*
53. Jadel Andreetto e Guglielmo Pispisa, *La parola amore uccide*
54. Luca Crovi, *Il Gigante e la Madonnina*
55. Cristina Rava, *Il Tessitore*
56. Frédéric Dard, *Prato all'inglese*
57. Maurizio de Giovanni, *Un volo per Sara*

58. Piergiorgio Pulixi, *La settima luna*
59. Antonio Fusco, *Io sono l'Indiano*
60. Gabriella Genisi, Marilù Oliva, Mariolina Venezia, Grazia Verasani, *Le invisibili*
61. Enrico Franceschini, *Un'estate a Borgomarina*
62. Valeria Corciolani, *Di rosso e di luce*
63. Olivier Norek, *Superficie*
64. Riccardo Gazzaniga, *In forma di essere umano*
65. Nicholas Hogg, *Tokyo*
66. Bruno Morchio, *La fine è ignota*
67. Patrizia Rinaldi, *Guaio di notte*
68. Olivier Norek, *Il pesatore di anime*
69. Horacio Castellanos Moya, *Moronga*
70. Cristina Rava, *Il sale sulla ferita*
71. Massimo Felisatti e Fabio Pittorru, *Una famiglia perbene*
72. Frédéric Dard, *Negli occhi di Marianne*
73. Maurizio de Giovanni, *Sorelle – Una storia di Sara*
74. Enrico Pandiani, *Ombra*
75. Gabriella Genisi, *L'angelo di Castelforte*
76. Anthony Horowitz, *Detective in cerca d'autore*
77. Piergiorgio Pulixi, *Stella di mare*
78. Alessandro Berselli, *Gli eversivi*
79. Orso Tosco, *L'ultimo Pinguino delle Langhe*
80. Olivier Norek, *Codice 93*
81. Cristina Rava, *Dalla parte del ragno*
82. Lorenzo Scano, *Una mattina come questa*

Finito di stampare nel mese di aprile 2024
Stampato su carta HOLMEN
con fibra vergine proveniente da foreste sostenibili
holmen.com/paper
presso Elcograf S.p.A. – Stabilimento di Cles (TN)
Printed in Italy